同济大学人文学院
出版资助规划重点资助项目

同济大学诗学研究中心 主办

刘强 主编

原诗

源流与新旧的透析与诠释

第四辑

河南人民出版社

图书在版编目（CIP）数据

原诗. 第四辑，源流与新旧的透析与诠释 ／ 刘强主编. — 郑州 ：河南人民出版社，2022. 5
ISBN 978 - 7 - 215 - 13141 - 5

Ⅰ. ①原… Ⅱ. ①刘… Ⅲ. ①诗学 - 诗歌研究 - 中国 - 文集 Ⅳ. ①I207. 22 - 53

中国版本图书馆 CIP 数据核字（2022）第 087311 号

河南人民出版社出版发行
（地址：郑州市郑东新区祥盛街 27 号 邮政编码：450016 电话：65788065）
新华书店经销　　　河南瑞之光印刷股份有限公司印刷
开本　890 毫米 × 1240 毫米　　　1/32　　　印张　15.75
字数　283 千字
2022 年 5 月第 1 版　　　　　2022 年 5 月第 1 次印刷

定价：49.00 元

同济大学诗学研究中心

代序

特稿

纪念杨牧

陶渊明研究专辑

附录

【代 序】

疫病与诗歌

刘　强

一、我病故我在

德国哲学家雅斯贝斯(Karl Theodor Jaspers，1883—1969)在《时代的精神状况》一书中说："人是精神，人之作为人的状况乃是一种精神状况。"①这种本质论的说法自然无可厚非，但在《老子》中，如下说法也许更值得注意：

> 吾所以有大患者，为吾有身。及吾无身，则吾有何患？

如果说，"大患"乃是一种人的"精神状况"，那么，其归根结底还是"为吾有身"。身体，作为一种现象学的存在，正是人类"精神状况"的制造商和孵化器。换言之，所有的"精神状况"无不是"身体状况"的折射和投影。范缜《神灭论》说："神即形也，形即神也。是以形存则神存，形谢则神灭也。"离开了身体性，精神性的人也将空无依傍，不复存在。老子思想的深刻性于此可见一斑。

不过，身体不仅是空间性的，同时也是时间性的。当空间性

---

① ［德］卡尔·雅斯贝斯：《时代的精神状况》，王德峰译，上海译文出版社1997年版，第3页。

的身体作为一种大体不变的常量而存在,时间性的身体必然会以变量的方式存在,并表现出判然有别的代际特征。这时,作为总体的人的"精神状况",便比作为总体的人的"身体状况",体现出更多的价值感——尽管有时候,这种价值感是以对"身体状况"的无视为代价的。

既然身体如此重要,人,也就不仅是精神性的,同时还是物质性的。对于个体的人而言,生、老、病、死,就是一个物质性的身体,从无到有,然后复归于无的动态过程。在"向死而生"的这一不可逆的生命过程中,"老"和"病",从不同角度揭橥了身体的物质性流失、机能性折旧并最终报废的残酷现实。所以,法国哲学家拉·梅特里才会在《人是机器》里,认定人也是一种"机器",并把歇斯底里症和抑郁症归因于想象力和内脏的被阻塞。而苏珊·桑塔格则在《作为隐喻的疾病》一文的开篇,写下了如此警醒的句子:

> 疾病是生命的阴面,是一重更麻烦的公民身份。每个降临世间的人都拥有双重公民身份,其一属于健康王国,另一则属于疾病王国。尽管我们都只乐于使用健康王国的护照,但或迟或早,至少会有那么一段时间,我们每个人都被迫承认我们也是另一王国的公民。[①]

就此而言,每个人都拥有"双重国籍",都是"健康王国"和"疾病王国"的双料公民。所以,笛卡尔的那句名言——"我思,

---

① [美]苏珊·桑塔格:《作为隐喻的疾病》,见《疾病的隐喻》,程巍译,上海译文出版社,2003年,第5页。

故我在",我们也不妨改为:"我病,故我在。"尽管苏珊·桑塔格认为,看待疾病的最真诚的方式,同时也是患者对待疾病的最健康的方式,就是"尽可能消除或抵制隐喻性思考",但她的努力,却无疑强化了疾病的隐喻这门隐而未显的学问。她在比较结核病和癌症时说:

> 没有人以思考结核病的方式来思考癌症——把它想象成一种裹着一层光辉的、通常具有抒情诗色彩的死亡。对诗歌来说,癌症是一个罕见的,至今仍令人感到不体面的题材;要美化这种疾病,似乎是不可想象的。①

这是她第一次将疾病与诗歌联系在一起,从中不难看出,诗歌与疾病的尴尬关系。之所以说尴尬,主要是因为诗歌属于"精神",而疾病关乎"身体"。尽管疾病来自人的体内,但却给"体面"造成了社会学上的压力。而在《艾滋病及其隐喻》中,桑塔格再一次揭示这一关系:

> 疾病不仅是受难的史诗,而且也是某种形式的自我超越的契机,这一点,得到了感伤文学的肯定,更令人信服地由医生——作家提供的病案史所肯定。②

无论是"受难的史诗",还是"感伤文学",我们看到,诗歌在疾病面前,终究是束手无策的旁观者。正是在这篇涉及人间绝

---

① [美]苏珊·桑塔格:《作为隐喻的疾病》,见《疾病的隐喻》,第20页。
② [美]苏珊·桑塔格:《艾滋病及其隐喻》,见《疾病的隐喻》,第111—112页。

症之"邪恶"和"羞耻"隐喻的文化批评中,作者提到了流行病或者说瘟疫的修辞学隐喻:

> 被看作是瘟疫的通常是流行病。此外,这类疾病的大规模发生,不只被看作是灾难,还被看作是惩罚。把疾病当作惩罚,是对病因的最古老的看法,也是一种为真正够得上医学高贵名声、关注疾病本身的人所反对的看法。①

"灾难"和"惩罚",几乎可谓是对于瘟疫的双重隐喻。在人类所有的疾病中,瘟疫恐怕是最具破坏性和幻灭感的。本来是身体的病症,却因感染性极强而颇具"精神现象学"的意义。当身体染上了疾病,尤其是带来群体性恐慌和死亡的瘟疫时,对于身体的伦理设定和审美描述极有可能会瞬间崩塌,而疾病的种种隐喻便也蠢蠢欲动、粉墨登场了。

二、"疫病政治学"

为了写此文,我特意买了几本关于疾病的史学专著。其中就有美国著名历史学家、全球史研究奠基人威廉·麦克尼尔(William Hardy McNeill,1917—2016)的名著《瘟疫与人》。在我看来,这部书不仅完成了"通过揭示各种疫病循环模式对过去和当代历史的影响,将疫病史纳入历史诠释的范畴"②的撰述初衷,而且刷新了传染病对人类历史影响的一般性认知。很显然,

① [美]苏珊·桑塔格:《艾滋病及其隐喻》,《隐喻的疾病》,第119页。
② [美]威廉·麦克尼尔:《瘟疫与人》,中信出版社2018年版,第5页。

这与英国人卡特赖特（Frederick F. Cartwright）和比迪斯（Michael Biddiss）合著的《疾病改变历史》（*Disease and History*，1972）一书，把瘟疫、饥荒和战争看成影响人类文明历史进程的三大要素，以及瑞典病理学家福尔克·汉申"人类的历史即其疾病的历史"的说法，可谓如出一辙。

不过，麦克尼尔最让我惊诧和佩服的还是他发明的一套"疫病政治学"。尽管诸如"所有的动物都以别的生物为食，人类也不例外"之类的说法，对我而言也可算作"常识"，但他在另一处的表述却须调动相应的智力才能理解：

> 把人类在与其他生命关系中的生态角色视为某种疾病，这并不荒谬。……当人类一次又一次蹂躏别的生命形态到达极限时，往往就会出现一种暂时稳定的新关系。……所以从别的生物体的角度看来，人类颇像一种急性传染病，即使偶尔表现出较少具有"毒性"的行为方式，也不足以建立真正稳定的慢性病关系。①

我承认我被这段话惊住了，并瞬间把自己想象成动植物的"天敌"——一种穷凶极恶的"急性传染病"。这还不算，麦克尼尔最为天才之处还在于提出了足以支撑其全书观点的两大核心概念："病菌的微寄生"和"大型天敌的巨寄生"。他说："人类大多数的生命其实处在一种由病菌的微寄生和大型天敌的巨寄生构成的脆弱的平衡体系中。"这里的"微寄生"是指各种寄居在人体的致病微生物；"巨寄生"则有着较为复杂的进化史——最

① ［美］威廉·麦克尼尔：《瘟疫与人》，第19页。

初是指各种足以对人类造成威胁的大型动物,如狮子、老虎之类;及至人类攀升至食物链顶端之后,所谓"巨寄生"就成了人本身。"当食物的生产成为某些人类社群的生活方式时,……征服者从生产者哪里攫取并消费食物,由此成为靠生产者为生的新型寄生者。"①这种撇开"阶级分析"和"政治经济学"不谈,径直从生物学和病理学切入政治和历史的角度的确让人耳目一新。

举例而言,如果说鼠疫是一种"微寄生"带来的最为恐怖的传染病,那么,"巨寄生"也即人类统治者何尝不是另一种更大的"鼠疫"呢?这在中国的诗歌中是可以找到证据的,比如《诗经·魏风》的《硕鼠》:

> 硕鼠硕鼠,无食我黍。三岁贯汝,莫我肯顾。逝将去女,适彼乐土。乐土乐土,爰得我所。……

在这首流传千古的诗里,"硕鼠"成了对人类社会中"巨寄生"社会阶级的辛辣讽刺和完美隐喻。《毛诗序》称:"《硕鼠》,刺重敛也。国人刺其君重敛,蚕食于民。不修其政,贪而畏人,若大鼠也。"朱熹《诗集传》也说:"民困于贪残之政,故托言大鼠害己而去之也。"多年前,我解读这首诗时,鬼使神差地写下了下面这段话:

> 法国哲学家加缪的名著《鼠疫》,写了一场生物学意义的"鼠疫",以及各色人等在灾难来临时穷形尽相的灵魂表

① [美]威廉·麦克尼尔:《瘟疫与人》,第6—7页。

演,小说同样暗示了这样一个事实,即人类社会政治与道德领域的"鼠疫",其"杆菌传染"的速度也许更快,更致命。这首诗把那些贪得无厌的特权阶层比作"硕鼠",真是很具天才的发明,因为后者的贪婪、自私、鄙吝和腐败如果泛滥成灾,其对于社会和民众的危害,常常不亚于任何一场生物学意义上的"鼠疫"!古人云:苛政猛于虎。而苛政,不就是另一种"鼠疫"么![①]

这篇古诗赏析的小文,题目竟然是——"为什么鼠疫还在蔓延?"现在看来,这与麦克尼尔的观点,不是歪打正着、不谋而合吗?

苏珊·桑塔格在谈到癌症的隐喻时,不仅提到了"政治修辞"和"军事修辞",甚至还涉及"越来越宏大的战争图式"——这就把疾病与战争勾兑在一起了。而在《艾滋病及其隐喻》中,她说:"艾滋病有一种双重的隐喻谱系。作为一个微观过程,她像癌症一样被描述为'入侵'。而当描述侧重于该疾病的传播方式时,就引用了一个更古老的隐喻,即'污染'。"[②]这里,"污染"是一个比"传染"更具政治修辞的隐喻。不过,从流行病学的角度说来,尽管瘟疫具有某种"污染性",但由于其污染是无差别式的,几乎每个人的身体都无法豁免,故有关瘟疫的隐喻不会在道德上给人带来像癌症和艾滋病那样的"耻感",难怪有人会把瘟疫和"民主"挂起钩来。英国人劳拉·斯宾尼(Laura

---

[①] 刘强:《为什么"鼠疫"还在蔓延?》,《古诗写意》,岳麓书社2016年版,第76页。

[②] 苏珊·桑塔格:《作为隐喻的疾病》,程巍译,上海译文出版社2003年版,第94页。

Spinney）在《改变 20 世纪人类历史的西班牙大流感》中说：

> 全球性大爆发的流感有时候被称为民主瘟疫。

　　所谓"民主瘟疫"是指不分贵贱，人人都会受感染，所谓"病毒面前，人人平等"。然而事实上并非如此。"在世界范围内，贫困人口、移民和少数民族更易受感染，不是因为如优生学家所谓他们体质差人一等，而更可能是因为他们饮食不好，居住拥挤，本身已患有其他疾病，以及很难获得医疗等。……一项对英国 2009 年大流行的研究表明，在最贫困的五分之一人口中，死亡率是富人中的三倍。"[1]

　　这一点也可以得到中国古代文献的佐证。比如，建安二十二年（217），一场特大瘟疫肆虐整个北方。曹植在《说疫气》一文中这样写道："疠气流行，家家有僵尸之痛，室室有号泣之哀。或阖门而殪，或覆族而丧。"又说："夫罹此难者，悉被褐茹藿之子、荆室蓬户之人耳。若夫殿处鼎食之家、重貂累蓐之门，若是者鲜焉。"这也雄辩地说明，瘟疫对底层百姓的杀伤最大，高门贵族因为"殿处鼎食""重貂累蓐"的饮食起居条件优渥而常常可将"疠气"隔离在外。

　　当然，话也不能说死。曹植的哥哥曹丕在《与吴质书》中则提供了另一种"真相"："昔年疾疫，亲故多罹其灾，徐（干）、陈（琳）、应（玚）、刘（桢）一时俱逝，痛可言邪？"

　　这说明，在这场瘟疫中，士族阶层中也有不少人"中招"惨

---

[1]　转引自于庚哲：《疾病如何改变我们的历史》，中华书局 2021 年版，第 35—36 页。

死。"建安七子"(孔融、阮瑀死得更早)中仅剩的五人(另一位是王粲)均死于这场大疫。看来,瘟疫的"民主"性不是社会制度层面的,而是天命论或宿命论层面的。

在中国古代的政治解释学中,有所谓"天人感应"一说。如《礼记·中庸》就说:"国家将兴,必有祯祥;国家将亡,必有妖孽。"瘟疫便是这样一种"妖孽",它的到来常常为一个王朝敲响丧钟。按照麦克尼尔的说法,每到王朝末期往往会暴发瘟疫,应该可以视作"微寄生"对"巨寄生"的生物学起义和颠覆。因为紧接着瘟疫的,往往就是饥荒和战争,这不仅会带来人口基数的锐减,还可能导致作为"巨寄生"象征物的王朝和政权的彻底崩溃。

根据约瑟夫·H·查博士所编的《中国的疫情年表》①,历史上有记载的瘟疫就有近300次。建安二十二年(217)大疫之后的第三年,也即公元220年,汉献帝"禅位"于曹丕,大汉王朝灭亡。公元312年,中国北方继蝗灾和饥荒之后,又爆发一场大疫,五年之后的317年,东晋建立。这场瘟疫与少数民族南下一起,宣告了西晋王朝的终结。金朝和明朝的灭亡也与瘟疫有关。金天兴元年(1232)年,正值蒙古大军与金朝战争的相持阶段,一场大瘟疫降临。《金史》卷一七载:"汴京大疫,凡五十日,诸门出死者九十余万人,贫不能葬者不在是数。"又《蒙兀儿史记》:"夏四月……未几汴京果大疫,五旬之内,诸门出死者九十余万人。"瘟疫之后,公元1234年,蒙古灭金。"汴京大疫堪称这场历时二十四年战争中压倒金朝的最后一根稻草。"②明崇祯

---

① [美]威廉·麦克尼尔:《瘟疫与人》,第238—246页。
② 于赓哲:《疾病如何改变我们的历史》,第18页。

末年,也暴发一场大鼠疫,加上干旱减产、农民起义、女真入侵,最终导致大明王朝的崩溃。1910 年 10 月,俄罗斯大乌拉尔发生鼠疫,并于年底传至哈尔滨,并蔓延至河北、山东等地,死亡人数达 6 万以上,第二年也即 1911 年,大清灭亡。

对此,麦克尼尔是这样分析的:"成功的政府可以使纳税人对灾难性的掠夺和外敌入侵产生免疫力,正如轻微的感染可以让它的宿主对致病的疫病产生免疫力。……建立成功政府的结果,就是创建了一个与其他人类社群相比更为强大且更加可怕的社会。……可见,导致强大的军事和政治组织发展的巨型寄生,几乎可以与形成人体产生免疫反应的微型寄生相对应;换言之,战争和瘟疫的联系其实并不仅仅限于巧饰的修辞和经常伴随或尾随战争的瘟疫。"①不过,和西方相比,中国古代之所以能长期获得一种"帝国巨型寄生方式"的稳定平衡,与儒家文化不无关系。"儒家文化在帝国官僚和私人地主中的传播,造就了不断限制权力专制或滥用的精英阶层,其重要结果之一是将对农民的压榨控制在传统的、多数情况下可以忍受的限度内。"尤其在唐宋之间,"胜利的儒教把最初吸引宫廷的佛教的形而上的理念吸收并融入自身,因此,融入官方儒教的佛教理念,与外来的疾病在中国人血液中引发并维持的抗体有相似的机理"②。

不得不说,麦克尼尔将儒家文化比作维系古代中国"巨寄生"体制的文化"抗体",这一"疾病政治学"的隐喻是非常精彩而富有诗意的。

---

① 〔美〕威廉·麦克尼尔:《瘟疫与人》,第 46 页。
② 〔美〕威廉·麦克尼尔:《瘟疫与人》,第 71、114 页。

三、"斯人有斯疾"

那么,在中文的语境中,是否也有"疾病的隐喻"呢?答案是肯定的。

我首先想到的是孔子。《论语·雍也》篇记载了一个令人感伤的故事:孔子的弟子冉耕(字伯牛)身患恶疾(一说是麻风病),孔子去看望他,"自牖执其手,曰:'亡之,命矣夫!斯人也而有斯疾也,斯人也而有斯疾也!'"这虽然不是诗歌,却颇有诗的韵味。尤其是,提到了疫病和隔离。孔子去看望伯牛,不能进门,只能从窗户握住他的手。邢昺认为,这是"孔子痛惜弟子冉耕有德行而遇恶疾也"。这里的"斯疾"指某种恶疾,可以说是最古老的"疾病的隐喻"。后来就以"冉耕之疾"代指麻风病。如唐人张鷟《朝野金载》卷六载:"卢照邻字升之,范阳人……不幸有冉耕之疾,著《幽忧子》以释愤焉。"看来"初唐四杰"之一的卢照邻,亦曾罹患"斯疾"。

不仅如此,孔子还为我们留下了公元前五世纪前后中国人对待瘟疫的材料。据《论语·乡党》篇载:孔子参加乡人饮酒,等到拄着拐杖的老人都出去了,自己才出去。"乡人傩,朝服而立于阼阶。"这里的"傩"(nuó),是指当时乡人举行的一种驱逐鬼疫的仪式。《周礼·夏官》载:"方相士,狂夫四人。方相士。掌蒙熊皮,黄金四目,玄衣朱裳,执戈扬盾,帅百隶而时难(傩),以索室驱疫;大丧,先柩,及墓,入圹,以戈击四隅,驱方良(魍魉)。"说的大概就是孔子所见的乡人傩舞。至于乡人们举行驱逐疫鬼的活动时,孔子为何要穿上朝服站立在家庙的东阶上恭敬地迎送?恐怕只有用孔子所谓"敬鬼神而远之,可谓知矣"来解释了。

孔子的时代,尚无今天的流行病知识,对于瘟疫的认识难免神秘化和巫术化。人们不可能将瘟疫的发生与自然界的生存竞争尤其是"微寄生"联系起来,而只能将瘟疫与鬼魅挂钩。《山海经·东山经》记载:"又东二百里,曰太山,上多金玉、桢木。有兽焉,其状如牛而白首,一目而蛇尾,其名曰蜚,行水则竭,行草则死,见则天下大疫。"这种牛首蛇尾的怪兽,大概就是传说中的"疫鬼"吧。而人类早期的"抗疫"活动,不过就是通过傩舞这样的角色扮演,在既定的驱鬼仪式中获取某种精神上的胜利。且看唐代诗人孟郊(751—814)的《弦歌行》:

> 驱傩击鼓吹长笛,瘦鬼染面惟齿白。暗中草草拽茅鞭,
> 倮足朱裈行戚戚。相顾笑声冲庭燎,桃弧射矢时独叫。

很显然,这时并未发生瘟疫。人们通过傩舞驱除"疫鬼"的民间表演,似乎获得了某种被除不祥和装神扮鬼的莫名快乐。而事实上,瘟疫一旦真的不期而至,恐怕只能用"人间地狱"来形容了。明人龚诩(1382—1469)的《甲戌民风近体寄叶给事八首》其一云:

> 疫疠饥荒相继作,乡民千万死无辜。浮尸暴骨处处有,
> 束薪斗粟家家无。
> 只缘后政异前政,致得今吴非昔吴。寄语长民当自责,
> 莫将天数厚相诬。

甲戌年,盖指明景泰五年(1454),这一年,江西和湖北大

疫。"寄语长民当自责"一联,直接表达了对主政官员(也即"巨寄生"群体)的不满。再看于谦(1398—1457)的《延津县》诗:

> 县治萧条甚,疲民疫病多。可怜官失职,况是岁伤和。
> 空廪全无积,荒田更起科。抚安才智短,独立奈愁何。

"可怜官失职"一联,依旧发挥了儒家诗教的"讽谏""怨刺"的功能。再看王世贞(1526—1590)的《岁暮即事杂言六章其五》:

> 天地岂不仁,来为乡邑雠。疫鬼日夜侵,尽室委阳侯。
> 长吏佐凶岁,存者复累囚。丈夫具七尺,岂但妻子谋。朝粥
> 与夕蔬,一饱良足羞。

这三首诗,可以说是对瘟疫肆虐之下人间惨况的写真。值得注意的是,三首诗都写到了瘟疫、饥荒与苛政的关系。也就是说,瘟疫常常是"微寄生"和"巨寄生"失衡、紊乱导致的结果,大多属于"三分天灾,七分人祸"。

差不多同时,在欧洲大陆也发生过大规模的瘟疫,而诗歌对于瘟疫的书写也从未缺席。已有学者撰文论述,在十四世纪四五十年代,黑死病席卷欧洲大陆,造成当时欧洲三分之一人口死亡。1592年,黑死病在伦敦再次暴发。为躲避瘟疫,莎士比亚离开伦敦去了乡村,创作了叙事诗《维纳斯与阿都尼》,其中写道:

> 我祝它们存在时,青春永保无残缺!

　　把疫疠从应降大灾的年月中被除绝。

这样，星象家尽管已把人们的生死判决，

你喘的气，却回天旋地，把人命留，瘟疫灭。

　　在诗中，莎士比亚通过女神维纳斯之口表达了尽快祛除瘟疫的心愿。1665 至 1666 年间的"伦敦大瘟疫"给英国社会造成了重创。诗人乔治·赫伯特（George Herbert，1591—1674）亲历了这场大瘟疫并不幸染病，在《苦难》一诗中，他写道：

　　我的肉体痛苦地朝向灵魂，

病疫紧抓我的骨骼；

消耗人的疟疾停留在每根血管，

把我的呼吸变成呻吟；

忧伤充塞我的灵魂；我几乎难以相信，

要不是痛苦明白宣告，我还活着。

　　此后一直到二十世纪，英美诗歌中都有关于瘟疫的书写。①

　　清乾隆年间，西南数省暴发鼠疫，死亡枕藉，云南赵州诗人师道南写下一首《鼠死行》：

　　东死鼠，西死鼠，人见死鼠如见虎。鼠死不几日，人死如圻堵。昼死人，莫问数，日色惨淡愁云护。三人行未十多步，忽死两人横截路。夜死人，不敢哭，疫鬼吐气灯摇绿。

---

① 详参王松林：《人类命运共同体视域下的英美诗歌瘟疫书写》，《外国文学动态研究》，2021 年第 2 期。

须臾风起灯忽无,人鬼尸棺暗同屋。乌啼不断,犬泣时闻。人含鬼色,鬼夺人神。白日逢人多是鬼,黄昏遇鬼反疑人。人死满地人烟倒,人骨渐被风吹老。田禾无人收,官租向谁考。我欲骑天龙,上天府,呼天公,乞天母,洒天浆,散天乳,酥透九原千丈土,地下人人都活归,黄泉化作回春雨。

相比英美诗人的吟唱,这首即事名篇的乐府诗,更具视觉冲击力,在叙事写人、摹景状物、情感抒发上达到了很高的艺术水准,体现了汉语诗歌独特的肌理、声色、画工与巧构。诗歌之于瘟疫,恐怕也只能如此了。

四、诗歌的"治愈"功效

当然,疾病也是有性格的,它往往会"众里寻他",追逐并筛选自己的最佳"宿主"。根据苏珊·桑塔格的说法,结核病(痨病)富有激情和浪漫色彩,"是文雅、精致和敏感的标志",故而常与具有忧郁气质的西方诗人结缘。准此以观中国,我们会发现,中国古代的诗人常常会受到疟疾的困扰。疟疾是人类自古以来都要面对的一种"微寄生"造成的流行病。其病源是疟原虫,宿主是蚊子。学理一点说,疟疾是以疟蚊为媒介,由疟原虫引起的周期性发作的急性传染病。其主要临床表现为周期性规律发作,全身发冷、发热、多汗,长期多次发作后,可引起贫血和脾肿大。疟疾俗称"打摆子",病情发作起来对人是一种酷虐的折磨。《世说新语·言语》篇载:

中朝有小儿,父病,行乞药。主人问病,曰:"患疟也。"

　　主人曰:"尊侯明德君子,何以病疟?"答曰:"来病君子,所
以为疟耳!"

　　按照"疾病隐喻"的观点,疟疾虽然属于"文明病",却不该
为君子所患。"来病君子,所以为疟",这里疟与虐通,显然是把
疟疾视为一种鬼魅般的恶作剧。所以,和瘟疫被称作"疫鬼"一
样,"疟疾"也被认为是有"疟鬼"作祟。干宝《搜神记》卷一六
载:"颛顼有三子,死后变为疫鬼:一居江水,为疟鬼;一居若水,
为魍魉;一居人宫室,惊人小儿,为小鬼。"

　　"诗圣"杜甫便是疟疾患者,其所撰《寄彭州高三十五使君
适虢州岑二十七长史参三十韵》诗云:"三年犹疟疾,一鬼不销
亡,隔日搜脂髓,增寒抱雪霜。"又《寄薛三郎中》诗云:"峡中一
卧病,疟疠终冬春。春复加肺气,此病盖有因。……余病不能
起,健者勿逡巡。"有意思的是,杜甫不仅在诗歌中多次写到疾
病,而且认为自己的诗歌能够治疗疟疾。郭绍虞先生所辑宋人
《古今诗话》有"杜诗愈疾"一条,云:

　　　　杜少陵因见病疟者,谓之曰:"诵吾诗可疗。"病者曰:
"何?"杜曰:"'夜阑更秉烛,相对如梦寐'之句,疟犹是
也。"又曰:"诵吾'手提髑髅血模糊'①。"其人如其言,诵
之,果愈。

　　葛立方《韵语阳秋》亦有此条,语稍异。杜甫所以认为这两
首诗能去病,盖因其足够血腥狞厉,足可吓退疟鬼。不过这大概

---

　　① 按,当作"子章髑髅血模糊,手提掷还崔大夫"。

是老杜"自神其诗",不可尽信。葛立方引此便加了一则按语："余谓子美固尝病疟矣,其诗云:'患疟三秋孰可忍,寒热百日相攻占。'又云:'三年犹疟疾,一鬼不销亡。隔日搜脂髓,增寒抱雪霜。徒然潜隙地,有觊屡红妆。'"谓子美亦尝病疟,是杜诗愈疾说之妄故不待辨矣。① 根据"隔日搜脂髓"的描述,杜甫所患的应该是"间日疟",而且一病三年,无药可医,可见"诵诗疗疾"之说是经不起推敲的。

倒是韩愈的《谴疟鬼》一诗,透露了当时人们如何治疟驱疫的实况:

> 屑屑水帝魂,谢谢无馀辉。如何不肖子,尚奋疟鬼威。乘秋作寒热,翁妪所骂讥。求食欧泄间,不知臭秽非。医师加百毒,熏灌无停机。灸师施艾炷,酷若猎火围。诅师毒口牙,舌作霹雳飞。符师弄刀笔,丹墨交横挥。咨汝之胄出,门户何巍巍。祖轩而父顼,未沫于前徽。不修其操行,贱薄似汝稀。岂不忝厥祖,觋然不知归。湛湛江水清,归居安汝妃。清波为裳衣,白石为门畿。呼吸明月光,手掉芙蓉旂。降集随九歌,饮芳而食菲。赠汝以好辞,咄汝去莫违。

此诗作于贞元二十一年夏,当时诗人罹患疟疾,故于诗中对疟鬼极言叱骂,好说歹说,期望其别再作祟。诗中"医师""灸师""诅师""符师"的种种作为,可见当时治疗疟疾除了巫医并作,并无更好的办法。有时病情好转,与其说是被"治愈",倒不如说是"自愈"。而根据白居易《思旧》诗"退之服硫黄,一病讫

---

① 郭绍虞:《宋诗话辑佚》卷上,中华书局 1980 年版,第 111 页。

不痊"的供状,韩愈很可能也是"五石散"之类金石药的老用户,终难免"服食求神仙,多为药所误"的结局。

波德莱尔曾说过:"人生是一座医院,每一个病人都想调换床位。"①这话也可以这么理解:每个人本质上都是病人,调换床位不过是换一个地方继续生病,直至死亡。杜甫所谓"亲朋无一字,老病有孤舟",真是千古如新的绝唱。

所以,所谓"病从口入"云云,基本上是个"甩锅"式的说法,因为疾病本质上并非来自身体之外,而是来自生命本身。至于"祸从口出"之类的训诫,倒是直心热肠的诗人们应该记取的。说到底,面对那些或无孔不入、或一手遮天的"微型"和"巨型"寄生物,即使是千古传唱的诗歌,也不过是一声声以卵击石、无补于事的无奈呻吟罢了。

五、尾声:关于《原诗》

这篇代序的篇幅已经超出了当初的预期,不得不赶紧打住了。

记得《原诗》第三辑问世时,正赶上新冠疫情肆虐的那个寒冬。为了让作者尽快见到样书,我冒着说大不大、说小不小的风险,频繁通过快递小哥往全国各地寄书——在小区门口,戴着口罩的我俩严格遵守防疫规定,真的做到了"授受不亲",打包完毕即迅速离开,很像电影里秘密接头的地下工作者。

那是 2020 年春节过后,正是封城禁足、前途未卜的惨淡时

---

① [法]波德莱尔:《巴黎的忧郁》,胡小跃译,江西人民出版社 2016 年版,第162 页。

光,那个时候的我,真的不知道《原诗》还会不会有第四辑。当时我心情极度郁闷,要么枯坐阳台,在手机上写几首未尽合律的旧体诗,要么戴上口罩出门,去和那些相识或不相识的同类"道路以目"。偶尔也会想一想,人类在遭受大规模瘟疫和疾病时,除了诸如医学、道德、政治、民族、国家等一系列"大词"的现身说法、各显神通之外,作为人类最古老的表达方式——诗歌,是否在场? 如果在场,诗歌究竟是如何"介入"疫病并起到"治愈"作用的? 那时我就想,如果《原诗》还有第四辑,序言不妨就谈谈这个话题吧。

现在机会终于来了——第四辑书稿已在出版社编校待印,而这篇迟到的序言,总算可以勉强交差了——生逢疫情时代,还能有此一种不确定中的"小确幸",终究还是令人欣慰的。

感谢在第四辑中亮相的诗人、学者和批评家们。总的说来,这一辑的内容较以往更为丰富,不仅延续了几大特色栏目,而且增设了"陶渊明研究"和"当代诗学档案"两个专辑。需要特别感谢的是龚鹏程先生,他专门撰写的论文不仅涉及新旧诗学的重要问题,也为我提炼本辑的主题"源流与新旧的透析与诠释"提供了有益的启示。作为本刊的学术顾问,周伦佑先生一如既往地在组稿上不遗余力,我们因为诗歌而引发的电话、邮件及微信的交流和争论,此刻想来倍感温暖和珍贵。还有龚斌先生、李剑锋教授、吴冠宏教授、向以鲜教授、何光顺教授以及诗人森子、胡桑等师友,皆为本辑的编辑奉献过心力,这是让我特别感动的。本辑的出版得到同济大学人文学院的专项资助,河南人民出版社杨光副总编给予了充分的支持,在此一并致谢!

诗歌的海洋浩瀚无边,我很庆幸,在彼岸尚遥之际,我们能同船共渡,并为这汪洋中的一叶扁舟,守望相助,保驾护航。愿疫病早日得戢,祥和重返人间。

2021 年 11 月 28 日完稿于沪上守中斋

作者简介

刘强(1970—   ),字守中,别号有竹居主人,笔名留白。河南正阳人。上海师范大学文学硕士(1998),复旦大学文学博士(2004)。现为同济大学人文学院教授,博士生导师,同济大学诗学研究中心主任、诗学研究集刊《原诗》主编。兼任台湾东华大学客座教授、贵阳孔学堂学术委员会委员、中国"世说学"研究会副会长兼秘书长、中国陶渊明研究会(筹)理事、上海市写作学会副会长等。主要从事中国古代文学及哲学研究,兴趣集中在先秦诸子经典、魏晋南北朝文学与玄学、儒学与古典诗学、文言笔记小说等领域。发表学术论文 150 余篇;出版著作《世说新语会评》《世说学引论》《有刺的书囊》《竹林七贤》《魏晋风流》《惊艳台湾》《清世说新语校注》《论语新识》《世说三昧》《曾胡治兵语录导读》《穿越古典》《世说新语研究史论》《世说新语资料汇编》《四书通讲》《世说新语新评》等二十余种;主编丛书、教材、论文集多种;主持国家社科后期资助项目、上海市社科项目、中央高校基本科研项目等多项。著作曾获全国优秀古籍图书奖、华东地区古籍优秀图书奖、湖南省优秀社科普及读物、"儒家网"十大好书奖等多个奖项。

【特稿】

"五四"百年后的新旧文学

——旧与新、旧是新、新是旧、旧又新的文学叙事

龚鹏程

【摘要】本文主要探讨新文学与旧文学的百年博弈与更化。第一,新诗早已从五四新文学运动反叛了出来,与"五四"虽有血缘关系,但观念及实践业已相去甚远。第二,新诗在与传统乍然断绝时,曾经取径于西方,但发展下来,继承性却越来越大,业已成为传统诗之一分支,虽然在诗形上颇有差异。第三,新诗或现代诗人在探讨他们该如何前进时,对传统诗与诗学有许多深入的研析。由这个意义说,现代诗实可说已然收编了古典诗。

【关键词】"五四" 新旧文学 现代诗 古典诗 文学叙事

百年来旧体文学之发展,有个不可逃避的情境问题,即新文学运动所形成的冲击。包括今天我们用"旧体文学"来概括整个传统文学及现代非新文学,都属于此一情境之产物。

旧体之所以为旧,相对的正是新文学之新。由于新文学运动提倡白话文,指责传统文学为贵族的、山林的、死的文学,使传统文学丧失了存在的合理性,并导致整个教育体系、大众传播体系、政府及社团组织体系(如大陆的作协、现代文学馆、现代当代各种学会)、评价体系(如各种文学奖),均以新文学是尚,传统文学除了作为历史材料以外,早已淡出舞台。山花自媚,聊存

余馨,文学的与公众的领域几乎皆与之无涉。

相较于"死文学","旧文学"一词还算是较客气的了。但在新社会中做旧体诗文,自不免贻人居现世而着古衣冠之感,会被视为"老古董"或过时之物;与新文学之写新事物、新社会、新感性者不可同日而语。

因此在这个情境下,仍喜爱传统文学或仍以传统文学体裁来写作的朋友,便常不免于抑郁或激愤。既不满社会上不重视传统文学之环境,也对新诗不解、不满。觉得新诗不是诗,至少不是中国诗,只是对西方的模仿。我下面准备谈的,就是对这一心理反应之再解析。

首先要说明新诗早已从五四新文学运动反叛了出来,与"五四"虽有血缘关系,但观念及实践业已相去甚远。尤其"五四"以白话为标志,以大众化为导向,新诗绝非这一路。

其次,新诗在与传统乍然断绝时,确实曾经取径于西方,亦尝号称是"横的移植"而非"纵的继承"。但发展下来,亦绝非如此。继承性越来越大,事实上业已成为传统诗之一分支,虽然在诗形上颇有差异。

再次,新诗或现代诗人在探讨他们该如何前进时,对传统诗与诗学有许多深入的研析。研析所得,反过来又深刻影响到近时我们对整个古典文学的理解与诠释,如"抒情传统"云云,即其中一端。由这个意义说,现代诗实可说已然收编了古典诗。

近几十年,旧体文学界对上述情境缺乏理解,在诗学上又无力对话,形成互动,我觉得正是旧体文学发展蹇困的内在原因。

一、现代诗，从五四新文学运动反叛出来

新诗从出现以来，就一直活在争议中。批判"五四"、否定新诗者多矣，且比旧体诗人对新诗的否定更甚。例如朱光潜1933年《替诗的音律辩护》就认为胡适"作诗如说话"之说错误已极（《东方杂志》三十卷一号），其后《论现代中国文学》（1948上海《文学杂志》二卷八期）也说：

> 新诗不但放弃了文言，也放弃了旧诗的一切形式。在这方面西方文学的影响最为显著。不过对于西诗的不完全不正确的认识产生了一些畸形的发展。早期新诗如胡适、刘复诸人的作品只是白话文写的旧诗，解了包裹的小脚。继起的新月派诗人如徐志摩、闻一多诸人代替模仿西方浪漫派作品，在内容与形式上洗练的功夫不够。近来卞之琳、穆旦诸人转了方向，学法国象征派和英美近代派，用心最苦而不免于僻窄。冯至学德国近代派，融情于理，时有胜境，可惜孤掌难鸣。臧克家早年走中国民歌的朴直的路，近年来却未见有多大的发展。新诗似乎尚未踏上康庄大道，旧形式破坏了，新形式还未成立。任何人的心血来潮，奋笔直写，即自以为诗。所以青年人中有一个误解，以为诗最容易写，而写诗的人也就特别多。

所有旧体文人对新诗的不满，几乎都被他说完了，而且入室操戈，讲得比旧体文人更好。这种"新诗抹杀论"，后来在台湾颇有继声。如纪弦《论新诗》也痛批：

"五四"以来,出现于中国新诗坛的诗形不下十种,几乎凡西洋的诗形,不论其为过去了的或新出现的,悉皆被介绍到中国来了。……

最初是胡适的"尝试"时代,他们的诗形,从现在的标准看去,当然是很幼稚的、不成熟的、不完美的。可是……"尝试"的精神,毋宁是值得我们尊敬的呢。"尝试"时代的诗形,大体上近乎"自由诗",有完全不押韵的"分行的散文",也有押了自由韵的,不过我们还是依习惯称之为"白话诗"比较妥当一些,因为那和现在的"自由诗"不同。

其后有冰心女士的"小诗"。她的这种诗形,曾经有不少人模仿过,但其本身还是很薄弱的,不能持久。如今有谁要是再用她的这种诗形的诗,恐怕要被讥为"新文艺腔"了。……

"新月派"的出现,正式的把西洋的"旧"诗形介绍到中国来了。但是他们的诗形,也并不完全是严格的"十四行",而主要的特点,在于每行的字数,每节的行数,都是有一定的,就同图案画一样。他们的诗形,用眼睛看去很漂亮,而最要紧的还是字句上注重反复与对偶,韵脚十分工整这一点。后来林庚的"四行诗"也可以归入这一个系统里去。就诗论诗,朱湘、徐志摩等人的作品,无论是在形式上、内容上都已有了飞跃的进步。这就是说,已经像"诗"了。只不过遗憾的一点是他们把西洋的"旧诗"当作是新鲜的事物,而搬到中国来。这和当初文学革命的主旨完全不符合。……

"左翼"的理论是洋洋万言,可是他们的诗,就太不成样子了。他们的诗形也很混杂。反正他们的批评尺度,所量的只是一个"意识",不论是山歌也好、民谣也好、大鼓词也好,甚至连文言和白话都不管。总之只要"意识前进"就是"好诗"。因而他们的诗,可说是没有什么诗形。他们根本不注意技巧,表现手法全无,只要喊出一个"革命"的概念来,就算是诗。他们以为"革命的诗"就是"诗的革命",岂不荒谬之至!严格的说:"左翼"的诗人们,与其称之为诗人,毋宁称之为宣传员。他们的诗,全是些标语口号,根本是不成其为诗的东西。……

说起"现代派"的奋斗来,实在是太艰苦了。时间虽已过去,可是回想起来,那种为了艺术的真理而作的不屈不挠的斗争,是应该具有重大文墨史的意义。一方面,在诗的内容上,对抗其时声势浩大的"左翼";另一方面,作为自由诗的拥护者,以无名的后辈青年人的立场,对抗那些大名鼎鼎的"新月派"的权威化了的诗形,而结果,终于革去了他们的"格律"的命,光复了"自由诗"的天下。

胡适的尝试、冰心的小诗、新月派与诸般格律诗、左翼,全骂上了,只有最后一段推重现代派。

纪弦是 1933 年由施蛰存创刊的《现代》杂志的重要诗人,又与戴望舒、徐迟在上海创办过《新诗》月刊。到台湾后,一直希望能将大陆现代派的香火在台湾延续。因此会有这种态度。

但此非他一人之言,相似者不难偻指。如痖弦就也曾指出:新文学运动时期,很多以白话写诗者,并不纯粹为了创造诗艺,而是从事文化改革的运动,以此散播新思想。20 世纪 30 年代抗战时期,诗更成为救亡图存之工具,不允许在战火中精琢诗艺。40 年代,标榜普罗与进步,诗人成了无产阶级的旗手。故须待 50 年代台湾诗人才开始展开"文学再革命",迎接西方各种技法,进行诗语言之试炼。①

这就是当时将"新诗"改称为"现代诗"、创办"现代诗社"之类活动的内在原因。所以我们不该把这种态度看成是现代派一派之私言,而应看成是对新诗四十多年实验的反对,准备改弦更张。纪弦、痖弦之外,如余光中便也经常说"要下五四的半旗"。

二、努力移植西方的现代诗

既然新诗失败了,那么,要改弦更张、重起炉灶,又该走什么路子呢?

开出的药方,首先是西方的"新"诗。如《现代诗》,是 1953年国民党迁台后的第一个诗刊。它提出的《现代派公告》六大信条,第一、二条就是:

> 1. 我们是有所扬弃并发扬光大的包含了自波特莱尔以降一切新兴诗派之精神与要素的现代诗派之一群。
>
> 2. 我们认为新诗乃横的移植,而非纵的继承。这是一个总的看法,一个基本的出发点,无论是理论的建立或创制的实践。

---

① 痖弦:《诗是一种生活方式:鸿鸿作品的联想》,《现代诗》复刊十五期,1990年。

早期现代主义最重要的诗人是李金发,他留学法国时受到波特莱尔《恶之花》的影响,1925 年出版《微雨》。其后《现代》杂志1933 年创刊,戴望舒、穆时英、施蛰存、杜衡、刘呐鸥均属之。其后另有何其芳、卞之琳、冯至等。冯至《十四行集》则以德国诗人里尔克为师。可见学习西方,由来已久。《现代派公告》之说,大抵继承这个脉络而扩大之。

1954 年成立的创世纪诗社则不同意现代派,认为还不够新,应更新、更能与国际接轨,所以有四性说:世界性、超现实性、独创性与纯粹性。提倡超现实主义。其大将洛夫说:"(西方)抽象画,使他们(指台湾现代诗人)由外在的有限物向世界进入了内在的无限精神世界。立体主义,为他们提供了造型意识,使在形式上做新的尝试。印象主义,使他们懂得如何捕捉心象,使想象的经验得以呈现。超现实主义,使他们了解到潜意识的真性,并在技巧和语言的排列上做革命性的调整。西洋现代诗大师诸如里尔克、梵乐希、波特莱尔、阿保里莱尔、T·S·艾略特、E·E·卡明斯、叶慈、戴兰·汤玛士等的诗作都成他们精神上和艺术上疗伤的对象。"①

另外,还有由日本传入的法国超现实主义。如 1953 年成立的风车诗社,创办《风车》诗刊。刊头用法语作标题,宗旨是:"抛弃传统,脱离政治,追求纯艺术,表现人的内心世界。"他们都强调要抛弃传统,移植西方,新而又新。因此一时之间西潮大盛。

---

① 洛夫:《中国现代诗的成长》,即《中国现代文学大系·诗选》序。收入《洛夫诗论选集》,开源出版公司 1977 年版。

三、现代诗,转向继承传统

但情况很快就有了转变。因为当时之西化是充满自觉意识的。虽然认定整个新诗都是移植之物,然而,一,并非所有西方事物均堪效法,所以反对把西洋旧诗形拿来用。二,效法西方的目的,乃是要建立我国新诗的形式,创造中国的民族文学。

如纪弦即曾说:"移植之初期,所谓新诗,无论是在中国或日本,都是尚不成其为'诗'的东西,都是无光彩的瓦石,而绝不是灿然的珠玉。然而先驱者一番移植的热情与苦心,是值得我们尊敬的。新诗的第二代,在中国和日本,不仅是愈更精湛、纯粹、坚实、完美,呈其枝繁叶茂之姿,几乎要赶上世界的水平,抑且成为中国之大陆风的民族文学,成为日本之岛国风的民族文学,各各于其内部,织入并活着本国的民族性格、文化传统,而在文化类型学原理之一的'凡文化必为民族文化'这一大前提下,它们是取得了存在的理由和普遍发展的资格。"可见民族文学才是他们努力的目标,西化只是手段之一,在创作中还希望能织入本国的民族性格与文化传统。

《创世纪》创刊不久也开始倡议"民族型诗",强调要"运用中国文学之特异性,以表现东方生活之特殊情趣"(见第六期《建立新民族特型,热烈提倡的刍议》)。同一时期夏济安编《文学杂志》,同样也在《致读者》中申言:"我们的希望是要继承中国文学的伟大传统,从而发扬光大之。"

方向如此,因此对于所接受的西方影响便开始有了反省。如洛夫就批评:"超现实主义在部分诗人解释下成为一种绝对主义。他们的人生态度是颓废、虚无、绝望,而最终走向自杀",

而"自杀绝不是一个艺术创作者必须具有的精神"。

他也质疑超现实主义者"故示神秘、玩世不恭的态度,主要是由于潜意识中的欲望过于放纵。潜意识部分固然最为真实,但欲望却是一切痛苦之源。一个诗人对艺术的态度是否与对生活的态度应趋于一致呢?这是超现实主义者值得深思的问题"。

正因如此,故他对现代诗"乃横的移植,而非纵的继承"之说颇有修正,努力淡化现代诗乃移植之花的印象,说:

> 凡细心研读过近年来我国现代诗的创作及其理论的人,都会发现一个事实,即若干重要诗人的作品中几乎都具有超现实主义的精神倾向。但当我们对超现实主义的基本观念、精神特质及其实验以来的得失成败作过一番剖释后,始了解中国现代诗人并未直接受其影响。我国现代诗人的超现实风格作品并不是在懂得法国超现实主义之后才出现的,更不是在研究过布洛东的《宣言》之后才按照它的理论来创作的,他们最多只是在技巧上受到国际性的广义超现实主义者所诠释、所承认的作品的影响;且由于超现实主义的作品在我国并未做有系统的介绍,这种影响也极为有限。

超现实主义一部分是我们本来就有的,一部分是我们不赞成的,另一部分则是要被我们转化的。

例如现代意识,在洛夫笔下,就转换成了一种传统意识。现代天人裂解、物我对立的世界,也被认为应重新弥合成为天人合一的形态:"中国诗人与自然素来具有一种和谐的关系,我心即宇宙,'赞天地之化育,与天地参',主体与客体是不可分的,所以诗人能做到虚实相涵,视自然为有情,天地的生机和人的生机在诗中融合无间,而使人的精神藏修悠息其间,获得安顿。这种思想虽不为中国所独专,但确构成了中国诗一种特质。中国诗人所谓'静观',正是透过这种人与自然的关系以探索事物本质的最佳方法。"

洛夫后来更以纯粹诗、纯粹经验来解释这种天人和谐关系,重新认证了它与现代主义间的谱系渊源:

> "纯粹经验"也是西方现代美学的重要观念之一,首先美国诗人爱伦坡(E. A. Poe)认为:诗的本质是一种用张力所形成的抒情状态,其效果与音乐相似。诗只有一种纯粹美学上的价值,因而排斥一切的知性、逻辑思维与实用性,这都是属于散文的范围。其后,廿世纪初期法国诗人波特莱尔、马拉美等承袭此一观念而倡象征主义。对他们而言,纯粹就是一种绝对,能产生相当于音乐中形而上的及神秘经验的效果。实际上这种纯粹观念只是一种理论,一种诗的本体论。诗究非音乐,诗必须依恃语言,且须透过意象才能呈现,而语言固然有其暗含的意义,同时也有它本身的意义,也就是字典中的意义,所以语言本身既是文学的,也是科学的、是抒情的,也是分析的。我们无法摆脱语言而读诗,故西洋的"纯诗"理论毋宁说只是一种美学观念。……
>
> 但中国现代诗人对纯粹经验的追求是受到中国古诗的启发,希望能突破语言本身的有限意义以表现想象经验的无限意义。……
>
> 这种高度纯粹的诗固然饱含"张力与冲突",表现出不

可言状的心灵隐秘,甚至可以达到不落言筌,不着纤尘的"禅"境,一则使我们恢复人与自然的冥合关系,一则使我们发现人类经验中为一般人所忽视的事物本质,或如古时柏拉图、近代柏克森所追求的"最终真实"(ultimate reality)。

经过他这么一处理,现代诗便是虽仍与西方有关,但主要是受中国古诗或中国人意识影响下的产物,脱离了欧洲资本主义现代化的脉络,表征着在中国的意义:"对一个中国现代诗人来说,所谓'现代诗',并不纯然就是西洋现代主义的产物,也不仅意味着一种时代性的新文学形式,或一种语言与技巧的革新(如中国三十年代的诗),而更重要的,乃是一种批评精神的追求、新人文主义的发扬和诗中纯粹性的把握。"

叶维廉的态度也与洛夫相似。他于 1959 年就指出现代诗既是移植的,也是延续的。而移植的部分,发展不良,因为模仿痕迹太重:"无论在取材上、意象上及技巧上都似乎尚未逃出艾略特、奥登、萨特维尔(Edith Sitwell)及法国各大师的路子,除了在文字之异外,欧美诗的痕迹实在不少。这也可以说,自己的个性尚未完全的建立,至少中国许多方面的特性未曾表现。譬如……中国文字本身超越文法所产生的最高度的暗示力量(这种力量的达成在文字艺术的安排)都未有好好的表现过。"

这是指汉字作为诗歌表现媒介,应有与西洋诗不同之处,可惜诗人未予此发挥之。另外,他又从总体趋向上思考到中国现代诗应不同于西方现代主义:

> 现代主义的姗姗来迟,使中国诗人面临一个颇为困窘

的境况。我的意思是:欧美现代主义已近尾声,其价值已先
后被人怀疑和否定,而我们却刚刚开始。那我们是不是正
重蹈别人的覆辙呢?但我们又不应完全漠视这个动向,因
为这个动向是很自然发展的。那么我们最大的困难是:如
何把握它而超越它?亦即是说,我们如何一面极力推进,一
面又步入诗的新潮流中,而同时又必须把它配合中国的传
统美感意识?于是我们的方向可以确立,我们应该用现代
的方法去发掘和表现中国多方的丰富的特质。①

这段话,几乎可以当成宣言,揭示了台湾现代诗应走或拟走的方
向。而这个"配合中国传统美感意识""表现中国特质"的路向,
又是与它在上面谈到的汉字之高度暗示力相呼应的。

据叶维廉的研究,中国文字(以文言文为代表的中国文字
体系)含有许多特性,可以让我们像看到电影似的,透过水银灯
的活动,而不是分析。在火光一闪中,使我们冲入具体的经验
里。这种镜头意味的活动,自然倾向于短句和精简,因此便没有
跨句的产生。较长的诗句很易流于解说。中国旧诗里情境与读
者直接交往,读者参与了作品的创造,时间的意识(时间的机械
性的划分)自然便被湮没。这种直接性,更被中文动词的缺乏
时态变化所加强。避免了人称代名词的插入,非但能将情境普
遍化,并容许诗人客观地(不是分析性地)呈现主观的经验。

"五四"文学革命以后,新诗人放弃了文言,改以白话为媒
介后,情况就颇不相同:

---

① 叶维廉:《论现阶段中国现代诗》,《秩序的生长》,志文出版社1971年版。

（一）虽然这种新的语言也可以使诗行不受人称代名词的限制，不少白话诗人却倾向于将人称代名词带回诗中。

（二）一如文言，白话同样也是没有时态变化的，但有许多指示时间的文字已经闯入诗作里。例如"曾"、"已经"、"过"等是指示过去，"将"指示未来，"着"指示进行。

（三）在现代中国诗中有不少的跨句。

（四）中国古诗极少用连接媒介，却能产生一种类似水银灯活动的戏剧性效果，但白话的使用者却在有意无意间插入分析性的文字。

因此，他说："相当讽刺的是，早年的白话诗人都反对侧重倒模式的说理味很浓的儒家，而他们的作品竟然是叙述和演绎性的（discursive）。这和中国旧诗的表达型态和风貌距离最远。"

改变之道，乃是重新接合与文言文断裂的关系。例如连接媒介进一步的省略、更深一层的与外物合一、尽量不依赖直线追寻的结构（linear structure）、代之以很多的心境上的（而非语意上的）联系（叶氏认为这部分也受了超现实诗人的影响）、重新纳入文言的用字以求精省，等等。

这种接合或回归，叶氏也与洛夫一样，仍要与现代主义接谱，认为自从马拉梅以来，现代西洋诗中常欲消灭语言中的连接媒介，诗人极力要融入事物里（如里尔克的诗），打破英文里的分析性的语法来求取水银灯技巧的意象并发（如庞德），除去说教成分、演义成分（19世纪末诗人以来），以表里贯通的物象为依归（为柏克森及 T·E·休尔默所推动），以"心理的连锁"代替"语言的连锁"（如超现实主义者的诗），以及要不赖文字而进入"无语界"①……这些都是要达到中国古诗那种呈现"具体经验"的努力。

他觉得自从 E·A·坡大力抨击诗中的叙述性（由史诗产生的一种负担）以来，欧美现代诗的趋向确是如此，而这些诗人也愈来愈觉得他们与中国的观物的感应形态气息相通。中国现代诗人，对梵乐希、里尔克诸人的"纯诗"的观念，向来有高度的兴趣，可是大家并不知道梵氏、里氏都无法做到纯然的倾出，所以他们诗中存在着形而上的焦虑，是中国物我合一、以物观物美感经验中所没有的。②

在叶维廉的观念中，以物观物，才能呈现纯粹经验。洛夫曾描述叶氏说：

> 他认为："纯粹经验即是要从事物的未经知性玷污的本样出发，任其自然显露，诗人融入事物，使得现象与读者之间毫无阻塞。事物由宇宙之流中涌出，读者与事物交感，诗人不插身其间，不应用演绎的逻辑，试图作人为的秩序，不把事物限指于特定的时间和空间，所以在文字上几乎没有分析性的元素。"这正是中国古诗中的独特风貌，也是中国语言（文言）的特性。诗人不需使用指限性"冠词""时态"，即顺着心灵的流动和"意象的并发"，从混沌的经验中建立起一个秩序，诗人"不必站在经验外面啰啰嗦嗦的解说、剖释，即可使读者感到诗中的张力和冲突"。

---

① 参阅 Ihab Hassan 所著 *The Literature of Silence*。
② 叶维廉：《中国现代诗的语言问题》，附录二《语言的发明性》。见《从现象到表现：叶维廉早期文集》，东大图书公司 1994 年版。

这段见解,叶维廉自己用唐诗、用邵雍语来形容,谓:"诗人……在其创作之前,已变为事物本身,而由事物的本身出发观察事物,此即邵雍所谓'以物观物'是也。由于这一个换位,或者应该说'溶入',由于诗人不坚持人为的秩序高于自然现象本身的秩序,所以能够任何事物不沾知性的瑕疵的自然现象里纯然倾出,这样一个诗人的表现自然是脱尽分析性和演绎性的。"

也就是说:叶维廉期望以白话为媒介的现代诗,也能如文言那般去除分析性与演绎性的表现,以中国传统的"以物观物"方式来呈现纯粹经验,故他说:"我们既有'以物观物'所赋予我们的视境和表现,而白话又不能完全的像印欧语系那样的逻辑化,我们的诗人如何去除分析性、演绎性的表现呢?"

这种期望,有时他又把它视为事实,说:"而中国现代诗,正确的说来,实是中国的视境和西洋现代诗转化后的感应形态两者的冲合之下诞生的。"于是,在台湾的中国现代诗,竟转化了它移植、模仿自西方现代主义文学的身份,成了中国视境及文言传统诗的现代版。

叶维廉这种看法,很具代表性。洛夫就认为:"十几年来中国现代诗人一直在进行这种实验,叶维廉的《赋格》、痖弦的《深渊》、笔者的《石室之死亡》、商禽的《天河的斜度》、叶珊、方莘、张默、楚戈、敻虹、管管等某些作品都含有这些倾向。"

他们之间并不尽相同,但大体倾向确是如此。像洛夫自己就不全然同于叶维廉,他主张两种"新方向之实验",其一为纯粹经验之呈现,另一路为广义超现实主义方法之实验。

但对后一种方向,洛夫把它解释为禅,仍是与叶维廉合拍的。他把禅或中国古典诗,视为诗的最高境界,且谓其与超现实主义相通。于是学习那"言近旨远""言在此意在彼"的做法,使

其成为广义超现实主义方法了:

> 如果说中国的禅与超现实主义精神多有相通之处,可能会招致牵强附会之讥。但如果说中国盛唐时期的诗已达到禅的境界,甚至说诗禅一体,也许会获得多数人的心许。我国诗评家惯以所谓"神韵""兴趣""性灵"等作为衡量诗中纯粹性的标准,……所谓"言有尽而意无穷""含不尽之意见于言外",这些都是诗达于化境后的效果。王士祯说:"舍筏登岸,禅家以为悟境,诗家以为化境,诗禅一致,等无差别。"这种不落言筌而能获致"言外之意"或"韵外之致",即是禅家的悟,也就是超现实主义所讲求的"想象的真实",和意象的"飞翔性"。超现实主义诗中有所谓"联想的切断",以求感通,这正与我国"言在此意在彼"之旨相符。

洛夫在此,用禅、用唐诗、用严羽、用王国维境界说来解释现代诗应如何摆脱逻辑推理、习惯语法,以追求含蓄、透见真实。其意与叶维廉实有异曲同工之妙。叶维廉也从禅宗、严羽处找过它们与现代诗的关系,后来则更从唐诗(特别是王维)上追到道家美学,出版《无言独化》。一场现代主义的浩荡波澜,终归于老庄与禅、终归于唐诗之神韵兴趣,恐非只懂得现代诗是"五四"文学革命后的移植之花者所能知矣!

四、寻找到传统中国性的现代诗

上一节,我们分析了现代诗家如何因重视美学问题,而逐渐走离现代主义,重新接合中国古典诗歌之审美意识、表达方法,以及中国古代的天人合一世界观,由汉字、文言文、唐诗、老庄、禅等处去探寻现代诗的新方向。以致原先昌言"乃横的移植,而非纵的继承"的现代诗,最终成为"寻找传统中国性"的运动。

这一趋向,不但旧体文学界雾里看花,不明真际;而且许多新诗研究者也搞不清楚。例如刘维英说:"现代主义典律不只是以中心架构的姿态掌握了诗坛发言权,更不断将中国古典传统抑斥为异质词语(陈旧的、保守的),遂使其作用性被非法化。这也是为何中国古典传统在台湾,总被视为相对于现代主义的反动论述。"这在教条或表层上看,似乎如此。因为所谓现代,就是传统的对反,唯有打破、打倒了传统,才能现代。但在台湾的现代诗,发展下来的结果却正好相反。一方面,它脱离了西方,也脱离了它的普适性,成为中国的。如在《给赵天仪先生的一封公开信》中,纪弦说:

> 我提出了我的"新现代主义",那是不同于法国的,亦有别于英美的"中国的"现代主义。我所要求的"现代诗"乃是基于我的"新现代主义"的一种健康的而非病态的,向上向善的发光发热的,而非纵欲的颓废的。①

另一方面,无法安于"横的移植"的现代诗也与传统产生具体的联结。如余光中在《我的年轮》(1959.7)中宣告:

> 即使在爱奥华的沃土上
> 也无法觅食一朵首阳山之薇。

———————————

① 《笠》第 14 期,1966 年 8 月。

> 我无法作横的移植。自你的睫荫，眼堤
>
> 真空的感觉
>
> 很久没有餍我的鼻孔
>
> 以你香料群岛的气息了

于是在《莲的联想》（1964）以后我们即能看到他大量援引古典诗的题材、意象、语汇乃至主题，进行新古典的实践。

解昆桦《现代主义风潮下的伏流：六十年代台湾诗坛对中国古典传统的重估与表现》对此不了解，说：六十年代现代主义陷入形式泥沼，许多早期现代主义代表诗人，才向中国古典传统靠近，借着中国古典传统符号，满足他们对大陆文化母体的追寻。[①] 殊不知，不是现代主义陷入形式泥淖后，现代诗人才转向寻找传统。而是其形式探索就得力于对传统的抉发，或倒过来说，其探索同时也"发明"了古典诗的某些诗的特质。

如洛夫对含蓄、性灵、兴趣、神韵的掌握，叶维廉对王维、严羽、禅、意象并置、无言独化的阐述，余光中对李贺的研究，杨牧对《诗经》的分析，张汉良对唐人传奇的讨论等等，对那个时代的古典文学研究都是具有导引性的，点明了古典诗文的某些特质。

由于旧体文学界在现代化的城市中失落了话语权，因此只有现代诗人这些对古典诗的意见才能在大众传播媒体上流通、产生影响、创造话题。

而在大学里，虽然中文系仍以旧体诗文之传承与写作为主，但中文系同样是影响力不足的。20 世纪 60 年代末、70 年代初

---

① 文藻外语学院"现代与古典学术研讨会"会议论文，2006 年。

的台湾,对古典文学的诠释主力,其实是外文系以及新文学家。当时新文学作家就多出身于外文系,身兼学者的诗人则在"比较文学"的框架下,以其西学素养进行对中国古典文学的解析。

这些解析,当时对社会之影响甚为巨大,是社会意识发展的重要旗手(与大陆 20 世纪 80 年代中期的文学评论相似);也深刻刺激着中文系年轻的学者。可以说,中文系的文学批评意识觉醒以及对中国古典文学性质的掌握,实得力于此。

所以,二十世纪七八十年代成长起来的学者,在新旧诗之间是极宽容的,研究与写作虽各有偏重,但壁垒与硝烟已然消散,跨界书写与思考者比比皆是,活动也常能玩在一起,彼此视为同盟军。像叶嘉莹与新诗人周梦蝶,余光中与旧体诗人周弃子,洛夫、痖弦与旧体诗人张梦机先生的友谊就都甚好;我们这一代,李瑞腾、渡也、萧萧等都研究古典诗而写作现代诗;至于吕正惠这类同时研究新旧诗的,可就更多了。

因此综合起来看,由于现代诗已回归传统,故其身份事实上业已成为传统诗之一分支,虽然在诗形上颇有差异。而现代诗人在探讨他们该如何前进时,对传统诗与诗学有许多深入的研析。研析所得,反过来又深刻影响到近时我们对整个古典文学的理解与诠释。

这其中最典型的论述就是"中国抒情传统"。

抒情传统,是台湾 20 世纪 70 年代由陈世骧、高友工等人提倡,再经蔡英俊、吕正惠、柯庆明、张淑香等许多人完善之的论述,影响深远,也是当代最重要的中国古典文学(文化)论述。近年王德威更将之延伸到现代文学,着意探讨"抒情的现代性"。香港陈国球《抒情中国论》则梳理了现代中国抒情论述的具体脉络。从周作人、闻一多、朱自清、鲁迅、朱光潜、沈从文到宗白华、方东美，再到陈世骧、高友工。他们的研究，我觉得有与张松建《抒情主义与中现代诗学》（北京大学出版社，2012）相发之处。张松建强调现代文学充斥着抒情主义。现代诗以抒情为主，其说加上王德威、陈世骧两先生对抒情现代性的描述，可谓已无疑义。

可是这种抒情的现代性是如何形成的呢？

他们的推论都与普实克差不多，认为现代中国的抒情虽然充满西方和日本浪漫主义与个人主义之特征，但仍具有中国古典诗学的传承，由古典诗词和诗学话语中继承一种书写风格，以及塑造现代主体性的特别姿态。所以，中国的抒情主义的面向有二：一是西方浪漫主义所带来的传统；二是中国古典文学的抒情传统。

我的理解有些不同。我认为所谓"中国古典文学的抒情传统"，其实是在新诗现代诗的抒情性中被创造出来的。

不要觉得我的讲法怪。早先就有一个实例：杨鸿烈的《中国诗学大纲》第五章，在阐发"中国诗的组合的元素"之一的"感情"时，就推重男女之爱，并试图"从根本上来澄清一般人以错谬的道德观念妨碍文艺的创造"。他列举了胡适以来的"现在白话诗的腐败的情形"，认为根本的病源就是"缺乏真实高尚丰富复杂的想象和情感"，认为唯一补救之道就是"把诗的本质特别阐发，灌输在一般有志学诗的人的脑里"。这时，他所谓的诗的本质，即是抒情的，而且以男女之情为标准或最高。

而这种抒情，是"中国诗的组合的元素"的感情吗？不是的，它是受当时新诗理论的影响。如闻一多即曾批评俞平伯《冬夜》十之八九都是"二流的情操"，对于最真、最高的男女之爱着墨太少。什么是二流的情操呢？郁达夫曾参考英国温切斯特的理论,把情感分成情绪和情操(有知性、宗教、伦理情操等)两类,并主张:"诗的实质,全在情感;情感之中,就重情绪。"情绪,特别是男女之情最高,情操当然就只是二流的了。

请问这是中国传统的观念吗?当然不是!可是这种抒情观深刻影响了现代古典文学研究。不但杨鸿烈如此说,朱自清以降的"抒情/言志"之分,难道不像郁达夫的"情绪/情操"之分吗?

中国古代诗论当然也讲"发愤以抒情"。但一者情由感来,有《周易》感应的哲学底子和秦汉以来的感物而动思想,与西方言情,整体哲学内涵就不相同。二者,"情绪/情操"之分,中国也有,"性/情"是也。可是评价恰好相反,所以古代诗论多不说诗主情或抒情,多是说"诗主性情"。

因此近时讲抒情传统,从普实克、陈世骧以降,其实都不是从中国的情感观发展来的,所说的情乃是西方式的。而其对比框架,则是抒情诗与史诗。史诗是叙事的,故可与抒情诗做对比。以此说中国以抒情诗擅场、西方以史诗为胜;或说中西方都有抒情传统与叙事传统,在其内部盘旋争锋,等等。

陈世骧在北大读书时,即曾参加朱光潜的读诗会,并致信沈从文,希望《大公报》能设置诗评栏目,推动现代诗学。后来他论抒情传统,与洛夫关注古典诗一样,由"兴"入手,渊源似乎也不难索解。

也就是说:近时我们讲的"中国古代的抒情传统"其实远于古典诗而近于现代诗,乃是现代诗人理想中的中国诗,也可以说是现代诗创造的古典传统。

五、尴尬情境中的旧体文学

张松建说:在新诗理论和批评史上,有两种迥异的思考方式
和价值标准。一是出于整体主义的思路,把新诗当作全部"中
国诗"之演进链条上的一个有机构成,相信旧诗和新诗虽然存
在美学观念、语言媒介和形式成规的差异,但两者都是人类的创
造性想象的产物,是一种优雅的语言游戏和智能的结晶,因此在
观察新诗的得失成败之时,倾向于以一种超越时空的审美主义
标准,把新诗与旧诗"合而观之"。另一种批评话语,出于现代
性的知识体系和参照尺度,强调新诗之发生与成长有其特殊的
社会历史条件,新诗与旧诗在各层次上都存在本质性的差异和
结构性的紧张。因此,新诗批评的理论资源和评判标准无需他
求,自应本于其自身的内在视野(intrinsic perspective)。前者突
出的是普遍主义、同一性和连续性。后者以探勘特殊主义、差异
性和断裂为职志。这两种叙事方式(现代性和普遍主义)在现
代诗学的历史进程中对抗这两种话语,相互纠缠和竞争,是推动
新诗理论批评之不断演进的内在动力。

我不赞成这种观察。我认为整体趋势是由后者发端,逐渐
走到前一条路上;而且前一条路也不是超越新旧的普遍主义,而
是回归传统的。所以这时传统才需要确认:在非普遍主义的观
点下,寻找中国诗的特殊性,以便重新认祖归宗。

这样,新诗才终于获得中国诗的身份,但也同时以现代诗的
视角说明了传统诗。若说早期新旧诗之分流竞爽是"新与旧",
后来现代诗接合传统就可形容为"新是旧,旧是新",新旧有复
合再生、转相诠释的关系。至于在此关系中被塑造的旧文学姿

貌,则是"旧又新"的。

这种吊诡的情况,并非仅见于台湾。大陆在 20 世纪 80 年代以后,不少研究者也从技巧化、艺术化的角度看现代诗,揭明古典诗的含蓄性和现代诗的暗示性间存在着的关系,强调"兴""象征""意境"等在诗表达中近乎本质的地位,并论证 20 世纪 30 年代现代诗人,如卞之琳等人与李贺、李商隐等晚唐诗境之关联。

通过这样的论述,现代主义诗歌的民族化自能获得说明。相关论述,除孙玉石的《中国现代主义诗潮史论》之外,还有张同道的《探险的风旗——论二十世纪中国现代主义诗潮》、王泽龙的《中国现代诗潮论》、陈旭光的《中西诗学的会通——二十世纪中国现代主义诗学研究》、王毅的《中国现代主义诗歌史论》、罗振亚的《中国现代主义诗歌史论》等。台湾的情况,乃是他们所谈现象的后续发展,所以值得关注。

此一形势,至今未已。张松建即曾指出:新诗史上颇多向杜甫致敬之作,如冯至的《十四行集》之十二、梁晓明的《杜甫传第二十七页》、萧开愚的《向杜甫致敬》、黄灿然的十四行诗《杜甫》、周瑟瑟的组诗《向杜甫致敬》、杨牧的《秋祭杜甫》、洛夫早年的《车上读杜甫》及晚近完成的千行长诗《杜甫草堂》、余光中的《草堂祭杜甫》、叶延滨的《重访杜甫草堂》、孙文波的《谒杜甫草堂得诗二十五句》、西川的《杜甫》、香港诗人廖伟棠的《唐宋才子传》之杜甫等。可见这是个庞大且延绵着的现象。近年萧开愚更发表了他参加"首届杜甫国际诗歌节高峰论坛"的开幕词呢!

杜甫,是旧体诗的象征,现代诗人正以他们的方式在呼唤诗魂。

旧体诗家,看见这一幕,该喜呢还是该悲?

现代诗游子返辔,看来应当高兴;旧体诗并非过时的敝屣,价值颇获重估,似乎也该庆幸。然而,相较现代诗坛,旧体诗被批评意识薄弱、论述不足,却是令人感伤的。

许多人以为旧体文学发展的难题,是要在新时代写旧体文,创作难度大于古人;而旧体裁之生命力,又被古人发挥尽了,所以难得写好。实则近百年来,创作上不乏高手,多有出古人窠臼之外者。可是诗文理论之进展,几乎看不到什么苗头,议论陈腐,意量平庸。难怪旧体文学之美,反而有赖于新文学家之阐发。说起来,有些难为情呀!

作者简介

龚鹏程,1956 年生于台北。历任淡江大学文学院院长、台湾南华大学、佛光大学创校校长、美国欧亚大学校长等职。2004 年起,任北京师范大学、北京大学中文系特聘教授;南京师范大学讲座教授等。现任山东大学文学院讲席教授、美国龚鹏程基金会主席。博综百家,独树一帜,已出版著作 170 种。

【纪念杨牧】

长空挂剑话传奇

——怀念杨牧先生

方　明

　　杨牧（1940—2020），其人如其笔名般的优逸传奇。当他温文讲述一段文学轶事或冷涩理论时，他是学者杨牧。当他递上一杯亲自调制的鸡尾烈酒，诉说诗词的盈虚与怀情时，他是诗人杨牧。

　　漠漠的穹苍，雨点时落乍歇，庭院数枝缀艳的樱花，被风雨鞭打成数瓣稀疏剩余之孤傲——所有生命自璀璨至凋零，皆是宇宙万物法则最沉痛的定律。

　　2020 年 3 月 13 日星期五，不祥的数字似乎容易引来不祥的兆头，诗人画家罗青于下午 5:35 来讯："杨牧走了……"

　　杨牧对华文文坛的作家与读者而言，既熟悉又显得遥远陌生。熟悉，是其累累牵动江山、驰古跃今的品格，宛如灼灼焚红的火炬，燃照着时代文青与读者被抚慰的心灵；陌生，是先生的行径像种植在庭园深深的含笑树，只让在高墙外熙来攘往的行人，嗅远香阵阵，却无从触及。

　　杨牧，我最熟稔的庄颜及名字。杨宅与"方明诗屋"由一道二十公分石墙分隔；且先生后阳台与诗屋客厅只有咫尺之遥，只要打开客厅窗牖，时会隐约感应到先生在案前沉思徐笔，或有书册翻阅窸窣之声。就算在春光媚景时分，他亦隐埋在斗室薄薄的灯晕下，让诗神时而驰骋在袤广的旷野上，或将讴歌激冲在奇

崖峻峰之湍瀑,不然让吟咏铺洒在月色下一条小小的溪流,潺潺
道尽人间华灿及无奈。

　　以往,在台湾大学"现代诗社"青涩临镜的岁月里,与杨牧
先生的缘分,也许在声碎话长诗歌座谈会上,也许在灯淡影重的
朗诵台上……之后,我赴巴黎悠悠的岁月里,先生微红的浅晕与
严谨却又带浅笑的音容,随着西雅图与法国万里迢递的阻隔,彼
此讯息有如"花落晓烟深"蒙蒙无觅。

　　江南春色盈盈的河流,总会邂逅两岸迎风曳舞的垂柳。
2003 年年初,有朝我踱步至台北市敦化南路的林荫大道,途经
一间房屋中介所,忽有一年轻业务员自店里奔出,谓本大厦有很
好的屋子出售。我推拒说既无预算,也没有准备要购买房子,怎
知此年轻人希望我上楼参观一下,不买亦无所谓。再谈之下才
知,此中介员是我台大数届后的学弟,且此公寓原本是一间七十
余平方米的大房子,因正逢 SARS 卖不出去,屋主情急将之隔成
四十余平方米及廿余平方米两间公寓,以利脱手。那间四十余
平方米的三天前售出,余这间小而精致的房子,室内幽雅安静,
四壁素洁,是读书闲聚的好居处。因屋主急着现金周转,竟首肯
我乱出的低价格,并由在银行任经理的学生担保款,莫名的缘分
竟可由莫名的散步而诞生——这就是后来由洛夫取名的"方明
诗屋"。数天后,晨光将我推门外出,隔邻亦响起开门的声音,
映入眼帘竟是杨牧伉俪,彼此有种关山迢迢却同一城门的惊遇
与兴奋。那是十七年前历历在目的契遇,春天总以曼妙乐章将
曾经断阻的诗心呼唤共舞。

　　接下来的十余载岁月,杨牧先生将西雅图与台北或花莲的
风景剪贴缤纷阡陌的拼图,那一处故乡桃园的温好净土,似乎只
有在梦里萦念那茫茫的分水岭。

　　杨牧先生秉性内敛，不喜好交际营营的诗坛，尤避是非，平日专注学问与阅读写作，亦会聆听音乐，让柔嫩的乐声停泊在泛泛之诗韵里。虽然先生个性温良，但煮酒析解或批评诗歌时，倒是严度锋锐，毫不妥协坚持"公理和正义"。而杨师母是一位十分细腻且充满美感的人，将先生起居生活照顾安排得浪漫且恰到好处。有一次，杨师母宴请陈义芝伉俪与我到其宅所晚餐，她亲手烹调每一盘佳肴。我记得其中一道蒸鱼，肉鲜汁甜，衬以清葱蒜片，媲美香港大酒楼之主厨杰作，方知杨师母不但是料理大师、武术家（跆拳道黑带），还是环境布置达人，实在很难想象这三种特性组合在一人身上。那天我曾作《调酒》一诗为记：

　　　　你微酡的容颜
　　　　仍不停摇撼手中紧握的调酒器
　　　　我隐约听见
　　　　不只是花莲的浪涛在澎湃
　　　　似非长江黄河迢迢之嘶喊
　　　　而是诗人只想用那股朴真无忌的
　　　　语言拌入有点
　　　　戏谑的月色
　　　　斟出三杯渗有唐宋的骚气
　　　　以及不甚解读的黑格尔
　　　　惊逗人生

　　后记：二零零九年十二月十一日晚，与义芝伉俪到杨牧先生家中小聚，我们除饱尝女主人盈盈细致的膳食，其间，先生更亲自调制酒品共觞，时侧见先生悠然神态，诗兴滋生。

有一年除夕午后,杨牧先生与我聊及中国文人之性格。我因曾久居巴黎,拙于诗坛应对,先生不多批指,旋于赠书里提点"方明素心人",可谓用心良苦。

杨牧先生生性谨饬,似乎趣事不多,但从其夫人夏盈盈处录得一则。早年杨牧先生在香港大学执教时,自认广东话的听力不错。某日校舍人员领杨牧先生到其新宿舍,用广东话向他说:"你自己睇睇。"(意思即你自己看看)先生向夫人诉说:"舍监竟问我有几个太太。"又某日,杨牧到香港移民局办延期手续,排队到窗口时递上证件,移民官用广东话问他:"是否你本人?"先生一直摇头,该官员连问数次均得先生同样反应,其夫人在旁边着急说"是"。杨牧先生反向夫人道:"他问我是否日本人,我当然说不是。"

杨牧先生坚信写诗是严肃且伟大之事,必须殚尽心智去克服与突破,才能产生好作品。诗人罗门生性孤傲自信,喜好批评其他诗人作品,有一次杨牧伉俪与罗门蓉子到舍下做客,席间大家和融相处,举觥皆是笑声连连,落筷尽皆诗喻诗典。可见杨牧先生在罗门心中的分量。

2019 年旅居纽约的台湾诗人王渝返台,她是杨牧先生近一甲子的旧识,因王渝在台行程紧凑,拟想今年返台再去拜访老友,幸好我坚持顾盼趁早,便于 2019 年 11 月 10 日叩开杨牧先生久辞见客之门。近两小时的畅聊,在室内溶溶的灯晕下散出很多陈年往事……岁月永远使相对的故人溢满物换星移之感叹。这也许是杨牧先生最后晤见诗友的辞行。

也许众人没法接近大师,杨牧先生已远去,一如他的诗作《死亡》:"转换为一种风景。"的确,他留下首首晶玉的诗作,已化为长空闪耀的繁星,每一颗都有它的传奇,激发人类追寻空灵之心。

杨牧伉俪曾收养一只流浪狗,此狗全身毛鬃黝黑,故以"黑皮"取名。在先生半载西雅图任教、半载在台湾执鞭的倥偬闲暇岁月里,"黑皮"亦随之乘坐飞机两地奔波陪伴。先生在西雅图之家居庭园树木葱茏,和煦的阳光暖暖筛照着彼此醇浓的人畜情谊。在台时,每次我到访杨宅,"黑皮"总是摇尾跳跃,然后安静地蹲坐不言,仿佛专心聆听如茧丝百回缠绕满屋的诗语。设想"黑皮"是同族类,这十余年跟随在大师旁侧的岁月,相信亦因日夜沾濡隽逸的风骚而成诗人。

话说杨牧先生嗜呷啤酒,频频以此代水,不管是清晨黄昏,一樽沁凉的黄液流泉逍遥身心,这种飘然爽快的感觉也许亦是酝酿不绝如缕的诗之情话,故杨牧先生每次进购均以箱计,但亦小心翼翼从不同商店订取,以避免异样目光。直至耆年渐暮时,听取医生咐劝戒之。

先生本名王靖献,从母姓,初取笔名叶珊,三十二岁更名为杨牧。自少喜爱夜空仰观星月,善感织愁,往往深宵醒起,推门眺天而望其变幻,似乎将灵思飘向不可触摸的太虚,也许星罗密布的穹苍正在编织着先生的神游。中学三年级时便与学长陈锦标先生合编《海鸥诗刊》,每周一寄登在《东台日报》的文艺版面内。就读台湾花莲高级中学时,便将诗作投稿《蓝星诗刊》《现代诗刊》等。二十世纪六十年代就读东海大学历史系一年级时(先生后转读外文系),首册初啼诗集《水之湄》(多是中学时期的作品)便由蓝星诗社惊艳出版。时隔三载,又以旋风之姿推出第二本诗集《花季》。那时正值台湾各大门派为"正名"现代诗而激辩论战,此时"叶珊"的知名度渐渐为诗坛广知。1966

年,由当时颇有争议性的文星出版社(社长为萧孟能)印行了《叶珊散文集》及第三本诗集《灯船》,那是叶珊浪漫的青春时代,其中颇有踌躇满志心灵何处不消魂的少年意气。上述三本诗册与一本盈满温婉壮丽的散文集的出版,使先生开始享誉文风蜕变的台湾文坛。

其实杨牧与"文字"的渊源不只是创作出近五十种书册,他的一生周遭均与"文字"结缘,其父经营印刷厂,而他本人于三十六岁时便与诗人痖弦以及高中同学叶步荣等共同创办"洪范书店",亦即后来发行不少文学丛书的"洪范出版社"。

诗人弥留之际,夫人夏盈盈在侧边轻念杨牧先生曾为友人写过的悼念诗《云舟》:

凡虚与实都已经试探过

在群星后面

我们心中雪亮势必前往的地方

搭乘洁白的风帆

或那边一径等候着的

大天使的翅膀

早年是有预言这样说

透过孤寒的文本

届时都将在歌声里被接走

傍晚的天色

稳定的气流

微微震动的云舟上

一只喜悦的灵魂

家人遵照遗愿，将先生安葬于花莲海岸山脉起点，四周极目花莲灯塔、奇莱山，花莲中学以及东华大学。那些都是杨牧喜爱或曾留下生命痕迹的地方。杨牧慈亲也于爱子逝世后半个月仙游，享寿九十九岁。

2020 年 3 月 17 日完稿

作者简介

方明（1956—　 ），广东番禺人，台湾著名诗人。毕业于台湾大学经济系，巴黎大学经贸研究所，文学硕士，荣誉文学博士。曾获两届台湾大学散文奖、新诗奖、全国大专组散文奖、中国新诗百年百位最有影响力诗人、中国文艺协会 2005 年度"五四"文艺奖章诗人新诗奖、香港大学中文系 2005 年颁发弘扬中华文化"东学西渐"奖、台湾大学外文系"互动文化"奖，并在香港大学首展台湾个人诗作（为期一个月）。《两岸诗》诗刊及出版社创办人，"台湾大学现代诗社"创办人之一，并曾任社长；"乾坤诗社""风笛诗社"顾问，"蓝星诗社"同仁、"世界华文交流协会"诗学顾问、澳门《艺文杂志》、香港《橄榄叶》诗刊顾问。2003 年，成立"方明诗屋"，提供学者诗人吟唱遣兴。著有诗集《病瘦的月》(1976)、散文诗集《潇洒江湖》(1979)、诗集《生命是悲欢相连的铁轨》(2004 初版、2013 再版)、诗集《岁月无信》（韩译本金尚浩教授翻译 2009）等。

且掬起记忆海波中的粼光

——追忆杨牧先生

吴冠宏

一、我们在尴尬、腼腆的脸红中相遇

追忆起来,已有二十多年的光景。那时东华大学中文系陆续有不少年轻伙伴加入我们的阵营,有一次我邀约系上同事来我家聚餐,以略尽地主之谊。由于当时我还没有抽到学人宿舍,因此暂住在吉安三十米路巷弄里的小区。来访者除几位年轻同事之外,还有郑清茂老师、杨牧老师。虽然我向来滴酒不沾,为使来访的同事们有酒可饮以免扫兴,特从住家附近三十米路旁的杂货店买了六瓶啤酒。知道自己纵使不解酒中趣,也当让大家过过瘾,当晚简便用餐、相谈甚欢后,随即便各自或结伴开车回家了。由于杨牧老师说他有朋友会前来接他回东华宿舍,因此原本同行的伙伴们就依他的要求,让他独自走至三十米路等待接送之友人。

内人开始整理饭桌上的菜肴碗盘,我看着六个啤酒空瓶子,想着或可趁杂货店尚未关门,前去退瓶,于是沿着巷弄,悠然自在地走向三十米路旁的杂货店。在幽暗中隐约看到里头有个人手里拿着易拉罐的啤酒尽兴地畅饮着,仔细一瞧,我们的目光交会在这不经意却又彼此了然于一切的当下,杨牧老师的脸泛出尴尬、腼腆的红——我感觉到我的脸,亦逐渐如是。

此一铭记心头的陈年往事,虽不时以杨牧老师说过"独饮也有其孤高的境界"来释怀,但终究不得不承认,当晚的六瓶酒岂够大家喝足尽兴。他在《六朝之后酒中仙》里曾经提道:"近代医学昌明,一般人都强调酒与遐龄之间的冲突,所以许多长辈在饮酒半生之后,辄主动地或被动地戒了;不但自己戒酒,也劝我们晚辈少喝或根本不喝。通常劝说的人总是充满了诚意,听训的人则始终是藐藐的。"①难怪早先朱戈靖医师提醒他不可以再喝酒了,酒兴来时,他仍浅笑地说朱医师的话听听就好,后来渐渐变得不能喝了。陶渊明有云"止酒情无喜",他也就不喜欢跟大家聚餐了。有一次郑清茂老师从桃园回来聚餐,杨牧老师难得出席,我还特别准备了几瓶"黑麦汁"(听闻其味最似啤酒),让他可以过过瘾,只是体验过杜康豪情的他在不饮之后,纵使以汁代酒也不可能弄假成真,沮丧之情可想。

文哲所30周年庆,以"金门高粱"为纪念物,若能联结到杨牧老师为创所所长,就更饶富别趣了。金门是他练就一身酒胆的胜地,还常以"醉卧沙场君莫笑"解嘲。文学研究者每争议于陶渊明《饮酒》二十首或为中年或为晚年之作,两说总是对应于不同的政治事件与解释②,而杨牧老师关心的却是《饮酒》二十首只像薄醺境界下的产物,反而是《止酒》一首才像醉后所作,他所以能如此举重若轻,当是专情于酒使然。而我独爱他说:"酒如果能作为他玄思和正义的触媒,酒之令德可以无愧",真

---

① 引自《六朝之后的酒中仙》一文,收入《搜索者》,洪范书局1982年版。本文此段与下一段杨牧谈酒,大都引自该文。

② 可参杨玉成:《徘徊——陶渊明〈饮酒〉二十首的风景与记忆》一文,收入《今古一相接:中国文学记忆与竞技》,台湾"中研院"中国文哲所2019年版,第9页。

是对"酒德"的最高礼赞！只是文哲所 30 周年的高粱酒纪念品，受限于经费，设计相当精美，身材却如此苗条，喝不过瘾的杨牧老师，看来又会想办法悄悄地走到可以继续畅饮尽兴的地方了。

二、从诗文与哲解之间到套语的雅俗之际

2015 年 5 月，在"东华有春天"读诗活动的现场，我选杨牧老师《易十四行诗》两首由侯建州老师朗诵而我随之解读，作为一段节目。观杨牧老师在其诗作、编撰、学术研究上，每与《诗经》多所涉猎，相较起来，向来被视为中华文化之源的《易经》，不知这位博学善感的诗人可否留下动人的印记？无意间我在《杨牧诗集》中发现了《易十四行诗》两首，读来分外珍爱与惊喜。若从十四行诗的诗体背景看来，这两首诗在主题及表现风格上，可谓与十四行诗的传统相互呼应，即高扬浪漫情怀、歌咏男女情爱，而不时呼唤着生命的激情。令人期待的是，东方《易经》的意象与西方十四行诗之体式，在此碰撞交会下，又会转化出什么样的新气象呢？

观第一首《泽中有雷》是"随卦"之象而来，雷声而震动，继而是风翻雨泽万物，在此可以倾听到宇宙丰沛的生机在交迭作响，大鹏、鹪鹩、鱼虾，都处于俟机而动的状态，当有取随时之大义即随顺相从之意。然杨牧老师仍不忘以欲望为圆心，让宇宙和我们的脉搏同步共振，是以纵使在随时俟机，亦如带着蠢蠢欲动的想望，置身于虚静的深夜之中，等待天明。第二首题为《利

涉大川》，即为《易经》爻辞中时常出现的套语，有 10 条之多①，本来是指涉有利于进行艰难或高风险的事，在杨牧诗中却转为男女情爱的描述，表现阴阳交媾时的缠绵悱恻，洋溢着生之欲望的坚韧顽强与繁衍孳长。可见这两首诗，正是他吸纳西方诗体的风格与节奏，并取义于《易经》意象而进一步体现当代感文化的产物。

"乾""坤"两卦向来被视为"易之门户"，这两首融旧纳新的现代诗，一柔顺随从，二阳刚克难，何尝不是一种新乾坤精神的体现？我娓娓道来其诗旨的微意，而当时的吴茂昆校长及郑嘉良副校长听完后，都不约而同地对我说："经过你的解释，我终于懂《易经》了！"本来在谈杨牧诗，却意外使听者从现代诗的语境中转为认识传统经典的进路，岂不妙哉！只是杨牧老师对于我的侃侃而谈，总是露出"笑而不答"的暧昧表情，看来并非不以为然，但终究不是默认了。对此诗人绝对有"不言"的权利，而解人又何尝不可以透过"作者之用心未必然，读者之用心何必不然"来自我辩解呢？

早在阅读他《隐喻与实现》的"序文"时，我便注意到杨牧诠解《论语》"子在川上曰：'逝者如斯夫，不舍昼夜'"一句，每喜从文人有感于时间之推移及感叹入手，而对于宋儒据此发现道体流行的说法终是有隔，即使他并不否认此言已触及无限精神的启示。② 想必是他认为对于恒常之理先置而不论，方能让流变的感觉经验充分被释放出来，进而以美学的姿态探入形式的奥妙。如同他评碧许的诗："原来她所散发的诗的亮度与能量，

---

① 套语"利涉大川"，另见于"需卦""讼卦""同人卦""蛊卦""大畜卦""益卦""涣卦""中孚卦""未济卦"等。
② 可参《隐喻与实现》之"序文"，洪范书局 2001 年版，第 3—4 页。

并不一定悉数来自陈旧或翻新的命题,其实最基础的动力,正是她简约的微妙而充沛,无往不利的句式、章法,和精致的音韵每每于文字的取舍之间从容往返。"①依此线索看来,他常并提诗与哲学,而以浑成一体视之,但在同时观照文与哲之际,其学术坐标显然略微偏向"文"一点。人文学科的养成,理应在文与哲全方位的洗礼与不断的对话中再各取所需,从而展现会通的视野与专业的魅力,不知文哲所初始的立名,可否有取意于文与哲所交会之慧光?反观当今学科专业架构如此泾渭分明,这样的愿景期待,不知可否已成难以体现的理念或无从苛责的奢求?

《易经》与《诗经》同样具备口传作品的特点,每召唤、凝聚更多人的集体记忆。记得大陆民间谚语、民俗学专家安德明教授2016年3月至6月前来东华大学短期讲学,由于他常跑田野,一直都是一副黝黑厚实的模样。他返回大陆前,希望我可以带他去向景仰已久的杨牧老师致意,于是在5月某个夏日宁静的午后,我们相约一同登门造访杨牧老师。盈盈师母还细心地为大家备茶安排点心,安教授从杨牧老师《钟与鼓——〈诗经〉的套语及其创作方式》一书谈起,认为该书分析《诗经》存在着诸多套语,显示其保留着口传作品的特色。此一观点开启民间文学研究者得以从经典的源头见证"眼光向下"的人文精神与文化视角。虽然大家只是夏日午后的轻松畅谈,宿舍外不甘寂寞的庭园犹不时传来虫声相伴,在这一场现代汉诗的大师(杨牧老师好白)与民间口传谚语专家(安德明教授好黑)的相遇对话中,却使我更了解传统汉诗的原生形态与民间性格,并再一次

---

① 引自《解识踪迹无限大》一文,收入《人文踪迹》,洪范书局2005年版,第58页。

看到文学出入于雅俗之际而得以延绵不绝的生命力。

三、以创造维系传统,愦愦令人思

刚来东华任教时,杨牧老师担任东华人社院院长,犹记有一次他带我去参加学校的教务会议,主持人教务长熟稔于校务,极重细节,一开起会来就是没完没了的数小时光景。他一脸不耐烦地跟我说:"其实这种会半小时就可以结束了!"在王文进教授担任主任召开系务会议时,总会体贴地跟他说:"中午时段你需要午睡,就回去休息吧!"他看看议程,了解并无要事,便会悄悄地走了。后来中研院文哲所的某位老师,认为杨牧老师被我们东华中文系宠坏了,其实"不喜欢开会""不耐烦一般琐碎的庶务"应该是他一贯的作风。这让我想起一段有关王导"不复省事"的掌故:

> 丞相末年,略不复省事,正封篆诺之。自叹曰:"人言我愦愦,后人当思此愦愦!"(《世说新语·政事》15)

在这处处讲究规范、形式挂帅的教研环境里,实与杨牧老师无为简易的作风格格不入。回眸他一路走来的人生步伐,不论担任何种职位,扮演何种角色,总是能如此舒缓从容,自在适性,有人不禁羡慕地说:"他就是天生好命!"的确,杨牧老师有一种与生俱来不喜成规成矩的高贵名士气。但我仍留意到,他固然无心于俗务,崇尚简略,却每能在重要场合上掌握大原则,表达前瞻性的意见,看似沉默不喜发言,遇到该讲话的关键时刻,不必饮酒就能为理念为正义发声了。可见名士之逸气,有所谓

"有逸之而大、有逸之而真而纯"者,亦有所谓"有逸之而小,有逸之而伪而杂"者①,两者自不可相提并论,贾伯斯有云"简约是细腻的极致",而我以为,能够以简驭繁不仅是杨牧老师的风格,更是他的高度。

他看我总是事事精实而忙碌,有一次便直接问我说:"你到底都在研究室里忙什么啊?"我说:"学界总有审不完的论文、专书、计划、升职与聘任等工作需要协助!"他苦笑后还叮咛我说:"你总不能老看一些没有营养的东西啊!"初闻这番话,看似不解我们中生代"人在江湖,身不由己"的辛苦,细思又何尝不是一针见血的规箴之言?学科的发展建立客观化的制度固有其必要,在科技专业的主导下,我们随之共构了庞大、森严、烦琐的学术体制,却让彼此在游戏规则中作茧自缚,甚至在无形中都被体制绑架了、收编了,并逐渐成为被驯服的笼中鸟。因为务"实"过了头,就失去留白与余裕的空间。爱因斯坦说:"学术生涯迫使一个年轻人拿出科学成果,而只有坚强的人才能抗拒肤浅分析的诱惑。"短线与量化的规范已在侵蚀人文学科的命脉,目前还找不到如何复原的出口。杨牧老师每以创作实现其学术的使命,他说:"创造乃是维系伟大的传统于不坠的唯一的手段。"②由是在他主持中研院文哲所的时候,不时为此学术殿堂带来创作者的火花,并且身体力行,成就一段难以复制的璀璨时光。面对如今学术的发展逐渐走向僵化,造成窄化与弱化的病状,我认为杨牧老师重视创作、摆脱体制的繁文缛节、强调书写的自由与温度,对于我们下一步的转机与酝酿第二波的改造新路,未尝没

---

① 见牟宗三:《才性与玄理》,学生书局 1985 年版,第 69 页。
② 引自《新诗的传统取向》一文,收入《隐喻与实现》,第 6 页。

有启示性的意义。

犹记东华大桥尚未通车,盈盈师母没有常伴其侧之时,我曾载杨牧老师到邻海的门诺医院找朱戈靖医师看病。在返回东华大学的路上,仍必须绕道重回靠山的台九线,不禁向他说道:"真不知盖了多年的东华大桥,何时才可以顺利通车?"他笑着回答当时还很年轻的我:"冠宏,这是我需要担心的问题,你生命的时间还长呢!"回到学校后,他说自己累了,问我可否帮他到湖畔餐厅买个汤面当作他的晚餐,只要跟老板娘说他要吃的就可以了。我依照他的指示前去湖畔买面,想着也为自己买个一样的汤面吧!当提出我的要求时,老板娘瞪大眼睛一脸疑惑地问:"你真的也要吗?那很难吃哦!"原来是一碗淡而无味的汤面!也许正因为平淡无味,可以返无全有,海纳百川,因此当晚吃起来,就别有一番滋味了。

最近因为知晓风水的家母为杨牧老师确定东山乐园的墓园方位,盈盈师母客气地托杨牧老师的胞弟杨维邦教授送礼到家母开设的顺光佛像中心,以表达谢意。两位长辈聊一聊后,杨维邦教授来信说:"聊了以后才知道,我们还是亲戚呢!"花莲真小,但杨牧老师给我的世界很大,尤珍惜因他而有的点滴记忆以及不断扬起的生命涟漪,还有那——我们彼此都深爱的波澜壮阔之文化长流!

作者简介

吴冠宏(1965—),台湾花莲人。台湾大学中国文学研究所博士,现任台湾东华大学中文系教授、《东华汉学》主编、台湾中文学会副理事长。研究领域为魏晋学术、儒道思想、中国思想史。著有《魏晋玄论与士风新探——以"情"为绾合及诠释进路》《圣贤典型的儒道义蕴》《走向嵇康：从情之有无到气通内外》及多篇学术论文著作。曾任东华大学中文系主任、人社院副院长、"教育部"系所评鉴委员、高中四书教材编辑委员、台湾作家协会监事等。

【陶渊明研究专辑】

陶渊明及其诗文的诗学价值与意义

李剑锋

作为中国古代最优秀的作家之一,陶渊明和他的作品对于文学史的意义至今已经得到充分承认,但在诗学上的价值和地位还有待于充分挖掘。

王运熙、杨明《中国文学史批评通史·魏晋南北朝卷》(1996年版)在论及东晋文学批评时没有关注到陶渊明,这可以代表文论界学者看待陶渊明在诗学史地位的一般态度。罗宗强《魏晋南北朝文学思想史》(1996年版)始专列一节《陶渊明的创作倾向在中国文学思想史上的价值》讨论陶渊明的文学思想。1997年,张可礼《陶渊明的文艺思想》一文发表之后,关于陶渊明的文学思想才开始得到集中而深入的探讨。这种状况,与今存陶渊明集缺少关于文学批评的直接言论和传统文论研究过于关注直接的文论史料分不开。时至今日,综合起来看,陶渊明及其诗文的诗学价值与意义主要表现在三大方面。

第一个方面是陶渊明诗文中存在着直接的文学、文艺思想的言论。张可礼在全面梳理陶渊明诗文基础上指出"陶渊明在自己的创作实践中始终坚持了'言志抒情'这一宗旨",与传统的言志抒情观的不同在于陶渊明"突出的是'示己志',抒发个

人之情,表现他自己的鲜明的个性".①《文心雕龙》《诗品》等
南朝文论也格外强调情志的本体地位,主张"为情而造文",反
对"为文而造情",充分注意到了作家作品的个性特点,这表明
陶渊明的基本创作主张与时代思潮是一致的。但也有不一致之
处,这主要表现在陶渊明把传统的言志缘情表述为"导达意
气"②,以不平之情的平复,生命的自由、和谐、自然为文学追求
的最终效果,不以道德教化、社会功利为依归,鲜明地体现出玄
学自然观的影响。这便与其《五柳先生传》等提出的"自娱说"
所体现的超功利倾向贯通起来。"自娱说"可谓陶渊明文艺思
想中最富有特点和创新性的文学观念。因此,张可礼指出:"应
当说,在我国古代文艺发展史上,陶渊明是第一个真正从思想和
实践的结合上,摆脱了文艺的功利性,显示了文艺的审美特点,
找到了文艺作用于人的一种新的方式。"③陶渊明文学观中的超
功利倾向在南朝得到极端化的发展,在创作上,文学几乎完全摆
脱政教的影响,出现了艳体诗、宫体诗这样风靡一时的文学现
象;在理论上,出现了推崇新变、提倡吟咏性灵的主张,把文学创
作同非文学创作区别开来,努力摆脱政教的束缚,"为文艺而文
艺"得到理论上的支持。陶渊明文学观中的超功利倾向既有符
合文艺本质的合理内涵,也预示了文学发展的一种重要路向。

　　第二个方面是陶渊明诗文中表现出的文学创作倾向。罗宗

---

① 张可礼:《陶渊明的文艺思想》,《文学遗产》1997 年第 5 期。后收入其专著
　《东晋文艺综合研究》附录,山东大学出版社 2001 年版。本文据后者引用,
　第 371、376 页。
② 陶渊明:《感士不遇赋序》,逯钦立校注《陶渊明集》,中华书局 1979 年版,
　第 145 页。
③ 张可礼:《东晋文艺综合研究》,山东大学出版社 2001 年版,第 390 页。

强认为"他(陶渊明)的文学思想,也在他的诗文里表现了出来"①,这里的表现主要是指作品本身的特点及其体现的追求,不是指作品中直接涉及诗学的言论。因此罗宗强把陶渊明的创作倾向及其在中国文学形式上的价值概括为两大点:一是"在中国文学思想史上,陶渊明的第一个贡献,便是开拓了一个全新的表现领域,把田园生活题材带进诗中"②。这与20世纪以来诸种文学史对陶渊明田园诗的介绍和肯定是一致的。陶渊明作品为文学史贡献了一种不容易纳入审美的文学题材。从作品来看,其前《诗经》的农村题材诗如《七月》等并不表现士人的雅趣,所以只能称农事诗;从士人来看,虽然有伯夷、叔齐、荷蓧丈人、长沮、桀溺这样躬耕自食、特立独行的隐士,但他们没有留下典型的隐士诗和田园诗;从对后世影响来看,虽然出现了王维、孟浩然、储光羲、杨万里、范成大等著名田园诗人和流派,但大多不曾实实在在像陶渊明一样安心隐逸和躬耕自食,所创作出的作品也因此与陶诗的真淳有所差异。罗宗强又指出:"在中国文学思想史上,陶渊明的又一个贡献,便是在中国文学史上创造了一种情味极浓的冲淡之美。""冲淡自然的美,成了以后中国批评中的一个审美类型,成了一种批评尺度。陶渊明在中国文学思想史上的价值就在这里。"③这种审美类型到宋代成为一个时代的追求,也逐渐积淀为一种最高的古典审美标准之一。

　　以上两个方面已经很好地揭示了陶渊明作品在诗学史上的地位和价值,但是放眼陶渊明接受史和未来,其诗学价值和意义还仅仅露出了冰山一角。因此,陶渊明及其诗文的诗学价值的

---

① 罗宗强:《魏晋南北朝文学思想史》,中华书局1996年版,第165页
② 罗宗强:《魏晋南北朝文学思想史》,第166页。
③ 罗宗强:《魏晋南北朝文学思想史》,第168页、第170页。

第三大方面就表现在历代读者历久弥新的接受、阐发言论和作品中,其中蕴含着丰富的诗学理论和有待探讨的诗学现象。据初步统计,古代涉及陶渊明现象的史料至少有500多万字,除了苏轼评陶"质而实绮,癯而实腴""外枯而中膏,似淡而实美"①,范温《潜溪诗眼》认为陶诗得"韵"之极②,元好问评陶"豪华落尽见真淳"③,王国维评陶诗有"无人之境"等精彩言论之外④,历代拟、效、和、集、律、用韵陶诗词至少有1100多家,历代桃源诗作家至少有930多家,历代有关陶渊明的戏剧至少有40多种。如此丰富的批评史料全都可以看作陶渊明诗学的延伸,是读者与陶渊明及其作品共同养育出来的审美之花、诗学之花。拙著《陶渊明接受通史绪论》就这方面的史学价值曾有简略思考,认为:"读者对陶渊明的接受,往往与一些传统的诗学理论、术语,甚至艺术精神紧密联系。通过读者对他的接受情况,不但可以窥知读者及其所在时代的审美趣味,也可以窥知不同时代读者的共同审美趣味、艺术精神。传统诗论特别是其中的一些较为固定的术语的内涵,往往在对陶渊明的评价、阐释中显示出来,也在对陶渊明诗作的创造接受中显示出来。它们是传统诗学理论的重要基石。"⑤因此,陶渊明接受史中的相关诗学现象是最值得进一步关注的一大课题,其价值和意义至今没有得到充分发掘。

---

① 〔宋〕苏轼:《与子由六首》其五、《评韩柳诗》,孔凡礼点校《苏轼文集》,中华书局1986年版,第2515、2109页。
② 参郭绍虞:《宋诗话辑佚》卷上,中华书局1980年版,第373—374页。
③ 姚奠中主编、李正民增订:《元好问全集》(增订本),山西古籍出版社2004年版,第269页。
④ 王国维著,滕咸惠校注:《人间词话新注》,齐鲁书社1986年版,第34页。
⑤ 李剑锋:《陶渊明接受通史》,齐鲁书社2020年版,第14—15页。

　　王国维回望中国文学史时感慨说："三代以下之诗人,无过于屈子、渊明、子美、子瞻者。此四子若无文学之天才,其人格亦自足千古。"①像陶渊明及其作品这样经过读者千百年阅读检验的经典作家和文学精华,永远值得我们进行不厌其深、不厌其详的考察和追问,因为只有如此才能更仔细地看清作家作品的本来状貌,从而更坚实地把握他的诗学价值和意义。本栏目所刊龚斌、吴国富和刘中文三位陶学专家的研讨论文即具有接近陶渊明的学术意义。

　　在现代陶渊明学术史上,陈寅恪《陶渊明之思想与清谈之关系》(1945 年发表)是第一篇重要的学术论文。论者以为,"自来研究陶渊明者,大都以渊明为诗人,为文学家,即讨论其思想者,亦不过注意其文艺观,讨论其立身出处者,不过表其不臣二姓而已。渊明与当世清谈及释老思想之关系,则人罕论及。陈氏此文据魏晋清谈内容之演变与陶氏家传信仰两点,研讨渊明在思想上之成就",②在陶渊明学术史上意义非凡,后代讨论陶渊明儒、道、佛、哲学思想者遂层出不穷。龚斌也是较早参与该话题讨论的长辈学者之一,这里《陶渊明哲学思想及其魏晋玄学之关系》一文的思考是一次新的澄清,强调:"陶渊明的思想很难用任何一家传统思想来规范。"重点从玄学的角度深入论析了"有生必有死的生死观、化迁的哲学观、委运自然的人生观",在论析中注意凸显陶渊明思想的个性特点,所论可谓刚健笃实。

---

①　王国维:《文学小言》,据王国维著、滕咸惠校注《人间词话新注》,第 101 页。

②　《图书馆季刊》1945 年第 3—4 期,第 57 页,关于《陶渊明之思想与清谈之关系》单行本的介绍。

　　吴国富的《再论陶渊明享年说》是一篇沉潜的力作。关于陶渊明的享年，自宋人提出不同于史书本传的新说之后，歧解纷纭，尤其是现代梁启超之后，更是如此。六十三岁旧说因此也面临着研究的挑战，多有学人起而捍卫之。《再论陶渊明享年说》不畏艰难繁杂，重新综合梳理旧说和直接证据，从陶渊明诗文内部寻找互相佐证、互相规定的理由，为六十三岁说再次提供了立得住脚跟的思路和证明。其意义不仅在于巩固旧说，而且对于重新在合理的时间下理解陶渊明及其作品也具有切实的意义。如果说时间规定对于诗人诗作的生平系年是最为重要的一端，那么从空间去考论诗人在世的坐标则是知人论世的另一重要之端。刘中文的《民国"陶谱"的里居问题之争》综合旧说，梳理材料，对与陶渊明相关的柴桑、上京和南村等居处重新进行考论，厘清了民国"陶谱"中关乎陶公里居的问题，指出民国学人的观点渊源有自，所论持之有据，为今天读者重新观察和思考陶渊明生存的具体地理空间、重新借此解读相关诗文提供了有益借鉴。

　　陶渊明是文学大家，研究成果多如牛毛，每前进一步都显得如此困难。但只要抓住问题，考镜源流，如龚斌、吴国富、刘中文三教授之文不畏艰难，在梳理本末、考察始终的基础上，努力前行，陶学研究、陶渊明诗学研究一定会迎来新的春天。

2021 年 7 月 12 日于济南玫瑰花园寓形斋

作者简介

　　李剑锋（1970—　），男，山东沂水人，文学博士。山东大学文学院教授，博士生导师，副院长。入选 2021 年度山东大学杰出青年学者。独立出版《陶渊明接受通史》、《陶渊明及其诗文渊源研究》、《唐前小说史料研究》、《重定陶渊明诗笺》（整理）、《兰亭集校注》（校注）等著作及论文百余种。完成国家规划项目二项，成绩优秀。兼任中国陶渊明研究会（筹）会长，山东省古典文学学会副会长。

陶渊明哲学思想及与魏晋玄学之关系

龚 斌

在陶渊明研究领域,关于陶渊明的思想,是最令人困扰的问题之一。不少人把渊明归入儒家,也有人说他出于庄老,还有人把渊明说成"第一达摩"[①],或说陶诗"充满禅机"[②],或说渊明找来了"佛家般若空观"[③]。我认为,陶渊明的思想很难用任何一家传统思想来规范。这位伟大的诗人深受儒家传统思想及老庄思想的强大影响,又感受着魏晋玄学的新思潮,再根据自身仕隐经历的切身体验,艰苦的农耕生活及晚年贫困的感受,从而形成了其独特的思想面貌。他的哲学思想包括三个重要部分:有生必有死的生死观、化迁的哲学观、委运自然的人生观。

[①] 葛立方《韵语阳秋》卷一二说:"不立文字,见性成佛之宗,达摩西来方有之,陶渊明时未有也。观其《自祭文,则曰:'陶子将辞逆旅之馆,永归于本宅。'其《拟挽歌词》则曰:'有生必有死,早终非命促。'……其《形影神》三篇,皆寓意高远,盖第一达摩也。"转引自北京大学北京师范大学中文系、北京大学中文系文学史教研室编《陶渊明资料汇编》,中华书局1962年版,上册,第64页。以下引书不再注明版本,只书书名和页码。

[②] 朱光潜《陶渊明》说:"陶渊明未见得瞧得起莲社诸贤的'文字禅',可是禅宗人物很少有比渊明更契于禅理底。渊明对于自然的默契,以及他的言语举止,处处都流露着禅机。"转引自《陶渊明研究资料》上册,第370页。

[③] 罗宗强说:玄学思潮起来以后,魏晋名士都在寻找玄学人生观的种种实现方式,但是他们都失败了,根本原因是没能找到化解世俗情结的力量。"陶渊明找到了,他找来的是儒家的道德力量和佛家的般若空观。"详见罗宗强《玄学与魏晋士人心态》,天津教育出版社2005年版,第282页。

一

生死问题是哲学的根本问题。人从何处来,终往何处去?是哲学家不断叩问的终极问题。

中国古代的思想家(非玄学家)的宇宙生成论以"气"为中心、为基础,太极元气乃万物所由生。气的聚合与分散,表现为天地人及万物的生成与变化。人之生为气之聚,人之死为气之散。气虽然不可见,却是存在的一种有,并不是无。《周易注疏》卷一八:"《郊特牲》曰:'魂气归于天,形魄归于地。'"①《礼记注疏》卷一〇:"骨肉归复于土,命也。若魂气则无不之也。"②《庄子·知北游》:"人之生,气之聚也。聚则为生,散则为死。"③《汉书》卷二七上《五行志第七上》:"命终而形臧,精神放越,圣人为之宗庙,以收魂气。"④人死,形骸归于黄土中,魂气则无不散之。汉人说圣人建立宗庙,作用是把魂气复收于其中。

陶渊明关于人之何由生,死往何处去的看法,来源于古人的气聚气散说。例如:

> 咨大块之受气,何斯人之独灵。(《感士不遇赋》)⑤
> 茫茫大块,悠悠高旻。是生万物,余得为人。(《自祭文》)

---

① 文渊阁《四库全书》本。
② 文渊阁《四库全书》本。
③ 郭庆藩撰:《庄子集释》,中华书局1961年版。以下引此书不再注明版本。
④ 班固:《汉书》,中华书局1962年版,第1342页。
⑤ 本文引用陶渊明诗文皆从龚斌《陶渊明集校笺》修订本,上海古籍出版社2019年版。陶集通行本甚多,以下不注本和页码,读者自可翻检。

大块及大块生人的思想,源于《庄子》。《庄子·齐物论》说:"夫大块噫气,其名曰风。"成玄英疏:"大块者,造物之名,亦自然之称也。"①"大块"与自然同义。"大块"是有,不是虚无。人之生,是气聚的结果;人之死,则是气散。气是一种物质性的存在,尽管无形不可见。《大宗师》说:"夫大块载我以形,劳我以生,佚我以老,息我以死。"②"大块",就是造物主。

郭象注《齐物论》,把"大块"改造成"无物",创立他的"独化"说。他说:"大块者,无物也。""物之生也,莫不块然自生,则块然之体大矣,故遂以大块为名。"③"无既无矣,则不能生有;有之未生,又不能为生。然则生生者谁哉?块然而自生耳。自生耳,非我生也。我既不能生物,物亦不能生我,则我自然矣。自已而然,谓之天然。"④又郭象注《大宗师》说:"夫形生老死,皆我也,故形为我载,生为我劳,老为我佚,死为我息,四者虽变,未始非我,我奚惜哉!"⑤以"我"替代了"大块",意谓人从生至死的变化,皆是"我"的原因。排除了外物,以"我"成为"独化"的唯一依据。

郭象以为人既不是无之生,也不是有之生,是突然而自生的。

《庄子》所说的"大块",原是造物之名,郭象把它变成"块然",成了形容词。显然不符《庄子》原意。渊明说"咨大块之受

---

① 郭庆藩:《庄子集释》,第45—46页。
② 郭庆藩:《庄子集释》,第262页。
③ 郭庆藩:《庄子集释》,第46页。
④ 郭庆藩:《庄子集释》,第50页。
⑤ 郭庆藩:《庄子集释》,第243页。

气,何斯人之独灵",以为人乃"大块"所生,为万物之中最灵者。这与《庄子》观点完全相同,而与郭象的"独化"不同。

陶渊明认为,人作为天地万物的灵长,不能像天地一样长存,如草木一样四时代谢。有生必有死的观点,陶渊明经常言及:

> 适见在世中,奄去靡归期。(《形赠影》)
>
> 三皇大圣人,今复在何处。彭祖爱永年,欲留不得住。老少同一死,贤愚无复数。(《神释》)
>
> 既来孰不去,人理固有终。(《五月旦作和戴主簿》)
>
> 运生会归尽,终古谓之然。(《连雨独饮》)
>
> 日月还复周,我去不再阳。(《杂诗》之三)
>
> 翳然乘化去,终天不复形。(《悲从弟仲德》)
>
> 天地赋命,生必有死。(《与子俨等疏》)
>
> 自古皆有没,何人得灵长?(《读山海经》之八)
>
> 有生必有死,早终非命促……魂气散何之,枯形寄空木。(《拟挽歌辞》其一)
>
> 死去何所道,托体同山阿。(《拟挽歌辞》其三)

陶渊明的生死观,与秦汉以来的神仙家和盛行于魏晋之世的道教邪说直接对立。神仙家有感于人生短暂,企图用餐霞吸露、呼吸吐纳、服食养气一套办法达到长生。汉末道教形成以后,更大讲升仙羽化之术,各种道术方药应运而生,上层社会热衷神仙长生之术及种种卫生之举。兹以曹操为例:曹操好养性,亦解方药,招致方术之士,左慈、华佗、甘始、郤俭,无不毕至,能啖野葛至一尺,也能多少饮鸩酒。甘始、左慈、东郭延年,行容成御妇人法,并为曹操所录,问行其术,亦得其验。又降就道士刘景,受云母有子丸方。曹操常服此药,亦说有验。① 曹操还致信皇甫隆说,听说你年过百岁,体力不衰,耳目聪明,所服食施行导行,可得乎? 若有可传,想密示封内。② 据上可知,曹操解方药,行房中术,服长生药丸,非常热衷长生之术。

汉末之后,风行服方药寒食散。据说自"何晏首获神效,由是大行于世,服者相寻"③。东晋后期,服散者仍不绝如缕。例如殷颢,有事"因出行散"④;司马道子绕东府城行散⑤;王恭尝行散至京口射堂。⑥ 所谓"行散",指服寒食散后须步行,发散药性。

陶渊明既然以为有生必有死,死乃形尽神灭,则必然对道教的神仙长生之术深表怀疑,并给予明确批判。他说:"我无腾化术,必尔不复疑。"(《形赠影》)腾化术即升仙之术。意谓我无升仙术,必会形尽神灭,不复可疑。又说:"存生不可言,卫生每苦拙。诚愿游昆华,邈然兹道绝。"(《神释》)存生即长生,长生做不到。卫生指养护生命。《庄子·庚桑楚》:"老子曰:'卫生之经,能抱一乎?'"⑦"抱一"是守真不二之意。养护生命,也每每感到苦拙。意思是说,养护生命也是件难事。昆仑山、华山是神仙居所,欲游而渺远道绝。意思是无有长生之道,也就是"我无腾化术""帝乡不可期"(《归去来兮辞》)。总之,三皇圣人,都

① 见张华:《博物志》。
② 严可均辑校《全三国文》卷三。
③ 《世说新语·言语》刘孝标注引秦承祖《寒食散论》。
④ 《晋书》卷八三《殷颢传》。
⑤ 《世说新语·言语》一〇〇。
⑥ 《世说新语·赏誉》一五三。
⑦ 郭庆藩:《庄子集释》,第785页。

不能挽留流逝的光阴;老少、贤愚,终将归于死亡。传说中的仙人赤松子、王乔,活了八百岁的彭祖,如今在哪儿? 神仙既然不存在,学道升仙,当然也是茫然行不通的。

关于陶渊明思想,陈寅恪先生有一著名论断:"故渊明之为人,实外儒而内道,舍释迦而宗天师者也。"①何谓"外儒内道"及"舍释迦"? 此问题笔者别有论文讨论,这里仅说宗天师道。陈寅恪先生说陶渊明虽不求长生学神仙,然终究受天师道之家传信仰影响,其《读山海经》诗云"泛览周王传,流观山海图",而《穆天子传》《山海经》俱属道家秘籍为依据。笔者昔年撰文评述过所谓渊明"宗天师"问题②,今兹对旧文未详者再作申述。

陈寅恪先生以为陶渊明宗天师道,是受陶氏家族信仰的影响。陶氏信仰天师道的证据,一是"陶氏一门与南部滨海之地关系密切",③二是梁代陶弘景为著名道教徒。据陶弘景从子翊字木羽撰《华阳隐居先生本起录》,陶弘景出于陶超、陶基一支(见宋张君房撰《云笈七签》卷一〇七),而"自基以下四世为交州者五人"(《晋书》卷五七《陶璜传》)。交州地处南部滨海,故与天师道关系密切。但问题是陶渊明先祖陶侃与陶基非同一支。《晋书》卷六六《陶侃传》说,陶侃本鄱阳人,吴平,徙家庐江之浔阳。可知,至迟陶侃父丹就家在鄱阳。鄱阳、浔阳非滨海之地,未必受天师道影响。

陈寅恪先生又以为陶侃"当是鄱阳郡内之少数民族",《世说新语·容止》记温峤称陶侃为"溪狗",庐江郡原为溪族杂处

---

① 陈寅恪:《陶渊明之思想与清谈之关系》,《金明馆丛稿初编》,上海古籍出版社 2020 年版,第 205 页。以下再引此书不注明版本,只书页码。
② 详见拙著《陶渊明传论》第五章,华东师范大学出版社 2001 年版。
③ 陈寅恪:《天师道与滨海地域之关系》,《金明馆丛稿初编》,第 32 页。

区域,故温太真"溪狗"之诮不免有重大嫌疑。又说《桃花源记》
所说"武陵人捕鱼为业,缘溪行","正是一篇溪族纪实文字",
《续搜神记》有《桃花源记》,说捕鱼人为黄道真,其名颇有天师
道色彩,云云。① 陈寅恪先生数篇论文引用多种文史资料,转相
印证,得出陶渊明受天师道家传影响的结论。笔者以为称陶侃
为溪族,缺乏坚实的证据。陶氏本是北方大族,此读渊明《命
子》诗可知。汉末动乱,陶侃先人渡江,居于丹阳。吴亡后,陶
侃之父丹由鄱阳迁至庐江之浔阳。温峤诮陶侃"溪狗",或以侃
与庐江郡溪族杂处之故。但即使杂处,也不能由此推断出陶侃
为少数民族溪族。陶侃母湛氏,为一明礼贤媛。《世说新语·
贤媛》二〇刘孝标注引《侃别传》:"母湛氏贤明有法训,侃在武
昌,与佐吏从容饮燕,常有饮限。或劝犹可少进,侃悽然良久曰:
'昔年少,曾有酒失,二亲见约,故不敢踰限。'"二亲,指侃父丹、
侃母湛氏。陶侃饮酒也要约束其量,家教之严可以想见。而侃
牢记父母之训,不敢逾限。父母训子以礼,本人立身如此谨慎,
岂会是未开化的溪族? 读《晋书·陶侃传》,找不到侃与天师道
有关的痕迹,孝义之举却不少。陶侃勤于吏职,常语人曰:"大
禹圣者,乃惜寸阴。至于众人,当惜分阴,岂可逸游荒醉? 生无
益于时,死无闻于后,是自弃也。"侃性格勤勉,行为踏实,无疑
深受儒家传统文化的熏陶,非是荒远边鄙,不知礼义之人。称陶
渊明受天师道家传影响的说法,终究找不到有力的证据。

　　言意之辨是魏晋玄学赖以创立的基础,影响魏晋时代的学
术、哲学、文学、美学,以及士人思想与行为的许多方面。② 陶渊

---

① 详见陈寅恪《魏书司马叡传江东民族条释证及推论》,《金明馆丛稿初编》,
　第 81、82 页。
② 详见汤用彤《言意之辨》,载《魏晋玄学论稿》。

明及其诗文,也深受言意之辨的影响。最显著的例子是《饮酒》其五:"采菊东篱下,悠然见南山。山气日夕佳,飞鸟相与还。此中有真意,欲辨已忘言。"悠然的南山,傍晚的山岚,飞鸟纷纷还巢,美妙的天然图画中,自觉有"真意"在。但"真意"是什么呢?诗人不说,称"欲辨已忘言"。这是玄学"得意忘言"说在诗歌中的运用。南山、山气、飞鸟,是外在的象,"真意"为由象所得的意。既已得意,可以忘言忘象。王弼所谓"言者所以明象,得象而忘言。象者所以存意,得意而忘象"。

再有《饮酒》其十一下半首:"死去何所知,称心固为好。客养千金躯,临化消其宝。裸葬何必恶,人当解意表。"这里表达诗人的死亡哲学,以为死去一概不知,身前称心最好。生前作种种卫生之举,养生以图长生,临终则形尽神灭。"裸葬何必恶,人当解意表"二句,用西汉杨王孙主张裸葬的典故:王孙临终,遗令裸葬。其子欲裸葬,又心不忍;不裸葬,则父命难违。于是请教王孙友人祈侯。祈侯致书王孙,搬出《孝经》中的圣人之言,以为裸葬不合圣人遗制,以裸葬为恶。渊明赞同王孙裸葬以矫世俗厚葬之风的言外之意,故说"裸葬何必恶,人当解意表"。意表,显然也是"得意忘言"之意。

陶诗受魏晋玄学"得意忘言"说的影响是全面的。钟嵘《诗品》说陶潜诗"文体省净,殆无长语"。这两句实际上与魏晋清谈崇尚言辞简约而义旨超拔同一审美尺度。陈师道说:"渊明不为诗,写其胸中之妙耳。"①写胸中之妙,即写意。陶诗绝少有长篇,也绝少雕琢字词,写景情与景谐,多理语,有理趣,言在意外。凡此,都是玄学影响的结果。

---

① 陈师道:《后山诗话》,转引自《陶渊明研究资料汇编》上册,第42页。

二

　　委运任化的人生哲学,是陶渊明哲学思想的基石,相比他的有生必有死的生死哲学,表现出更为鲜明的理论创新精神,证明他不仅是伟大的诗人,也是魏晋时期的大思想家。渊明的人生哲学及实践,深刻影响了后来知识者的思想行为及中国文学艺术的精神。

　　所谓委运任化,是指顺随自然的变化而变化。这一思想的产生,是天地自然的变化启示人类思想的结果,完全合乎事物发展的逻辑。

　　早在《周易》就非常重视随时变化的观点。《易·随卦》说:"随时之义大矣哉。"王弼注:"为随而不大通,逆于时也;相随而不为利正,灾之道也。故大通利贞,乃得无咎也。为随而令大通利贞,得于时也。得时则天下随之矣。随之所施,唯在于时也。时异而不随否之道也。故随时之义大矣哉。"①又《易·风卦·彖》:"日中则昃,月盈则食,天地盈虚,与时消息。而况于人乎!况于鬼神乎!"天地自然尚有盈虚之变,则人岂能执其常故?亦应随之而变。陶渊明熟悉《易》,在《鲁二儒》一章中说:"《易》大随时,迷变则愚。"以为《易》看重随时之义,迷惑事物的变化就是愚蠢。意思是时变人亦随之变。

　　陶诗中讲到委运任化之处很多,常见"化""化迁""迁化""大化"等词:

---

① 《周易注》卷二,文渊阁《四库全书》本。

纵浪大化中,不喜亦不惧,应尽便须尽,无复独多虑。(《形影神》)

形体凭化往,在心复何言。(《连雨独饮》)

形迹凭化往,灵府长独闲。(《戊申岁六月中遇火》)

繄然乘化去,终天不复形。(《悲从弟仲德》)

穷通靡所虑,憔悴由化迁。(《岁暮和张常侍》)

聊乘化以归尽,乐夫天命复奚疑。《归去来兮辞》

余今斯化,可以无恨。(《自祭文》)

……

分析以上诗句中的"化"或"化迁",大致有两种意义。一种内涵宽泛,指自然变化,诸如天地盈虚、四时转换、流年如水。一种内涵具体,指自身形体之变化,即由少至老、由老至死的生命过程。虽有两种内涵的大小之别,实际上两者总是紧密联系而不可分。道理很简单:天地盈虚、四时变化中,人的形体也随之由少至老,由盛至衰,生命一点点流失,以致终结。

故每个个体生命都是有生必有死,化迁是不可抗拒的规律,这点不证自明。那么,照例在这一铁律面前,人人都应该听命于它,服服帖帖地委运任化。但是,作为万物之灵长,总有人不情愿顺化,不乐意顺化,在对死亡的恐惧中,发明种种长生之术,企图摆脱化迁的规律,以求长生。由此,宗教创立,解释生死问题,让不安的灵魂得到安静。道教宣扬服食仙药、呼吸吐纳、男女合气等方术,羽化而升仙。佛教以为长期修炼,念佛三昧,摆脱生死轮回,死后接引入西方弥陀净土。儒家虽不是宗教,但同样恐惧生命一旦终了,声名湮灭,主张立德、立名、立言,遗惠后人,以求声名不朽。

　　渊明思想与道、佛二教及儒家的人生观均不相同,以为追求形、神的不灭与不朽皆是"惜生"之举。《形影神》诗序说:"贵贱贤愚,莫不营营以惜生,斯甚惑焉,故极陈形影之苦,言神辨自然以释之。好事君子,共取其心焉。"所谓"惜生",即是指道教修炼以求长生、佛教念佛以求弥陀净土。"神辨自然以释之",指以神申解自然之说,以释世人"惜生"的困惑。三诗中《神释》一篇为全诗主旨,双破形、影之说后,表达"委运任化"的人生哲学。

　　《形影神》三首,是渊明哲学思想的最重要、最充分的表达。陈寅恪先生论陶渊明之思想,以"新自然说"名之,颇有新见。他说:"东晋之末叶宛如曹魏之季年,渊明生值其时,既不仅同嵇康之自然,更有异何曾之名教,且不主名教自然相同之说如山(涛)、王(戎)辈之所为。盖其己身之创解乃一种新自然说,与嵇、阮之旧自然说殊异,惟其仍是自然,故消极不与新朝合作,虽篇篇有酒(昭明太子《陶渊明集序》语),而无沉湎任诞之行及服食求长生之志。夫渊明既有如是创辟之胜解,自可以安身立命,无须乞灵于西土之远来之学说,而后世佛教徒妄造物语,以为附会,抑何可笑之甚耶?"①寅恪先生的上述分析是深刻的,指出了渊明思想与自然、名教、佛教之间的差异。这些差异(渊明与佛教的关系此处不谈),可以归结为与魏晋玄学之间的关系。

　　在陈寅恪先生论述的基础上,我们可以将渊明"新自然说"与魏晋玄学之间的关系说得更充分、具体一些。在肯定渊明哲学思想与魏晋玄学有联系的同时,也指出二者之间有许多方面的不同。

---

　　①　陈寅恪:《陶渊明之思想与清谈之关系》,《金明馆丛稿初编》,第197、198页。

东晋名士袁宏作《名士传》，以"夏侯太初、何平叔、王辅嗣为正始名士，阮嗣宗、嵇叔夜、向子期、刘伯伦、阮仲容、王濬冲为竹林名士，裴叔则、乐彦辅、王夷甫、庾子嵩、王安期、阮千里、卫叔宝、谢幼舆为中朝名士"①。大体划分出了玄学的几个发展阶段。在玄学发展史上，又有自然与名教、才性四本、言不尽意、声无哀乐、养生等重要论题的争论，出现不同的派别，表现为极纷繁复杂的形态。因此，必须细致地比较和分析渊明哲学思想和魏晋玄学各个发展阶段的重要思想家的异同，才有可能弄清两者之间的关系。

渊明说"纵浪大化中，不喜亦不惧"，盖彻悟生必有死，生死完全是自然的过程，喜亦尽，惧亦尽。既然如此，则"不喜亦不惧"，居常待尽。《归去来兮辞》"聊乘化以归尽，乐夫天命复奚疑"二句，就是纵浪大化的唯一正确的人生态度。以自然为逻辑起点，则必然否认神仙，否认神灭论，否认道教的种种方术及卫生之举。

名教与自然两者的关系，是魏晋时期政治文化中最重要的问题，关涉国家治理、政治立场、处世哲学、生活方式、儒学与玄学的对立与融合等等现实与理论问题。魏晋玄学的重要思想家嵇康，以自然为理论基点，提出"越名教而任自然"的命题，名教与自然完全对立。其背景是名教业已成为司马氏镇压、杀戮政治反对派的武器，故嵇康以自然为思想武器，对抗虚伪的名教。他的许多作品，如《太师箴》《养生论》《声无哀乐论》《与山巨源绝交书》《秋胡行》等诗七首，描绘和赞美上古社会的和谐美好的社会图景，激烈批判大道沉沦以后"宰割天下，以奉其私"的

---

① 《世说新语·文学》九四。

历史与现实,揭穿了名教的虚伪外衣,锋芒直指以阴谋与杀戮为能事的司马氏集团。

陶渊明以自然为宗,赞美上古社会,向往羲农时代,这与嵇康一样。不同的是不像嵇康那样,"每非汤武而薄周孔",反倒非常尊敬孔子,每每以"先师"称之,譬如"先师遗训,余岂云坠"(《荣木》),"先师有遗训,忧道不忧贫"(《癸卯岁始春怀古田舍》)。渊明虽然也感叹羲农以后的历史已不再真朴,却并不否定儒家。《饮酒》二十说:"羲农去我久,举世少复真。汲汲鲁中叟,弥缝使其淳。"赞美孔子复真还淳的历史功绩。并肯定汉初伏生等儒生中兴儒家的努力:"区区诸老翁,为事诚殷勤,如何绝世下,六籍无一亲。"感慨六经的衰微,以至于有人赞许渊明简直是"孔门弟子"。他晚年坚持君子固穷的节操,"忧道不忧贫",主要得之于儒家坚持道德操守的人格教诲。

渊明后来辞官彭泽令,这与嵇康拒绝做司马氏的官相似,都是归依自然的表现。不过,于嵇康来说是反对名教,于渊明来说是倦飞知还,归依自然。渊明虽说"举世少复真","自真风告逝,大伪斯兴",但并非一概反对名教。《感士不遇赋》说:"原百行之攸贵,莫为善之可娱。奉上天之成命,师圣人之遗书。发忠孝于君亲,生信义于乡闾。推诚心而获显,不矫然而祈誉。"可证渊明信奉名教推崇的道德规范,固然任自然,却并非越名教。

陈寅恪先生说,主旧自然说者求长生学神仙。嵇康即为代表人物。他的《养生论》是魏晋玄学的名论,其大旨如其哥哥嵇喜所言:"以为神仙者,禀之自然,非积学所致。至于导养得理,以尽性命,若安期、彭祖之伦,可以善求而得也。"①嵇康首先肯

---

① 嵇康:《养生论》,李善注《文选》。

定神仙的存在,然后主张由养生而至长生。《养生论》说:"爱憎不栖于情,忧喜不留于意,泊然无感,而体气和平。又呼吸吐纳,服食养身,使形神相亲,表里俱济也。"再有《与山巨源绝交书》说:"又闻道士遗言,饵术黄精,令人久寿,意甚信之……吾顷学养生之术。"嵇康所学的养生之术,即是道教的长生久视之术,渊明所谓"惜生"也。虽然《养生论》说:"形恃神以立,神须形以存。"①肯定了形神的互相依赖,但以为神仙必有,结果一定会通向形尽神不灭的唯心主义。渊明的自然哲学观和嵇康相同,但对形神问题的看法,又与嵇康不同。

渊明《形影神》诗否定腾化术,以为长生不可信,卫生每苦拙,神仙不可期。《连雨独饮》诗说:"世间有松乔,于今定何间?"怀疑神仙的存在。《饮酒》诗说:"客养千金躯,临化消其宝。"以为养生之术最终保不住"千金躯",临终宝消,卫生之举终究是徒劳。既然已彻悟有生必有死,世间无有神仙,腾化术与养生术皆是徒劳,人人都会形尽神灭,身后之名,犹若浮烟。那么,唯一正确的处世哲学就只能是纵心任性、委运自然。嵇康、阮籍等竹林名士虽以自然为宗,却不能达到乐天知命、委运任化的人生境界。这当然与魏末险恶的政治有关,但与他们的人生哲学尚未抵达生命的本质更有关系。

陶渊明的生死观及委运任化的人生哲学,主要源于《庄子》思想;同时,也受到魏晋玄学的影响,例如郭象《庄子注》,张湛《列子注》,都是渊明哲学思想的重要来源。

关于生死,《庄子》假设一位"古之真人",作为理想人格和真理的化身。《大宗师》说:"古之真人,不知说生,不知恶死;其

---

① 以上所引嵇康文,皆从戴明扬《嵇康集校注》,中华书局 2014 年版。

出不欣,其入不距;翛然而往,翛然而来而已矣。不忘其所始,不求其所终。受而喜之,忘而复之,是之谓不以心捐道,不以人助天。是之谓真人。"①《庄子》把生死看作一体,二者相齐。不悦生,不恶死。死乃忽然而往,生是忽然而来。生死的始终变化,皆若忘之。生死都遗,心无执着于生或死的一端,泰然而任之。郭象注"不知说生,不知恶死"二句说:"与化为体者也。"②《庄子》这一段文字及郭象注,堪作《神释》诗"纵浪大化中,不喜亦不惧,应尽便须尽,无复独多虑"四句的注脚。《大宗师》"不知说生,不知恶死"二句,即《神释》诗所谓"纵浪大化中,不喜亦不惧"。《大宗师》"翛然而往,翛然而来而已矣。不忘其所始,不求其所终"四句,即《神释》诗所谓"要尽便须尽,无复独多虑",生死都忘,不复挂怀。

《庄子·齐物论》最后是"庄周梦蝶"的寓言,称"此之谓物化"。郭象注:"夫时不暂停,而今不遂存。故昨日之梦,于今化矣。死生之变,岂异于此,而劳心于其间哉……而愚者窃窃然自以为知生之可乐,死之可苦,未闻物化之谓也。"③以为死生之变,不异于"庄周梦蝶",不应劳心于其间,即无复独多虑生死之变。愚者自以为生乐死苦,那是不闻物化的至理。

渊明的化迁哲学思想,显然源于《庄子》,也深受郭象、张湛的影响。郭象注《大宗师》:"无力之力,莫大于变化者也。……天地万物,无时而不移也。"④注《知北游》:"出入者,变化之谓

---

① 郭庆藩:《庄子集释》,第 229 页。
② 郭庆藩:《庄子集释》,第 229 页。
③ 郭庆藩:《庄子集释》,第 113 页。
④ 郭庆藩:《庄子集释》,第 244 页。

耳,言天下未有不变也。"①注《齐物论》:"与变为体,故死生若一。"郭象认为,变化这种无力之力是最巨大的一种力量,天下未有不变的东西。这种看法符合事物的发展规律。当然他并没有指出万物变化的原因。在他看来,万物不知所以然而然,莫名其妙地存在着、变化着。这就是他的"玄冥""独化"的哲学观,通向神秘主义与不可知论。由于主张造物者无主,万物独化,故否认形神互相依存。他在《齐物论》注中说:"故罔两(影子附近的微影)非景(影)之所制,而景非形(物体)之所使,形非无(造物主)之所化也。……"②否定了罔两待影,影待形,形待造物者的正确解释。渊明虽受郭象万物无时而不变哲学观的影响,但以为影待形,形待造物,生死之变最终必然是形尽神灭。这就与郭象的"独化"说划清了界限。

三

委运任化的"新自然说"是陶渊明人生哲学的核心,是他安身立命的精神支柱。凭借这样的人生哲学,简直无所不能,足以应对生死之变,应对社会的或隆或汙,应对人生道路的或夷或险,甚至日常生活中的种种不如意,也可随时消解。

陶渊明的思想与性格,总体来说是平和的、踏实的。他对大道既隐之后大伪斯兴的历史以及"举世少复真"的当今现实,固然不满也有批判,不过态度平和,远不如嵇康激烈而愤懑。他像阮籍那样逃于酒,却不是任诞如狂,也没有晋初元康之徒的裸体

① 郭庆藩:《庄子集释》,第 747 页。
② 郭庆藩:《庄子集释》,第 112 页。

而饮。鲁迅曾分析过渊明态度平和的原因，说是到了东晋，乱也看惯了，篡也看惯了，司空见惯之后，于是态度就平和。① 这是从社会变迁的原因来探讨渊明的心理。但在我看来，委运任化的人生哲学，才是渊明思想与性格表现平和的最深刻的原因。因为只有思想，才能最终决定行动，决定态度。

我们先从陶渊明的仕隐经历中的心态变化，证明委运任化的人生哲学，在他的人生道路上起到的决定性作用。大概在晋安帝元兴三年（404），刘裕起兵讨伐桓玄。当时，渊明为母守丧隐居在家，过着"委怀在琴书"的闲适生活。得知刘裕起兵的消息，觉得施展抱负的机会来了。遂离开田园，踏上千里长途，去做刘裕的镇军参军。作《始作镇军参军经曲阿作》诗说："时来苟冥会"，"暂与田园疏"。这二句诗，即是《周易》的"随时"之义，也就是外化亦与之化——时代变化，则姑且亦与之化。不过，渊明并不把这次出仕看作长久之计，从"苟"字、"暂"字，就可见他作镇军参军乃是权宜之计。诗的最后四句说："真想初在襟，谁谓形迹拘。聊且凭化迁，终返班生庐。""真想初在襟"，意思近于初心不改。"真想"其实就是任应自然的心志。看似我随外化而化，为形迹拘束，其实是一时顺应化迁而已，最终会回到我的田园。这首诗堪称理解渊明委运任化人生哲学的极佳教材。委运任化不是汩其泥而更扬其波，它的灵魂始终属于自然，是一种哲学层次上的不变与执着。

渊明在作镇军参军稍后，又作建威参军，为王事奔波于长江之上。看着长江两岸的景色，开始内心独白："伊余何为者，勉励从兹役。一形似有制，素襟不可易。园田日梦想，安得久离

---

① 详见鲁迅《魏晋风度及文章与药及酒之关系》。

析。终怀在归舟,谅哉宜松柏。"表达的意思与《始作镇军参军经曲阿作》诗最后四句相似。作者反思:我究竟为什么勉力行役呢? 形体似为世事拘束,素襟则不会改变。"一形"二句,与《始作镇军参军经曲阿》诗"真想初在襟,谁谓形迹拘"二句的意义完全相同。"素襟"亦同"真想",指回归自然。所以,委运任化的真义,就在外化而内心不化——形体可以随外部世界的变易而变化,但精神服膺自然,是绝不会变化的。

在日常生活中,委运任化的人生哲学也帮助渊明从容应对遇到的困难或不如意。譬如他有五个男儿,并不很优秀。中古社会特别讲究门第观念,盼望子孙光宗耀祖是普遍的社会意识。渊明也是如此。他初为人父,为长子俨命名,作《命子》诗,以《礼记·曲礼》"俨若思"之义,给儿子取名曰俨,字求思,并希望儿子长大后像孔伋一样,继承孔子的圣德,发扬祖先的功业。十余年后又作《责子》诗,说五个儿子"总不好纸笔"。看着这群平庸的儿子,想必渊明无论如何是有遗憾的。但他却说"天运苟如此,且进杯中物",他拿起了酒杯,一杯心平,二杯气和。他意识到"天运"不可违逆,只能"任化"。一切顺其自然吧! 现实中的烦恼于是消解。这是他"委运任化"的人生哲学的又一体现。

再举一例。义熙四年(408)六月中,渊明的旧居遇火。在一个将要月圆的夜晚,他来到废墟,看到果菜开始长出来,而惊鸟尚未归来。夜半,中天的月光洒在他身上,他抬头遥望深邃的天空,想到年轻时就抱孤介之节,至今已经四十年了,以为"形迹凭化往,灵府长独闲"。这二句最值得注意。形迹凭大化而化,既"纵浪大化中",不得不化。然作为精神之宅的"灵府",却不随流年而依然故我。《淮南子·人间训》说:"得道之士,外化而内不化。""形迹"二句,正是"外化而内不化"之意。旧宅遇火,此是外化,天运如此,无可逃避。然意志不拘束于外物的变化,历四十年而不变。可见,"形迹凭化往,灵府长独闲"二语,是渊明一生学识的大过人处,与委运任化的人生哲学完全相通。试想,生死之变都可以"应尽便须尽,无复独多虑",区区一宅,遇火又算得了什么!

渊明归田之后,与朴素的田园日夕相亲,对于自然之义的理解有了更感性的体会。虽然生活的日益贫困化常常会在心底掀起波澜,也难免有所感慨,然委运任化的人生哲学给了渊明更强大的精神支撑,使他对生活的意义,对人生路上的坎坷,看得更透彻。清明的智慧、生活的勇气,滋养着他的精神气质。他任情,却不放诞;他踏实,又洒脱;他不忘死,但又很平静。陶诗中有不少谈理之诗,证明老庄的自然之义及魏晋玄学,对他的无所不在的影响。委运任化的人生哲学,始终是他的指路明灯。

例如《五月旦作和戴主簿》诗,起笔"虚舟纵逸棹,回复遂无穷"中的"虚舟",用了《庄子·大宗师》的典故:"夫藏舟于壑,藏山于泽,谓之固矣,然而夜半有力者负之而走,昧者不知也。"《庄子》用"藏舟于壑"的比喻,说明外力的变化很强大,不可阻挡。陶诗中的虚舟也是比喻,喻日月运行疾速。后半首全是谈理:"既来孰不去,人理固有终。居常待其尽,曲肱岂伤冲。迁化或夷险,肆志无窊隆。即事如已高,何必升华嵩。"所谈之理,以为人理有始必有终,居常,所谓"贫者士之常"。① 曲肱,典出于《论语·述而》,说颜渊"饭蔬食,饮水,曲肱而枕之,乐亦在其中矣"。居常待终,君子固穷,安贫乐道。也就是"纵浪大化中,不喜亦不惧"。这里必须指出:委运任化并不全来自道家哲学,

---

① 见《说苑·杂言》。

其中融合了儒家的"君子固穷"的精神。"迁化"二句说如何应对迁化过程中夷险两种情况。夷,平坦,平易,引申为太平,平静;险,险恶,险阻,艰难。外部世界或人生道路,概称为"大化",有夷有险,有顺有逆。纵浪大化中,应该不以夷为喜,不以险为惧。如何抵达这种境界呢?渊明说:"肆志无窊隆。"窊,下;隆,高。任情肆志,则迁化过程中就无高下之分。可见,肆志是应对窊隆的有效武器。至于肆志的具体内涵,可以是饮酒、游览、谈论,总之是情感摆脱拘束,任其自然。

陶渊明的任情肆志表现为享受生之乐趣,主要方式是饮酒与游观。这与魏晋名士普遍的生活情趣并无不同。渊明以为人应称情自适,饮酒乃是人生的享受,《饮酒》其三说:"道丧向千载,人人惜其情。有酒不肯饮,但顾世间名。所以贵我身,岂不在一生? 一生复能几,倏如流电惊。鼎鼎百年内,持此欲何成!"渊明以为不肯饮酒是"惜情"的表现,而"惜情"是"道丧"的结果,"但顾世间名"即"道丧"之一种。由此可知,"有酒不肯饮"是名教对人的自然情性的拘束,而道即自然。之所以珍惜生命,岂不是生命短促如流电令人心惊吗?生命太短促,故珍惜生命及时行乐,有酒便饮。《饮酒》其七:"啸傲东轩下,聊复得此生。"《饮酒》其十一:"死去何所知,称心固为好。"《饮酒》其十四:"悠悠迷所留,酒中有深味。"《挽歌诗》:"千秋万岁后,谁知荣与辱。但恨在世时,饮酒不得足。"《读山海经》其五说:"在世无所须,唯酒与长年。"……世间的利禄富贵,身前身后名,皆不足顾惜,唯有常饮酒足矣。如此纵浪大化,一生称心,还有何忧何虑呢?在魏晋名士中,似乎无人比他更深刻地思考饮酒对于人生的作用。他对饮酒最具见解者,当推《饮酒》其十三:

有客常同止,取舍邈异境。一士常独醉,一夫终年醒。醒醉还相笑,发言各不领。规规一何愚,兀傲差若颖。寄言酣中客,日没烛当秉。

渊明以诙谐的语言写醉者醒者取舍异境:醉者独醉,醒者长醒。两人相互讥笑,发言各不领会。为何取舍异境,无法沟通?盖所持理念不同也。"规规"二句,是对醉者醒者的评价,以为醒者"规规"为愚,醉者"兀傲"为颖。"规规"为小见之貌,出于《庄子·秋水》:"子乃规规然而求之以察,索之以辩,是直用管窥天,用锥指地也,不亦小乎!""规规"者没有大格局、大眼光,用管窥天,用锥指地。兀傲,是孤傲不羁的意思。醉者任真自得,任情肆志,珍视生命,把握当今,及时行乐。故诗人赞"兀傲差若颖"。显然,醒者是名教中人,挂念俗世的利益,终年醒着,多么心劳,何其愚蠢!醉者任自然,任情肆志,乃张季鹰、孟嘉一类放达之士,深受玄风影响,非名教而任自然,摆脱一切拘束,何其聪颖!醒者醉者取舍异境,实质上是名教与自然二者的不同和冲突。醉者合道,醒者丧道。醒者愚而醉者颖,即是渊明自然而非名教的艺术表达。此诗最后说:"寄言酣中客,日没烛当秉。"呼吁秉烛夜饮,以补白日饮酒之不足,为及时行乐之意。

最后再回到《形影神》诗三首。第一首《形赠影》说生必有死,人命还不如山川草木之长久,又无腾化升仙之术,故形主张"得醉莫苟辞",及时行乐。寅恪先生分析说,这篇是"非旧自然说之言也"。此说有待推敲。渊明确实以求长生学神仙为非,称他非旧自然说可通。阮籍、刘伶诸人沉湎于酒,以图苟全性命。而渊明喜酒,固然不同于阮、刘纵酒任诞,避祸于酒乡,但"得酒莫苟辞"是一样的。九月九日无酒,江州刺史王弘派白衣人送酒，渊明坦然就饮，是否就是"得酒莫苟辞"？

第三首《神释》诗说："日醉或能忘，将非促龄具。"以为日醉或许能忘，盖日醉恐怕是促龄短寿之具。寅恪先生分析说："此驳形'得酒莫苟辞'之语，意谓旧自然说者沉湎于酒，欲以全生，岂知其反伤生也。"其实，渊明喜酒程度，不亚于魏晋名士。《饮酒》诗序不是说："偶有名酒，无夕不饮，顾影独尽，忽焉复醉。"可见只要有名酒，渊明无夕不饮，并称"日没烛当秉"。真实的情况是，渊明恐怕不会在乎日醉是促龄具。如果一定要说他与阮籍、刘伶等酒徒有什么不同，那也只是饮酒并不那么任诞罢了。嵇康、阮籍等人饮酒，有逃世于酒，浇胸中磊块，苟全性命于乱世的意味。渊明喜酒，主要是及时行乐，视饮酒为人生的享受与欢乐，对生命的品位，是任情忘情，是自由闲适，是委运任化的人生哲学的实践。

四

有人说，陶渊明是魏晋风度的伟大代表。

有人说，陶渊明是魏晋玄学人生观的终结。

其实，陶渊明深受魏晋风度的熏陶，但又不完全等同于魏晋风度；实践魏晋玄学人生观，却又汲取了儒学的营养，表现为一种既不是完全玄学，也不同于传统名教的人生观。他的行为与思想是独特的，以前从未出现过的新人物和新思想。从定义渊明独特性的意义上说，寅恪先生对渊明思想的论断最具眼光。所谓"外儒而内道"，寅恪先生解释"外儒"指行为，"内道"指言论。这样的区别，可以再议。思想与行为有时统一，有时背离。譬如渊明饮酒醉了，对客人说，你们可先走，我要睡了。言行洒落、自然,恐怕并不合乎儒家的礼仪。渊明晚年作诗常说君子固穷,恪守儒家"君子忧道不忧贫"的古训,行为上不食檀道济的"嗟来之食"。这就很难区分是外儒还是内道。但有一点可以肯定,寅恪先生指出了渊明思想儒道兼融。只看到他的从儒,甚至以为他的思想行为都从经术中来,看不到他对自然的体认和归依,就无法正确理解渊明。渊明委运任化的人生哲学,说到底也是儒道双修的结晶。

渊明受《庄子》及魏晋玄学的影响,以自然为宗,又信从先师孔子的教诲,故是自然但基本上不非名教,行为平和而不过激。虽然也说他所处的时代大伪斯兴,也有批判,但不像嵇康那样锋芒毕露,以嬉笑怒骂出之。

渊明不是把自然作为否定名教的武器,而是作为人生的终极寄托。他把自己整个儿融进自然,成为自然的一部分,纵浪大化中,随外化而化,达到彻悟人生的高境界,意识到有生死是必然的,尽管有时也不能忘记死,但终究情不累物,乐天知命,居常待尽。

渊明宗自然,不相信有神仙,否定腾化术,对各种卫生之术也不以为然。但他对养生术并不一概抵制。饮菊花酒有利于长寿,作诗说:"菊为制颓龄。"(《九日闲居》)渊明饮菊花酒当无疑问。《读山海经》其五说:"在世无所须,惟酒与长年。"渊明虽说"应尽便须尽,无复独多虑",似乎完全不在乎长年与短命。其实还是希望长年的。魏晋人喜欢长年,乃是因珍惜生命之故。当然,长年是古今人类最美好的愿望之一。渊明希望长年,做一点饮菊花酒之类的卫生之举,是完全正常的,与天师道的长生之术根本不同。

他似乎很好地把握着中和之美的尺度。自魏末至东晋,名士清谈不息,渊明尽管精通玄学,却从不表现出清谈的雅兴,而是"奇文共欣赏,疑义相与析",把求实精神贯穿到义理的研探中。魏了翁说渊明"有阮嗣宗之达,而不至于放",指出了渊明与魏晋名士在人格上的似与不似。

委运任化的哲学思想,也是陶诗意境高远,理趣超拔的根本原因。思想境界独特,决定了行为的独特,最终影响到审美独特,诗文独特。渊明个性孤傲,他自称"性刚才拙,与物多忤"(《与子俨等疏》),"自我抱兹独,俇俇四十年"(《连雨独饮》)。田父劝他随波逐流,他说"禀气寡所谐。纡辔诚可学,违己讵非迷"(《饮酒》其九)。他赞美孤松"连林人不觉,独树众乃奇"(《饮酒》其八),为自己写照。但实际上,平和温淳是他示人的常态。他的诗一般是自然的,有时却露出豪放之相……陶诗之奇、美、妙,都源于他的思想与人格。为什么后世许多人和陶效陶,却无人能达到陶诗的高度,至多只能形似,原因是渊明的人格、思想不可仿效,难以企及。

作者简介

龚斌(1947—),上海市崇明县人。华东师范大学教授、中国陶渊明研究学会(筹)会长。已出版的学术专著有《陶渊明集校笺》《陶渊明传论》《青楼文化与中国文学研究》《慧远法师传》《鸠摩罗什传》《世说新语校释》《陶渊明年谱考辨》《世说新语索解》《守拙斋古代文学杂论》等十余种。

再论陶渊明享年说①

吴国富

【摘要】史载陶渊明享年 63 岁,后人颇有异议。本文综合梳理各种证据,认为"相及龆齿""年在中身"等均不能确指年龄,而弱年初仕、向立年归田、辛丑岁"闲居三十载"、义熙元年长子"自给为难"、戊申岁"奄出四十年"、丁卯年作《自祭文》等叙述相互规定,足以明确表达其年龄,支撑 63 岁的记载。初得长子、幼稚盈室、《与子俨等疏》、张野与陶渊明有"婚姻契"等,则以儿子的成长情况佐证了 63 岁的记载。

【关键词】陶渊明　享年　综合梳辨　63 岁

史书记载,陶渊明享年 63 岁。后人则提出异议,大体有 76 岁、59 岁、56 岁、52 岁、51 岁五种说法,以此而争议纷纭,殊难取舍。但各种说法所列举的证据还是比较有限的,不妨把这些证据综合梳理一遍,分成十个小点,兼以梳辨,以便进一步展开论述。通过分析,可以看出 63 岁说还是最合理的。

---

① 课题基金:2017 年国家社科基金重大项目"陶渊明文献集成与研究"(编号:17ZDA252)。

一、关于早年丧父

作于义熙三年(407)的《祭程氏妹文》云:"慈妣早世,时尚孺婴。我年二六,尔才九龄。爰从靡识,抚髫相成。……昔在江陵,重罹天罚。兄弟索居,乖隔楚越。伊我与尔,百哀是切。"其中的"慈妣",李公焕以为指陶渊明的庶母、程氏妹的生母,而梁启超《陶渊明年谱》则认为是"慈考"之误。"昔在江陵"一段,李公焕以为指隆安五年(401)冬母亲孟氏卒①,王质《栗里谱》认为指隆安五年丧父②。其实此事尚可以进一步分析。

"靡识"指童孺之状。嵇康《幽愤诗》:"嗟余薄祜,少遭不造。哀茕靡识,越在襁褓。"《陈书·新安王伯固传》:"童孺靡识。""爰从靡识,抚髫相成"两句紧接在"慈妣早世,时尚孺婴。我年二六,尔才九龄"之后,很明确地指出陶渊明在 12 岁、程氏妹在 9 岁之时已经成为孤儿。如果只是"慈妣"去世,父亲尚在,就用不着强调"爰从靡识,抚髫相成"这种孤苦之状了。这一点,对理解《祭从弟敬远文》的"相及龆龀,并罹偏咎"颇有帮助:①《陶征士诔》曰:"母老子幼,就养勤匮。远惟田生致亲之议,追悟毛子捧檄之怀。"从行文的语气及所用的典故来看,这个老母应当是嫡母,去世于陶渊明成年并生子之后,因此明显有别于在陶渊明孩提时代早逝的"慈妣",也可知"慈妣"不是嫡母而是庶母,童年时的"偏咎"也不是指嫡母去世。②《命子》的"于皇仁考"是对已故父亲的称呼,如孙绰《表哀诗》:"咨生不

---

① 均见温洪隆《陶渊明集新译》,台北三民书局 2008 年版,第 403 页。
② 〔宋〕王质等:《陶渊明年谱》,中华书局 1986 年版,第 3 页。

辰,仁考夙徂。"(《艺文类聚》卷二十)可知陶渊明初得长子之前父亲已经去世,父亲在他孩提时代去世的情况当然也可以包括在内,而"偏咎"也可以指父亲去世。③假如陶渊明与敬远同在龆龀之时丧庶母,尚未成为孤儿,就不需要特别强调"并罹偏咎"了。假如陶渊明在龆龀之时丧庶母,敬远在龆龀之时丧父,两者对情感和家庭的打击不可同日而语,称为"并罹偏咎"就有些不伦不类。而嫡母去世于成年之后,与"相及龆龀,并罹偏咎"无关。以此而言,"偏咎"不是指庶母,只能指父亲去世。④因陶渊明及程氏妹在"慈妣早世"之后即成为孤儿,可知父亲去世或早于或不迟于"慈妣"的去世。也就是说,在陶渊明12岁那年,父亲、庶母均已去世。

按"龆龀"一词意指童幼,自汉至唐都颇常见。《帝王世纪》:"龆龀有圣德,年十五而佐颛顼。"①《东观汉记》卷十三:"龆龀励志,白首不衰。"(《太平御览》卷三百八十九)《世说》:"融二子,皆龆龀。"(《三国志》裴松之注)均反映"龆龀"是童孺的笼统指称,并无特指某一年岁之意。因此,"相及龆龀,并罹偏咎"指两人均有童孺丧亲之痛,不能反映陶渊明12岁时敬远7岁。②

清代陶澍等人指出,颜延之《陶徵士诔》"母老子幼"中的"母",《庚子岁五月中从都还阻风于规林二首》的"一欣侍温颜""凯风负我心""久游恋所生",均指自己的亲生母亲。③由此可知,其亲生母亲孟氏去世于庚子岁之后,而"昔在江陵,重罹天罚"一段与孟氏的去世无关。孟氏去世之时,兄妹俩早已

---

① 〔清〕马骕:《绎史》,齐鲁书社2001年版,第75页。
② 〔宋〕王质等:《陶渊明年谱》,中华书局1986年版,第213页。
③ 邓安生:《陶渊明年谱》,天津古籍出版社1991年版,第66页。

各自成家,既不可能住在一起,又自有家人陪伴,慨叹"兄弟索居"甚无道理。若孟氏在江陵去世,妹妹家在武昌,也不能称"乖隔楚越",因江陵、武昌同为楚地也。因此,"重罹天罚"当指其父之死,时渊明居柴桑(属于越地),尚在龆龀之年,而妹妹居江陵(属于楚地),年龄更小,两人孤苦而乖隔,故而悲怆无限,有"感惟崩号,兴言泣血"之语。根据"慈妣早世"即成为孤儿的情况来看,父亲很可能与"慈妣"一同去世。诗人之所以隐约其词,不肯明言其事(《命子》诗也不肯明言父亲的事迹),反映父亲与"慈妣"有可能因故同时死于非命。

总之,"慈妣"与父亲均丧于陶渊明 12 岁之前。《辛丑岁七月中赴假还江陵》:"闲居三十载,遂与尘事冥。"以辛丑岁 30 多岁推算,陶渊明的 12 岁在公元 382 年以前。《戊申岁六月中遇火》:"总发抱孤介,奄出四十年。"以戊申岁 40 多岁推算,陶渊明的 12 岁在 379 年以前。综合起来,慈妣、父亲的去世均早于 379 年或 382 年。然而据《祭从弟敬远文》,敬远生于 381 年,382 年不过 2 岁,379 年还没有出生,所谓陶渊明 12 岁之时敬远 7 岁的说法显然是错误的。

二、关于"弱年薄宦"

《宋书·隐逸传》说陶渊明"弱年薄宦",即 20 岁初次出仕。《始作镇军参军经曲阿作》:"弱龄寄事外,委怀在琴书。被褐欣自得,屡空常晏如。时来苟冥会,宛辔憩通衢。投策命晨装,暂与园田疏。"正是形容初仕景象,与"弱年薄宦"吻合,表明"弱年薄宦"乃是事实。《饮酒》其十九曰:"畴昔苦长饥,投耒去学仕。将养不得节,冻馁固缠己。是时向立年,志意多所耻。遂尽介然分,拂衣归田里。”"投耒去学仕"形容初仕景象,又与"弱龄"之时"暂与园田疏"以及"弱年薄宦"吻合。因此,"是时向立年""拂衣归田里"乃是一件事,表明他在"向立年"归田,结束初仕,这显然不是多次出仕之后的彭泽归田。出任彭泽令属于"屡仕",不是"初仕"或"学仕";在彭泽令任上时间很短,也没有"冻馁固缠己"这种饥寒交迫的情况。因此,认为彭泽归田在"向立年",因而推论其享年 51 岁的说法是靠不住的。

陶渊明从弱年初仕到"向立年"归田,前后恰好十年。《杂诗》:"荏苒经十载,暂为人所羁。"说的应该就是这段经历。诗中的"驱役无停息,轩裳逝东崖"是仕途中目睹的景象,而"岁月有常御,我来淹已弥"则指出了这段仕途的连续性。可知"荏苒经十载"是一段连续性的仕途经历,不是断断续续的出仕。又《归园田居》:"误落尘网中,一去三十年。"也可以成为"向立年"归田的佐证。梁启超《陶渊明年谱》:"旧谱多以此诗为乙巳彭泽弃官归后作,然彼年出山至解组,前后不过一岁,篇中'久去山泽游'云云,皆久客新归语,情景不合也。"[1]弱冠初仕,向立年归田,自然是"久客新居";"为人所羁"长达十年,也足以称为"久在樊笼里"。

有人以为这个"十载"截至乙巳岁彭泽辞官,指的是此前的仕途经历。[2] 这一观点明显是站不住脚的。《庚子岁五月中从都还阻风于规林二首》曰:"久游恋所生,如何淹在兹。"似乎与"驱役无停息"一致;然而"自古叹行役,我今始知之"两句,却足以表明此次出仕在外并未太久。又《辛丑岁七月赴假还江陵夜

① 梁启超:《陶渊明》,《万有文库》第一集,商务印书馆 1929 年版,第 49 页。
② 邓安生:《陶渊明年谱》,天津古籍出版社 1991 年版,第 75 页。

行涂口》:"闲居三十载,遂与尘事冥。诗书敦宿好,林园无世情。如何舍此去,遥遥至南荆!"这段话不能表明他在 30 多岁以前从未出仕,但却足以表明他在庚子、辛丑岁出仕之前有过一段很长的"闲居"生活。而从庚子岁到乙巳岁,前后不过六年,不能称为"荏苒经十载"。即便在这六年之中,他也曾"长吟掩柴门,聊为陇亩民"(《癸卯岁始春怀古田舍》),一度脱离了"为人所羁"的仕途生活。笔者以为,"荏苒经十载"从太元九年始作镇军参军开始,至太元十八年归田结束,其间诗人均在北方征战或戍边,诗文中涉及北方的情事,大体与此有关①。

《癸卯岁始春怀古田舍二首》云:"在昔闻南亩,当年竟未践。"或据此以为陶渊明躬耕始于癸卯岁,与"向立年"归田不合②;但陶渊明的田地有多处,如"南野""西畴""东林隈""下潠田""西庐"之类;而"寒竹被荒蹊,地为罕人远"说明"南亩"距离他长期居住的地方较远。"向立年"归田之初,因久客在外,家中缺乏劳力,田地大半荒芜,他只是着力经营附近的田地,无暇顾及较远的"南亩",这也是可以理解的。

据《庚子岁五月中从都还阻风于规林二首》以及《辛丑岁七月中赴假还江陵》的"闲居三十载",可知庚子、辛丑年出仕之时,诗人已经 30 多岁,这显然有别于"向立年"归田之前的"初仕"。又据《乙巳岁三月为建威参军使都经钱溪》,可知诗人在庚子到乙巳这六年之间均断断续续在仕途中奔走。结束初仕已到"向立年",加上"向立年"归田之后所度过的一段时光(据义熙元年长子的年龄推算,至少也有五年),再加上从庚子到乙巳

① 吴国富:《陶渊明北方从军再考》,《九江学院学报》,2018 年第 2 期。
② 北京大学中文系、北京师范大学中文系教师同学编:《陶渊明研究资料汇编》,中华书局 1962 年版,第 334 页。

这六年的奔走,足以看出诗人在义熙元年乙巳岁至少已经 40
岁,丁卯年去世之时至少已经 62 岁。这一点,足以表明享年
51、52、56、59 岁各说之非。

三、关于"始室"及初生子

义熙元年(405)为彭泽令之时,陶渊明自称"幼稚盈室",而
萧统《陶渊明传》称其长子"自给为难"。杨勇《陶渊明年谱汇
订》认为长子陶俨此时最少亦当十四五岁,如此年龄,方知"善
遇人子",粗理"薪水之劳"①。这一推断颇有道理。在 12 岁之
前,长子肯定是"不能自给"的。又自汉至唐,15 岁的男子在不
少情况下被视作成年男子,可以婚娶,必须分配田亩,独自劳作,
并服兵役。《晋书·荀羡传》:"年十五,将尚浔阳公主,羡不欲
连婚帝室,仍远遁去。"《文献通考》卷二记载北齐武成帝高湛河
清三年(564)诏令:"自春及秋,男子十五以上,皆布田亩。"以此
而论,义熙元年陶渊明的长子如果超过 15 岁,就不能说他"自给
为难"了。总之,将义熙元年陶渊明长子的年龄定在 12—15 岁,
基本符合事实。

《怨诗楚调示庞主簿邓治中》:"结发念善事,俛俪六九年。"
逯钦立认为此诗乃 54 岁时所作,"结发"指 15 岁②,如此就等于
从 15 岁一下子跳到了 54 岁,而下文又回到"弱冠"时期,叙述如
此紊乱,何以成诗! 因此,这首诗中的"六九年"不是指年龄,而
是"百六阳九之年"的简称,表示"多灾多难"之意,与"世阻"同

---

① 龚斌:《陶渊明传论》,华东师范大学出版社 2001 年版,第 257 页。
② 逯钦立注:《陶渊明集》,中华书局 1979 年版,第 50 页。

义。《晋书·苟晞传》:"皇晋遭百六之数,当危难之机。"卢谌《尚书武强侯卢府君诔》:"天不子晋,厄运时臻。阳九之会,虽圣莫振。"又"结发"通常用于泛指,不能特指 15 岁。清代袁枚《随园诗话》:"按《李广传》:'广自结发与匈奴战。'苏武诗:'结发为夫妻。'泛称自幼束发之意,非指称结两人之发也。"①陶渊明《感士不遇赋》:"广结发以从政,不愧赏于万邑。"也没有以"结发"特指 15 岁的意思。又《饮酒》云:"少年罕人事,游好在六经。"《始作镇军参军经曲阿作》云:"弱龄寄事外,委怀在琴书。"一曰"罕人事",一曰"寄事外",可见诗人并未认为自己在"少年"时或"弱龄"之前有什么"偃偈"的表现,为此将"结发念善事,偃偈六九年"理解为"从 15 岁开始一直偃偈了 54 年"或"从 15 岁开始一直偃偈到 54 岁"都是靠不住的,更不能以此判断他的享年。总结起来,"偃偈六九年"与"弱冠逢世阻"指向同一件事,即"弱年初仕"之意。诗中所说的"偃偈",也应该就是"从政"的意思。

《怨诗楚调示庞主簿邓治中》又曰:"弱冠逢世阻,始室丧其偏。炎火屡焚如,螟蜮恣中田。风雨纵横至,收敛不盈廛。"注家均以《礼记·内则》的"三十有室,始理男事"解释"始室",说陶渊明三十岁才结婚。但这种解释并不妥当,因为历史上并无"三十始室"的惯例。按《晋书·阮修传》:"修居贫,年四十余未有室,王敦等敛钱为婚。"《宋书·后妃传》:"年近将冠,皆已有室,荆钗布裙,足得成礼。"陶渊明所说的"始室"即"始有室"之意,表示"开始成家生子",而"始室丧其偏"则表示初成家即丧妻之意,并未明言成家及生子的年龄。但此诗却表明诗人"始

---

① 唐婷:《随园诗话译注》,上海三联书店 2014 年版,第 347 页。

室"之时处于躬耕的状态,故而有"螟蜮恣中田"之类的描述。
这一点足以反映"始室"之时并不在仕途。《饮酒》其十九云:
"畴昔苦长饥,投耒去学仕。将养不得节,冻馁固缠己。是时向
立年,志意多所耻。遂尽介然分,拂衣归田里。"此诗表明诗人
"学仕"直到"向立年"才"拂衣归田里"。如果在"向立年"之前
成家生子,则势必尚在"初仕"阶段。然而"螟蜮恣中田"却反映
"始室"之时并不在仕途,因此也就否定了"向立年"之前成家生
子的可能性,形成了"始室"的年龄上限。

在不依托任何一种"享年说"的情况下,仍然可以推测陶渊
明生育长子的年龄。由《戊申岁六月中遇火》的"奄出四十年"
可知,义熙四年戊申岁(408)诗人应当小于45岁。如果超出45
岁,根据陶诗中"向立年""行行向不惑"等习惯性表述,就应该
表达为"接近知天命之年"。因此,义熙元年(405)诗人就应当
小于42岁。当年长子在12—15岁之间,诗人"始室"并生育长
子的年龄就应当在28—31岁之间。又由"向立年"才"拂衣归
田"且"始室"时在家躬耕的情况,可知生育长子的年龄只能在
29—31岁之间。换言之,其生育长子的时间就在太元十六年辛
卯(391)—太元十九年甲午(394)这几年。如此到了义熙元年,
其长子才会处于12—15岁之间。隆安四年庚子岁到义熙元年
乙巳岁,诗人在仕途中奔走了六年;以此推算,他在"向立年"归
田之后到庚子岁再度出仕,在家躬耕的时光大致在6—9年之
间,而不愿担任江州祭酒、江州主簿均发生在这段时间。

《命子》曰:"三千之罪,无后为急。我诚念哉,呱闻尔泣。"
此诗为初生长子所作,可以无疑;若是生次子或其他儿子,则早
已"有后",用不着感慨"无后为急"了。此诗又表明初生长子时
陶渊明年龄已经不小:"顾惭华鬓,负影只立。"两晋之时,20岁

以前娶妻者虽然不少,但通常以"成人"之后娶妻为宜。《晋书·范宁传》:"礼,十九为长殇,以其未成人也。"《晋书·庾衮传》:"及翁卒,衮哀其早孤,痛其成人而未娶,乃抚枢长号,哀感行路,闻者莫不垂涕。"《北堂书钞》卷八十四:"二十成人者也。"若是小于 25 岁生子,则正当生育之年,就用不着感慨"无后为急"及"顾惭华鬂"了。因此,29—31 岁生子的推论结果,与《命子》诗所叙的情状、心态均十分吻合。

上面的推论,又颇能证明陶渊明享年 56 岁或 59 岁两说之非。如果享年 56 岁,则义熙元年(405)为 33 岁;当年长子为 12—15 岁,那么诗人就是在 19—22 岁之间生育长子的。如果陶渊明享年 59 岁,则义熙元年(405)为 36 岁,当年长子为 12—15 岁,那么诗人就是在 22—25 岁之间生育长子的。这两种结论,均与"向立年"之前尚在仕途、而"始室"之时致力于躬耕的情况构成矛盾,故而不能成立。

四、辛丑岁与"闲居三十载"

《辛丑岁七月赴假还江陵夜行涂口》:"闲居三十载,遂与尘事冥。"表明辛丑岁(401)诗人 30 多岁,按 63 岁说,此年 37 岁;"三十载"乃是从"七岁就学"开始算起。《饮酒》云:"少年罕人事,游好在六经。""罕人事"即"闲居"之意,而"少年""游好在六经"自然应当从就学之年算起。辛丑岁"闲居三十载"的叙述,也与戊申岁(408)的"奄出四十年"相互呼应。又颜延之《陶徵士诔》说:"母老子幼,就养勤匮。远惟田生致亲之议,追悟毛子捧檄之怀。"说的就是辛丑年前后的情况。此年陶渊明家中有五个孩子,以 30 岁生子而论,长子才 8 岁,五子才 1 岁,而母

亲已经衰老,所以他不得不奔走仕途以"代耕",但心里又很不
乐意,充满了无奈之情:"商歌非吾事,依依在耦耕。"在这种心
境下,他说自己"闲居三十载",不愿提及"弱年薄宦"之事,乃是
合情合理的,不能据此否定"向立年"之前"投耒去学仕"的
经历。

《游斜川》诗的"辛丑"一作"辛酉","开岁倏五十"一作"开
岁倏五日",为此就产生了辛丑年50岁及辛酉年50岁的两种说
法。然而诗序的"辛丑正月五日"与诗歌的"开岁倏五日"是对
应的,足以互释,表明作"开岁倏五十"的可能性较小,也显示此
诗没有描述自己的年龄。

辛丑年(401)50岁的说法面临着很多问题。假如辛丑年
50岁,那么同年《辛丑岁七月赴假还江陵夜行涂口》所说的"闲
居三十载"是什么意思? 按照76岁说,"闲居三十载"要从20
岁算起,写作此诗的时候已经50岁。[1] 然而到了戊申岁(408),
陶渊明又有"奄出四十年"的自叙。辛丑岁已经50岁,过了七
年之后却成了40多岁,这也太离谱了。辛酉年(421)50岁的说
法也不可信,因为陶渊明在戊申岁(408)的时候已经"奄出四十
年",到了辛酉年,就已经超过了53岁。

五、"行行向不惑"应在癸卯岁

《饮酒》云:"少年罕人事,游好在六经。行行向不惑,淹留
遂无成。竟抱固穷节,饥寒饱所更。""淹留遂无成"语出宋玉
《九辩》:"时亹亹而过中兮,蹇淹留而无成。""向不惑"即39岁,

---

① 袁行霈:《陶渊明集笺注》,中华书局2003年版,第855页。

按照 63 岁推算,时值元兴二年癸卯岁(403)。同年所作的《癸卯岁始春怀古田舍二首》曰:"屡空既有人,春兴岂自免。""先师有遗训,忧道不忧贫。瞻望邈难逮,转欲志长勤。"又《癸卯岁十二月中作与从弟敬远》曰:"寝迹衡门下,邈与世相绝。……高操非所攀,谬得固穷节。平津苟不由,栖迟讵为拙。"皆与"少年罕人事"一首所叙的情况吻合。又《祭从弟敬远文》:"余尝学仕,缠绵人事,流浪无成。惧负素志,敛策归来。""敛策归来"应指彭泽辞官,而"流浪无成"指此前的状况,也与癸卯岁的自叙吻合。总结起来,癸卯年在家躬耕,家境贫困,想"固穷"却不得不考虑衣食无着的问题,想闲居却又有"流浪无成""淹留""栖迟"这类感叹,这对两年之后迫于"幼稚盈室,瓶无储粟"而出任彭泽令的心态做了很好的铺垫说明。

六、戊申岁"奄出四十年"

《戊申岁六月中遇火》云:"总发抱孤介,奄出四十年。"注家解释:"奄,大也。"因此,"奄出四十年"不是刚刚四十出头,而是四十好几了。依据 63 岁说,戊申年 44 岁,这是完全合理的。此时上距彭泽辞官不过三年,家贫子幼的境况并未好转,故而感慨说:"仰想东户时,余粮宿中田。鼓腹无所思,朝起暮归眠。既已不遇兹,且遂灌我园。"

"奄出四十年",除曾集本作"奄出门十年"之外,其他版本均无异文。按曾集本的异文不足为据。因全诗叙述居家遇火景象,岂能称为"出门十年"?

"戊申"在各种版本中均无异文,唯清代陶澍《靖节先生年谱考异》引《江州志》云:"先生始居上京山,星子西七里。戊午六月火,迁柴桑山。"按《江州志》始见于宋代,现存《永乐大典》残卷之中,尚有宋理宗时子澄所纂的《江州志》,内容不少。陶澍所见文字,或即来源于《永乐大典》。古直据此认为"戊申"当为"戊午"之误。又《饮酒》曰:"是时向立年,志意多所耻。遂尽介然分,拂衣归田里。"古直认为是指彭泽归田,"投耒为甲辰岁,时年二十九,归田为乙巳岁,时年三十"[①]。据此推算,义熙十四年戊午(418)43岁,与"奄出四十年"吻合。然而《辛丑岁七月赴假还江陵夜行涂口》曰:"闲居三十载,遂与尘事冥。"辛丑年(401)已经30多岁,到义熙元年(405)却仍只有30岁,这是说不通的。既然辛丑年30多岁,到了义熙十四年戊午(418),就已经超过47岁,用"奄出四十年"来表述也是不妥的。总之,"戊申"作"戊午"是不可信的。

七、论《与子俨等疏》

《与子俨等疏》曰:"吾年过五十,……疾患以来,渐就衰损,亲旧不遗,每以药石见救;自恐大分将有限也。"《示周续之祖企谢景夷三郎》:"负疴颓檐下,终日无一欣。药石有时闲,念我意中人。"萧统《陶渊明传》曰:"后刺史檀韶苦请续之出州,与学士祖企、谢景夷三人共在城北讲礼,加以雠校。所住公廨,近于马队。是故渊明示其诗云:'周生述孔业,祖谢响然臻。马队非讲肆,校书亦已勤。'"据《资治通鉴·晋纪三十九》,义熙十二年檀韶为江州刺史,据中流。又《宋书·檀韶传》:"(义熙)十二年,

---

① 古直笺、李剑锋评:《重定陶渊明诗笺》,山东大学出版社2016年版,第105、222页。

迁督江州豫州之西阳新蔡二郡诸军事、江州刺史。"以此可知，《与子俨等疏》作于义熙十二年丙辰岁（416）。按 63 岁说，陶渊明是年 52 岁，正符合《与子俨等疏》的"吾年过五十"之说，而《示周续之祖企谢景夷三郎》所叙的重病缠身之状，又与《与子俨等疏》吻合。

义熙十二年，陶渊明作《丙辰岁八月中于下潠田舍获》云："贫居依稼穑，戮力东林隈。""曰余作此来，三四星火颓。"反映他当年八月尚在收获庄稼，没有患病。因此，他的大病应当发作于当年的秋冬季节。

《责子》诗云："白发被两鬓，肌肤不复实。虽有五男儿，总不好纸笔。阿舒已二八，懒惰故无匹。阿宣行志学，而不爱文术。雍端年十三，不识六与七。通子垂九龄，但觅梨与栗。天运苟如此，且进杯中物。"写这首诗的时候，他的五个儿子中长子 16 岁，次子 14 岁，孪生的三子、四子 13 岁，五子 9 岁，因此明确可知五个儿子的年龄间隔。

按照 29—31 岁生子的推论，义熙十二年（416）诗人"年过五十"，长子在 23 岁左右，次子在 21 岁左右，三子、四子在 20 岁左右，五子在 16 岁左右，均可以胜任"柴水之劳"了；但三子、四子刚到"二十成人"之年，五子还更小一些，称为"稚小"也是合理的。在当时"幼稚"并称是指"少年儿童"，单称"稚"则指少年，如《宋书•文帝纪》："役召之品，遂及稚弱。"《晋书•礼志》："夫少妇稚，则不可许以改娶更适矣。"

按享年 52 岁说，义熙元年（405）诗人 31 岁，当年长子约 13 岁；因此生育长子之时诗人才 19 岁。为此到了"年过五十"之时，五个儿子分别为 33、31、30、30、26 岁或更年长一些，在这种情况下还将他们称为"稚小"，岂非用词不当？

据享年 76 岁说,陶渊明应当生于永和八年(352),到义熙元年(405)已经 54 岁。若当年长子 13 岁,则其余四子在 6—11 岁之间。《与子俨等疏》说自己"年过五十"之时,诸子"稚小家贫,每役柴水之劳,何时可免"。"年过五十"是五十出头,多半还没到 54 岁。此时所说的诸子,当比义熙元年的诸子更年幼一些。然而"年过五十"之时已经"每役柴水之劳"的五个儿子,到了 54 岁之时,却倒退成了"自给为难""幼稚盈室"的童稚状况,这是无论如何也说不通的。因此,《与子俨等疏》足以表明 76 岁说是不合理的。

八、论"年在中身"

颜延之《陶征士诔》的"年在中身",应当源于《尚书·无逸》:"文王受命惟中身,厥享国五十年。"郑玄注:"中身谓中年。"孔安国传:"文王九十七而终。中身即位,时年四十七。"可知"中身"意同于"中年"。此语成为学者论述陶渊明享年不足 60 岁的主要证据之一,因此必须予以讨论。

颜延之说陶渊明去世之时"年在中身",是指他未获长寿的意思。这与陶渊明对长寿的关注点一致。孟嘉卒年五十一,《晋故征西大将军长史孟府君传》说:"仁者必寿,岂斯言之谬乎!"从弟敬远去世之时"年甫过立",《祭从弟敬远文》说:"曰仁者寿,窃独信之。如何斯言,徒能见欺。"而《陶徵士诔》曰:"纠缠斡流,冥漠报施。孰云与仁,实疑明智。谓天盖高,胡愆斯义?履信曷凭,思顺何寘?年在中身,疢维痁疾,视死如归,临凶若吉。药剂弗尝,祷祀非恤。傃幽告终,怀和长毕。"写了这么一大段文字,无非也就是惋惜"仁者不寿"之意。

　　自汉至唐,"夭折""中年去世""以寿终"是经常用于叙述享年的三个概念。邓安生说,按照郑玄"中身谓中年"的解释,"中身"当介于寿夭之间①。然而这三个概念并无特别固定而明确的分界线。如《三国志·魏书·郭嘉传》记载郭嘉卒年三十八,曹操叹惜说:"中年夭折,命也夫!"体现了"中年"和"夭折"有交叉重合之处。又如裴松之注《三国志·蜀书·先主传》引刘备遗诏曰:"人五十不称夭。"表明 50 岁仍可以称为"中年",但此时去世已不能算是"夭折"了。《庄子·盗跖》:"人上寿百岁,中寿八十,下寿六十。"《晋书·周访传》:"二君皆位至方岳,功名略同,但陶得上寿,周当下寿,优劣更由年耳。"按陶侃 76 岁卒,周访 61 岁卒,可知 60 岁就算"下寿",这与《庄子》所说吻合。然而《旧唐书·薛元超传》记载中书令薛元超卒于唐高宗弘道元年(683),年六十二,杨炯《祭汾阴公文》却曰:"曾未遐寿,中年殒卒。"又认为 62 岁去世都不能算是"以寿终"。

　　按照《庄子》的说法,60 岁去世就算"寿终",然而《论衡·正说》却说:"上寿九十,中寿八十,下寿七十。"以 70 岁为"下寿"。《养生经》则曰:"人生上寿一百二十年,中寿百年,下寿八十年。"②又以 80 岁为"下寿"。总结起来,"下寿"是称为"寿考"的最低年龄,没达到这个年龄,就只能称为"中年"了。但这个最低年龄却徘徊于 60—80 岁之间,跨度很大。按照人们的习惯看法,60 岁算"寿考"比较勉强,认可度不高;70 岁算"寿考",基本上都能接受;80 岁为"寿考",那就是众人公认、毫无异议的了。如《左传·昭公三年》:"公聚朽蠹,而三老冻馁。"西晋杜预

① 邓安生:《陶渊明年谱》,天津古籍出版社 1991 年版,第 50 页。
② 〔梁〕萧统《文选》,嵇康《养生论》注,上海古籍出版社 1986 年版,第 2287页。

注："三老,谓上寿、中寿、下寿,皆八十已上。"汉晋史书中多有
"以寿终"的记载,可知确切年龄者多在 80 岁以上,如《后汉书》
卷三十九记载汝南薛包"年八十余,以寿终",蔡顺之母"年九
十,以寿终",卷八十三记载法真"年八十九,中平元年以寿终"
等。因此,即便陶渊明去世之时有 60 多岁,也只能称为"年在中
身",以表示惋惜;若称为"年及寿考",又如何表达"仁者不寿"
的痛悼之情? 而且相比那些享年 80 多岁的老人,称之为"寿
考",岂不是有些调侃的意思?

　　陶渊明《自祭文》曰:"从老得终,奚所复恋。"据《宋本陶渊
明集》,"从"一作"以"①。按嵇康《养生论》:"从白得老,从老得
终。"颜延之《赭白马赋》:"服养知仁,从老得卒。""从老得终"
与"以老得终"的意思相同,皆为"因老而死"的意思,表示在丁
卯年去世,已经属于"老死",也就可以满足,不用羡慕"寿涉百
龄"了。这种"老死",自然与特定年龄有关,不同于"老夫有所
爱""老至更长饥"所泛指的"老"。按《晋书·食货志》:"男女
年十六已上至六十为正丁,十五已下至十三、六十一已上至六十
五为次丁,十二已下六十六已上为老小,不事。"足见"从老得
终"的陶渊明至少在 60 岁以上,否则连"次丁"都不算,更不能
称为"老"了。庶民 60 岁都不能算老,士大夫就更是如此。当
时有 70 岁告老的惯例,如《晋书·刘毅传》:"年七十,告老。"
《晋书·华谭传》:"年向七十,志力日衰,素餐无劳,实宜辞退。"
华谭未至 70 岁而告老,没有获得批准。据此看来,自称"从老得
终"的陶渊明,至少也有 60 多岁,近似于华谭的"年向七十",否
则就难免有戏谑的味道了;而颜延之为之作诔,即便陶渊明享年

---

　　①　《宋本陶渊明集》,国家图书馆出版社 2018 年版,第 158 页。

内 陶渊明研究专辑 | 117

60 多岁,也只能按照官场"告老"的年龄称为"年在中身"而不能称为"年在耆老",否则就有"你已经活够了"这种讽刺之意了。

九、儿子在义熙十四年前后的情况

《东林十八高贤传》记载:"张野,字莱民,居浔阳柴桑,与渊明有婚姻契。……义熙十四年,与家人别,入室端坐而逝,春秋六十九。"与陶渊明"有婚姻契"的张野去世于义熙十四年,可知在此之前陶渊明至少有一个儿子已经成家。"契"相当于"知交"的意思,《晋书·山涛传》:"与嵇康、吕安善,后遇阮籍,便为竹林之交,著忘言之契。""有婚姻契"是指成为知心朋友之后又结为儿女亲家,假如张野在生前与陶渊明并无交情,去世之后两家子女才结为夫妇,就不能说张野与陶渊明"有婚姻契"了。又王弘于义熙末年或元熙中出任江州刺史,渴望结交陶渊明,而陶渊明则让两个儿子抬着篮舆送他去东林寺,可知当年至少有两个儿子已经成年,否则其体力不足以抬着陶渊明走很长的一段路。按照 63 岁说及 29—31 岁生子的推断,义熙十四年陶渊明54 岁,长子 25 岁左右,次子 23 岁左右,均已成年,足以胜任"篮舆"之劳。因张野于义熙十四年去世,而与陶渊明"有婚姻契"尚更早一些,故而娶张野女儿为妻的应该是长子陶俨。

十、晚年情状与享年

四言诗《答庞参军》序曰:"庞为卫军参军,从江陵使上都,过浔阳见赠。"卫军或以为指江州刺史王弘,永初三年入朝,进号卫将军①;杨勇《陶渊明校笺》则指出,宋初为荆州刺史带卫将军者,仅谢晦一人。据《宋书·文帝纪》,元嘉元年八月,抚军荆州刺史谢晦晋爵卫将军②。按五言诗《答庞参军》序曰:"吾抱疾多年,不复为文;本既不丰,复老病继之。"在52岁以前,诗人经常致力于躬耕,并无"抱疾多年"之类的叙述,又经常撰写诗文,可知"抱疾多年"而至于"不复为文",乃是52岁大病以后的情状,自应作于宋初。"抱疾多年"反映大病之后还活了"多年",并非大病之后不久就去世了,而"不复为文"足以说明晚年诗文甚少的原因。这些都足以驳斥享年51岁或52岁说。大病之后"抱疾多年",又反映诗人并无彻底痊愈的迹象,拖了十多年再去世,已经算是调理有方;而在旧疾未痊愈、"复老病继之"的情况下,想活到76岁,希望是非常渺茫的。

从诗歌反映的情况来看,诗人晚年"抱疾多年"属实,并非虚词。《和刘柴桑》云:"良辰入奇怀,挈杖还西庐。荒途无归人,时时见废墟。"此诗应当作于义熙四年遇火而移居南村之后,反映当时颇能健步,足以远行。《庚戌岁九月中于西田获早稻》云:"晨出肆微勤,日入负耒还。"义熙六年,陶渊明深入山中劳作,日出而作,日入而息,一去就是一天,也不存在步行的障碍。《丙辰岁八月中于下潠田舍获》曰:"贫居依稼穑,戮力东林隈。"可见义熙十二年八月之时,陶渊明体力尚可,足以胜任躬耕。然而是年秋冬之际大病之后,情况却急转直下。一则他已经无法再从事农耕,从大病之年直到去世,没有创作一首可以确认的农事诗。二则他得了严重的脚疾,以致不能远行。义熙十

---

① 古直笺、李剑锋评:《重定陶渊明诗笺》,山东大学出版社2016年版,第17页。

② 杨勇:《陶渊明校笺》,上海古籍出版社2007年版,第21页。

四年前后，江州刺史王弘所见的情状是："渊明有脚疾，使一门
生二儿舁篮舆。"（萧统《陶渊明传》）单纯的脚疾是可以行走的，
但他需要用篮舆抬着，就反映他除了脚疾之外，身体也很虚弱，
以致不能远行。而脚疾的发作，也应当在大病之后。作于萧统
《陶渊明传》又曰："躬耕自资，遂抱羸疾。江州刺史檀道济往候
之，偃卧瘠馁有日矣。"檀道济任江州刺史，时在元嘉三年，他所
见的陶渊明，更是早已卧床不起、行将就木了。当然，诗人大病
之后"不复为文"，也不尽然。例如《赠羊长史》应当作于义熙十
三年刘裕破长安之后，而《读史述九章》有"天人革命"之语，当
作于永初元年①；上面所述的《答庞参军》，也应当作于宋初。但
相比大病之前，所作诗歌为数极少，则是事实。以往将许多诗文
都系于义熙十二年之后，殊不足信。

　　总之，陶渊明弱冠初仕，结束初仕已到"向立年"；而"始室
丧其偏"之时的农耕景象以及《命子》的叙述又反映其初婚、初
生子均在"向立年"归田之后。"向立年"之后才成婚生子，反映
义熙元年他不会小于40岁，否则长子就不可能达到12岁的年
龄而粗理"薪水之劳"了。但戊申岁的"奄出四十年"又反映义
熙元年出任彭泽令之时他不会超过42岁。这个年龄区间，足以
否定丁卯年去世之时只有51、52、56、59岁之说，也足以否定丁
卯年去世之时达到76岁的说法。通过上述梳理，所有与诗人年
龄有关的信息，或可以支持63岁说，或足以否定其他各说，表明
史书的记载还是相当可靠的。

---

　　① 龚斌:《陶渊明传论》，华东师范大学出版社2001年版，第284页。

作者简介

吴国富(1966—)，江西武宁人，1966 年出生于浙江建德，1969 年作为富春江移民迁居江西武宁，在高中失学并务农 14 年之后，于 1996 年考取浙江大学硕士研究生，引起全国轰动，中央电视台及各地媒体皆有报道。毕业后在九江学院工作至今，2009 年晋升教授。江西省新世纪百千万人才工程第一、二层次人选，中国陶渊明研究会(筹)副会长兼秘书长，中国书院学会理事，中国宗教学会理事，出版专著《论陶渊明的中和》《陶渊明浔阳觅踪》《陶渊明与道家文化》《陶渊明的映像》《全真教与元曲》《庐山道教史》《庐山与明代思潮》《白鹿洞书院史话》《新纂白鹿洞书院志》《儒学教育的现代转型》《赣北古史考》《象山书院》等 13 种，发表陶研论文 40 多篇，其他论文 60 多篇。

近代"陶谱"的里居问题之争①

刘中文

【摘要】北宋乐史提出"渊明始家宜丰"的观点,引发了学者对陶渊明里居问题的持久争辩。民国时期的十三种"陶谱"类著作,对陶渊明的里居问题有深入的探究与热烈的讨论。柴桑问题:古直认为栗里为柴桑属地;而逯钦立认为柴桑有浔阳县南、庐山西南之面阳山两种观点,古柴桑在九江县西南,栗里即所谓的古田舍,在浔阳南郊,庐山北壁。上京问题:梁启超发挥朱熹旧说,以为上京是"上荆"之误,上荆即荆州;古直承李公焕之说,认为上京为地名,在玉京山前;朱自清承陶澍之说,认为上京乃为山名,为渊明旧居所在地;逯钦立认为上京是一里之名,玉京山为山名,二者实不相关,上京即上京里,在浔阳负郭;宋云彬承王质、吴仁杰之说,认为上京即上都,亦即京师建康。南村问题:与李公焕的南村即栗里、何孟春的柴桑之南村的观点相异,古直认为南村在浔阳负郭;逯钦立认为南村在浔阳附近。民国学人的观点或有从古人之说,然均各持诸据,反复论证,此乃民国学者之创新与功绩。

【关键词】近代 陶谱 居里 栗里 柴桑 上京 南村 考证 争辩

---

① 基金项目:本文为国家社会科学基金重大项目"陶渊明文献与集成研究"(17ZDA252)的研究成果之一。

里居包括出生地（故里）、居住地等，陶渊明的里居是争议不断的问题。颜延之《陶征士诔》仅称渊明为"南岳之幽居者……卒于浔阳县某里"①。沈约《宋书·隐逸传》始记渊明居为"浔阳柴桑人"②，萧统《陶渊明传》、李延寿《南史·隐逸传》从之。北宋乐史首倡"始家宜丰"论，开启了陶渊明里居问题的最激烈、最漫长的学术争议，至今江西有关地区仍在争夺陶公故里权，各有根据和主张，故各言其是。

民国（1912—1949）年间，相继有十三种"陶谱"类著述问世。这些"陶谱"之作，讨论了陶渊明的名字、家世、享年、里居、仕履等诸多陶学的基本问题，有的问题至今仍是陶学的研究重心和争论的焦点。古直、朱自清、逯钦立、宋云彬四位学者在各自的"陶谱"类著作中深入探究了陶公的里居问题。这些著作梳理、稽考、推理、论证，其材料浩繁、头绪众多，或有逻辑不清、条理紊乱之嫌，更有厘清之必要。

本文之撰写，旨在厘清民国"陶谱"关乎陶公里居的问题。

一、"祸"起乐史

北宋李昉《太平御览》卷四十一载："陶潜栗里，今有平石如砥，从广丈余。相传靖节先生醉卧其上，在庐山南。"③北宋乐史《太平寰宇记》卷之一百六载："渊明故里。《图经》云：'渊明始

---

① 严可均校辑：《全上古三代秦汉三国六朝文》，中华书局 1995 年版，第 2646 页。

② 沈约：《宋书》，中华书局 1996 年版，第 2286 页。

③ 李昉：《太平御览》，文渊阁《四库全书》本，上海古籍出版社 1987 年版。

家宜丰,后徙柴桑。'宜丰,今新昌也。"①《太平寰宇记》卷之一百
一十一载:"陶潜,柴桑人。……粟山源,在(庐)山南当涧。有
陶公醉石……柴桑山,近栗里原,陶潜此中人……陶公旧宅,在
州西南五十里柴桑山。……五柳馆在栖隐寺侧,五柳先生之旧
宅也,今废。彭泽城,在(都昌)县西北一百二十五里,其城汉高
帝置,属豫章,晋陶潜之所理也。"②

　　乐史之论影响很大,南宋王象之《舆地纪胜》、清《江西通
志》等均袭"始家宜丰"说③,导致后世"渊明故里究竟是柴桑还
是宜丰"的争论。《朱子语类》卷一百三十八记曰:"庐山有渊明
古迹处曰上京。《渊明集》作京师之'京'。今土人以为荆楚之
'荆'。江中有一盘石,石上有痕云,渊明醉卧于其石上,名'渊
明醉石'。某为守时,架小亭,下瞰此石,榜'归去来馆'。"④朱熹
承乐史的"渊明醉石""栗里原(源)"之说,进而提出了与陶渊
明相关的"上京""京师""京"等地点,这使渊明里居问题更加
复杂了,也引发了后世对这些地点确切位置的考证及争论。

　　承前代学人之成果,民国学者继续对陶渊明里居问题作以
考证、探究。

---

①　乐史撰、王文楚等点校:《太平寰宇记》,中华书局 2007 年版,第 2121 页。
②　乐史撰、王文楚等点校:《太平寰宇记》,第 2250—2264 页。
③　王象之:《舆地纪胜》卷二七"陶渊明读书"条记曰:"按故《经图》载:渊明家
　　宜丰县东二十里,后起为州祭酒,徙家柴桑,暮年复归故里,因以名乡焉。"
　　(王象之撰、赵一生点校《舆地纪胜》第三册,浙江古籍出版社 2012 年版,第
　　884 页)《江西通志》卷三十八记曰:"渊明故里,《明一统志》在新昌县东二
　　十五里,按《图经》:渊明始家宜丰。后徙柴桑。宜丰,今新昌也。"(见《江
　　西通志》文渊阁《四库全书》本,上海古籍出版社 1987 年版)
④　黎靖德编:《朱子语类》,中华书局 1999 年版,第 3284 页。

二、近代"陶谱"中的里居之争

近代"陶谱"关乎陶渊明里居的问题,集中于对栗里、柴桑、上京、南村问题的探究与争辩。

(一)栗里与柴桑之辩

1926 年,古直的《陶靖节年谱》(下称古《谱》)影印本问世,古《谱》重点考证了栗里、玉京山、南村三地的位置,其学术创新与贡献颇为突出。古《谱》云:"(渊明)浔阳柴桑人也。……先生里居,旧说多不能憭。余尝考之,先生盖少长栗里,迁居上京,再迁南村,终焉上京。"①古直认为陶公平生三徙里居,即自栗里迁上京,自上京再迁南村,自南村再迁上京。这里必须回答的问题是——栗里是否为柴桑属地? 上京、南村的确址在哪里?

古直详细稽考了《浔阳记》《太平寰宇记》《庐山记》《名胜志》等相关的文献材料,其认同清《江西通志》"陶潜家于柴桑,即今之楚城乡也"②"陶靖节祠在德化楚城乡柴桑山下岁久圮"③之说,并得出"栗里附柴桑城"的结论。

古直有三条证据:"集中《酬丁柴桑》诗曰:'屡有良由("由"与"游"同)',明栗里附柴桑城,故得与县令朝夕游燕,其征一。明正德七年,楚城乡鹿子坂大水,冲出一碑,曰'陶靖节先生故里',提学李梦阳据之以恢复先生坟墓田庐。桑乔《庐山纪事》记之,其征二。古曰栗里,今曰鹿子,栗鹿双声,子里叠韵,音虽小变,犹不离其语柢,其征三。合三者观之,栗里在此而

---

① 古直:《陶靖节诗笺》,广文书局 1999 年版,第 146 页。
② 《江西通志》卷四十二,文渊阁《四库全书》本,上海古籍出版社 1987 年版。
③ 《江西通志》卷一百九。

不在彼,亦恍然矣。"①并考证"浔阳距栗里九十里,正远郊也。今墓在距离栗里五里之面阳山"②。"栗里附柴桑城"亦即栗里依附于柴桑,当为柴桑所属,其距浔阳九十里。

古直对"栗里"的考证,证据全新,超越了前代学者。其结论是否属实,有待于学术研究的验证。

朱自清的《陶渊明年谱中之问题》认为古《谱》所谓的旧居指栗里"最为近之"③。朱自清依据白居易《访陶公古宅》"柴桑古村落,栗里旧山川"④,推断"故宅易傅会,惟栗里在柴桑当可信","李笺《酬丁柴桑》题下云'柴桑,浔阳故里'……不足辩"。"渊明始居柴桑,嗣三经移居,上京、南村、浔阳是也。"遗憾的是,朱自清并未就自己的观点举证并作进一步论证。

逯钦立的《陶渊明行年简考》(下称逯《考》)、《陶渊明年谱稿》(下称逯《谱》)两文,对陶渊明栗里问题的探究与论证最为全面、系统、深入,可谓陶渊明里居相关问题的一次学术总结。

逯《谱》梳理了关于柴桑位置的两种观点——浔阳县南(县南说)、庐山西南之面阳山(面阳山说)。

县南说:在浔阳县西南二十里。

逯先生考证,此说出于唐李吉甫,李吉甫《元和郡县志》卷二十九云:"柴桑故城,在县西南二十里。"⑤逯钦立《陶渊明年谱稿》云:"洪亮吉《三国疆域志》从之。谢钟英为洪补注。今列洪

---

① 古直:《陶靖节诗笺》,第 147 页。
② 古直:《陶靖节诗笺》,第 190 页。
③ 朱自清:《陶渊明年谱中之问题》,《清华学报》1934 年第 3 期,第 587 页。本文下引朱自清诸说,均出此文,页码不详出。
④ 顾学颉校点:《白居易集》,中华书局 1979 年版,第 129 页。
⑤ 李吉甫:《元和郡县志》,文渊阁《四库全书》本,上海古籍出版社 1987 年版。

谢之文如下:柴桑,两汉志属豫章。《陆抗传》:赤乌九年,与诸葛恪换屯柴桑。《元和郡县志》:故城在浔阳县西南二十里。钟英案:今德化县西南二十里。宋白曰:在江州瑞昌县,今不取。钦立案:《元和郡县志》此说,与宋明各志,迥乎不同,似甚异者。然经考稽,知此说实最可信。"①

面阳山说:在庐山西南的面阳山。

逯先生考证"此说出于明李梦阳,而李氏实根据杜佑《通典》以下之说而附会之"。《通典》卷一百八十二"浔阳郡浔阳"条载:"浔,水名也。汉旧县在江北,今蕲春郡界。晋温峤移于此。隋改为彭蠡县,又改为湓城县。有湓水、浪井、彭蠡湖、匡庐山,今县南楚城驿,即旧柴桑县也。"②逯先生爬梳文献,沿流溯源,得出结论——"面阳山说"是由"县南说"的"三变"而形成的。

所谓"三变",逯《谱》云:《通典》仅谓柴桑在县之南,《寰宇记》则谓在庐山之南③,此一变也。""王象之《舆地纪胜》卷三十江州条下云:柴桑山,在德化县西南九十里。……是至王象之始定柴桑在德化县西南九十里。《大明一统志》从之,此二变也。""李梦阳《空同集》卷四十七《游庐山记》④云:古柴桑地曰

① 逯钦立:《陶渊明年谱稿》,《史语所集刊(第二十本)》,1948 年,第 225 页。本文下引逯钦立诸说,均出此稿,页码不详注。
② 杜佑:《通典》卷一百八十二,文渊阁《四库全书》本,上海古籍出版社 1987 年版。
③ 乐史:《太平寰宇记》卷之一百一十一载:"陶潜,柴桑人。……栗山源,在(庐)山南当洞。"中华书局 2007 年版,第 2250—2264 页。
④ 李梦阳《游庐山记》收录在文渊阁《四库全书》本《空同集》第四十八卷。另:李梦阳《空同集》第五十卷之《陶渊明集序》云:"(渊明)墓在面阳山德化县楚城乡也。"见文渊阁《四库全书》本《空同集》,上海古籍出版社 1987 年版。

鹿子坂面阳山者,陶公宅与墓处也。……至是明李梦阳始定柴桑在庐山南之面阳山,以为面阳山即古之柴桑山。此三变也。"清《江西通志》①及陶澍《靖节先生年谱考异》②等从李梦阳"面阳山"之说。

经过缜密的考证、梳理,逯先生对"柴桑两说"辨析道:"《通典》谓柴桑旧址,在浔阳县南。此与《元和郡县志》即吾人所谓前一说者,本无大异。俱见唐人去古未远,犹得其实。自乐史认定柴桑必近栗里,而又谓栗里在庐山南,于是王象之据之,而有西南九十里之说。至李梦阳则更因王说,就其方向里数,以测今地,遂又创面阳山即故柴桑之说。""顾自李氏创此说之后,明清以来之江西地志或庐山记等,遂沿用不辨,以至于今;柴桑古地与所谓面阳山,竟合而为一地矣。夫由唐人坐落县南之说,进而谓其毗近山南之栗里原,再进而谓其在县西南九十里,终而谓为即山南之面阳山,时代愈后,记载愈详,亦愈固定,其迭经粉饰附会之迹,显然可见。此一系统之说,虽源自杜佑《通典》,实已渐乖其实,舆志家固不可轻易据信之也。"

逯先生不仅厘清了柴桑问题的争论,且其"时代愈后,记载愈详,亦愈固定,其迭经粉饰附会之迹"的论点,持之有据,严谨精到,切中了产生问题争议的要害。逯钦立最终的结论是:"古柴桑坐落今九江县西南二十里附近。《元和郡县志》之说,断可信也。"

---

① 《江西通志》卷一百六十二载:"靖节墓,在德化县楚城乡面阳山之麓,地名鹿子坂也。去墓三里许,有先生故居。李梦阳曰:初,渊明墓失也,越百年无寻焉。"见文渊阁《四库全书》本,上海古籍出版社 1987 年版。

② 陶澍《靖节先生年谱考异》云:"先生墓在德化县楚城乡之面阳山东,距星子县二十五里,盖庐山之西南麓也。明李梦阳为江西提学,求得之,置田以奉其祀,至今代有祀生。"见陶澍集注、龚斌点校《陶渊明集》,上海古籍出版社 2015 年版,第 270 页。

（二）上京之辩

陶诗《答庞参军》诗云："大藩有命,使作上京。"①《还旧居》诗云："畴昔家上京,六载去还归。"②有关"上京"的解释与争论从未平息,王质、吴仁杰以"上京"为"京师";陶澍以"上京"为山名;梁启超发挥了朱熹的观点,以为"上京"是"上荆"之误,"上荆"即荆州。诸家各举其证,各言其是。

朱熹说："庐山有渊明古迹处曰上京。《渊明集》作京师之'京'。今土人以为荆楚之'荆'。"③古直接受了朱熹的观点,进一步考证认为:上京为地名,在玉京山前,且醉石不仅一处。古直的证据有二:其一,与朱子之语吻合。古《谱》云："案:今玉京山前里许,九峰桥侧,有部娄,上有磐石,可坐多人,湖水盛时,正在江中。土人相传,谓渊明尝在此望开先瀑布,醉眠其上云。与《朱子语录》④符合。先生所居上京,必在玉京山前无疑也。"⑤其二,作者实地考察与《庐山记》吻合。古《谱》云："陈令举《庐山记》云:'渊明所居栗里,两山间有大石,可坐数十余人。渊明尝醉卧其上,名曰醉石。'案:《记》所称醉石,在离温泉里许穷谷中,余尝登之,石甚小,只能坐二三人耳。先生此处盖有先畴,《祭从弟敬远文》云:'每忆有秋,我将其刈。与汝偕行,舫舟同济。三宿水滨,乐饮川界。'殆即来温泉附近收获。舫舟三宿,必在钱家湖滨。因收获来此,徜徉谷中,醉眠石上,后人因名醉石。要之,先生遇酒辄饮,其醉石必不止一二处也。"⑥

---

① 龚斌:《陶渊明集校笺》,上海古籍出版社 1996 年版,第 29 页。

② 龚斌:《陶渊明集校笺》,第 192 页。

③ 黎靖德编:《朱子语类》,中华书局 1999 年版,第 3284 页。

④ 《朱子语录》即指黎靖德编《朱子语类》。

⑤ 古直:《陶靖节诗笺》,第 178—179 页。

⑥ 古直:《陶靖节诗笺》,第 179 页。

古直论证有据,推测合理,结论不当虚妄。且实地勘察,其严谨求真之精神足以垂范后学。

朱自清反驳了朱熹"上京即上荆"之说,认为:"惟渊明未尝居江陵则可信耳。梁《谱》论《还旧居诗》……疑'上京'当从毛氏绿君亭本为'上荆',所指谓江陵。渊明侨寓于此。……'上荆'之名无所本,又为孤证,不足据。"①与此同时,陶澍以《名胜志》记载为据,认为玉京山即是上京,为陶渊明故居所在地。②朱自清接受陶澍"上京乃为山名,渊明旧居所在也"的观点,认为陶澍的观点"虽尚未可考信,或不为无根之谈"。朱自清虽然质疑朱熹与梁启超的观点,但并未就此举证,甚为遗憾。

有关"上京"是山名还是地名的争论,逯钦立做了细致的探究,其《陶渊明行年简考》云:"(上京)本为一里之名,而后人以玉京山附会之,岂不谬乎?"逯先生举证有二:首证,《朱子语类》《江州志》《浔阳记》《舆地纪胜》等皆以醉石为依据确定上京、栗里之地,"知后人实以醉石而定渊明故居,又以故居原非一处,故依石定宅,亦有上京、栗里之异,醉石、栗里且因之而重出,其实皆附会之说也"。次证,"曾集《陶渊明集》跋云:'南康盖渊明旧游处也。栗里、上京,东西不能二十里也,世变推移,不可复识,独醉石隐然荒烟草树乱流中,乡来晦翁在郡时,始克芟夷支径,植亭山巅,幽人胜士,因得与摩莎石上,吊古怀远。'据此,知醉石所在,仅能视为渊明游地,不能以之臆定栗里或上京之所在也"。

逯先生结论是:"夫半道栗里本在庐山、浔阳之间,此史传

① 朱自清:《陶渊明年谱中之问题》,《清华学报》1934 年第 3 期,第 589 页。
② 陶澍集注,龚斌点校:《陶渊明集》,上海古籍出版社 2015 年版,第 66 页。

有明文者,而尚移之山南,则南康之玉京山更易牵合为上京矣。"①上京是一里之名,玉京山为山名,二者实不相关。

宋云彬《陶渊明年谱中的几个问题》专门作了"上京考",并探究了陶渊明"家上京"的原因。宋云彬逐一反驳了上述诸人的观点,并阐明"上京即上都,亦即京师(建康)"。

宋先生提出了四点证据:"第一,《名胜志》言上京本名玉京山,可知改名'上京'者,乃后人因陶诗有'畴昔家上京'句而附会的。第二,朱熹所说的上京,本名上原,朱熹以为京原二字通用(如九京亦作九原),便说庐山上的上原即陶诗的上京,已很牵强;又说'今土人作荆',正与毛氏绿君亭本改上京为上荆相同,附会之迹更属显然。第三,朱熹《与崔嘉彦书》'在上京坡遇雨',上京之下有一坡字,使我们知道这里本是上玉京山的坡,所以称上京坡,原和渊明诗毫不相关。第四,吴师道谓上京在栗里原,那么上京栗里本是一地,古直的少长栗里,迁居上京之说,不攻自破。总之,上京即上都,亦即京师,绝不能附会为地名或山名。"

宋云彬这段论证的重心在于破除旧说,然每破陈说都为孤证,况破旧不等于立新,新说尚须有充足的证据。既然宋氏认为上京即京师建康,那么渊明为何"家上京"?

宋云彬论道:"所谓'家上京',并不是移家上京。家居二字古通用。……渊明因诗题《还旧居》,故变文避复;亦因'家上京'吟诵起来比较顺口。渊明曾参桓玄军幕,他自己也常因'大藩有命'而'作使上京';他又做过刘裕的参军,京口和建康相距不远,他很有可能被派为驻京代表。因此,他居京师先后有六年

---

① 逯钦立:《陶渊明行年考》,《读书通讯》,1942 年第 50—51 期,第 8 页。

之多。诗题有'自都还''使都'等等,都是明证。……渊明因为过去六年中间住在京师的时候多,虽然常去江陵或赴京口,甚至有时候还回家去打一转,但只概括地说'畴昔家(居)上京,六载去还归'。在这六年中间,他为一官缠身,即还乡也匆匆不能久住;到了他作《还旧居》诗的时候,已经无官一身轻,决心不再远离故乡了,才有时间和心情来'履历周故居','步步寻往迹',而感到'恻怆多所悲'了。"①

依照宋云彬的解读,"家上京"等同"居上京",在训诂学意义上可通。渊明"居上京"的原因是"驻京代表",虽合情理,但缺少必要依据,臆想的成分远大于实证。如果联系陶渊明的享年和仕履经历,宋氏的观点或难成立。

(三)南村之辨

陶诗云:"昔欲居南村,非为卜其宅。"(《移居》其一)②,南村曾为渊明一居止,南村的具体所在,也是后世学者探究并争议的问题。

古《谱》:"南村(亦曰南里),果在何处?李公焕曰:'即栗里。'何孟春曰:'柴桑之南村。'《梁谱》云:'此虽揣测之辞,亦颇近理。'其实不然也。愚通考先生诗文以及《诔》《传》,而知南村实在浔阳负郭。"③

古直有内外两类证据。内证:列举渊明诗文及《诔》《传》等资料共十余条。"自义熙七年至元嘉四年,凡十七年,先生踪迹皆在浔阳……皆确指其地,不可假借。然则南村之在浔阳负郭,

---

① 卜引宋云彬诸说,均见其所撰《陶渊明年谱中的几个问题》,《新中华》,1948 年第 3 期,第 38—39 页。
② 龚斌:《陶渊明集校笺》,第 114 页。
③ 古直:《陶靖节诗笺》,第 187 页。

万无可疑已。"①外证:《晋书》所记庞通之赍酒之事。"案《晋传》:'宏每令人候之,密知当往庐山,乃遣其故人庞通之等赍酒,先于半道要之。'曰'当往庐山',明先生居不在庐山也。曰'每令人候之',明先生居迩浔阳,乃可密知其出入也。此亦足为一证。"②

古直的内证与外证,言之凿凿,自谓"南村在浔阳负郭"之论"万无可疑"。朱自清认同古直的观点与考证。

逯钦立《陶渊明行年简考》一文,"通稽渊明自述之文及其他记载"③,考证得出:渊明里居共有三处。

甲宅:即上京里。逯钦立认为:"渊明义熙元年乙巳彭泽辞官所返之宅,与义熙十一年作《饮酒诗》时所住之宅,为同一里居。""渊明所居'甲宅'即上京里,即其十年仕宦时之里居也。"且进一步考证得出:"《饮酒诗》有'结庐在人境'一语,而义熙九年至宋元嘉四年又适为渊明行踪不离浔阳之时(从古《谱》),知'甲宅'即在浔阳负郭。"

乙宅:即栗里。逯钦立认为:"'古田舍'、'园田居'以及'戊申遇火之宅',为同一里居。"并考证得出:"乙宅在浔阳南郊,庐山北壁,与本传所称半道栗里者,地位相当;而栗里又历来传为渊明里居,故今即定'乙宅'为栗里。"

丙宅④:南里亦曰南村。逯钦立考证了渊明移居南村的时间:"渊明义熙八年壬子,又曾移居南里。"陶诗《与殷晋安别》序

---

① 古直:《陶靖节诗笺》,广文书局1999年版,第190页。
② 古直:《陶靖节诗笺》,广文书局1999年版,第190—191页。
③ 逯钦立:《陶渊明行年考》,《读书通讯》,1942年第50—51期,第7页,下引均见此文,页码不详注。
④ 逯钦立并未如此称第三处里居,为便于记忆,笔者姑且称第三处为"丙宅"。

云:"殷先作晋安南府长史掾,因居浔阳,后作太尉参军,移家东下,作此以赠。"①,逯钦立据此诗断定:"'南里'亦当在浔阳附近。此宅距浔阳应不如'甲宅'之近,亦不似栗里之远在南郊也。"

《陶渊明行年简考》同时考证认为:陶公曾四迁里居,即栗里—上京—栗里—南村(里)—上京。

第一次:从乙宅(栗里)迁往甲宅(上京里)。"栗里古田舍为渊明童幼时代的居宇",后出仕,离开栗里古田舍迁居上京。"渊明始仕为州祭酒,至彭泽致仕共为十年。……此十年宦途中,所居则上京也。"

第二次:从甲宅(上京里)迁往乙宅(栗里)。"彭泽弃官返往'甲宅'时年29岁,次年即返栗里居住,故《归园田居诗》有'误落尘网中,一去三十年'之语。""渊明于义熙二年丙午,还居栗里,有《归园田居》诗,自此至义熙八年迁南里,计居栗里共七年。"

第三次:从乙宅(栗里)迁往丙宅(南里、南村)。逯先生通过考证《宋书·武帝纪》《宋书·殷景仁传》《宋书·庾悦传》《晋书·刘毅传》《晋书·安帝纪》等相关资料,确认"渊明义熙八年壬子,又曾移居'南里'"。即在栗里居住七年之后,迁居南里(南村),有《移居》诗为证。

第四次:从丙宅(南里、南村)迁往甲宅(上京里)。逯先生考证认为:渊明在南里"约住三年,义熙十一年即已还居上京",有《还旧居》诗为证。在上京里至于终老,未再他迁。

逯钦立先生最终的结论是:"渊明一生凡历三居,而四经迁

---

① 龚斌:《陶渊明集校笺》,上海古籍出版社1996年版,第138页。

徙。三居皆在浔阳负郭,未有在庐山以南者。后人以醉石定其里居,以玉京山说为上京,皆牵强附会之论,不足从。"

逯钦立先生的柴桑两说考、里居三处考、里居四迁说、上京考,是近代学者对渊明里居问题最为全面的考察、论证,可谓是陶渊明里居问题的一次学术总结,其学术贡献不言而喻。然而,由于逯先生《陶渊明行年简考》发表于 1942 年,他彼时主张陶渊明享年 51 岁,这一观点势必影响其关于陶渊明里居问题研究的准确性。

三、余　　论

古直的《陶靖节年谱》,材料丰赡、论证缜密、条理清晰,形成了系统的论证,故创获颇多。比较而言,朱自清的《陶渊明年谱中之问题》,虽胪列陈编,却无系统的论证,且逻辑松散拖沓,条理混乱,缺少超越和创新,其所谓"不足辩""不足据"之语,复增武断之嫌。逯钦立的学术贡献在于全面深入系统地考证了陶渊明里居诸多问题,其《陶渊明行年简考》与《陶渊明年谱稿》,资料翔实充足、考证精细;条理清晰、逻辑严谨、文理缜密;语言精练准确、干净利落,堪称学术文章之典范。宋云彬先生的"上京"考,破除了旧说,然自己的新说论据不足。

龚斌先生有言:"渊明故里的探讨,是一桩非常困难的复原历史真实的工作。……历史地名如上京、栗里、南村,早已被历史尘埃淹没,确定具体方位几乎是不可能的事。"[①]诸上四公,纡余卓荦,各臻其境。其于兵燹满地、动荡颠簸、资料匮乏的时日,

---

① 龚斌:《陶渊明年谱考辨》,江西人民出版社 2018 年版,第 26 页。

能对陶公里居问题做如此深入精细的探究,其功莫大焉。

作者简介

刘中文(1964—),文学博士,教授。曾任哈尔滨师范大学教授,硕士生导师,现在《苏州教育学院学报》工作。在大学中文系从事中国古代文学的教学与科研工作二十多年,主要研究方向是魏晋南北朝文学及唐宋文学,侧重于陶渊明接受研究,现为中国陶渊明接受会副会长。近年来,着力于近代时期的陶渊明接受研究,其关注与研究的对象多为学界所忽略的接受者,研究成果均为其独创。2016 年起,在《苏州教育学院学报》从事编辑工作,开办《陶渊明研究》栏目,聘请著名学者、前任中国陶渊明研究会会长、华东师范大学龚斌先生为栏目主持人。近年来,《苏州教育学院学报》的《陶渊明研究》栏目,在学术界产生了广泛的影响,已成为国内陶渊明研究的重要平台。2020 年 10 月,该栏目获得"江苏期刊明珠奖优秀栏目"殊荣;2020 年 12 月,该栏目获得"华东地区期刊优秀栏目"殊荣。

【古典诗学】

集句诗及其意义的生成
——以李商隐集句诗为例

潘静如

【摘要】集句作为一种亚文类或写作手法,近于文本的游戏。在游戏规则下,创作者向前人及其著述乞灵,开始了一场"面对面作业"。在集句创作过程中,作者既积极运用自己的神思,又感受到文本的召唤或指引。因此,创作一首集句诗,不论是对仗,还是衔接,作者都有可能遇到"造化之手"的援助。这暗示了文本有自己的生命力,它总是蠢蠢欲动。作者实际是与文本进行周旋,达成共处之道。这样,集句诗文本的意义自何而来,就不完全取决于作者;或者说,即便作者是赋予意义者,他也常常是一个机会主义者。这个过程隐喻了作者、文本与意义三者之间的复杂关系。

【关键词】集句诗 李商隐 意义 文本

集句可以被视为一种亚文类或写作手法。在中国古代文学领域,它已受到学者们的充分重视①,但并非题无剩义。事实上,它不但古已有之,而且在西方文学史上也彬彬称盛。巧的是,在中国古代,集句诗被称为"百衲衣",而在西方文学史上,集句诗被称作"针织物"。这是无意间的雷同吗?恐怕未必。在中、西语言文字史上,"文(本)"(text)一词的本义或词根,都含有"错画"或"编织"的意思。这个显得更为关键的地方,中、西之间再一次暗通款曲。这就不由得我们放过去。集句诗这种特殊的文本,一定隐藏着什么。本文就以集李(商隐)诗(以下篇为李诗)为例,来探讨集句诗及其意义是怎样生成的。在这个探讨过程中,本文也拟对其他问题稍加观照,尤其是作者、文本与意义之间的复杂关系。

一、作为文学创作特例的集句及其规范

近代诗人许宝蘅有一联集李诗云:

---

① 论文方面,比较早关注集句并对相关批评做了整体论述的当数吴承学《集句论》,载《文学遗产》1993 年 4 期。专著方面也有了好几部。其中,裴普贤的《集句诗研究》(台湾学生书局 1975 年版)及《集句诗研究续集》(台湾学生书局 1979 年版)在集句诗的批评与文献方面都有系统论述;宗廷虎、李金菱的《中国集句史》(山东文艺出版社 2009 年版)按朝代分发展时期,比较偏重修辞学;张福清的《宋代集句诗研究》(中国社会科学出版社 2015 年版)则专论宋代集句诗,搜罗了 1500 余首集句诗,还出版了一部副产品《宋代集句诗校注》(上海古籍出版社 2013 年版)。近年来,对集句文学研究用力最深、贡献最大的则数张明华先生,先后出版了三部专著,即《集句诗嬗变研究》(中国社会科学出版社 2011 年版)、《集句诗文献研究》(社会科学文献出版社 2012 年版)、《文化视阈中的集句诗研究》(中国社会科学出版社 2014 年版)。三部专著从不同角度对集句诗作了研究。

莫将越客千丝网,用尽陈王八斗才。①

　　用"千丝网"来形容集李创作,这是很有创造力的譬喻。李
商隐的诗世界是一个"网"世界,自己将以此为资源,萃而取之,
来编补一张新的"千丝网"。在西方文学史上,"集句"亦被称为
"针织物"(piece of needlework)②。这显示,集句创作与文本的
特性密切相关。在这联集李诗中,作者暗示,不论是过去的李商
隐还是现在的自己,都是在文本系统中编织文本。指出这一点
是想说明,集句者固然是在有限资源内做编织、补缀的工作,但
李商隐同样如此。看上去李商隐的资源是无限的,与集句者不
同,但一个人纵然怎么博闻强识、惊才绝艳,依然有其限度。我
们可以设想一个极端一点的情况,一个学识、才华不很出色的诗
人,在调动、操控文本资源的自由度上,可能远不如一个被限定
在某一文本资源之内的才华横溢者。正是在这一意义上,集句
创作可以视为文学创作的一个特例或一个缩影。

　　我们很容易意识到,集句诗作者与李商隐的处境并不完全
一致。对集句者而言,李商隐为自己提供了精妙华丽的文本,省
去了自己的很多力气。问题是,眼前(或者说记忆里)有且只有
这些文本。剩下的就是考验集句者的记忆、才华、创造力、想象
力,诸如此类,这是危险的。因为缀集出来的东西可能很蹩脚,
甚至压根集不出来,但又是充满诱惑的,因为缀集出来的诗篇可
能超乎想象的精彩。这是一个富于吸引力的挑战。想将某个故

---

① 许宝蘅:《戊辰度辽己巳归京杂咏》,《许宝蘅先生文稿》,中国书籍出版社
　1995 年版,第 125 页。
② Anke Rondholz, *The Versatile Needle: Hosidius Geta's Cento "Medea" and its
　Tradition*, Berlin: Walter de Gruyter, 2012, p1.

事或某种意思、情感寄寓到集句诗中来,作者就必须面对李商隐。罗马帝国时期的维吉尔集句诗作者同样处在这个局面,有学者称缀集维吉尔诗的创作活动为"与维吉尔的面对面作业"①,颇为形象。

但推敲起来,表面上是"面对面",实则是寄人篱下,主、客之别俨然,这个"作业"并不好做。晚清另有一位诗人在《集玉溪生诗两卷自题卷尾》诗中说道:

> 不知腐鼠成滋味,惟与蜘蛛乞巧丝。②

既然是"自题卷尾",那么这首诗就意在说明"集玉溪生诗"的甘苦或心得。上一句"不知腐鼠成滋味"是自谦之词,形容集句本是无聊、无益之作;下一句"惟与蜘蛛乞巧丝"是说,虽然如此,自己颇耗了不少心力,无时无刻不在直面李商隐,从他的诗中乞求"巧丝"。这个心眼,可以同上引的"莫将越客千丝网,用尽陈王八斗才"互相发明。这是集句者向原作者李商隐发出的乞求;妙的是,乞求的话都是从李商隐那里借来的。李商隐已驾鹤千载,自然无从回应,只能默许。集句者是不安分的,有时候,他会反过来"回应"原作者的乞求。此话怎讲?维吉尔在《农事诗》(Georgics)里曾大声发出伟大题材和伟大作品的诉求,罗马帝国时期一位姓名已经失考的集句诗人作了回应,创作了长达162 行的集句诗《希波达弥亚》(Hippodamia),据说是一首比《伊

---

① Karl Olav Sandnes, *The Gospel 'According to Homer and Virgil': Cento and Canon*, Leiden: Brill, 2011, p.179.
② 王以慜:《檗坞诗存别集》卷下,张明华编《近代珍稀集句诗文集》,凤凰出版社 2015 年版,第 403 页。

利亚特》还要"伟大"的作品。同样妙的是,这首诗的全部诗句都来自维吉尔本人①。集句创作者仿佛在说:"看啊,维吉尔先生,您要的伟大作品来啰! 全用的您的诗句。"你说集句者皮不皮? 他也有反客为主的时候。

当然,这种在原作者面前要宝的例子并不多见。因为所谓"面对面作业",更多时候是集句者如何依据自己的意愿来缀集先贤的诗句。怎么缀集,中西方有同有异;这是由中西方格律诗的不同体式决定的。374 年,奥索尼乌斯就在《婚宴集句》序中对集句进行了规范:或是原诗两个半行聚合为一行;或者是原诗一行半与半行相联结。② 中国古典集句诗的规则当然不允许像拉丁文诗歌那样将一行诗"拦腰而斩",但考虑到五七言近体在平仄、对仗、押韵上的要求,难度也很大。中国古典集句诗的基本单位就是一句诗。林彦博在其集李诗集《獭祭集》前的凡例中特别交代说:

> 集句诗不得于一首之中连用两句,予亦谨守斯例,每诗以一句为限。惟删、盐选韵极仄,适因《水天闲话旧事》《和友人戏赠》一诗两题,偶弄狡狯,姑妄存之。③

林彦博在这里定的规矩实际上更严。他的意思是指一首集句诗中的每一句诗都应该来自不同的诗歌。换句话说,一首七言律中的任意两句诗都不应该来自原先的同一首诗。比如林彦博集

① McGill, *Virgil Recomposed: The Mythological and Secular Centos in Antiquity*, Oxford, 2005, pp. 85–88

② R. P. H. Green eds., *The Works of Ausonius*, Oxford, 1991, p. 132.

③ 林彦博:《獭祭集》,《国学丛刊(北京)》1944 年 14 期,第 68 页。

的这首《无题》：

> 可羡瑶池碧桃树，瑶池归梦碧桃闲。猿啼鹤怨终年事，鸟没云归一望间。彩树转灯珠错落，水精如意玉连环。斑骓只系垂杨岸，迢递青门有几关。①

第 3 句"猿啼鹤怨终年事"、第 8 句"迢递青门有几关"这两句其实来自李商隐的同一首诗，即《和友人戏赠》。但恰好《和友人戏赠》这首诗在不同的版本中或题作《和令狐八戏题》，因而他"一弄狡狯"，"猿啼"句注明出自《和令狐八戏题》，"迢递"句注明出自《和友人戏赠》。这实际上涉嫌"作弊"。

集句诗本来就近乎一种智力、才情游戏，作弊就没意思了。四库馆臣著录陈循《东行百咏集句》时就注意到："集句皆不著姓名，颇多窜易迁就。"②集句尽管是制作"百衲衣"，但原则上是只可以补缀，而不可以窜改。创作者之所以不得不如此，很多时候是限于集句的创作难度。这一点，集句诗作者心里都有数，所以他们往往乐于宣称自己并不擅改原句。譬如许祥光《选楼集句自记》云："集句而损益一二字，古亦有之，但集中不敢援此例。即起承转收，一切句中所系虚字，悉本原文，无所增减。盖全用古语，自不当假借也。"③许懋和《集其清英集发凡》云："胥倚平《文选集腋》于提顿转折，每增添虚字，改窜原文，以期气脉之贯。夫增添改窜，乌得谓集？"④集句本在因难见巧，如果因为

---

① 林彦博：《獭祭集》，《国学丛刊（北京）》1944 年 14 期，第 82 页。
② 永瑢等：《四库全书总目提要》卷一七五，中华书局 1965 年版，第 1554 页。
③ 张明华编：《近代珍稀集句诗文集》，第 109—110 页。
④ 张明华编：《近代珍稀集句诗文集》，第 193 页。

困难就去"窜易迁就",则失去了集句的规范与乐趣,——除非他是为了满足可怜的虚荣心,或者迁就特定的内容、含义。

显而易见,如果把集句视为一种文本游戏,那么规范就相当重要,否则的话,它会消解这个游戏的根基。从大的类型来看,中国古代的集句诗分两类:一是杂集百家,这在宋代以至清代都很常见;二是专集一家,由宋代的集杜诗开其传统,到了清代,像陶渊明、李白、李商隐、苏轼、元好问等大诗人都享有此种待遇。但不论哪一种,都必须严格遵守集句诗的游戏规则。除了集句诗的特有规则而外,古、近体诗各自的规则当然也要遵守。集句是智力与才情的竞技场。文学创作也是。谁能说不是呢?

二、"造化之手":对仗的生成及文本的召唤(calling)

在规范下,一首集句诗是怎样诞生的? 这看起来并不复杂,但内有乾坤。下文试以集李近体诗为例,稍加演述。

集句诗的生成受原文本的限制是一望而知的,特别是中间两联还需要对仗。因此,愈是句法过于独特的诗句,其可以般配的诗句也就愈少,在不同集句者手中重复的可能性也就愈高。譬如"蝶衔红蕊蜂衔粉"一句,其属对空间本来就很狭小,李商隐诗中能找到浑成的下联已经算得惊喜。不同的集句者下笔自然相同:

1. 蝶衔红蕊蜂衔粉,犀辟尘埃玉辟寒。(王汝璧)①

---

① 王汝璧:《离席寄恼韩同年集玉溪诗十二首题亦戏集李句》,《铜梁山人诗集》卷六,《续修四库全书》第 1461 册,上海古籍出版社 2002 年版,第 601页。

2. 蝶衔红蕊蜂衔粉,犀辟尘埃玉辟寒。（易顺鼎）①

3. 蝶衔红蕊蜂衔粉,犀辟尘埃玉辟寒。（谢元准）②

4. 蝶衔红蕊蜂衔粉,犀辟尘埃玉辟寒。（汪荣宝）③

5. 蝶衔红蕊蜂衔粉,犀辟尘埃玉辟寒。（陶寒翠）④

6. 蝶衔花蕊蜂衔粉,犀辟尘埃玉辟寒。（林彦博）⑤

"十四寒"这个韵还算得很宽。假如句法独特的同时,还遇到一个比较窄的韵,那么不同的集句者可能全诗都较为接近。比如,有这样三首来自不同集句创作者的诗:

1. 通灵夜醮达清晨,睡鸭香炉换夕熏。玉检赐书迷凤篆,青松手植变龙文。腰悬相印作都统,手接云轺呼太君。自是当时天帝醉,云台高议正纷纷。⑥

2. 云台高议正纷纷,短翼差池不及群。玉检赐书迷凤篆,青松手植变龙文。天池辽阔谁相待,世路干戈惜暂分。永忆江湖归白发,子孙相约事耕耘。⑦

3. 背阙归藩路欲分,李将军是故将军。腰悬相印作都统,手接云轺呼太君。玉检赐书迷凤篆,青松手植变龙文。

---

① 易顺鼎:《集玉溪生四首》,《琴志楼诗集》,上海古籍出版社 2012 年版,第 119 页。

② 梁章钜:《楹联丛话》卷十一,中华书局 1987 年版,第 141 页。

③ 汪荣宝:《秋兴》,《思玄堂诗》,文海出版社 1970 年版,第 215 页。

④ 陶寒翠:《民国艳史演义》,南海出版公司 1989 年版。

⑤ 林彦博:《獭祭集》,《国学丛刊(北京)》1944 年 14 期,第 80 页。

⑥ 曹元忠:《秘殿集李义山句》,《笺经室遗集》卷十八,《清代诗文集汇编》第 790 册,上海古籍出版社 2010 年版,第 572 页。

⑦ 徐兆玮:《云台》,《虹隐楼诗文集》,华东师范大学出版社 2016 年版,第 351 页。

彭门十万皆雄勇,谁定当时荡寇勋。①

在韵书中,"十二文"是比较窄的,所以这三首诗都出现了"玉检赐书迷凤篆,青松手植变龙文"一联。这还不算,第1首与第3首的另一联也完全相同:"腰悬相印作都统,手接云軿呼太君。"第1首以"云台高议正纷纷"作结,而第2首以"云台高议正纷纷"开头。这样,三首诗不但在整体氛围上比较接近,在局部文本上也趋于雷同。

当然,文本的世界理论上是开放的。规则对它有所制约,但并非完全消泯了一切空间。比如李商隐"检与神方教驻景""堪叹故君成杜宇""汉苑风烟吹客梦"这三句,在句法上比较简单,而且常见,因此对仗变化的空间就很大——

组一

1. 检与神方教驻景,久留金勒为回肠。②

2. 检与神方教驻景,远闻鼍鼓欲惊雷。③

3. 检与神方教驻景,莫言圆盖便无私。④

4. 检与神方教驻景,梦来何处更为云。⑤

组二

1. 堪叹故君成杜宇,老忧王室泣铜驼。⑥

---

① 许宝蘅:《丁巳感事》,《许宝蘅先生文稿》,第114页。
② 汪荣宝:《畹华三十生朝》,《思玄堂诗》,第227页。
③ 曹元忠:《秘殿集李义山句》,《笺经室遗集》卷十八,《清代诗文集汇编》第790册,第572。
④ 徐兆玮:《消日夏课》,《虹隐楼诗文集》,第178页。
⑤ 许宝蘅:《辛亥赠别》,《许宝蘅先生文稿》,第104页。
⑥ 汪荣宝:《华清》,《思玄堂诗》,第213页。

2. 堪叹故君成杜宇,坐视世界如恒沙。①

3. 堪叹故君成杜宇,可能留命待桑田。②

4. 堪叹故君成杜宇,空教楚客咏江蓠。③

5. 堪叹故君成杜宇,枉缘书札损文鳞。④

组三

1. 汉苑风烟吹客梦,奉天城垒长春苔。⑤

2. 汉苑风烟吹客梦,嵩阳松雪有心期。⑥

3. 汉苑风烟吹客梦,信陵亭馆接郊畿。⑦

4. 汉苑风烟吹客梦,新亭雪构压中流。⑧

　　这些集句诗极尽变换之能事,营造了不一样的文本图景。集句诗被称作针织物或镶嵌物,显得格外形象。一件新的针织物或镶嵌物,其内在的纹理或布局已经焕然一新。这种变化,首先就引起我们感官上的注意。

　　为了进一步去展示集句诗的这种变化空间,我们再以"神女生涯原是梦"一句为例来加以论述。"神女生涯原是梦"出自李商隐的《无题》诗:"重帷深下莫愁堂,卧后清宵细细长。神女

---

① 曹元忠:《秘殿集李义山句》,《笺经室遗集》卷十八,《清代诗文集汇编》第790册,第572页。

② 曹元忠:《颐和园词集李义山句》,《笺经室遗集》卷十八,《清代诗文集汇编》790册,第575页。

③ 徐兆玮:《秋日感事书怀》,《虹隐楼诗文集》,第263页。

④ 许宝蘅:《饮酒》,《许宝蘅先生文稿》,第114页。

⑤ 王以慜:《读史杂感》,《檗坞诗存别集》卷上,张明华、李晓黎编《近代珍稀集句诗文集》,第382页。

⑥ 汪荣宝:《秋兴》,《思玄堂诗》,第217页。

⑦ 曹元忠:《秘殿集李义山句》,《笺经室遗集》卷十八,《清代诗文集汇编》第790册,第572页。

⑧ 许宝蘅:《用渔洋河中感怀寄诸兄弟》,《许宝蘅先生文稿》,118页。

生涯原是梦,小姑居处本无郎。风波不信菱枝弱,月露谁教桂叶香。直道相思了无益,未妨惆怅是清狂。"这首诗非常有名。在原诗里,"神女生涯原是梦"与"小姑居处本无郎"为一对。但集句者总是充满想象力,给这位"神女"带来了大不一样的"眷属":

1. 神女生涯原是梦,月娥嬬独好同游。①
2. 神女生涯原是梦,王孙归路一何遥。②
3. 神女生涯原是梦,楚天云雨尽堪疑。③
4. 神女生涯原是梦,华清恩幸古无伦。④
5. 神女生涯原是梦,阿童高义镇横秋。⑤
6. 神女生涯原是梦,嫦娥衣薄不禁寒。⑥
7. 神女生涯原是梦,青云器业我全疏。⑦

这些集句诗中,第1、第6例都算不得精彩,也算不得新鲜,第7例美感算不得强。但其他各联则颇有妙处。第2例"神女生涯原是梦,王孙归路一何遥"兼写两面,并举"神女""王孙",且"生涯原是梦"与"归路一何遥"又在逻辑上极通,我们可以想象一对恋人不能在一起的痛苦。第3例中,"神女生涯原是梦,

---

① 李瑞清:《无题集李义山句》,《兰芷零香录》,雷瑨辑《清人说荟》,民国六年扫叶山房石印本。
② 汪荣宝:《华清》,《思玄堂诗》,《近代中国史料丛刊》598号,第210页。
③ 曹元忠:《秘殿集李义山句》,《笺经室遗集》卷十八,《清代诗文集汇编》第790册,第572页。
④ 徐兆玮:《咏史》,《虹隐楼诗文集》,第188页。
⑤ 徐兆玮:《秋日感事书怀》,《虹隐楼诗文集》,第262页。
⑥ 许宝蘅:《书事》,《许宝蘅先生文稿》,第133页。
⑦ 许宝蘅:《杂咏三十首》,《许宝蘅先生文稿》,第139页。

楚天云雨尽堪疑"是地道的流水对,"梦"而堪"疑",自在情理之中。而熟悉宋玉《神女赋》《高唐赋》的人都知道,"楚天云雨"本来就是一梦。因此,这联诗可以说近乎天衣无缝。第4例"神女生涯原是梦,华清恩幸古无伦"仿佛是在诉说一个失宠的或香消玉殒的女子往日所受到的恩幸之隆。第5例"神女生涯原是梦,阿童高义镇横秋",不论其具体何指(让我们暂时忽略这联诗的"本事"),美人、将军并举,已经给人以新鲜之感,远远不同于"神女生涯原是梦,小姑居处本无郎"的那种境界。

集句者的确身处"险"境,但"铤而走险""向死而生"是我们一向写在书上、挂在嘴边的。这是集句诗让人痴迷的地方。"神女生涯原是梦"已经展示了文本世界的那种无限可能,幽邃高奇,非想象可及。按之现存的琳琅满目的集李诗,此类奇妙、精彩的"语言眷属"比比皆是:

> 深知身在情长在,不是花迷客自迷。①
> 风朝露夜阴晴里,苦海迷途去未因。②
> 露气暗连青桂苑,灵风正满碧桃枝。③
> 皇都陆海应无数,七国三边未到忧。④
> 长乐瓦飞随水逝,高唐宫暗坐迷归。⑤

---

① 王汝璧:《离席寄恼韩同年集玉溪诗十二首题亦戏集李句》,《铜梁山人诗集》卷六,《续修四库全书》第1461册,第601页。
② 李瑞清:《无题集李义山句》,《兰芷零香录》,雷瑨辑《清人说荟》,民国六年扫叶山房石印本。
③ 王以懃:《无题》,《檗坞诗存别集》卷上,张明华、李晓黎编《近代珍稀集句诗文集》,第379页。
④ 汪荣宝:《华清》,《思玄堂诗》,第209页。
⑤ 汪荣宝:《华清》,《思玄堂诗》,第213页。

犹自金鞍对芳草,更持红烛赏残花。①

愿去闰年留月小,不知迷路为花开。②

冰簟且眠金镂枕,玉楼仍是水晶帘。③

沧海月明珠有泪,长亭岁尽雪如波。④

浮世本来多聚散,男儿安在恋池隍。⑤

王母不来方朔去,长河渐落晓星沉。⑥

若是石城无艇子,至今青海有龙孙。⑦

玉骨瘦来无一把,东方过此几微尘。⑧

沧江白日樵渔路,苦海迷途去未因。⑨

罗屏但有空青色,锦瑟无端五十弦。⑩

看封谏草归鸾掖,泣过秋原没马泥。⑪

何处拂胸资蝶粉,可能留命待桑田。⑫

但问琴书终一世,自缘烟水恋平台。⑬

---

① 汪荣宝:《楚宫》,《思玄堂诗》,第 224 页。
② 曹元忠:《秘殿集李义山句》,《笺经室遗集》卷十八,《清代诗文集汇编》第 790 册,第 572 页。
③ 曹元忠:《秘殿集李义山句》,《笺经室遗集》卷十八,《清代诗文集汇编》第 790 册,第 572 页。
④ 曹元忠:《秘殿集李义山句》,《笺经室遗集》卷十八,《清代诗文集汇编》第 790 册,第 571 页。
⑤ 曹元忠:《送徐倚虹至日本集李义山句》,《笺经室遗集》卷十八,《清代诗文集汇编》第 790 册,第 574 页。
⑥ 徐兆玮:《咏史》,《虹隐楼诗文集》,第 189—190 页。
⑦ 徐兆玮:《咏史》,《虹隐楼诗文集》,第 189 页。
⑧ 徐兆玮:《云瓺、衮甫均集义山诗,合成一帙曰〈楚雨集〉,予复集义山题其首简》,《虹隐楼诗文集》,第 195 页。
⑨ 徐兆玮:《秋日感事书怀》,《虹隐楼诗文集》,第 263 页。
⑩ 徐兆玮:《师郑邮示挽陈瑞芬夫人诗》,《虹隐楼诗文集》,第 487 页。
⑪ 许宝蘅:《万里》,《许宝蘅先生文稿》,第 103 页。
⑫ 许宝蘅:《十咏》,《许宝蘅先生文稿》,第 126 页。
⑬ 许宝蘅:《饮酒》,《许宝蘅先生文稿》,第 114 页。

日向花间留返照,露如微霰下前池。①
贝阙夜移鲸失色,鲛绡休卖海为田。②
军令未闻诛马谡,每朝先觅照罗敷。③
八骏日行三万里,入门暗数一千春。④
远路应悲春睕晚,高云不动碧嵯峨。⑤
碧草暗侵穿苑路,余香犹入败荷风。⑥
相携花下非秦赘,忆向天阶问紫芝。⑦
岂到白头长只尔,不知香颈为谁回。⑧

不论是"深知身在情长在,不是花迷客自迷"的精神独往,还是"风朝露夜阴晴里,苦海迷途去未因"的亘古隐忧;不论是"露气暗连青桂苑,灵风正满碧桃枝"的清寂幽冥,还是"犹自金鞍对芳草,更持红烛赏残花"的豪奢凄婉;不论是"王母不来方朔去,长河渐落晓星沉"那样在时空的流动感中写尽人世间的参差,还是"何处拂胸资蝶粉,可能留命待桑田"那样风流俊赏姿态背后的末世苍凉,都足以摄人心魄。李商隐的诗世界是,集句者游猎其中,或出于偶然,或出于苦苦寻索,缀集出了精彩的诗篇。曹元忠《楚雨集自序集李义山文》所谓"时得好句,切事实倍常

---

① 许宝蘅:《秋赋》,《许宝蘅先生文稿》,第 128 页。
② 许宝蘅:《拟意》,《许宝蘅先生文稿》,第 123 页。
③ 许宝蘅:《书事》,《许宝蘅先生文稿》,第 133 页。
④ 许宝蘅:《日日》,《许宝蘅先生文稿》,第 146 页。
⑤ 许宝蘅:《杂咏》,《许宝蘅先生文稿》,第 136—137 页。
⑥ 林彦博:《拟药转五首》,《獭祭集》,《国学丛刊(北京)》1944 年 14 期,第 80 页。
⑦ 三畏:《无题》,《民生月刊》1921 年 8 期,第 14 页。
⑧ 佩韦:《续有赠》,《佩韦集义山诗》,第 5a 页。

伦"①。这些诗句或精工无比，或深杳莫名，我们都知道是来自集句者的精心裁剪。但美得如此不真实，又仿佛不是出于人力。假如不是出于"人力"，那出于何处？

李商隐的诗具有强烈的比兴特质，诗句在意义、内容上比较散淡飘忽，更像是一种烘托、一种指而不决的暗示，呈现为某种迷离的情调、氛围。这就意味着一首七言律诗的中间两联，集句者在寻求对仗时不必太担心事理上过于荒谬，或文脉上过于生硬，他首先要做的是找到符合格律要求的上、下两句。这为更丰富的可能性留了位置：李商隐的诗缺少极其质实的内容，因而在很大程度上它们可以任性衔接。惊喜就隐藏在这里。这里请容许我作一个稍微越界的类比。1986 年 6 月 22 日，墨西哥世界杯 1/4 决赛上，马拉多纳用手隐蔽地将球打入了英格兰的球门。这个违例进球逃过了裁判的双眼，进球有效。赛后新闻发布会上，马拉多纳玩世不恭地说打进这个球依靠的"一半是造化之手，一半是马拉多纳的脑袋"（a little of the hand of God, and a little of the head of Maradona）②。准此，一位同样玩世不恭的集句者也许可以说，他的妙语依靠的"一半是造化之手，一半是自己的脑袋"。这是玩世不恭，也是谦逊，更是大实话。当然，他是向李商隐借的债，李商隐的功劳我们始终不能忘记。但假如他要继续诡辩，他也不妨说，李商隐本人也是向上天借的债，或者说，不过是"得天独厚"。陆游不是说过"文章本天成，妙手偶得之"么？李贺不是据说就被天帝召回白玉楼去了么？我们夸一个人才情大，也往往说他是天生诗人或天纵奇才。看，还是脱

① 曹元忠：《楚雨集自序集李义山文》，《华国》1925 年 2 卷 9 期。
② 理论上，"hand of God" 当译为上帝之手，这里译为"造化之手"，是不得已而为之。请读者注意。

不了一个"天"字！这就是"造化"。

集李诗对仗的精工与出人意料，还带给我们额外的启发：在交错的网络系统之中，文本自身蕴含势能，一种互相召唤（calling）、互相联结（connecting）的势能；看上去是我们在操控文本，但文本又何尝不在操控我们。文本诱惑我们，让我们误以为我们在操控它，其实倒是它早就设定了若干联结的路径，若干我们平常难以窥破或发明的路径。我们不过是顺势而为，或不得已而为之。集句创作把这种机制更醒豁得展现给我们：一个集句者的奇思妙语很可能是在"半被动"中产生的，不全是他主观经营的结果。文本总是蠢蠢欲动。

三、衔接的艺术

一首完整的七言律诗，不仅只有中间两联，还包括首联、尾联。纵然李商隐的诗具有强烈的比兴特质，集句者仍然要顾忌到一首诗首先是一首诗，它是一个整体，集句者不可能随意拼凑就足以成就一首合格的诗。一般来说，在七言律诗中，首联、尾联由于不必承担对仗的包袱，其"逻辑性"要较中间两联更为强一些。说得更清楚一些，就是首联、尾联的上、下两句尤其需要充分衔接。因此，集句创作者在这个环节上毫不含糊。

我们试看这些集李七言律诗的首联：

1. 小阁尘凝人语空，自今歧路各西东。①

---

① 王汝璧：《离席寄恼韩同年集玉溪诗十二首题亦戏集李句》，《铜梁山人诗集》卷六，《续修四库全书》第 1461 册，第 601 页。

2. 宋玉平生恨有余,比来秋兴复何如。①

3. 想象咸池日欲光,今朝歌管属檀郎。②

4. 十三身袭富平侯,年少因何有旅愁。③

5. 诘旦九门传奏章,众中赏我赋高唐。④

6. 万里西风夜正长,淡云轻雨拂高唐。⑤

任意一联两句之间都联系得很紧密。第 1 例中,"小阁尘凝人语空"自然过渡到"自今歧路各西东"。在第 2 例中,集句者因宋玉之"恨",而继之以"秋兴",我们都知道宋玉作有《秋赋》。第 3 例中,咸池乃是奏乐的地方,所以第二句很自然地引出"今朝歌管属檀郎"。第 4、第 5 例更加浑然天成,几乎用不着解释。第 6 例写秋夜里的云雨相思。这种衔接来自集句者本人的灵感,但很多时候,又来自原诗的启发。比如这里的第 6 例,就不见得是完全来自集句者的灵感。李商隐《席上作》原诗云:"淡云轻雨拂高唐,玉殿秋来夜正长。料得也应怜宋玉,一生惟事楚襄王。"集句者不过是将"玉殿秋来夜正长"替为"万里西风夜正长",同时与"淡云轻雨拂高唐"换了次序。在创意上,还得归功原作者。但不论是集句者的灵光一闪,还是集句者乞灵于原诗,都意在使集句诗首联的衔接趋于自然,富有条理。

再看集李诗的尾联,亦复如是:

---

① 汪荣宝:《秋兴》,《思玄堂诗》,第 220 页。

② 汪荣宝:《畹华三十生朝》,《思玄堂诗》,第 227 页。

③ 徐兆玮:《咏史》,《虹隐楼诗文集》,第 497 页。

④ 许宝蘅:《杂咏》,《许宝蘅先生文稿》,第 139 页。

⑤ 许宝蘅:《八风效梅村》,《许宝蘅先生文稿》,第 115 页。

1. 唯有梦中相近分,月斜楼上五更钟。①

2. 纵使有花兼有月,可能留命待桑田。②

3. 荆王枕上原无梦,只有高唐十二峰。③

4. 宓妃漫结无穷恨,用尽陈王八斗才。④

5. 欲问孤鸿向何处,石桥东望海连天。⑤

6. 岂知一夜秦楼客,犹得三朝托后车。⑥

7. 未容言语还分散,两地参差一旦空。⑦

8. 日西千绕池边树,岂要移根上苑栽。⑧

第 1 例中,"梦中相近"而带出"月斜楼上"。第 2 例中,"纵使"与"可能"构成一个完整的假设句。第 3、第 4 例中,情事不同而道理一致:由楚王无梦而抛出"只有高唐十二峰",由宓妃有恨而引起"用尽陈王八斗才"。《神女》《高唐》《洛神》诸赋是这种衔接的背景,这里不去细说了。第 5 例中,"孤鸿"缥缈,而至于海天一方,文脉意绪都很贯通。第 6 例中,"犹得三朝托后车"在李商隐原诗中是指庾信历事三朝皆以文学受宠,那么其前的"秦楼客"不正是南朝庾信的自家身份么(相对于北朝庾信)?

---

① 王以慜:《杂忆》,《檗坞诗存别集》卷上,张明华、李晓黎编《近代珍稀集句诗文集》,第 386 页。
② 汪荣宝:《秋兴》,《思玄堂诗》,《近代中国史料丛刊》598 号,第 215 页。
③ 汪荣宝:《秋兴》,《思玄堂诗》,《近代中国史料丛刊》598 号,第 216 页。
④ 许宝蘅:《饮酒》,《许宝蘅先生文稿》,第 114 页。
⑤ 曹元忠:《送徐倚虹兆玮至日本集李义山句》,《笺经室遗集》卷十八,《清代诗文集汇编》790 册,第 574 页。
⑥ 王以慜:《读史杂感》,《檗坞诗存别集》卷上,张明华、李晓黎编《近代珍稀集句诗文集》,第 383 页。
⑦ 许宝蘅:《杂咏》,《许宝蘅先生文稿》,第 138 页。
⑧ 许宝蘅:《杂咏》,《许宝蘅先生文稿》,第 138 页。

恰如其分,不多不少。第 7 例中,"未容言语还分散"显示了分别时的仓促,所以其后有"两地参差一旦空"之叹。第 8 例中,由"池边树"而说到"岂要移根上苑栽",也流畅之至,殊无牵强的痕迹。

集句诗尾联的这种布置我们还可以再稍稍展开,同样的结尾可以经由不同的诗句加以过渡,譬如这两联:

1. 浣花笺纸桃花色,骤和陈王白玉篇。①
2. 定知何逊缘联句,骤和陈王白玉篇。②

在第 1 例里,作者是由"浣花笺纸桃花色"引出"骤和陈王白玉篇",意思是说自己摊开上好的笺纸,准备挥毫唱和友人的华章。而第 2 例中,"定知何逊缘联句"是说既然大家在一起诗酒唱和,那么我也不揣谫陋,骤然和之了。

首联也好,尾联也罢,它们各自的上下句衔接得当,并不意味着整首诗的和谐、连贯。对一位优秀的集句作者来说,这本不是问题,只是一个基本素养。真正紧要的是,他在思考局部衔接的时候,也未尝忘了整体的和谐、连贯。我们可以举晚清王以慜集李组诗《杂忆》的第一首为例:

碧城十二曲阑干,衣薄临醒玉艳寒。愿得句芒索青女,岂知孤凤忆离鸾。桂宫留影光难取,蜡炬成灰泪始干。湘

---

① 林彦博:《拟锦瑟五首》,《獭祭集》,《国学丛刊(北京)》1944 年 14 期,第 78 页。
② 徐兆玮:《云瓶、衮甫均集义山诗,合成一帙曰〈楚雨集〉,予复集义山题其首简》,《虹隐楼诗文集》,第 195 页。

竹千条为一束,南风无处附平安。①

　　首联"碧城十二曲阑干,衣薄临醒玉艳寒"非常自然,一个人寒夜醒来,或者竟未曾入睡,独自倚着阑干。尾联"湘竹千条为一束,南风无处附平安"同样衔接得当:"南风"句是指没法把信捎给对方报个平安、诉个衷肠,与"湘竹千条为一束"一句极相配。"湘竹"句出李商隐《河阳诗》的最后两句:"百劳不识对月郎,湘竹千条为一束。"冯浩注指出"对月郎"是诗人自指,全句的大意则为:"伯劳东飞,与吹西风,应是其人已去,不识我犹在湘中悲思堕泪也。"②这正与"南风无处附平安"同一表示相思之意。集句者缀集在一起,意思上很妥帖。而中间两联呢,"愿得句芒索青女,岂知孤凤忆离鸾""桂宫留影光难取,蜡炬成灰泪始干"原都是男女相思的情境。这四联诗合而为一,成一整体。

　　不论是对仗的艺术,还是衔接的艺术,说到底都是文本补缀的艺术。

四、通往"意义"之路:集句诗的"机会主义"

　　当一个集句者解决了押韵、对仗、衔接等技术问题的时候,一首集句诗便诞生了。但到目前为止,我们只论述了文本的连缀问题,而不曾作为一个整体来讨论。当作为一个整体的时候,我们就必须面对诗的意义问题。当然,诗可以不追求或没有任

---

① 王以慜:《杂忆》,《檗坞诗存别集》卷上,张明华、李晓黎编《近代珍稀集句诗文集》,第384页。
② 李商隐著,冯浩笺:《玉溪生诗集笺注》卷三,上海古籍出版社1979年,第672页。

何意义。但只要集句创作者主观上保留了诗的叙事、抒情等功能，那么诗的意义就仍是一个问题。事实上，上文尽管会对某一句、某一联集句诗作字面上的或直观上的赏析，但一直在回避意义问题。出于这一点，前文在列举诗句时，甚至都不注明作者或题目，而仅仅用数字标示，以免分散我们的注意力。现在是该回到集句诗的意义问题上了。

文艺学上，作品的"意义"问题，迄今尚在讨论之中。从 20 世纪流行的"新批评"开始，衍申出了各种论题，如"意义"与"意图"之辩，"作者"与"读者"之辩，"文本"与"作品"之辩，都具有相当的深度。显然，这不是本文所要致力解决的。因此，这里须略作说明。本文所谓意义，主要根植于中国古典诗学传统。笺注家在笺注李商隐诗的时候，会指出某诗是为思念青楼女子而作，某诗是为牛李党争而作，某诗是为某一藩镇的割据而作，如此等等，不一而足。探讨集李诗的意义，就是在这个层面上展开。

明许学夷《诗源辩体》云："商隐七言律，语虽秾丽，而中多诡僻。"①集李诗同样带有这一特点。在李商隐的诗世界里，一句、一联之于全诗，在情调、氛围上的作用要较意义、内容上的作用为大。陆昆曾《李义山诗解凡例》也说："诗自六朝以来，多工赋体，义山犹存比兴。读者每就本句索解，不特意味嚼蜡，且与通篇未免艮限列眢。"②唯其如此，作者在创作一首集李诗的时候，不必拘泥于一字一句的指涉。作者需要做的是保持一首集句诗自身的和谐、连贯。在这一进程中，他琢磨怎么去赋予集句

---

① 许学夷：《诗源辩体》卷三〇，人民文学出版社 2001 年版，第 289 页。
② 陆昆曾：《李义山诗解凡例》，《李商隐研究资料汇编》，第 504 页。

诗以意义,或者更确切地说,暗示自己的意图。为此,下文将以许宝蘅的集李组诗《庚寅以后杂诗》为例作出论述。

许宝蘅的《庚寅以后杂诗》共由八首诗组成:

1. 从来系日乏长绳,水去云回恨不胜。欲舞定随曹植马,路人遥识郅都鹰。空闻虎旅传宵柝,不会牛车是上乘。曾是寂寥金烬暗,一桥春露冷如冰。

2. 谢家离别正凄凉,柿叶翻时独悼亡。蜡照半笼金翡翠,新春催破舞衣裳。十年泉下无人问,一盏芳醪不得尝。却忆短亭回首处,未妨惆怅是清狂。

3. 四望高城落晓河,离情终日思风波。桂宫留影光难取,玉辇忘还事几多。桃绶含情依露井,草堂归意背烟萝。兰亭宴罢方回去,兼忘当年旧永和。

4. 湘竹千条为一束,含烟带月碧于蓝。郎君官贵施行马,旧主江边侧帽檐。夜半宴归宫漏永,九重谁省谏书函。水文簟上珊瑚[琥珀]枕,未必金堂得免嫌。

5. 玉山高与阆风齐,不是花迷客自迷。前日未开他日谢,碧云东去雨云西。于今腐草无萤火,可是苍蝇惑曙鸡。谁向刘灵天幕内,寒暄不道醉如泥。

6. 三十三天长雨花,不妨何范尽诗家。平明赤帖使修表,岂得珍珠始是车。谁惮士龙多笑疾,惟教宋玉擅才华。崇文馆里丹霜后,终古垂杨有暮鸦。

7. 芳桂当年各一枝,西州今日忽相期。不知腐鼠成滋味,惟与蜘蛛乞巧丝。榆荚散来星斗转,鬓丝休叹雪霜垂。自探典籍忘名利,莫枉长条赠所思。

8. 风露凄凄秋景繁,凤巢西隔九重门。维摩一室虽多病,外戚封侯自有恩。桂树一枝赏白日,月楼谁伴咏黄昏。
虽然同是将军客,浊水清波何异源。①

许宝蘅(1875—1961),字季湘,晚号夬庐,浙江杭州人。举人,
宣统间任军机章京、内阁承宣厅行走。曾供职北洋政府。1932
年伪满洲国成立后,任执政府秘书等职。1939、1940 年之间,辞
官归隐,往返长春、北京之间,最后隐居北京。中华人民共和国
成立后,随着中央文史馆的成立,他被聘为馆员。此诗题作《庚
寅以后杂诗》,表明组诗是作于 1950 年以后。许宝蘅的其他集
李诗作,从未有过类似题目。"庚寅"二字具有导向作用,是互
文性理论中典型的所谓副文本(paratext)。庚寅即 1950 年。配
合全诗的解读,可知这组诗是写溥仪的。

　　1945 年 8 月,日本投降,溥仪被俘虏至苏联。1950 年即庚
寅年 8 月溥仪被押解回国,在辽宁抚顺战犯管理所接受改造。
第 1 首诗中"路人遥识郅都鹰"提供了最有效的信息,当是指溥
仪被共和国官员押解回东北抚顺。按郅都鹰,典出《史记·酷
吏列传》:"汉郅都,孝景时为中郎将,敢直谏,面折大臣于朝。
后迁为中尉,行法严酷,不避贵戚,列侯宗室见之畏惧,侧目而
视,时号为苍鹰。"这里可能是指押解溥仪回国的共和国官员;
也可能是指与溥仪被一道押解回国的伪满旧臣②,从而暗指、代
指或兼指溥仪。东北正是溥仪的故地,所以"路人遥识"。第 2
首甚至全篇难以索解,只有一种清冷的氛围;只有当我们确定这

---

① 许宝蘅:《许宝蘅先生文稿》,第 142—143 页。
② 1950 年 8 月 1 日,溥仪与其他满洲国 263 名"战犯",在绥芬河由苏联政府
移交给中国政府。随后,他们被送到抚顺战犯管理所,受思想再教育与劳
动改造。

组《庚寅以后杂诗》是写溥仪的时候,我们才会想象这首诗是写溥仪的,至少与他相关。那么,这首诗就是许宝蘅想象溥仪重回东北,触景伤情,悼念死去的皇后婉容(1906—1946)。婉容在日本投降之后被解放军的游击队俘虏,释放后不久,卒于吉林省,葬地不明。时为1946年。溥仪被囚在苏联的监牢之内。此诗"十年泉下无人问"是虚指,皇后婉容去世还远不到十年,但一代皇后,后事凄凉,的确当得上"无人问"三字。第3首的"玉辇忘还事几多"、第4首的"旧主江边侧帽檐",亦是各诗的有效信息,盖"玉辇""旧主"都符合溥仪身份。第5首"于今腐草无萤火"、第6首"终古垂杨有暮鸦"向我们提供了关于朝代兴亡的消息——这同样切合溥仪。

第7、第8两首,比较费解。组诗题作"庚寅以后杂诗",暗示我们这组诗不全是写于1950年,而是此后陆续写成;或者说,这组诗依次记述了1950年以后的各种事件、情感。第7首"芳桂当年各一枝,西州今日忽相期"也许指溥仪与自己居然又一同来到了北京,那么就是1959年溥仪遭特赦以后的事了。这一年12月13日许宝蘅在日记中写道:"公孚来谈,旧主已于前数日来京,现住其四妹夫万嘉熙宅,嘉熙现在市民政局工作,指明由其个人关系迎接,挽留同住,行动皆可自由,仅有身着棉衣裤,此外一无所有,现由涛七(载涛)给旧外套一件,由诸妹为置鞋袜等物,孑然一身,无家可归,此诚有史以来所未有之创局矣。公孚拟往一见。"①假如的确如此,那么第8首"虽然同是将军客,浊水清波何异源"就是说现在溥仪与自己虽然身份不同(溥仪是新近被特赦的战犯,自己则是中央文史馆馆员),但同是共

① 许宝蘅:《许宝蘅日记》,中华书局2010年版,第2026页。

和国的"客人"了。

有了上述铺垫,下面想以《庚寅以后杂诗》为例,展示在一般情况下"集句诗"的意义是怎样生成的,或者说怎样被赋予的。让我们重新回到组诗的第1首:"从来系日乏长绳,水去云回恨不胜。欲舞定随曹植马,路人遥识邺都鹰。空闻虎旅传宵柝,不会牛车是上乘。曾是寂寥金烬暗,一桥春露冷如冰。"这首诗当中最富于消息或暗示性的是"路人遥识邺都鹰"一句,而且这亦是我们锁定了题目"庚寅"二字、参考了组诗中其他各首"玉辇""旧主"等词语后同时作出的判断。其他各句像"从来系日乏长绳""水去云回恨不胜""欲舞定随曹植马""空闻虎旅传宵柝""不会牛车是上乘""曾是寂寥金烬暗""一桥春露冷如冰",无论哪一句都没有直接提供足够有效或明确的信息(并非完全没有),它们的首要任务是构成一首完整的集句诗,并营造出"悔恨""凄冷"的大致情调或氛围。假如集句创作者期待自己的诗被人理解的话,那么他要考虑怎么放出有效的、富于暗示性的信息,组诗第1首的"路人遥识邺都鹰"就是。反过来,当这一点被锁定之后,这首诗中其他各句的意义(不管深浅、厚薄、有无)才成为可能,比如"从来系日乏长绳,水去云回恨不胜"大概就是指溥仪的伪满复辟事业付诸东流,而且自己也身陷囹圄,悔之无及。

理论上,集句诗可以做到每一句都"言之有物",但这并不总是发生;而且即便如此,毕竟这是诗的语言,想要被人理解,作者仍然需要卖一个最有效的"破绽",或者说,留一个最有力的"线索",来展示自己的意图。要做到这一点,八句诗之中,只需两三句甚至一句承载足够的有效信息就可以了。那么其他各句呢?可以有明确的意义,但这不可苛求,它们首先要负责成为一首诗。事实上,组诗的第1首中,"不会牛车是上乘"是一句佛典,与溥仪有多大关系呢? 作者当然有权利辩解或澄清,这句诗的确表达了某个意思,并不是勉强插入,好与"空闻虎旅传宵柝"作对的。由于文本在意义上的延展与多歧性,以作者的权威,它肯定能说服读者。那我们再来看这第1首的最后一联:"曾是寂寥金烬暗,一桥春露冷如冰。"这种意象与表达更具开放性,往往易人、易时、易地、易事而可用。读这一联,我们确切感受到这是写溥仪现而今的境遇,在这里绝无半点违和。然而,比起"路人遥识郅都鹰"来,我们仍然必须承认,这几句诗并无不可替代性,也没有多大标志性。有一点则是确切无疑的,它们参与构成了一首完整的诗。

因此,集句诗的创作者往往还是一个十足的"机会主义者",他缺乏一个坚定的自我——他本来就寄人篱下。集句者是在虚与委蛇、半推半就之中寻找机会,留下致命的一个密钥,来凸显他笔下集句诗的意义或意图。事实上,这仍然要回到上文的一个议题:文本总是蠢蠢欲动。你不可能随时随地操控它,把坚实的意图或意旨加诸其身,因此要懂得让步,懂得"循循善诱"、和谐共处之道。集句有这样的机制,那其他的一切形式的文学创作呢? 这是个大的问题。

作者简介

潘静如(1986—   ),男,江苏灌南人。北京大学中文系博士毕业,现任中国社会科学院文学研究所助理研究员。主要研究近代诗学,旁及金石艺术史。

王夫之"诗象其心"诗学观

纳秀艳

【摘要】"诗象其心"是王夫之在《诗广传》中阐释《诗经》祭祀时提出的诗学命题,即"诗者,象其心而已"。这一诗学命题,包涵两方面的内涵:即诗人(祭祀者)心中之"象",与读者(与祀者)在阅读(吟诵)过程中感受到神之"象"。两"象"辉映,从而使诗歌获得了超凡的特质。无论是诗人所绘之象,抑或读者心中之象,皆由心灵之所感而生。心灵与理智不同,它的纯净、绝俗决定了超凡的能力。"诗象其心"的诗学意义在于揭示心灵是诗歌创作的源泉。探究这一诗学命题的意义,在展示船山丰富诗学思想的同时,体会王夫之《诗经》学诗学体系的复杂性与其哲学思想的密切相关性。

【关键词】王夫之 《诗广传》 诗象其心 《诗经》学 诗学观

《诗经》采用抒情与叙事相结合的表达方式,善于描摹物象。尤其是《大雅》和《颂》中的祭祀诗,用暗示性的叙述语言描摹"神"之象,达到了虚写神象的神秘境界。王夫之认为祭祀诗所绘神之"象"是由主祀者和与祀者共同塑造。故而解读祭祀诗歌,则要求读者通过吟诵,以心灵感受诗歌所描绘的"神"象,与诗人心之"象"相呼应,实现对"神象"的体认。"诗象其心"这一诗学命题,涵盖了诗人之象和读者之象。诗人心灵之象乃为诗之本象,读者心灵之象,是诗之再象。然而,无论是何种"象",皆是在感悟的作用下的以完成。

一、诗绘神之"象"

《大雅·文王》是一首叙述周文王德业的祭祀诗。全诗在特定的祭祀氛围中描摹文王的神异形象和灵异特征。"文王在上,于昭于天。""在上",指文王灵魂化而为神,居于上界;"于",赞美之叹词;"昭"显现。两句诗描写出文王的灵魂在天界的朦胧之象。"文王陟降,在帝左右"二句,描写文王灵魂在天界所处的地位,他伴随天帝左右,或陟或降。"亹亹文王,令闻不已"中,"亹亹",勤勉貌,《毛传》:"亹亹,勉也。""令闻",美的声誉,描摹文王勤勉于政的形象。"穆穆文王,于缉熙敬止","穆穆",《毛诗正义》云:"穆穆,美也",朱熹《诗集传》曰:"穆穆,深远之意",描写文王庄严和善之貌。诗人似有一双天眼,洞见在上的文王之灵,描绘出文王灵魂在上界显赫的地位、美好的声誉以及庄重和善的形象。其实,文王在天界的形象和地位,恰是周人心中文王之"象",这正是王夫之所谓"诗象其心"诗学观成立的基础。

然而,文王之灵不能够被凡人的感官所知,他是"以虚幻无定的形式存在于人们的心灵中"[1]。那么,诗歌如何能象其心呢?邬国平先生认为:"人们只能通过自己的想象才能与它们接近。因此,人们要经常想到天意神灵的存在,心怀敬畏,谨慎处事,而诗歌致使将人们心中这种想象和感觉给予形象的展示

---

① 邬国平、王镇远:《清代文学批评史》,上海古籍出版社 1995 年版,第 63 页。

而已。人类的想象力并不必然地导致宗教,但是宗教的存在却离不开人类的想象力。在运用想象力这一点上,诗歌创作与传布宗教有一定相似之处,而庙堂诗更是将两者结合成了一体。"①显然,邬先生以"想象力"来诠释王夫之"诗,象其心"的诗学意义,这是很符合传统诗歌理论的解释。

王夫之认为"诗,象其心",重在于"心",而非"象"。诗歌的作用在于表现诗人心中之象,即主观之象。对于具体可感之物,心象则明。即使是不见其貌,因其客观存在,亦是实有之象,如"昼不见星而知有星、夕不见日而知有日;虽然,犹有数也。方诸无水而信其水,柘无火而信其火;虽然犹有类也"②。"数"是规律之意,"类"为物类。在王夫之看来,这些客观存在的规律或事物,虽不见,心却能依据"数""类"而象之。诗如何呈现出神灵之象呢?王夫之归之于"心"。他说:"奚以信文王之'于昭于天'乎?求之己而已矣。"③幽冥之神灵虽无形无象,亦无数无类,但有"气",故而求之诗人之心而得其象:

> 虽然,亦奚数之不可数,类之不相应者乎?形有数,理未有数;理无数,则形不得而有数。气有类,神未有类;神无类,则气不得而有类。是故由形之必有理,知理之既有形也;由气之必有神,知神之固有气也。形气存于神理,则亦可以数数之,类应之也。故曰:"文王在上,于昭于天",觌

---

① 邬国平、王镇远:《清代文学批评史》,第63页。
② 〔明〕王夫之:《诗广传》卷四,《船山全书》第三册,岳麓书社2011年版,第438页。以下仅注页码。
③ 〔明〕王夫之:《诗广传》卷四,《船山全书》第三册,第438页。

其形,感其气之谓也,是以辞诚而无妄也。①

王夫之经过缜密的逻辑推理,一方面申述"神""气"的密切关系;另一方面说明,通过诗心,文王之象可"觌其形,感其气"。

抛开想象思维的模式,会发现王夫之所强调诗人之"己心",则是虚空之心,是活泼泼的诗心,是摈弃了一切繁杂俗物的虚静之心。惟有此心,方可凝神静思,"象"则自生,这与庄子所言的"虚室生白"有相似之处。只有"在弃绝了已然定型化、僵化的知见之后,人与宇宙全方位、全身心的接触才可能恢复,在这种空灵莹洁的心境中,肉体、心智表面的静止恰是'灵'的舞蹈、活泼生机的流动运行之时。在超越的灵视中,万物森严的界限全皆打破、通融在一起"②。这种超越的"灵视",能够"觌其行,感其气"。

如果说"诗象其心"与想象有共性的话,那也是"通过智性从灵魂的本质中流泻出来,而外部的知觉也是通过想象产生于灵魂的本质之中"③的特殊思维,是富有灵性的、悟性的心灵活动,它是超然于一般文学想象力的思维活动。

因此,不能因为王夫之哲学思想有"唯物"倾向,而漠视其《诗经》学诗学的神秘性特征。诚如邬国平先生所说:"关于王夫之对艺术想象的认识在过去是被人们引起误会或不被普遍重视的内容,产生这种现象的原因或许与过去学术界过于机械地评价他的哲学的'唯物'倾向有关。当然这是偏颇失时的。在

---

① 〔明〕王夫之:《诗广传》卷四,《船山全书》第三册,第438页。
② 毛峰:《神秘主义诗学》,生活・读书・新知三联书店1998年,第45页。
③ 张思齐:《论王夫之关于〈诗经〉中的灵性思维的思想》,《齐鲁学刊》,2003年第4期,第78页。

王夫之的诗歌理论中,想象虽然不算是丰富的部分,却也是重要的一部分。"①其实,所谓"唯物",是属于马克思主义的哲学范畴,将王夫之的哲学思想断然归为"唯物"主义范畴,显然有一定的不合理处。王夫之追慕"张横渠之正学",亦能够"参伍于濂、洛、关、闽"②之学,其哲学思想有其复杂性,不能用"唯物"的概念将其"纯粹化"。因此,王夫之哲学思想的祛"唯物",意味着揭橥其诗学的非"唯物"色彩。这样,"诗象其心"的诗学命题也才能真正落到实处。

二、心感诗之"象"

王夫之认为,诗歌描绘出诗人心灵中"神"之象,这只是完成了"诗象其心"的一个环节。因为,宗庙祭祀仪式,需要有众人参与。所以,解读祭祀诗歌,就要求读者通过吟诵诗篇,以心灵感受诗歌所描绘的"神"之象,与诗人心之"象"相呼应、相互动,真正意义上完成对"神"象的描绘与体认,这样,才能真正体会到祭祀诗的魅力所在。诚如袁愈宗博士所言:"诗歌通'神'要经过两个步骤:首先是诗人通过构思、想象,用语言把心之'神'描述出来,然后诵诗者(或听众)再通过对语言的感受,形成形象,完成对'神'的认识。"③这是卓见之论,符合诗歌生命完成的程序,即创作与接受。换句话说,祭祀者心之所"象",若无

---

① 邬国平、王镇远:《清代文学批评史》,第 64 页。
② 王敔:《大行府君行述》,王夫之:《船山全书》第十六册,岳麓书社 1992 年版,第 81 页。
③ 袁愈宗:《〈诗广传〉诗学思想研究》,山东师范大学博士论文,2006 年 4 月,第 110 页。

观众(或听众)对其的积极响应,仪式中对神灵之象的描摹就无
法完成,也会影响对神灵的召唤力。故而,诗人心中之"象",与
众人心中之"象"的呼应中,神才显现其完美之"象",祭祀者与
成员随着音乐,在两"象"融汇之境界中,如痴如醉,进入一种神
秘的幻觉状态,从而达到祭祀的效果。

对于从者心象神灵之"象"的过程与效果,王夫之有着独到
的见解,他在《诗广传》卷五之《论执竟》中说:

> 入其庙,践其位,行其礼,奏其乐,无一之不合于漠,而
> 后与其神浃也。其尤者,则莫甚于髳髯之心,咏叹之旨也。
> 从空微而溯之,溯当日之气象而仪之。功由是以兴,道由是
> 以建。斯先王之所以为先王者乎!方求之,胡弗即此以求
> 之也。①

宗庙祭祀的特点就是要全身心地投入其中,祭祀仪式上,随
着音乐响起,营造出肃穆神秘的氛围。在此氛围中,主祀者与从
者(吟诗)的心中呈现出神之"象",且与神灵浃洽融合,达到人
神交流的境地。其实,从诗歌的功能而言,创作诗歌是诗人抒情
的过程,而吟诵是读者抒情的途径。吟诵史诗,不仅是抒发情感
的过程,即"而且还可以进一步加强对本民族的责任感。"②同此
一理,吟诵诗歌的过程,也是对诗歌形象的再一次描绘。在吟诵
中超越现实的处境,思维进入神性的世界。因此,诗歌"提供了

---

① 〔明〕王夫之:《诗广传》卷五,《船山全书》第三册,第490页。
② 〔德〕汉斯·罗伯特·耀斯:《审美经验与文学解释学》,顾建光、顾静宇、张
乐天译,上海译文出版社,1997年,第3页。

一条通往充满英雄业绩的虚幻世界的途径"①。

除此之外,吟诵诗歌,能够使人忘却当下的境遇,而获得身心愉悦,这是诗歌的审美功能所决定。周人祭祀先祖的目的,除了歌颂先祖的功德之外,祈求先祖神赐予福佑,摆脱艰难的现实困境,这是祭祀的意义所在。怀着这个目的,在宗庙中参与祭祀,聆听音乐或吟诵诗歌,也就更容易幻想到先祖神的伟大。对于诗歌或音乐的功能,耀斯指出:

> 公众在聆听诗歌或音乐,或者凝视"大教堂中图画圣经"的那些画面时,就能够逃脱那个愚昧的、被千古不变的教条统治着的封闭世界,那么,他们必然会怀着一种特殊的激情,体会到由一个幻想的英雄世界所引起的那种神魂颠倒的心境。②

的确,这一观点颇能启发我们对王夫之诗学观的理解。在祭祀特定的氛围中,在主祀者与众人的合作中,完成了祭祀仪式,实现了"功由是以兴,道由是以建"的祭祀目的。王夫之认为,在这种极具神秘氛围的祭祀活动中,对神灵"象"之描摹是其关键:

> 故祀文王之诗,以文王之神写之,而文王之声容察矣;祀武王之诗,以武王之神写之,而武王之声容察矣。言之所撰,歌之所永,声之所宣,无非是也。文王之神:肃以清,如

---

① [德]汉斯·罗伯特·耀斯:《审美经验与文学解释学》,第3页。
② [德]汉斯·罗伯特·耀斯:《审美经验与文学解释学》,第3-4页。

其学也;广以远,如其量也;舒以密,如其时也;故诵《清庙》《我将》而文王立于前矣。武王之神:昌以开,如其时也;果以成,如其衷也;惠以盛,如其猷也;故诵《执竞》而武王立于前矣。①

祭祀先王时,以诗写其神,使人想象其声,描摹其容。吟诵诗歌,心绘其象,如在眼前。诗的抒写方式,与众不同处,正在写之以神,而非描之以形。神出,而声容察。然而,诗所写之"神",虽具朦胧幻化之兆,却也鲜明如睹:文王之神,肃以清、广以远、舒以密;武王之神,昌以开、果以成、惠以盛。而其象之所得,在于诵诗时,由心所感诗之神而象生。那么,"诵《清庙》《我将》而文王立于前矣""诵《执竞》而武王立于前矣"。祭祀仪式最高的境界,即是在钟鼓磬管之合乐中,先王彰显神灵,接受子孙之飨,祭礼告成:

钟鼓载之,喤喤焉;磬管载之,将将焉;威仪载之,简简反反焉;醉饱载之,无不载焉。见其在位,闻其声,闻叹息之声,即其事,成其诗歌,亦既见之于斯,闻之于斯矣,此所谓传先王于万年而不没者也。故曰:"唯孝子可以享亲。"②

在钟鼓齐鸣,磬管同奏的盛大仪式上,祭祀者心绘先王之"象",与祀者感诗而心生"象",众人如见其在位,如闻其声,甚至闻其叹息之声。在一派肃穆庄严的气氛和神秘莫测的氛围

---

① 〔明〕王夫之:《诗广传》卷五,《船山全书》第三册,第490—491页。
② 〔明〕王夫之:《诗广传》卷五,《船山全书》第三册,第490—491页。

中,人神共娱之境中,礼成事毕!

在这里,我们发现,诗以神秘的、留下巨大空白的方式、诉诸静默和感悟的方式告诉人类,在神秘的神灵面前,一切言说都是徒劳,只有用沉静清明的心灵感悟、想象、体会无限世界的真相,用心灵去把握人类社会之外的真义,"即以自己的心灵去体会、去领悟、去想象宇宙的本质和意义"①一样,去感悟神灵的力量、想象神灵的形象、体会神灵的魅力。只有忘记语言、放下识见、摈弃智慧,人的心灵最终与神交融。诚如著名神秘主义学者(伪)狄奥尼修斯说言:"我的论证从在下者向超越者上升,语言便力不从心;当它登顶之后,将会完全沉默,因为它将最终与不可描状者合为一体。"②

那么,王夫之在《诗广传》中,就祭祀诗而提出的"诗者,象其心而已"的诗学命题的意义在于:心灵的神秘力量是诗歌的源泉。心灵与理智不同,它的纯净、绝俗决定了超凡的能力,心灵"因弃绝眼光和知识才看得见,并知道了那超过一切眼见和理解的事(因为这把我们机能都停息了才委实看见和委实知道);又使我们可供奉超越性的赞美诗给那超越万有的他。这样,我们可以看到那原为万物之光所遮蔽的、伏在一切存在物中的超本质的幽暗"③。

---

① 毛峰:《神秘主义诗学》,第 44 页。
② (托名)狄奥尼修斯著,包利民译:《神秘神学》(中译本导言),商务印书馆 2012 年版,第 1 页。
③ 毛峰:《神秘主义诗学》,第 44 页。

三、感悟思维的作用

如前所述,王夫之"诗象其心"诗学的核心是"心",它是万象之源。而心象之获得,则通过或"悟"而来。故而,"感悟"是实现"诗象其心"的媒介,也是该诗学的基本内涵。

感悟,是构成中国诗歌诗学体系的基本命题之一。杨义先生在《中国诗学的文化特质和基本形态》一文中对中国诗学体系有着十分精辟的见解,他指出:

> 中国诗学是"生命—文化—感悟"的多维诗学。它的基本形态和基本特征,是以生命为内核,以文化为肌理,由感悟加以元气贯穿,形成一个完整、丰富、活跃的有机整体。由此可以派生出比兴(隐喻)、意象、意境和气象等基本范畴,从而在不同层面和不同方式上作为生命与文化的具有东方神韵的载体,作为感悟进行贯穿运作的基本方式。由于它是多维诗学,不同纬度之间可以多姿多彩地交融,互蕴互动,形成丰富的内在审美张力和多义性的互相诠释的可能。[1]

可见,在多维的中国诗学体系中,"感悟"是其中最活跃的元素,也是最富东方神韵的诗学。"感悟"作为一种诗性哲学,与道家思想、佛学思想有着千丝万缕的密切关系。然而,在其发展中亦不断受到儒家思想、易学思想、心学思想等的影响,使其

---

① 杨义:《重绘中国文学地图》,中国社会科学出版社 2003 年版,第 55 页。

逐渐成为极富中国文化精神的诗学思想。因此,"感悟是在中国具有丰厚的文化资源的土地上,借助印度佛教内传而中国化的行程中,滋生出来的一种诗性哲学"①。斯言诚是。

就诗学而言,体道、悟禅需心灵之悟。由体道、悟禅的感悟思维到诗歌创作与鉴赏的感悟诗学,二者之共同点即在于"心"。"悟"从"心",是心为吾心,吾心则运"情思",与万物相接,即刻"识解明通后,随处皆成真实,又何幻妄之非真也"②。这是清代戴熙论画时所言,"识解明通"就是"妙悟"之意,是心灵的即时知道。学诗与学道、参禅在思维方式,都与"悟"相同。戴熙也强调"识解明通"的妙悟所得,非符合逻辑推理的物理,亦非客观存在,而是一种"幻"(幻象),"幻也是真实"③。所以,"悟"得之象与逻辑推理之象不属于同一层面。它是一种诗意的、神秘的、美丽的妙不可言的感受。严羽指出:"大抵禅道惟在妙悟,诗道亦在妙悟……惟悟乃为当行,乃为本色。"④诗歌创作与欣赏,始终要保持一颗明净而灵动的心灵,与万物交融,与诗意际会。

"感悟"作为一种思维模式,是一种瞬间的呈现,或灵光的闪现。它是非理性的思维方式,不以逻辑见长,不以分析推理为据,而是瞬间心物相通的感动与酣畅。美学家朱光潜先生从心理学的角度认为:"依心理学的分析,人类心思的运用大约取向两种方式:一是推证的、分析的、循逻辑的方式,由事实归纳成原

---

① 杨义:《感悟通论》,人民出版社 2008 年版,第 93 页。

② 〔清〕戴熙论画语,参见朱良志著:《真水无香》,北京大学出版社 2009 年版,第 35 页。

③ 朱良志:《真水无香》,北京大学出版社 2009 年版,第 35 页。

④ 〔宋〕严羽撰、郭绍虞校释:《沧浪诗话》,人民文学出版社 1961 年版,第 12 页。

理,或是由原理演绎成个别结论,如剥茧抽丝,如堆砖架屋,层次
线索,井井有条;一是直悟的,对于人生世相涵泳已深,不劳推理
而一旦豁然有所彻悟,如灵光一现,如伏泉暴涌,虽不必有逻辑
的层次线索,而厘然有当于人心,使人不能不否认为真理。"①这
是在跨文化视野中,对中国式的感悟思维所作的形象生动的
阐释。

诚然,感悟思维不仅是诗歌创作的基本思维模式,也是说诗
的基本途径。以感悟说诗,在中国诗论中屡见不鲜。然而,值得
引起思考的是,"感悟说诗,主要是解说唐、宋及其以降历朝诗,
通常也会上溯到东晋南朝。至于《诗经》,已有毛序、郑笺、孔
疏、朱传,附会周史,陈说六义,成说甚深,端成模式,因而任何新
的思想理论的介入,都会视同入侵,都会受到根深蒂固的诗教诗
规的排斥,甚至被视为异端"②。杨义先生所言极是。自汉代
《诗经》被拉入经学的门墙后,直至明代前期,在漫长的历史时
期,汉唐《诗经》学牢牢把握说诗话语权,确立以经学说《诗》的
经典模式,认为"他经可意会,诗则不涉意想"③。代代因袭,不
敢越雷池半步,鲜有人以"感悟"说《诗》。但是,随着明代文学
说《诗》风气的兴起,以"臆"说《诗》始见端倪,以王守仁《诗经
臆说》为代表,演成一时潮流。所谓"臆",有"推测"之意,即以
主观为主的妄以臆度。这种全凭主观的臆说思维模式,与感悟
思维模式有一定的相关处,即不受外界影响,而注重内心体悟。

如果说,明代《诗经》文学阐释派,以"臆"越经学说《诗》之

---

① 朱光潜:《随感录》,《朱光潜全集》第九卷,安徽教育出版社 1993 年版,第
396 页。

② 杨义:《感悟通论》,人民出版社 2008 年版,第 69 页。

③ 《四库全书总目提要》卷十七,《诗类存目》。

门墙的话,而王夫之"诗象其心"所蕴含的感悟诗学思想,是打破经学话语霸权禁锢《诗经》的先声。如前文所述,"诗象其心"这一诗学命题,涵盖了诗人之象和读者之象,源自诗人心灵之象,是诗歌的本象;读者心灵之象,是诗歌的再象。这是文学的创作与再文学接受的问题,二者共同之处在于"心之象"。"象"之所成无不心悟神从,言忘意得。王夫之在《诗广传》之《论那二》时说:

> 今夫鬼神,事之不可接,言之不可酬。髣髴之遇,遇之以容;希微之通,通之以音。霏微蜿蜒,嗟吁唱叹,而与神通。①

在这段话中,王夫之用"髣髴之遇"一语,来形容神灵依稀仿佛之"象","髣髴",邈遥、隐约、依稀之意。凡古诗文描写依稀仿佛之态,常用"髣髴"形容,如屈原《楚辞·远游》:"时髣髴以遥见兮,精皎皎以往来。"曹植《洛神赋》:"髣髴兮若轻云之蔽月,飘飖兮若流风之回雪。"唐李绅《华山庆云见》诗:"依稀来鹤态,髣髴列仙羣。"清代叶燮《原诗》中评曹植《美女篇》时云:"意致幽眇,含蓄隽永,音节韵度皆有天然姿态,层层摇曳而出,使人不可髣髴端倪,固是空千古绝作。"②可见,"髣髴"一词,无论在诗歌或诗评中,其意为朦胧缥缈。

王夫之认为,鬼神髣髴神妙,可以舞容娱之,可以凭借音乐感之。必须资神遇,不可力求;必须心悟,不可目睹;可以意会,

---

① 〔明〕王夫之:《诗广传》卷五,《船山全书》第三册,第512页。
② 〔清〕叶燮撰,霍松林校注:《原诗》,人民文学出版社1979年版,第63页。

不可言说。在神秘的音乐氛围中,心灵感悟"霏微蜿蜒"之神象,"而与神通"。另外,王夫之强调祭祀仪式上音乐的作用和意义,但是,他也认识到乐仅仅是一个外在的介质,是营造神秘氛围的媒介。真正"与其神浃"者,莫过于心灵之悟。"入其庙,践其位,行其礼,奏其乐,无一之不合于漠,而后与其神浃也。其尤者,则莫甚于髣髴之心,咏叹之旨也。从空微而溯之,溯当日之气象而仪之"①。祭祀仪式上,若要达到人与神通的境界,"其尤者,则莫甚于髣髴之心,咏叹之旨也"。这里的"髣髴之心"是指一颗敏锐空灵、朦胧邈远、超然一切的心灵之境,展示了与枯索、僵化的经学诠释思维相反的,令人如沐春风的感悟思维模式。在这种感悟思维中,心灵可以从空灵微妙处求索,而仪其形象。

王夫之认为,虚幻无定的天意神灵,不能以人的感觉器官直接获得,而是存在于人的心灵中。心灵通过自由的"悟",不拘泥于貌似,而以神游,从空微幽眇处感受神灵的存在,以神灵之气象而仪其"象",在超验的层面上,体验神之灵异,从而超越人神之隔,实现"而与神通"的祭祀目的。他主张"神"象由心悟且仪之,其过程为自内而外,自近而远,自髣髴而通灵。这是诗人自觉地把自己的精神体验与感悟联系起来的表现。呈现出一种神秘、神圣、空灵的《颂》诗境界。从艺术鉴赏而言,王夫之此处所言,恰是以感悟思维鉴赏诗歌的经验。因此,《诗经·颂》肃穆神秘的艺术氛围,实在是感悟思维赋予的魅力。他在《诗广传》卷二之《论兼葭三》中,明确指出"妙悟"为"诗之宗"的诗学意义:

---

① 〔明〕王夫之:《诗广传》卷五,《船山全书》第三册,第490页。

> 回环劳止而不得,淡然放意而得之,为此说者众矣。逮
> 之于学,妙悟为宗,谓夫从事于阻长之途者举可废也……非
> 其时,非其地,非其人,惮溯洄之阻长,而放意以幸一旦之宛
> 在,是其于道将终身而不得,乃以邀一旦之颒光,矜有遇于
> 霏微缥缈之间,将孰欺哉!①

凡事孜孜以求而不得,淡然放意而得之。学诗亦如此,"妙悟为宗"。将意念之光放逐,心灵与霏微缥缈之灵异相逢,诗意之妙趣顿生。

基于上述分析,王夫之对祭祀诗的评论中,"感悟"思维贯穿其中。所以,感悟诗学亦是王夫之《诗经》学诗学思想的组成部分。他所运用的"感悟"思维模式,是对经学语境下铜墙铁壁"诗教"的一次挑战,在《诗经》学史上有着十分重要的意义。

首先,从诗歌创作和诗歌鉴赏层面,指出了《诗经》学的发展方向,即回归对诗的"感悟性本体认证"②。

其次,"诗象其心",所展示的感悟思维的诗学理论价值,远远超越其本身。它以"悟"彰显诗歌之趣,开启了以"悟"论《诗》的先河。

故而,在经学层累的《诗经》研究中,王夫之能够以"诗象其心"说《诗》,称得上是另辟蹊径,打开了窥《诗经》奥妙之另一扇窗,使后人感受到《诗经》的神奇之美。这足以显示出他不拘泥于传统,不畏于权威,力求创新的可贵精神。但他终究没能确立

---

① 〔明〕王夫之:《诗广传》卷二,《船山全书》第三册,第371—372页。
② 杨义:《感悟通论》,第58页。

以"感悟"体《诗经》的学说。王夫之认为,诗歌在追求"情"的同时,也要重视"理",情理相谐,情理并重,非理则无悟。他在《姜斋诗话》评《诗经》之《小宛》时说:

> 谢灵运一意回旋往复,以尽思理,吟之使人卞躁之意消。《小宛》抑不仅此,情相若,理尤居胜也。王敬美谓:"诗有妙悟,非关理也。"非理抑将何悟?①

可见,王夫之认为,诗亦可妙悟,然诗合于理。这样的思想基础,致使他对诗歌的"感悟"很难实现超然理性之"妙悟"。

王夫之"诗象其心"诗学观所蕴含的诗人之象、从者之象,以及"感悟"思维,并非漫无边际之遐想,也非毫无约束的猜测。他是秉承中国传统儒家思想的一位哲学家,而非泛神论者,他的极富神秘主义的诗学思想,也是基于宇宙本体论的哲学思想。他论《诗经》,"实际上,他仅是肯定符合情理的想象,而排斥种种荒诞的奇思异想"②。因为"修辞立其诚"始终是王夫之诗学的核心所在。

他认为一切"心象"皆出于"诚"。"修辞立其诚"语出《周易·乾卦·文言》,所谓"君子进德修业,忠信所以进德也。修辞立其诚,所以居业也。"是指君子言行与内涵的相统一的关系。《说文》曰:"诚,信也"。王夫之从哲学层面对"诚"多有论及,其主要观点如下:"诚者,天之道也"③;"阴阳有实之谓

---

① 王夫之:《姜斋诗话·诗绎》,《船山全书》第十五册,第 813 页。
② 邬国平、王镇远:《清代文学批评史》,第 65 页。
③ 〔明〕王夫之:《张子正蒙注》卷一,《船山全书》第十二册,第 25 页。

诚"①;"诚者,心之所信,理之所信,事之有实者也"②;"不妄者,气之清通,天之诚也"③;"诚者,天理之实然,无人为之伪也"④;"诚者天之实理,明者性之良能,性之良能出于天之实理,故交相致,而明诚合一"⑤。

上述王夫之对"诚"思辨集中在《张子正蒙注》中,要言之,"诚"包含两方面的含义,即"诚"为天道,是真实的存在,是万物遵循的规律;"诚"亦为人之道,它是心之良能(出于本然)的体现。无论是天道之"诚",抑或人道之"诚",皆出自天然无伪之本。王夫之认为"诚",不仅是穷"尽天地"的出发点,亦是穷"尽圣贤学问"⑥的立足点。关于王夫之"诚"的辨析,袁愈宗博士在其《诗广传诗学思想研究》一文中,有着详尽的论述,可以参考。

王夫之在《诗广传》中,在提出"诗象其心"诗学命题的同时,亦说明"唯其有诚",是一切"心象"之立足点,他认为:

> 耳所不闻,有闻者焉;目所不见,有见者焉。闻之,如耳闻之矣;见之,如目见之矣;然后显其藏,修其辞,直而不惭,达而不疑。《易》曰:"修辞立其诚。"唯其有诚,是以立也。卓然立乎前,若将执之也。⑦

闻耳所不闻之,见目所不见之,则于"修辞立其诚"。"唯其

---

① 〔明〕王夫之:《张子正蒙注》卷一,《船山全书》第十二册,第25页。
② 〔明〕王夫之:《周易内传》卷一,《船山全书》第一册,第62页。
③ 〔明〕王夫之:《张子正蒙注》卷一,《船山全书》第十二册,第19页。
④ 〔明〕王夫之:《张子正蒙注》卷三,《船山全书》第十二册,第136页。
⑤ 〔明〕王夫之:《张子正蒙注》卷九,《船山全书》第十二册,第372页。
⑥ 〔明〕王夫之:《读四书大全说》卷九,《船山全书》第六册,第995—996页。
⑦ 〔明〕王夫之:《诗广传》卷四,《船山全书》第三册,第437页。

有诚",万象皆立,卓然如立目前,清晰如手执。邬国平先生认为,"'诚'是一种儒家伦理道德化的真实观"①。源自于这样一种观念,王夫之"诗象其心"的诗学思想是最终落实在"诚"之上的儒家范畴的诗学观。至于《大雅·文王》所描述的:"文王陟降,在帝左右"之情形,为了避免解诗者将诗歌引向荒诞不经之径,故而必须立于"诚",方可规避:"亦殆与惝悦其词,荒诞而无惭,冥行而无疑者,相违不远矣。君子之所必察也,察之以诚。"②本于"诚",诚乃心之性,以诚心取万物之象,中于数而明于理。王夫之说:"昼不见星而知有星、夕不见日而知有日;虽然,犹有数也。方诸无水而信其水,槐柏无火而信其火;虽然,犹有类也。奚以信文王之'于昭于天'乎?求之已而已矣。"③这是人对符合客观规律事物运转的认知,是出于日常生活经验和内心感受,所以是真实的。一切事物皆有规律可循,"是故由形之必有理,知理之既有形也;由气之必有神,知神之固有气也。形气存于神理,则亦可以数数之,类应之也。故曰:'文王在上,于昭于天',觌其形,感其气之谓也,是以辞诚而无妄也"④。

王夫之"诗象其心"的诗学思想,徘徊在两难的尴尬处境。王夫之毕竟是一位儒家学者,儒家思想是他尊奉的核心思想。从某种程度而言,感悟思维是一种超越性的思维,它超越了儒家思想的范畴。所以,儒家思想,对于王夫之全然以"感悟"思维去体认《诗经》、阐释《诗经》,不能不说是一股阻力。然而,回归儒家"修辞立其诚"的思想,并不能影响船山诗学所展示的魅

---

① 邬国平、王镇远:《清代文学批评史》,第66页。
② 〔明〕王夫之:《诗广传》卷四,《船山全书》第三册,第437页。
③ 〔明〕王夫之:《诗广传》卷四,《船山全书》第三册,第438页。
④ 〔明〕王夫之:《诗广传》卷四,《船山全书》第三册,第438页。

力,也与他所积极追求"诗象其心"的诗学思想并不相矛盾。相反,它使我们看到了王夫之《诗经》学诗学体系的复杂性和其哲学思想的密切相关性。

作者简介

纳秀艳(1968—),女,土族,文学博士,青海师范大学教授,硕士生导师,中国《诗经》学会理事,中国语文报刊协会吟诵教学法高校工作委员会副主任。发表学术论文二十余篇,出版《王夫之〈诗经〉学研究》一部,主编《国文经典读本》教材一部,译著、合著著作三部。主持并完成国家社会科学基金项目一项,参与国家社会科学重大项目一项。《王夫之〈诗经〉学研究》获青海省第十二次优秀哲学社会科学成果三等奖,入选2020年青海省"高端创新人才千人计划"领军人才。

况周颐、赵尊岳"咏梅词"辑录

周　茜

【摘要】况周颐、赵尊岳的咏梅词并非传统意义上的咏物词,而是为梅兰芳以及"香南雅集"而作。况氏咏梅词在秦玮鸿校注、2013 年出版的《况周颐词集校注》中收有 53 首,并非全帙。赵氏咏梅词,笔者迄今所搜集到的共有 25 首,其中 12 首《清平乐》散佚在《申报·梅讯》中,未入集。这些作品一方面可以广泛地反映梅兰芳的艺术和生活,对于梅兰芳研究有着十分珍贵的价值,另一方面也显示出旧体诗词在"革命"与"现代"双重冲击下的顽强生命力,同时还可以观照那个新旧变革的时代,相当一部分清季文化遗民的生存状态和文化情怀。

【关键词】况周颐　赵尊岳　梅兰芳　"咏梅词"

本文的"咏梅词"非传统吟咏梅花的咏物之作,而是专门题咏酬赠梅兰芳的诗词。近代时期梅兰芳的"粉丝"难以计数,上至达官贵人、骚人墨客,下至贩夫走卒,梅郎所到之处,大有"举国若狂"之势。其中捧梅最得力、水平最高者是围绕在梅畹华周围的一批传统文人或清文化遗民,他们或编剧策划,或宣传报道,或出专集特刊,或吟诗词赞颂,可谓不遗余力。那时人们就把专为畹华创作的诗词称为"咏梅诗词",如 1918 年、1920 年出版的《梅兰芳》专辑中,收录了当时文人歌咏梅兰芳的作品,即称《咏梅诗词》,1919 年日文版《中国那剧与梅兰芳》也特地附有中文《咏梅集》,辑录歌咏梅兰芳的诗歌。清末民初大诗人的咏梅诗如易顺鼎的《万古愁曲》、樊增祥的《梅郎曲》,大词人的咏梅词如况周颐的《秀道人修梅清课》等,彼时彼地都产生了广泛的影响,对于成就青年梅兰芳的声名作出了重要贡献,只是在新文化的激流冲击下几乎被淹没了。

况周颐(1861—1926),字夔笙,号秀道人、蕙风等,为清遗民、晚清词学四大家之一。其弟子赵尊岳(1898—1965),原名汝乐,字叔雍,号珍重阁主人、高梧轩主人,为"大梅党"之一,著名词学家。20 世纪 20 年代梅兰芳多次赴上海演出,《申报》特辟《梅讯》专栏,日日为梅兰芳宣传报道,叔雍即为《梅讯》主笔之一。其间,赵尊岳三次邀请梅兰芳等聚会于赵氏家宅"惜阴堂",时称"香南雅集",莅临者皆文艺界名流,如画家吴昌硕、何诗孙,诗人陈三立、沈曾植、郑孝胥,词人况周颐、朱祖谋等。①这些耆老硕彦纷纷为年轻的梅郎绘画题咏,留下了大量咏梅诗词,并陆续刊载于《申报·梅讯》以及梅兰芳的专辑特刊中。况、赵师生俩共同捧梅痴梅,蕙风所题咏梅词为数量最多、质量最高者,其中好些作品不仅仅是"捧角"之作,而是"一生心事付吟梅""以家国托之于畹华之一身",堪称况周颐晚年代表作。

一、况周颐咏梅词辑录

《况周颐词集校注》(下文简称"校注本")为 2013 年出版的况周颐最新词集。据校注者秦玮鸿整理统计,况周颐有"85 首

---

① 参见周茜:《民国初期梅兰芳与沪上词学家交往考述》,《文艺研究》,2014 年 8 期。

咏梅词(计重出者),包括词集《秀道人咏梅词》21 首、《秀道人修梅清课》(下文简称《修梅清课》)53 首,而《菊梦词》另有咏梅词 11 首"①。实际上,准确计算不应该计重出者。30 首《菊梦词》中有《满路花》《减字浣溪沙》等 11 首作品,都收录在了《修梅清课》中,《秀道人咏梅词》则是《修梅清课》中《清平乐》组词的单独辑录本。因此《况周颐词集校注》一书所收咏梅词实际即《修梅清课》之 53 首。

　　然而,据《申报·梅讯》的多次刊载,况周颐所作咏梅词不止 53 首,达百余阕之多。2015 年出版的《况周颐年谱》从《申报·梅讯》中辑录出 21 首②,笔者亦反复查阅《申报·梅讯》,发现有 22 首未入校注本,为了方便学人对蕙风词进行全面深入研究,现依据《申报·梅讯》和《况周颐年谱》集中录入如下:

庚申二月二十七日　1920 年 4 月 15 日③

　　蕙风先生当代词宗,于剧场中匆匆调《清平乐》赠之(即梅兰芳),曰:

　　　　东风弦管,花底回青眼。文杏夭桃都看遍,争似素娥妆面。　　沧州少驻仙云,软红低尽香尘。珍重两潮声里,更听一曲阳春。

---

①　秦玮鸿:《痴不求知痴更绝 万千珠泪一琼枝——论况周颐与梅兰芳的交往及其咏梅词》,《河池学院学报》2005 年第 6 期,第 38 页。

②　郑炜明、陈玉莹:《况周颐年谱》,齐鲁书社 2015 年版。第 432 页录 1 首,第 443 页录 1 首,第 472—473 页录 11 首,第 475—476 页录 5 首,第 490 页录 2 首,第 491—492 页录 1 首,共计 21 首。又,2009 年出版过郑炜明著《况周颐先生年谱》,该谱未录这 21 首咏梅词。

③　因《申报·梅讯》中所称年月日都指旧历,故标出旧历、新历对照。

庚申三月二十六日　1920 年 5 月 14 日

连日载秀道人《西江月》,道人实填九,今始窥其全豹,呕录之。据道人自语,或更不止此也。(此日实录二首)

　　早被鹦嗔燕妒,谁知雨过星沉。醉时枕簟梦时衾,都付吟梅未稳。　　明月二分无赖,秋波一转难禁。东风将出海棠心,不抵玉人全盛。

　　伫月霓裳曲怨,隔江玉树歌沉。春愁一夜落寒衾,瘦损腰围稳稳。　　索笑笑声谁识,销魂魂小难禁。善财教服本无心,实副总然名盛。

壬戌五月二十日　1922 年 6 月 15 日

《清平乐》壬戌五月既望,甘翰臣约梅畹华、李雪芳集非园,盖《香南二集》以还,斯为盛会矣,索词得十一解(此日实录 5 首)。

　　岁寒芳意,把酒今何世。梅雪清缘天与缔,都付狂生狂醉。　　片霎锦绣乾坤,十年湖海心魂。花路不知南北,非园合是桃源。

　　买花载酒,倦极飘零后。桃自红肥樱绿瘦,已忍一春孤负。(今年不看桃花,并绿樱花亦未寓目)　　总然无主韶光,断无未断回肠。不分江关词赋,更为梅雪平章。

　　听风听雨,暂遗愁多许。把袖拍肩莺燕侣,下望人寰尘雾。　　蒨雪洒落梅边,媚兰腼腆人前。都到狂生醉眼,知他魏晋何年。

根蹯仙李,梅亦神仙尉。按谱群芳稽姓氏,各自天然名贵。　映雪梅更精神,洒兰雪亦温馨。省识芳心寸寸,南强北胜休论。

红筵促坐,花近香无那。对影琼枝非计左,明镜未应如我。(谦集与畹华对坐,雪接席)　天涯青鬓成丝,十年前已衰迟。容易芳风吹聚,匆匆见说将离。(雪芳明日之杭)

壬戌五月二十一日　1922 年 6 月 16 日

况词昨录五解,今更续录,据云不日当再由所作,以馈知音也。

为梅扶醉,是雪无如腻。莫笑衰翁为妩媚,清物人天能几。(或以饰边幅诮余,然而未也)　者回翠盖珠钿,从今碧海青天。说似最伤春处,绿荫如梦年年。

何时雪北,更续香南集。谁定输香谁逊白,等是情芳消得。　漫天飞絮游丝,狂杨送尽斑骓。占断南都北地,唯应石黛燕脂。

玉梅芳节,旧萝幺禽说。莲子有心须苦彻,何望嵊山甜雪。　二难何世曾并,三生著意无情。乞与当筵一顾,要他倾我愁城。

天花划地,絮亦沾泥矣。吹皱是风依是水,此是如如真谛。　无端兰茝芳馨,更堪冰雪聪明。忉利情天难问,眼中清浅蓬瀛。

霓裳旧谱,禁得蒿莱否。万一残鹃堪共语,商略英雄儿女。　江南事事堪哀,抽豪欲艳无才。生怕听歌看舞,却教赋雪吟梅。

壬戌五月二十五日　1922 年 6 月 20 日
况夔笙词宗为题《清平乐》一阙曰：

众香国里，天女非斯是。却被鬓天青鸟使，道是萼华仙子。　剧怜多病休文，维摩万一前身。画里真真唤彻，要他著手成春。

壬戌闰五月初九日　1922 年 7 月 3 日
秀道人咏梅词复得五阙录之(此日实录三首)

瑶京旧侣，因果皆兰絮。梦绿华来无定所，总在画堂深处。　尊前词客清狂，清平何止三章。分付柳丝千万，一丝一绾韶光。

蟾圆廿四，东海桑田矣。无恙年时锡咏地，深话二年前事。　婆娑诸老依然，何郎词笔人天。消得梅花怅恨，云山远思谁边。(何诗老于十日前遽归道山，前年为畹华画《香南雅集》《云山远思》二图)

香南雪北，著个伤心客。忉利情天经几摘，万一翠禽犹识。　本来如镜非台，花花相对何哉(非园、南园两集，道人与畹华对坐)。怕听虞兮怨曲，十年一剑堪哀。(道人海滨穷饿，足迹罕涉歌场，畹华南下逾兼旬矣，某夕演垓下故事，道人实始闻歌，豪行哀丝，红颜碧血，人天咸怆，掩泪而归。)

壬戌闰五月十一日　1922 年 7 月 5 日

日昨况先生五词但录其三,今特补之:

华堂倚席,玉映成春色。此日分阴须更惜,何止千金一
刻。　　暗香疏影词清,吟梅小晏知名。更有鸥波妙笔,琼
枝写入丹青。(叔雍公子能赋梅词,其小阮安之,工设色花
卉,尤喜画梅。)

添杯重把,杯沺人如画。群玉山头今见也,复约瑶台月
下。　　彩云捧袂仙仙,西风仞佩年年。晚卧未妨冰雪,余
情都付兰荃。

癸亥十二月初三日　1924 年 1 月 8 日

况蕙风词宗每于畹华来必有投赠之作,前后已百余阕,此遭
复有咏《缀玉集》及《湘妃奁》二首,为之先声,兹录之。《清平
乐》:

畹华阅厂肆得《缀玉集》,明蔡守白集《玉台新咏》句,与"缀
玉轩"名巧合,绝珍异之。

才情佳丽,巧制齐梁体。谁剪红情裁绿意,绝擅雕华逸
思。　　笺题越恁芳妍,美人恰有琼轩。移作缟衣清课,下
尘消得诗仙。

畹华得黄杨精奁,两面湘妃,所刻梅、兰各一枝,款署周义
刻,义,明人,公达云:曾见某书著录。

兰清梅倩,怀袖芳风满。佳识聚头如我愿,岁岁年年相

见。　　程材旧数夷陵(欧阳《六一赋·序》夷陵山谷间多黄杨树子),巧工铁笔知名。比似苕华刻玉,前因艳说三生。

按:公达即文公达,曾为《新闻报》主笔,梅党之一。

癸亥十二月十六日　1924 年 1 月 21 日

昨临别之日上座极盛,无与伦比……此遭投赠之作,有未及补录者,蕙风《清平乐》一首,题《云林别意图》者:

　　暮云芳林,画里相思路。有酒谁持情最苦,小成晚寒禁否。　　江南风景依稀,平林极目烟霏,安得梦魂飞度,送君直到天涯。

除上述 22 首未入校注本的咏梅词外,1920 年 4 月的《梅讯》还刊载有"友人戏调"《浣溪沙》6 首,各咏一部梅兰芳演出剧,笔者颇疑仍为蕙风所作,因无确切证据,暂存疑不录。

二、赵尊岳咏梅词辑录

赵尊岳为梅兰芳所作咏梅词,笔者迄今所搜集到的共有 25 首,其中 12 首见于《珍重阁词集》(《赵尊岳集》亦收录),1 首见于《赵尊岳集·集外诗词》,另有 12 首《清平乐》散佚在《申报·梅讯》中,未入集。

现存赵尊岳《珍重阁词集》为其女赵文漪所编,因朋友的不慎失落下部,故有缺失。又,2016 年凤凰出版社出版陈水云、黎晓莲整理的《赵尊岳集》,共四册,为目前搜集赵尊岳资料最丰富者,其中第一册《诗词赋》中亦未见 12 首咏梅词《清平乐》,以下据《申报·梅讯》辑录。

庚申三月初四日 1920 年 4 月 22 日

《清平乐》二阕①:余初不工词,顾畹华每见索词甚挚,百忙之中偷谱二阕,聊慰其情而已。(按,此日实录一首)

画廊低诉,欲记惝惝语。还是前番曾别处,重见枉深情绪。 瑶琴懒拂人间,匆匆又已经年。贝阙风流依旧,香篝新恨长添。(宵来演《奔月》,故词中及之云。)

庚申三月二十二日 1920 年 5 月 10 日

《香南雅集图》题词,昨复见赵叔雍《清平乐》四阕云②(按,此日实录二首):

困人天气,开到荼蘼未。翠羽枝头深浅意,愁绝春红罗绮。 五陵裘马春容,潮声诉与东风。莫遣玉龙吹彻,梅花也恋吴侬。

人间何世,天上龙华会。智慧总持君占取,三昧何妨游戏。 者回檀板金尊,前身絮果兰因。记省真灵作业,瑶台月下琼春。

---

① 另一阕为:“莺嗔燕语,斜日波云路。一笑匆匆心便许,回首落英无数。闲来凤管鸾笺,宵来碧海青天。梦里不成相忆,春风珍重幺弦。”此首修改后刊载于 1920 年 5 月 10 日“梅讯”中,后入《珍重阁词集》。
② 另外两阕见《珍重阁词集》之《清平乐·再题香南卷子》。

庚申三月二十五日　1920 年 5 月 13 日

摩诃清浅,得似瑶池宴。坠紫飞红春晚睆,点点华鬘正眼。　　留春写遍吴绫,春归肯放君行。悟到镜华圆觉,却教人笑痴生。

庚申四月初七日　1920 年 5 月 24 日

赵叔雍先生题畹华画卷《清平乐》一阕曰:

粉郎眉宇,阆苑移根住。伴得春风片语,珍重雅人情绪。　　行云梦遏珠喉,生绡香煖灯篝。记取残妆未卸,镜台琼管新抽。

壬戌五月初十日　1922 年 6 月 5 日

赵叔雍此遭复赋《清平乐》奉贻,先成二首,录之以为喤引。

石榴红矣,容易斑骓系。回首经年离别意,珍重月明风细。　　新桐更引韶妍,琼芳看所歌前。宛宛红牙怨曲,匆匆锦瑟华年。

落花时节,伫影瑶台阙。说似江南春五月,玉笛总教吹彻。　　晓风历历沧洲,晚风脉脉红楼。未舞先怜锁骨,当歌最惜珠喉。

壬戌五月二十五日　1922 年 6 月 20 日

赵叔雍继声成三阕《清平乐》:

兰因谁证,只赤灵山境。不数长康金粟影,彩笔能参上乘。　无边声处传灯,真如悟入丹青。一晌诸天花雨,智珠特地晶莹。

宣和旧谱,妙迹图书府。问病维摩微雅致,行似子冲谦素(《宣和画谱》侯翌,字子冲,绘《问病维摩图》,藏之内府)。　宝章弹指烟云,前尘惆怅王孙。依约道场清净,灵檀消得三熏。

绮霄云路,仙袂便期舞。说似诸花香散处,云影却教长驻。　鬖丝禅榻俱非,愁边无限芳菲。乞与金装宝轴,证他清净菩提。

壬戌五月二十六日　1922 年 6 月 21 日

赵叔雍复有《清平乐》二首:

丹青贻我,古佛楞严座(客岁畹华画佛寄贻)。冰雪聪明兰絮果,消瘦茜窗清课。　年时后约香南,绿荫深处诗庵。乞与散花天女,三生慧业同参。

吾宗小阮,图写群芳遍。尘世赏音今几见,得似嗣宗青眼(家侄安之,临陆包山百花长卷,畹华赏誉有加)。唯应能者能知,年时弄粉调脂。貌取花王国色,倚声消得梅痴。(畹华旧作牡丹便面,秀道人为题《清平乐》一阕)。

实际上,无论是沪上还是京城,"梅迷"们留下的咏梅诗词数量众多、五光十色,这些作品一方面可以广泛地反映梅兰芳的艺术和生活,对于梅兰芳研究有着十分珍贵的价值,另一方面也显示出旧体诗词在"革命"与"现代"双重冲击下的顽强生命力,同时还可以观照那个新旧变革的时代,相当一部分清季文化遗民的生存状态和文化情怀。遗憾的是咏梅诗词至今没有引起学界的重视,基本文献也有待于进一步发掘整理①。

作者简介

周茜(1967—),女,重庆人。1998 年毕业于北京师范大学中文系中国古代文学专业,获得文学硕士学位。2003 年毕业于北京师范大学中文系中国古典文献学专业,获得文学博士学位。2003 年—2005 年于华东师范大学中文系博士后流动站从事中国古代文学研究。2005 年 7 月至今,于同济大学中文系任教,现为副教授,硕士生导师。长期致力于中国古代和近代诗词、戏曲的教学和研究,为研究生开过《中国戏剧史专题》必修课。曾出版专著《映梦窗 零乱碧——吴文英及其词研究》(广东教育出版社 2006),在《学术月刊》《文史哲》《南京大学学报》发表论文二十余篇,多篇被《新华文摘》《人大复印资料》《高等学校文科学术文摘》《中国社会科学文摘》等全文转载或摘编。现独立主持国家社科项目一项。

---

① 2015 年学苑出版社出版了谷曙光编校的《梅兰芳珍稀史料汇刊》(全五册),弥足珍贵,里面收录了不少"咏梅诗词",只是况周颐、赵尊岳的作品屈指可数。

旧体译诗的两种翻译模式

——以苏曼殊和马君武为例①

钟　锦

【摘要】旧体译诗有力地证明：在翻译中适当恪守目的语自身的规范，而非无条件依附源语言，往往是翻译成功的首要保证。旧体译诗成功的翻译模式，或是严酷地遵循旧诗典范语言的诸项要求，或是在格调上逼近旧诗的风貌。前者以苏曼殊为代表，后者以马君武为代表，这是旧体译诗目前达到的最高尺度。

【关键词】翻译　旧体译诗　苏曼殊　马君武

一

近代以来，西方典籍的翻译产生了深远的影响。最初的翻译使用的是文言，但在新文化运动之后，文言翻译仅仅被看作翻译史上一个不够成熟的阶段性产物。即便是这样，文言散文还是取得了比旧体诗歌更大的成就，林纾的小说翻译和严复的学术著作翻译几乎都风靡一时，同时苏曼殊和马君武作为诗歌翻译仅有的两个代表性人物，是远远不能和林、严比肩的。这一方

① 本文系教育部人文社会科学研究一般项目"中国旧体译诗文献纂集与研究"阶段性成果，项目批准号：19YJAZH119。

面是散文有较强的实用性,一方面却是散文比诗歌在翻译上难度相对较小,容易成功。同是根基于对古典的追摹,文言散文只是要求使用大家所共同遵循的典范书面语,旧体诗歌却要在押韵和对仗的制约下进行使用。因此,旧体诗歌翻译遭受到的负面评价,自然更多也更严厉。苏曼殊和马君武的译诗仅只昙花一现,影响既未久,后继也乏人。

经过百年的翻译实践,出乎意料的是,白话诗歌翻译竟然因其不断地趋向成熟而给自己树立了更高的标杆,这时文言诗歌翻译长久被遮蔽的优长逐渐引起重视。文言和白话翻译之间可能的互补性,开始进入翻译学的视野。文言的优长,最明显的,是以法则的秩序性建构出严格的审美程式。其核心,就是严格使用典范语言的诸项要求和方法,而做到这些必须具有熟悉经典的修养。尽管其极端的封闭性引起了很多批评,但唐宋以下的文言写作者却几乎都已入此彀中。而旧体诗的程式,无疑更为严酷。

历史时时地跟我们开玩笑。按照苏曼殊和马君武的旧学修养,其实并非完成文言翻译的最佳人选。但是在诸种机缘之下,他们却成为代表,而且也的确为文言翻译提供了最初的模式。这模式更涉及中国诗学在面对西方诗歌时,所自觉采取的应对策略。

虽然苏曼殊当时诗名颇大,却显然不是一个具有旧学修养的作者,这和他的教育背景有关。陈独秀曾记述:"曼殊是一个绝顶聪明的人,真是所谓天才。他从小没有好好儿读过中国书,初到上海的时候,汉文的程度实在不甚高明。他忽然要学作诗,但平仄和押韵都不懂,常常要我教他。做了诗要我改,改了几次,便渐渐的能做了。在日本的时候,又要章太炎教他作诗,但

太炎不曾好好儿的教。只由着曼殊自己去找他爱读的诗,不管
是古人的,是现代的,天天拿来读。读了这许多东西之后,诗境
便天天进步了。"①苏曼殊的诗不以严守文言法则取胜,而以其
清丽凄婉的风神见长,能够取得名声,自有其时代特殊的机运,
这里不须详述。但以他那样的文言功底,想要从事翻译,几乎没
有成功的机会。但曼殊却以其天才敏锐地感受到文言的优长所
在,刻意学习、运用达致"古雅"的那些要求。他天生的浪漫气
质,又很容易和他所翻译的浪漫主义诗歌合拍。郁达夫特别欣
赏他这一旁人少有的天赋:"他的浪漫气质,由这一种浪漫气质
而来的行动风度,比他的一切都要好。"②兼之他很早精通外语,
这些因素一起成就了曼殊。

二

　　苏曼殊以旧体诗翻译的异域诗歌被他自己编入《文学因
缘》(1908)、《潮音》(1911)、《拜伦诗选》(1914)三种书里。《文
学因缘》收有三首,《题沙恭达罗诗》和《星耶峰耶俱无生》两首

---

① 柳亚子:《记陈仲甫先生关于苏曼殊的谈话》,见柳无忌编《苏曼殊研究》,
上海人民出版社1987年版,第280、281页。章士钊也有相似的说法:"曼
殊真近代之异人也,自初识字以至卓然成家,不过经二三年。始在沪与钊
共笔墨时,学译器俄小说,殊不成句,且作字点画,八九乖错,程度犹远在八
指头陀之下。……后一年,走东京,复与同人文会,则出语隽妙,亦非辈流
所及矣。见《甲寅周刊》第一卷第三十八号。
② 郁达夫:《杂评曼殊的作品》,《郁达夫文集》第五卷,花城出版社1982年
版,第255页。

是他的译作,《留别雅典女郎》则是陈独秀的译作。①《潮音》收有九首,《留别雅典女郎》重出,另外八首一般认为是他的译作。《拜伦诗选》一共五首,都已见于《潮音》。曼殊这些译诗一共只有十首,他生于 1884 年,根据三种书的出版日期,他翻译的年龄应该在 23 岁到 27 岁之间。之后再也没有从事于此,35 岁溘然离世。尽管如此年轻,翻译经历又如此短暂,他却成为文言诗歌翻译的旗帜。或许,曼殊在艺术上最高的成就,竟是译诗。郁达夫这个看法,得到了大多数人的认同:"他的译诗,比他自作的诗好,他的诗比他的画好,他的画比他的小说好。"②

《文学因缘》所录主要是汉诗英译,三首汉译诗也许只是为了补足"因缘",附在卷末的。但这是苏曼殊翻译异域诗歌的首次尝试,尽管很不成功,却为我们考察旧体诗翻译留下了重要的材料。曼殊译的两首,以后再未收入别的书里,可见他自己已将之摒弃。但陈独秀翻译的那首,在《潮音》和《拜伦诗选》里都收入了。根据陈独秀的记述,曼殊是曾向他请教写诗的,这首很可能是曼殊自己译得不顺畅,便请陈独秀译来示范的。和曼殊后来的八首译诗相比,陈独秀这首的水准其实仅是中下。只有开头的两句"天天雅典女,去去伤离别",不仅对应了原诗"Give, oh give me back my heart"的叠字,而且颇饶远韵,算是妙笔。其余都将原诗独特的叙写转达为中国旧诗常见的滥调,比如这几句:"By those lids whose jetty fringe. / Kiss thy soft cheeks' blooming

---

① 柳亚子《苏曼殊之我观》:"《留别雅典女郎》一诗,又载于《文学因缘》,据自序说是故友所译,据《天义报》所登《文学因缘》目录,说是盛唐山民译。盛唐山在安庆省城,这一位无名的译者,大概是安徽人了。"据安庆市陈独秀学术研究会编注《陈独秀诗存》,为陈独秀译。

② 郁达夫:《杂评曼殊的作品》,前揭。

tinge;/By those wild eyes like the roe",很有希腊情调,译成"骈首试香腮,花染胭脂雪。慧眼双明珠",就毫无精彩可言了。还有不达意的,比如"By those tresses unconfined,"译成"卷发未及笄","未及笄"早成了固定用词,不能再作"没有等到簪子簪住"来讲了。不过,当时曼殊可能会对陈独秀很佩服,因为他同时的两首译作实在还要差。

《星耶峰耶俱无生》显得惨不忍睹,这首译自拜伦的长诗《岛屿,或基督徒和他的同伴》第二章第十六节中的数行。原文和译文如下:

Live not the starsand mountains! Are the waves

without a spirit! are the dropping caves

without a feeling in their silent tears!

No, no;—they woo and clasp us to their spheres,

Dissolve this clod and clod of clay before

Its hour, and merge our soul in the great shore.

星耶峰耶俱无生,

浪撼沙滩岩滴泪。

围范茫茫宁有情,

我将化泥溟海出。

译诗的表达极为滞涩,如果不对照原诗,基本无法理解。根据原文,头两句是说"星星和山峰没有生命吗,汹涌的海浪没有精神吗,如泪滴迸落的岩洞没有感觉吗?"都是以问句作肯定。曼殊的用意很巧妙,先以"星耶峰耶俱无生"发问,再以"浪撼沙滩岩滴泪"肯定,星和峰是静态,故着重疑惑,浪撼和岩滴是动态,故着重认可,应该说把握住了原意。然而不去对照原文,怎么想到"星耶峰耶俱无生"应该标点作问号呢?或许曼殊以为"耶"是个疑问词,于是把"星、峰俱无生耶"迁就格律写成了"星耶峰耶俱无生"?可这表达是不符合汉语句法的。"岩滴泪"也同样费解。后两句说,不,它们在其所能之内追求我们,拥抱我们,先消解其土泥,再融我们的灵魂于广大的海岸中。曼殊以"有情"译追求、拥抱,不成问题,以"围范"译在其所能之内,稍嫌误会原文,而"我将化泥溟海出"不仅离谱,也不能理解。大致上说,曼殊对原文的理解问题不大,只是拙劣的表达造成无法达意,作为翻译作品是彻底失败了。

对比《留别雅典女郎》和《星耶峰耶俱无生》,很明显陈独秀利用了很多中国古典成语,表达得更为流畅,也更漂亮,曼殊则近乎硬译,结果信达雅全都丧失了。我相信曼殊在译诗上也有意向陈独秀学习,《题沙恭达罗诗》应该就是一个学习的结果。这首歌德的短诗,曼殊译自 E. B. Eastwick 的英译,就进步多了。译诗并不对译原文,而是把中国古典词汇,通过对仗组织起来,和原作保持意义的基本一致,结以"彼美一人,沙恭达罗",信而能达。曼殊的领悟力绝对是卓越的,从陈独秀的译诗里他敏锐地发现,利用旧体诗古雅的美感去译写英诗,不但便于体现中文本身的文字之美,也更容易表达。他采取更为古雅的四言诗形式,很明显也是出于这个考虑。只是译笔初试,这首仍然难说出色。《文学因缘》里的两首译诗,因为数量太少可能并不具有说服力,但通过陈独秀一首作为参照,仍然可以判断其中有一个阶段性的进步。这一点颇具意义。

《潮音》的出版在《文学因缘》后三年,汉译诗有八首,时间

不能算久,数量也不能算多,但曼殊在译界的名声却由此确立
了。八首诗约略可分为两期:篇幅比较短的五首,雪莱《冬日》、
豪易特《去燕》、陀露哆《乐苑》、拜伦《答美人赠束发·带诗》、
彭斯《颍颍赤墙靡》,比较早些,基本保留了陈独秀的影响;篇幅
比较长的三首拜伦诗,《去国行》《赞大海》《哀希腊》,难度更
大,或云章太炎、或云黄侃代为润色①,时间晚些,也可见那时的
曼殊专力于拜伦。

　　比较早些的五首,已经显示超越了陈独秀的译诗,足见曼殊
天分的迥绝。五首诗中有三点值得注意。一、此后曼殊的译诗
大多采用五言古诗的体裁,不仅突出古雅,而且易于表现曼殊自
己清丽凄婉的风神。所谓"五言居文词之要,是众作之有滋味
者也"(钟嵘《诗品序》),曼殊确比陈独秀更能显出五言古诗独
具的滋味,使他译诗的内在风韵成为一个显著的特色。在翻译
中,诗法比文法更显得困难:找到合适的表达已是不易,还得受
制于押韵和对仗。因此,曼殊,甚至那个时代的译者都很少采用
讲求格律的近体诗,这样就回避了对仗的麻烦,仅需在押韵的制
约下遵守一般古文的用词规范。二、曼殊译诗更加贴近原作,比
陈独秀过度地把英诗风格都转为中国已被使用得过滥的意象,
更符合翻译应有的品质。三、用词愈趋古雅,有些时候显得刻意
选用冷僻的字句。这大约因为受了章太炎的影响,但却给他的
译诗增加了瑰丽的色彩,使翻译作品更具原创品质。

　　这些可以从他所译彭斯的《颍颍赤墙靡》中具体看到。这

---

①　根据章士钊的说法,是章太炎为之点定的;潘重规根据原稿,说是黄侃的手
笔,只有《赞大海》第五章为章太炎所译。《章太炎全集》第二辑《译文集》
收入三首译诗外,尚有《答美人赠束发·带诗》,这是《拜伦诗选》里曼殊译
的四首,尚可理解。但又有陀露哆《乐苑》一首,不知何事列入?

首《我的爱人像朵红花的玫瑰》是英国诗歌的名作,流传极广,首次译成中文大概就是曼殊。原文常见,不再引出,这里用郭沫若的译文来对比①:

颎颎赤墙靡,首夏初发苞。　恻恻清商曲,眇音何远姚。

予美谅夭绍,幽情申自持。　沧海会流枯,相爱无绝期。

沧海会流枯,顽石烂炎熹。　微命属如缕,相爱无绝期。

掺袪别予美,离隔在须臾。　阿阳早日归,万里莫踟蹰。

(苏曼殊译文)

吾爱吾爱玫瑰红,

六月初开韵晓风;

吾爱吾爱如管弦,

其声悠扬而玲珑。

吾爱吾爱美而殊,

我心爱你永不渝。

我心爱你永不渝,

直到四海海水枯;

直到四海海水枯,

岩石融化变成泥,

只要我还有口气,

---

① 也许这个对比对郭沫若并不公平,因为这首的译文并非出自郭沫若正式出版的《沫若译诗集》,而是后人整理的《英诗译稿》(上海译文出版社 1981年版)。这并不是郭沫若的最终定稿,但是仍然可以看到一些问题。

我心爱你永不渝。

暂时告别我心肝,
请你不要把心担!
纵使相隔十万里,
踏穿地皮也要还。

（郭沫若译文）

　　曼殊用的是标准的五言古诗体,郭沫若显然也用了旧体诗的形式,但努力将新诗的韵味注入其中,这个对比还是很有趣味的。第一,两人都努力作直译,忠实于英诗的原意。曼殊前四句,当由第五句"予美"总括,以见"赤墙靡"和"清商曲"为譬喻,但意思毕竟不显豁。英文很清楚,曼殊绝不会漏掉"my love is like"这个意思,表达成这样,仍须归因于他功底的欠缺。尽管已经比《星耶峰耶俱无生》大为进步,这仍是曼殊不可讳言的缺陷,在后来的拜伦那三篇里才真正改善,应该是得到章太炎或黄侃直接的帮助。另外,原文"the rocks melt wi´the sun",曼殊的"顽石烂炎熹"比郭沫若的"岩石融化变成泥"好,郭沫若常常为了押韵做出任意甚至不通的改变,显得率性。当然,这也因为白话的押韵确实比文言困难,曼殊的功底虽有限,但因为韵脚而窘迫的情况并不常见。第二,曼殊的用词显得过分生僻,甚至不恰切。"夭绍"出《诗经》,"颖颖"出《楚辞》,倒是很可接受。从《尔雅》里摘了个"阿阳",(《尔雅·释诂下》"阳,予也"。晋郭璞注:"《鲁诗》曰:'阳如之何?'今巴濮之人自呼阿阳。"),就和早期的林纾有着同样的癖好了。① 而"墙靡",据《本草纲目·草三·蛇床》:"蛇虺喜卧于下食其子,故有蛇床、蛇粟诸名。其叶似靡芜,故曰墙靡。"似乎和玫瑰没有关系。古诗里"玫瑰"绝对是使用频率非常高的词,不知曼殊为什么仍要回避? 郭沫若用词清浅直白,倒是很符合彭斯的风格。不过,很多翻译家也许忽略了一点,当我们努力模仿原文风格的时候,往往以丧失中文自身的美感为代价。曼殊这些"斑驳陆离的古字",不论是不是章太炎等给的建议,确实增添了瑰丽的色彩,能够避免郭沫若译文的问题。第三,曼殊译文娴雅委婉,比起郭沫若的促节繁拍,其实从接受上来说更符合彭斯原诗的格调。总体来看,旧体诗翻译的一些优长,并未被白话掩去。

当苏曼殊注意到拜伦三首较长的名作:《去国行》《赞大海》《哀希腊》,其实给他提出了很大的挑战。篇幅的加长,内容的深远,都会使缺乏功力辅助的才气显得捉襟见肘。有章太炎、黄侃润色的传言,自属意料之内。三首译诗的评论很多,而且,除了用词更加精准、娴熟之外,译法也并没有实质性改变,这里不再赘述。总之,以曼殊的才气,辅以章太炎或是黄侃的文字功力,在各种因缘的巧合下,完成了中国旧体诗翻译最为流传的作品。

---

① 这让我想起钱锺书先生调侃林纾的名言:"司马迁还肯用浅显的'有身'或'孕',林纾却从《说文》和《玉篇》引《尚书·梓材》句'至于婚妇',摘下了一个斑驳陆离的古字。"见氏著:《七缀集·林纾的翻译》,上海古籍出版社1996年版,第99页。

三

马君武所受的教育是相当好的。在《马君武诗稿》的自序里，他详细讲述了自己的求学经历："君武九岁失怙，赖慈母之教养，亲戚之扶助，继续读书。十二岁从戴毓驯先生学，好读历史、古人文集。十五岁，友况晴皋、龙伯纯，告以康有为读书法。是时居外祖陈允庵家，藏书颇备，二年间略尽读之。十七岁入体用学堂，从利文石先生学算。十九岁值庚子之变，四海鼎沸。君武乃去桂林，游南洋，归历粤、沪。辛丑冬游日本，自此以后，读中国书之时较少矣。……癸卯秋间，入日本西京大学学工艺化学。丙午夏返国，主教中国公学。时端方督两江，购捕颇急，从友人杨笃生之劝，复得高啸桐兄弟、岑云阶诸公之助，西游欧罗巴，学冶金于柏林工艺大学。"从中不难看到，马君武的旧学教育历时未久，应该仅具有当时一般求学者的合格水平，他的志趣更在于新兴的西方科学。自序后面还说："自兹以后，方将利用所学，以图新民国工业之发展，不复作文矣。"①更见其本怀原不以旧诗为务。他旧诗的造诣，我们也就不能过多苛责了。

马君武的旧诗语感不错，这大概跟他早早受到旧学教育有关，但在运用古典成词以造成"古雅"这点上颇有欠缺，显然是后来没有受过专门训练造成的。他的《西湖》一诗，颈联："无主河山惟破碎，有情萍絮自零星。"缺点十分明显。首先，对仗的两句都搬用文天祥《过零丁洋》"山河破碎风飘絮，身世浮沉雨打萍"，是不合规范的。律诗的对偶，如钱锺书所说："律体之有

---

① 见《马君武诗稿》卷首，上海文明书局 1914 年版。

对仗,乃撮合语言,配成眷属。愈能使不类为类,愈见诗人心手之妙。譬如秦晋世寻干戈,竟结婚姻;胡越天限南北,可为肝胆。"①因此要求在使用故实时,两句应该有不同的出处,才可造成"使不类为类"的效果。马君武把前人的一联重加改写,就近于生吞活剥了,毫无技巧可言。其次,旧诗使用古典求高古,以达到"古雅"之美,在用事上有个不成文的规定:"使唐以下事便不古。"(陆友仁《砚北杂志》)尽管文天祥的《过零丁洋》是众口流传的名作,仍以不用为佳。他《寄南社同人》的诗里讲:"唐宋元明都不管,自成模范铸诗才。"只要看一下南社名家诗里用事的讲究,便知这其实只是一句大话。

但如同苏曼殊以清丽凄婉的风神见长,马君武则以夭矫排宕的气势见长,掩盖了运用古典成词的缺陷。气势或见于语感,如《华族祖国歌》,这是 1906 年夏日本文部省遣返中国留学生,他即将归国时用以自励所作。② 全诗杂用新旧名词,完全突破了旧诗的固有规范,但语感却很符合七言古诗的体式,气势就体现在其中,读来很能鼓舞人心。或见于词句,如他讽刺时事的《哀沈阳》,是仿李商隐的风格,并不肆意使气。但"赵四风流朱五狂,翩翩蝴蝶最当行",字句那样的流利爽俊,自具一种气势,很快就传遍人口。尽管马君武并不善于驱遣古典成词,但在当时颇为新颖的异域名词,在他笔下竟能通过一股气势变得灵动飞舞。和黄遵宪不同,这些名词不仅指示新的事物,更阐述新的思想。如其《壁他利亚》:"雌雄牝牡万千族,都似壁他利亚生。簇簇石层知地寿,荒荒物竞值天行。且流吊古数行泪,遂起怜他

---

① 钱锺书:《谈艺录》,生活·读书·新知三联书店 2007 年版,第 477、478 页。
② 诗较长,参看熊柱、李高南《马君武诗稿校注》,广西师范大学出版社 2016 年版,第 59—62 页。

一片心。昨夜舟人赉信至,为言赤道有流冰。"壁他利亚,即 bac-
teria,就是细菌。全诗通过细菌理论,把地层学、天演论、赤道冰
川,全都牵合在一起,表达了万物一体的思想。这样的题材当然
和马君武的知识背景有关,但写出旧诗的味道真的比较困难,不
意马君武操纵得流畅自如,实在得益于其气势的天赋之长。气势
把新名词、说理这些不易有诗味的东西,全变得鼓舞振作起来。

马君武这样的西学素养,这样夭矫排宕的气势,甚至比苏曼
殊更适合用旧诗去翻译。尽管苏曼殊日本的经历使他很熟悉西
方文学,但要驾驭西方诗歌的奔放痛快风格,其清丽凄婉的风神
就不够了。如同钱锺书所说:"和西洋诗相形之下,中国旧诗大
体上显得情感不奔放,说话不唠叨,嗓门儿不提得那么高,力气
不使得那么狠,色彩不着得那么浓。在中国诗里算是'浪漫'
的,和西洋诗相形之下,仍是'古典'的;在中国诗里算是痛快
的,比起西洋诗,仍然不失为含蓄的。"①苏曼殊之刻意用古雅的
字面——尽管在这一方面他和马君武都不算擅长,也就成为不
得已的办法了。马君武天赋之气势,恰与西方诗歌的风格较近,
也就不必和苏曼殊采取同样的策略。

巧合的是,唐诗在中国旧诗里显得气象比较开阔,后人在建
构中国诗歌审美程式的过程里,除开字句,还讲求气象。不过,
字句的讲求需要深厚的修养,气象的讲求每每流于照填框格。
陈师道似乎首先把关注点从用字转向格和意:"今人爱杜甫诗,
一句之内,至窃取数字以仿像之,非善学者。学诗之要,在乎立
格、命意、用字而已。"当然他确有心得,黄庭坚也赞赏他"作诗
深得老杜之句法,今之诗人不能当也"(张表臣《珊瑚钩诗话》)。

---

① 《七缀集·中国诗与中国画》,前揭书,第16页。

但吴沆《环溪诗话》载张右丞论诗语:"常人作诗,但说得眼前,远不过数十里。杜诗一句能说数百里,能说半天下,能说满天下。"就开了明代七子的风尚,略过了立格、命意,通过夸大时空数量的办法来模拟盛唐的气象。流弊所及,甚至七子里的李攀龙,就对此表达了不屑:"百年、万里,何其层见而叠出也。"(《空同集》卷六十一《再与何氏书》)① 然而马君武天赋气势之充沛,既不需像陈师道一样"深得老杜之句法",也不需要像明七子一样照填框格,居然吻合了中国诗歌审美程式中气象的讲求,同时达成了和西方诗歌风格的协调。

马君武的诗歌翻译,和苏曼殊一样,数量都很少,苏曼殊还有十首,他仅有八首。也和苏曼殊一样,翻译时的年龄都不大,都在二十二三岁到三十四五岁之间。② 我们今天看到马君武最早的译诗,见于其 1903 年所作《欧学之片影》里"译嚣俄重展旧时恋书之作":"此是青年有德书,而今重展泪盈裾。斜风斜雨人增老,青史青山事总虚。百字题碑记恩爱,十年去国共艰虞。茫茫天国知何处,人世仓皇一梦如。"同年 3 月 27 日刊于《新民丛报》第 23 期,题作《题阿黛尔遗书》,"青年有德书"改作"当年红叶书"了。马君武时年 22 岁,那时既没有多少前人的借鉴,也没有什么翻译的经验,居然把法文七节每节六行的诗用八行七言的律诗去译,其不能严格翻译自是必然。③ 不过,马君武提笔之际,还是想忠实翻译的,甚至不顾中文语境去对译。第一句的

---

① 参看钱锺书《谈艺录》,前揭书,第 229、230 页。

② 马君武在 1928—1929 年间,翻译达尔文《人类原始及类择》,内有五言古译诗一首(列在八首译诗之内),那时他已四十七八岁,但这首已不能算作为了文学而进行的翻译了。

③ 雨果(当时译作"嚣俄")原诗,参看程曾厚译《雨果诗选》,人民文学出版社 1986 年版,第 64—66 页。

标准译文是："唉！我一封封爱情、贞洁、青春的书信！"这就是
"青年有德书"的根据。而"贞洁"和"有德"在中文语境里是不
能对译的，因此很费解，在《新民丛报》发表时改作了"当年红叶
书"。不论是马君武自己的改笔，还是编辑的改笔，无疑符合了
中文语境。往下也尽量想忠实，"而今重展泪盈裾"译的是"我
读你们，跪下双膝。……让我捧着你们哭泣！"是原诗第一节的
第三行和第六行，只是这一节的其他三句全没了踪影。再往下
我们就找不到对译的句子了，颔联和尾联的意思尚在，颈联完全
出于杜撰，而且杜撰得毫无根由。雨果原诗的深邃思考是没有
了，不过，马君武用自己的气势加重了慨叹，"斜风斜雨人增老，
青史青山事总虚"，即使不是好的翻译，也可算现代旧诗里的名
句。这样的翻译算得名不副实，不过，可贵的是，完成了一次中
西诗歌风格的对话。

歌德(马君武译作"贵推")的《米丽容歌》，就是著名的《迷
娘曲》，马君武译成的具体时间不详，总在 1903 年到 1905 年之
间，从译文的水准来看，必定在"译嚣俄重展旧时恋书之作"后。
已经有了一定的翻译经验，马君武这篇译诗，基本完成了忠实的
对译，也大体符合中文的语境，作为翻译作品绝对合格了。我们
把他的译文和钱春绮的译文进行对比：

君识此，是何乡。园亭暗黑橙橘黄，碧天无翳风微凉，
没药沉静丛桂香。君其识其乡。归欤，归欤。愿与君，称
此乡。

君识此，是何家。下撑楹柱上檐牙，石像识人如欲语，
楼阁交错光影斜。君其识此家。归欤，归欤。愿与君，归
此家。

君识此,是何山。归马识途雾迷漫,空穴中有毒龙蟠,
岩石奔摧水飞还。君其识此山。归欤,归欤。愿与君,归
此山。

(马君武译文)

你知道那地方,柠檬花儿开放,
香橙在绿荫深处闪着金光,
从蓝天里吹来温和的微风,
桃金娘悄然无语,月桂高耸,
你可知道?
前去! 前去,
亲爱的人,我要和你同去。

你可知道那别墅? 圆柱支着屋顶,
厅堂辉煌,房间非常明净,
大理石像对着我凝眸注望:
可怜的孩子,你有什么忧伤?
你可知道?
前去! 前去,
我的保护人,我要和你同去。

你知道那座高山和它的云路?
骡子在迷雾之中寻觅征途;
深洞里面栖息着古龙的子孙;
悬崖欲坠,飞瀑直泻奔腾,
你可知道?

前去！前去，

动身走吧！爸爸，让我们前去！

（钱春绮译文）①

意思都已译出，只有"可怜的孩子，你有什么忧伤"一句，也许马君武觉得累赘省略了。在"绿荫深处"添上"园亭"，将"柠檬花儿"并入"橙橘"，把"骡子"译成"马"，都为了照顾中文语境，效果也算不错。如果说有什么不够妥帖，就是"石像识人如欲语"一句显得突兀，这形象实在和旧诗不够协调。在几乎句句押韵的七言古体里，译笔一气流走，和谐婉转，自家的诗体和异域的诗情融合得极佳。如前所述，这仍是得益于马君武天赋之运笔气势。

马君武也翻译了拜伦（马君武译作"斐伦"）的《哀希腊歌》，也很出名，大约仅次于曼殊，不过他翻译的时间早了八九年。其实好处和方法都和《米丽容歌》别无二致，不过能够和苏曼殊有一个直接的比较，还是颇有意思的。英文常见，不再重抄。原文太长，只看第一节：

巍巍希腊都，生长奢浮好。情文何斐亹，荼辐思灵保。

征伐和亲策，陵夷不自葆。长夏尚滔滔，颓阳照空岛。

（苏曼殊译文）

希腊岛，希腊岛，诗人沙浮安在哉，爱国之诗传最早。

战争平和万千术，其术皆自希腊出。德娄飞布两英雄，渊源

---

① 钱春绮译：《歌德诗集》，上海译文出版社 1999 年版，第 157、158 页。

皆是希腊族。吁嗟乎,漫说年年夏日长,万般消歇剩斜阳。

(马君武译文)

苏曼殊的五言古体依旧是清丽凄婉的风神,马君武七言古体也仍是天矫排宕的气势,这个风格的差异暂不多谈,我们只注意他们的手法翻译。苏曼殊讲究字句的古雅,这里由于异域人名太多,希腊、奢浮(Sappho)、荼辐(Dolos),这些无疑使得文言语境过度异化,所以"Phoebus"就不再音译,把《楚辞・九歌》的《少司命》里"思灵保兮贤姱"那指称神巫的"灵保"用上了。大概因为福玻斯是神使,为神和人之间的沟通者,巫的角色与之类似。同时,福玻斯传说也掌管诗歌和音乐,"rose"和"sprung"译作"情文何斐亹",虽然稍嫌不合,大体意思还是准确的。"斐亹"一词来自唐宋人用词恪守的经典《文选》,所谓"《文选》烂,秀才半"(陆游《老学庵笔记》),其选文中孙绰《游天台山赋》:"彤云斐亹以翼櫺。"李善注:"斐亹,文貌。""长夏尚滔滔,颓阳照空岛"两句,于是在这些古色斑斓的字句里愈加显得风神悠远。马君武这里似乎有些误译,把 Sappho 的"love and song"译成"爱国之诗",或许是故意的改变,而"Dolos"和"Phoebus"并不是"两英雄",前者是地名,后者是诞生在那儿的神福玻斯。[①] 除了这两处有意或无意的误译外,是尽力做了直译。但马君武质直的译法比起苏曼殊来,很容易造成旧体诗格调的失落,全靠他七言古体运用得娴熟,铺排的句式,开阔的气势,立住了格调。难度或有大小之别,但他们的译诗能够做到这一步,都应该被肯定。

---

① 熊柱、李高南此句录作"德娄飞两布英雄",以为"飞两布"是"Phoebus"的对译,但后一句分明说"渊源皆是希腊族",似乎仍以"两英雄"为马君武的原文。参看《马君武诗稿校注》,前揭,第 168 页。

四

苏曼殊和马君武这两种旧体译诗的翻译模式,给予了我们宝贵的翻译经验:在翻译中适当恪守目的语自身的规范,而非无条件依附源语言,往往是翻译成功的首要保证。白话译诗一直未能解决好这个问题,这也是旧体译诗一直被关注的重要原因。

我们说过,苏曼殊和马君武并非完成旧体译诗的最佳人选,只是那个时代擅长写作旧诗的人物很少精通外文,他们才肩负起了这个使命。随着时代的进步,兼擅外文和旧诗的人才越来越多,旧体译诗想要突破苏曼殊和马君武的成就,自是指日可待的。不过,我惊讶地发现,旧体译诗面临的最大阻力并非来自白话译者,而是一些根本不具备旧诗写作能力的"伪旧体译者"。比如,旅居瑞典的傅正明,不自量力地用旧诗进行翻译,而其译文几无一句能达;并且狂妄自大地频繁攻击内行译者,却不知道自己把旧体译诗的水平远远拽回到苏曼殊和马君武之前。他们既降低了旧体译诗的品质,也给白话译者提供了笑柄。看到这些人,我相信,苏曼殊和马君武的译诗在当前还有着另外的意义。

作者简介

钟锦(1973—   ),男,辽宁岫岩人,华东师范大学哲学系副教授,主要从事康德哲学、中西人文学科会通研究。硕士期间从赵馥洁先生治中国哲学,博士期间从叶嘉莹先生治中国古典文学,从俞吾金先生治西方哲学。2001—2002 年,任教于西北政法学院。2007 年至今,任教于华东师范大学。2010—2011 年,加拿大英属哥伦比亚大学访问学者。出版专著《词学抉微》(华东师范大学出版社 2008 年)、《康德辩证法新释》(与李欣合著,同济大学出版社 2009 年)、《长阿含经漫笔》(上海社会科学院出版社 2015 年)、《菊坛点将录》(华东师范大学出版社 2018 年),翻译《波斯短歌行:鲁拜集新译》(中华书局 2016 年,上海古籍出版社 2020 年)、《恶之华》(上海三联书店 2020 年)。

鲜为人知的"词学革命"

——以胡适用《好事近》词牌创新填词说起

肖伊绯

【摘要】以胡适为高梦旦所作《好事近》祝寿词为例,引申并简考胡适曾有意在传统词曲领域推进"文学革命"之尝试。这一尝试,乃是试图将诗词曲三种古典文体彻底打通乃至全盘解放,结合其早年编著《尝试集》倡举"诗学革命",以及晚年仍孜孜以求编订《尝试后集》发挥"词学革命"意蕴,可以管窥其中端倪。此外,根据新近发现的胡适《尝试集·二编自序》手稿内容,对其曾试图"援词入诗""援曲入诗",并最终促成曲体、词体、诗体的古典文体全面"大释(解)放"的设想,也可以更为充分地加以理解与认识。

【关键词】文学革命 诗学革命 胡适 《尝试集》《尝试后集》

1929 年 3 月 16 日,时年 38 岁的胡适填了一首题为《好事近》的词,为高梦旦 60 岁生日祝寿,还特意将之写入日记,以作纪念。日记中原文如此:

好事近

"很小的问题,可以立时办到。"圣人立言救世,话不多不少。　一生梦想大光明,六十不知老。这样新鲜世界,多活几年好。

1952 年 9 月,年已 61 岁的胡适,又检点民国十一年(1922年)以来残存的诗词旧稿,开始选编《尝试后集》。这首《好事近》也得以入选,但首句改作了"他爱想问题,从不嫌问题太小"。

可是,据后来由台湾胡适纪念馆公布的胡适词作原稿来考察,该词首句却既不是日记中的那样,也不是后来改定的那样,而是"问题越小越好,别嫌问题太小"。胡适在原稿上有手批,声明"十八年(一九二九)三月十六日原稿。二十年后,修改开头两行"。又称"一九五六年八月改第二句"。

按照胡适手批来理解,除了日记中的《好事近》词稿之外,这一份单列的词稿,则可能是 1956 年 8 月重新缮写的。距日记中的《好事近》词稿"二十年后",1949 年左右,胡适将其首句改为"问题越小越好,别嫌问题太小"。1956 年 8 月,又将首句改为"他爱想问题,从不嫌问题太小";是为最后的"定本"。这首词作历经近 30 年改定的过程,素有"考据癖"的胡适,都将其记录在案,并重新缮写备忘。那么,是否改定之后的词句,会更为精整,更能体现词作者的词学修养与思想呢?

在此,不妨约略研讨一下《好事近》词牌,在历代词学上的填用规则与惯例。《好事近》,词牌名,又名《钓船笛》。双调四十五字,前后阕各两仄韵,以入声韵为宜。这一词牌的代表作有宋人陆游、清人纳兰性德等,兹录如下:

好事近

陆游

溢口放船归,薄暮散花洲宿。两岸白苹红蓼,映一蓑新绿。　　有沽酒处便为家,菱芡四时足。明日又乘风去,任江南江北。

好事近

纳兰性德

何路向家园,历历残山剩水。都把一春冷淡,到麦秋天气。　　料应重发隔年花,莫问花前事。纵使东风依旧,怕红颜不似。

权且抛开胡适惯用的白话写作之"革命性"不谈,胡适的《好事近》词作,改定后的第二句"从不嫌问题太小",仅仅从词格上来讲,无论是依宋代还是清代惯例,都是不对的。

首先,这一句正体应为六字,而他却用了七字。其次,以入声韵为宜的填词定则,胡适也置若罔闻,用了"萧豪韵"。单纯从词体、词格、词韵上来看,胡适所填制的这首《好事近》词作,完全是不对的。自不必说其还使用白话文入词,则更是与无论崇尚"清空",还是喜好"重拙"论调下的词学风格,更是完全不搭调的。

然而,从1924—1936年间,胡适以《好事近》为词牌,填制的共计13首词作来看,除却这首为高梦旦所作的祝寿词之外,其余诸作却都是基本遵循词体定格的,其中也不乏用到入声韵者。譬如,1924年所填致曹诚英的《多谢》,1929年所填致夫人江冬秀的《小词》等等,就都是严格按照《好事近》词牌的入声用韵写成的。这就说明,胡适的传统词学修养还是有一定基础的,并不是想当然的胡乱拼凑,并非如某些抱有成见的研究者所说的那样不堪。

颇具意味的是,这些严格恪守中国传统词学格律的词作,胡适当年却反而都不题写词牌,有意让这几行参差的"长短句",呈现出一种新体白话诗似的"假象"。出现这样的情形,很容易令人联想到,胡适此举乃是刻意要造成传统诗学与词学相混融,希望达成从"白话入诗"到"白话入词"的白话文学大一统格局,以此来进一步拓展和深入"文学革命"的场域。

或许,在胡适看来,"白话入诗"是其"文学革命"大旗之下的急先锋式手段,必得为白话文在中国文学创作中开辟出一片新天地来,《尝试集》就是这样应运而生的。接下来,"白话入词"也应顺理成章而来,但为集中精力来凸显与发扬"诗学革命",或因相关研究与倡举时机尚未成熟,胡适早年并未明确将"词学革命"提上"文学革命"的日程。待其晚年着手《尝试后集》的编选,正是在各方面理论储备及实践经验皆较为丰富的前提下,有意要将"白话入诗"的经验向中国传统文学领域纵深发展下去(1956年8月对《好事近》旧词所作的改定,仍然凸显着那份"文学革命"的新意)之际,"白话入词"的革新尝试,方才具备了一定的可能性。那么,在"白话入词"方面,胡适当年又做过哪些尝试呢?眼前这一首《好事近》,又能透露出胡适在这方面的哪些观念之演变呢?

事实上,在填制词作中,突破语言风格限制,以白话文记事抒情,胡适早已尝试了。突破用韵限制,无论平仄清浊,他也尝试了。甚至为了突破"双调"体制,胡适还填制过一些"半阕"词作。可以说,所有在中国传统词学领域里,看似完全不可能,实在是冒天下之大不韪的做法,他都尝试过了。应当引起重视的是,胡适还曾激赞过元曲、元杂剧的直白爽朗,由此延伸而来的——传统曲学与词学的相通互动,曾一度引起过他相当浓厚的兴趣。可以据此揣测,由于元曲中大量使用的口语俗语,其语言特色与史料价值,曾给予过胡适试图"援曲入词"的某种触动。

大家知道,在古典文学领域中,诗词曲三种文学形式,皆为文士"余兴",彼此之间本来也有着承续流衍的历史关联。其中,词被称作"诗余",曲则又被称作"词余"。诗词曲这三种传统文学形式,在形式与体制上的历史关联,势必成为胡适等"文学革命"推进过程中有所考究,并亟待加以利用。所谓"文学革命",首先是文体革命,首要任务乃是推翻古典文体仍盘踞于现代文坛的独尊地位,随之必然迎来推陈出新、破旧立新之后的文体"解放"。

自 1915 年 9 月,陈独秀创办《青年杂志》(1916 年 9 月第 2 卷始更名为《新青年》),开启"新文化运动"以来,至 1917 年 1 月,胡适在《新青年》(第 2 卷第 5 号)发表《文学改良刍议》一文,又标志着"新文化运动"开始进入文学领域,进而发起了旷日持久、影响深远的"新文学运动"。而这一运动的着力点,一开始即旗帜鲜明地亮出了弃绝古文、推崇白话的基本立场,因而所谓"白话文运动"几乎一度成为"新文学运动"的代名词。在"白话文运动"如火如荼之际,随之而来的"诗学革命",相伴相生,如影随形。强调突破传统韵律格式的桎梏,倡举内容直白、格式自由的"新诗",大量涌现并有着突出表现,以胡适、刘半农、徐志摩等新派学者的诗作,开始占据公共文化空间,并备受青年读者追捧。

仅就已知史料文献所反映的历史实情而言,一方面,作为"新文学运动"即"白话文运动"的肇始者,胡适从理论到创作上的诸多大胆尝试,自然颇受社会各界关注,并渐获一定程度与圈层群体的认可。另一方面,为进一步推动文体解放,胡适不遗余力,由"诗学革命"至"词学革命",乃至"曲学革命",将诗词曲三种古典文体彻底打通乃至全盘解放的构想,应当可以从其早年编著《尝试集》,及至晚年仍孜孜以求编订《尝试后集》中,可以管窥其中端倪。

值得一提的是,既然传统词学领域的种种定则,胡适均可大胆改造,尝试突破;那么,传统曲学领域中的"曲牌"填制上屡有"衬字"之例,当然也可能会对其"白话词"创作产生重大影响。

简单说来,所谓"衬字",即在限定"曲牌"格体的前提之下,在曲词填制中,可以加入限定字数之外的、不纳入曲调的字,称之为"衬字"。衬字在戏曲的实际演唱过程中,是以说白或拖音方式来展现的;不是唱出来的,而是"念"出来的。胡适的"好事近"祝寿词,在第二句突破词牌的字数限制,有可能正是受这一曲学传统的影响,而下意识地改动。

2009 年杭州西泠印社秋季拍卖会,胡适《尝试集》第二编初稿本首次现身拍场,共计 58 页,为胡适本人亲笔誊写,并有多处红笔修订,编订时间为 1918 年 6 月。在这样一部距今百年,一直不为人知、初次面世的初稿本中,还有一篇即便在《尝试集》初版本(1920 年 3 月由上海亚东图书馆初版)中也未收入,至今《胡适全集》也未辑入的"佚文",那是胡适亲撰但又因故未能入集的《尝试集·二编自序》。概观这一"自序"手稿,可知胡适曾试图"援词入诗""援曲入诗",并最终促成曲体、词体、诗体全面"大释(解)放"的设想,早已有过明确表达。原来,因为受到曲体中"衬字"的启示,胡适曾大胆提出:

> 这种诗体的释放,依我看来,正合中国文学史上的自然趋势。诗变为词,词变为曲,只不过是这三层(字,文法,句

的长短）的释放。词是长短句了，但还有一定的字数和平
仄。曲的长短句中，可加衬字，又平仄更可通融了，但还有
曲牌和套数的限制。我们现在的诗体大释放，把从前一切
束缚自由的枷锁镣铐，推统推翻：有什么话，说什么话；要怎
么说，就怎么说。诗的内容，我不配自己下批评，但单就形
式上，诗体上，看来，这也可算得进一步了。

由此，则可以理解，胡适在填制《好事近》及各类词牌时，那
种特意要"释（解）放"传统原定格式的种种尝试了。反过来再
看本文述及的这一首《好事近》祝寿词，它在传统词学上的种种
完全不符"常规"的突破之尝试——这看似完全"外行"的手笔，
就不得不令人思索再三了。

稍有传统词学常识的中国古典文学研究者，甚或只是按照
词牌格式学过填词的初学者，都很容易就对胡适的"外行"手笔
感到不可思议，继而不屑一顾。由此也很容易让人联想到，早在
1916年，胡适与梅光迪那场意味深长的"白话入诗"之争论中，
梅氏就曾讥笑过胡适，称其创作的白话诗有某种"莲花落"的味
道。这样的讥评，似乎无可厚非，确乎如此。

然而，这些讥评者根本不可能想象得到（即便有所揣测也
认为实无可能），胡适是试图在诗格、词体、曲律中寻求古典文
学形式的彻底"释（解）放"，是要以白话文贯穿中国韵文的格
式、体裁、律法，实现中国古典文学的现代"复兴"。实际上，胡
适早年与著名曲学家吴梅、戏曲史研究开创者王国维等，都有过
接触与直接求教；在此基础之上的"援曲入词"也罢，"衬字入
词"也罢，胡适在做出这些"尝试"之前的专业考量，绝非后来讥
评者想象的那般无知无识。恰恰相反，讥评者大多只是在诗学

或词学方面有一定修为者,他们在曲学上的专业水准即或有一定造诣,也绝未高超到可与吴梅、王国维等比肩的程度。

从梅光迪的讥评开始,在"学衡派"的持续批评声中,十年之后,"文学革命"却恰在胡适"莲花落"一般的诗词创作中,蔚然成风,呈现出气象万千的蓬勃发展态势。本文述及的这一首《好事近》祝寿词,就正是胡适以"莲花落"节奏唱将出来的;这一看似古雅的传统词牌命名与格式,早已为"文学革命"所裹挟,无可回避地在"词体解放""词学革命"的舞台上唱开了花。在胡适浅吟低唱的白话句子中,"平民文学"的大快人心事一步一步来了,"白话文学"的好事也就一步一步近了。

遗憾的是,胡适于 1962 年 2 月因心脏病突发,在台湾猝然长逝,这一首 1956 年改定的《好事近》祝寿词及其未竟的"词学革命",都还只得留予后人各自考量与评说了。至于如今及未来是否还有人敢于做种种文体、文法、格律上的新尝试,是否还有人乐于从中体悟古典文学形式的新意与真义,我们虽不得而知,却也拭目以待。

作者简介

肖伊绯(1975—   ),四川成都人,独立学者、自由撰稿人,长期从事近现代思想史、文化史研究及相关著述。已出版《中国哲学史大纲(卷上中)》《胡适的自传(中英文汇校本)》《民国斯文》《1939 最后的乡愁》《民国学者与故宫》等二十余部编著、专著。

【当代诗学档案】

非非主义：一个流派的传奇

——非非主义三十周年忆事

周伦佑

【摘要】非非主义是中国当代影响最大、坚持时间最久的先锋诗歌流派。本文是对非非主义创立三十年的追忆记述。文章从非非主义的命名、梦启与《非非》杂志、非非主义早期成员、非非主义在20世纪80年代产生的爆炸性影响，一直记述到非非主义的写作转型，前非非与后非非、后非非诗学，以及评论家们对"非非主义"的多种解读，等等。为了解非非主义提供了翔实的第一手资料，是研究非非主义历史的一篇权威文本。

【关键词】非非主义　当代诗歌流派　80年代　前非非　后非非　后非非诗学

在非非主义创立三十周年之际，当我提笔写下这些回忆文字时，虽然岁月轮回，青春不再，但那些刀刻般留存下来的记忆，至今忆起，仍然使我百感交集。

此时此刻，我首先想到的是"三十年"这个漫长的时间概念。在我个人由激情焕发的青春进入人生的落日晚境时，"三十年"——对于我，对于非非主义，就不仅仅只是一种时间刻度，更是一种怀有诗歌信仰的圣徒般的坚守！这种"坚守"对应的是汉语尊严的自信，是方块字诗性空间的拓展！尽管有了三十年的从容，有了去除重重遮蔽的历史和价值还原，在由晦暗而渐趋澄明的诗意追求中,笼罩在非非主义周围的迷雾仍然厚重而坚硬,至今不见完全散尽。有关"非非主义"的命名,有关《非非》杂志的创刊过程,有关"前非非"与"后非非"的划分,仍是一件众说纷纭的事。我曾在一些当代文学史著中读到过几种不同的说法,坊间的某些传言和不负责任的言论(如诗人柏桦回忆文章中道听途说的见闻),更增添了这件事情的歧义性。

去除遮蔽,还原事实真相,呈现历史真实,是一个严肃写作者的责任,也是我撰写这篇文章的初衷。

一、"梦启"与"非非主义"的命名

与大多数人主观猜测的相反,非非主义绝不是某个人(一般指我)深思熟虑和刻意为之的结果——如同"非非"这两个字从我嘴里吐出是完全偶然、突然、事先毫无准备的一样,作为先锋诗歌流派的非非主义的出现,也完全是偶然的,突如其来的,甚至是被动的,事先既无周密的计划,也没有经过充分的酝酿和讨论。有如电光的突然一现! 一切都带有启示的意味。

时间还得回到 1986 年的春天。我那时在西昌农业专科学校图书馆工作,妻子周亚琴原在西昌地区医院上班,后来调到位于邛海边的西昌急救输血站。我们三口之家便安顿在邛海之滨的泸山脚下。我一周有六天在西昌农专图书馆上班,每周六下班后,从城市西北郊区的西昌农专所在地马坪坝换两班车回邛海边的家里过周末。记得这一年的 1—2 月间,从重庆医学院毕业分配到西昌凉山州防疫站的朱鹰,通过我妻子周亚琴的妹妹周亚萍认识了我。朱鹰热爱诗歌。一天,朱鹰说动了西昌的几个朋友:王世刚(蓝马)、张建明(重庆"大学生诗派"成员,分配到西昌师专教书)等一起到邛海边我家里,正式提出要我领头创建流派,张建明说:"我们要在邛海边竖一杆大旗,照亮中国诗歌的天空!"我没有同意。只是说:"你们自己搞吧,需要我帮忙时,我可以帮你们敲敲边鼓。"我那时坚持认为:文学写作是完全个人化的行为,与任何形式的集体行动无关。这之后不久(大概是1986年4月中旬)的一天,我从农专到西昌城里办事,下午到西昌龙眼井王世刚(蓝马)家,王世刚再次提出创建诗歌流派的事,我笑一笑,并没有把这件事放在心上。这段时间(1986年春节前后),王世刚和西昌另一位朋友田晋川围绕"思维先于语言"这一命题进行合作研究,先是田晋川的"潜思维"命名;随后是王世刚的"前文化"命名。正如王世刚(蓝马)后来在他的文章中谈到的,我当时并不看好他的这个命题,曾多次当面对蓝马指出:你的"前文化",不过是柏拉图的"绝对理念"、黑格尔的"绝对精神"、铃木大拙的"宇宙潜意识"等等这些传统"始源论"的翻版,并无多少新意。但我仍然鼓励蓝马把他的想法写出来。蓝马迫切地希望有机会发表他的思考成果,所以对创建诗歌流派也很热心。晚上临睡觉前,蓝马再次催促我取诗歌流派名称,说:"三哥,不是开玩笑的,你不要不当回事。"希望我能认真对待创建流派这件事。我半开玩笑地随口说了几个名称之后,无意间说出了"非非"两个字,蓝马连声叫好,说:"这是一个重要的日子。"并在日记本上记下来。在我自己,虽然在那天晚上说出了"非非"这两个字,但并不是很认真的,也还没有产生创办一份刊物的具体想法。

这个周末回到邛海边的家里。半夜,我做了一个很奇怪的梦——梦见翻开一本16开的书,奇怪的是翻开的两面只有16开的一个页面那么大,半边天蓝色的背景上现出一个红色的

"非"字,半边红色的背景上现出一个天蓝色的"非"字,两个背景各异、颜色不同的"非"字合成"非非"。醒来后记忆中的图像异常鲜明。第二天早上,我依照梦中所见,将图像和文字画出来,很像是一本 16 开杂志的封面,由此产生了创办《非非》杂志的构想。这便是一些研究者提到的"'非非'产生于梦启"的事实由来——只是他们写错了一点:把"'《非非》杂志的构想'产生于梦启",写成了"'非非主义的命名'产生于梦启"。这样更增添了非非主义的神秘感和超现实意味。但更准确的事实是:我对"非非主义"的命名在前,梦中出现《非非》杂志封面在后;"梦启"是指《非非》杂志构想而言的。

有了这样的酝酿和准备,两天以后,我约王世刚(蓝马)到西昌县文化馆餐厅商议创办刊物之事。我说:准备创立的流派就叫非非主义,同时编印一本铅印刊物作为流派的阵地,刊物名称就叫《非非》,想办法在成都印刷;我马上写信通知杨黎来西昌共商大计。1986 年 4 月 21 日,杨黎收到我的信后与新婚妻子小安一起坐火车到西昌。次日,我和蓝马、杨黎三人在西昌顺城街一家咖啡店具体商量了筹办《非非》杂志的相关事宜。我先向杨黎介绍了创建非非主义和编印《非非》杂志的计划,杨黎没有异议。接着商定由我和杨黎分头组稿;办刊经费由我承担一半,杨黎和敬晓东共同承担一半。杨黎当天晚上返回成都。临行前,我叫杨黎抽空去找一下原重庆"大学生诗派"的尚仲敏,并将尚仲敏的地址告诉了杨黎。此时,尚仲敏已从重庆大学毕业分配到了成都。创办《非非》杂志的事就这样确定了。

那么,为什么恰恰是这几个人,而不是其他人成为非非主义最初的发起者呢?为了使事情的来龙去脉更清楚,有必要介绍一下和我一起发起非非主义的蓝马、杨黎等人与我的关系。

王世刚(蓝马)是 1974 年通过我哥哥周伦佐认识我的,他当时在西昌大营农场当知青,在周伦佐和我的鼓励下学习写诗,以后成为伦佐和我最亲近的朋友之一。杨黎是 1984 年通过李娟认识我的,他当时已写了一些诗,正处于不被接受的苦闷中,我读了他通过李娟转给我的和随后寄给我的一些诗稿后回信告诉他:"你虽然暂时不被人理解,但只要坚持写下去,要不了几年,中国诗坛会接纳一个风格独特的诗人的。"我在信中还指出了他模仿法国新小说作家罗布—格里耶小说《橡皮》的利弊。他为此感激和振奋!尚仲敏是我和周伦佐 1985 年应邀去西南师大和重庆大学讲学时认识的,他当时在重庆大学读书,正和燕晓东、张建明等一起推动"大学生诗派"。

创办一份体制外的"地下"文学刊物,是我在"文革"后期产生自此便盘旋在心头挥之不去的念头。在"文革"那个非常时期中,我曾为这个存在于我头脑中的刊物取好了刊名:《钟声》(模仿我青年时期敬仰的俄罗斯作家赫尔岑主编的刊物《警钟》),但由于种种原因,终于没有办成。关于这件事,我妻子周亚琴在她的一篇回忆文章中写道:"1975—1976 年那段时间,这群朋友中的一些人显得躁动不安,冯月如、毛彪等想出境去缅甸参加缅共游击队;伦佑和我虽然也动了心,但经过冷静考虑后,伦佑认定他的使命是在文学上,所以打消了出走的念头。在那段时间里,伦佑多次和我商量,要办一个地下的油印刊物,刊物名称叫《钟声》,并为这事与周伦佐、王世刚、刘建森、欧阳黎海等多次商量,叫王世刚、刘建森等想办法弄油印机;并专程为这事到成都与黄果天商谈。后来虽然因种种原因而放弃,但从这里已可以看到 10 年以后诞生的《非非》杂志的雏形。"①

但是,最直接的前因则是 1984 年流产的《狼们》。

1984 年秋天,我会同四川省内当时创作上最具异端色彩的一批青年诗友着手创办一个油印诗刊《狼们》。刊物由我创意、命名并主编,主旨是"提倡狼性文学",即"原始的,本能的,没有被驯化的生命意志的自由表述"。我为这本刊物创刊号撰写的"发刊词"的第一句便是:"狼们是一群没有被驯化的声音。"第一期共收入周伦佑、李亚伟、甲子(杨黎当时笔名)、万夏、胡冬、李瑶、刘涛、陈小蘩、王世刚、刘建森等人的作品。刊物由我编好后交给杨黎在成都负责打印,由于杨黎办事太"水"而终于没有下落。但这已为随后《非非》的创刊埋下了重要的伏笔。

二、《非非》创刊号的出刊过程

1986 年春天的西昌,4 月下旬至 5 月中旬,我和王世刚(蓝马)一边上班,一边利用业余时间全力写作非非主义理论文章。

当文章初稿完成后,1986 年 5 月 17 日,我向学校请了假,和王世刚(蓝马)从西昌乘火车去成都,在奔驰的列车上交换阅读了对方的文章,然后紧紧握手。我的文章标题是:《非非:当代艺术启示录》,是作为"非非主义宣言"而命笔成文的,文章的第四部分为"非非主义诗歌方法",第五部分为"非非主义小辞典"。蓝马文章的标题为《前文化主义》,文中的章节也是按"前文化主义的×××"来命题和论述的。我对蓝马文章的激情给予了热情评价,同时给他提了三点意见:

---

① 　见周亚琴:《历史记忆、地域文化与非非主义》(未刊稿)。

1."前文化主义"提法不妥,我们刚提出了"非非主义",现在又冒出来一个"前文化主义",一个流派和一本杂志里同时存在两个主义,只会相互冲突,互相抵消;

2."前文化主义"作为文章标题也不好,很生硬,过于抽象,不像一篇理论文章的标题;

3. 文章的结构太过于松散,缺乏形式感和结构感,应作适当删节和调整。

蓝马接受我的后两点意见,但坚持要保留"前文化主义"。在我的再三说服下,蓝马最后同意放弃"前文化主义"。我当即在火车上将蓝马的《前文化主义》内文作了适当删节,并调整了文章结构,又将文章标题由《前文化主义》改为《前文化导言》。在奔驰的火车硬座车厢里发生的"非非主义"和"前文化主义"的这个小小争执,已为日后非非内部的矛盾种下了前因。

1986 年 5 月 18 日,我和蓝马在成都与最初的非非成员刘涛、杨黎、敬晓东、李瑶会合。下午尚仲敏来,我详细告诉了创建非非主义的打算,尚仲敏表示全力加盟。我提议尚仲敏为评论副主编。

其间,蓝马两次按照我提供的图样设计《非非》封面;我两次找四川省青年诗人协会第三任秘书长钟鸣开"四川省青年诗人协会"介绍信,作为印刷《非非》必需之用。

紧接着是《非非》的编辑和联系印刷厂。我为即将创刊的《非非》设计了几个重要栏目:《非非风度》《非非主义理论》《非非主义资料》(包括《非非主义方法》《非非主义小词典》)。临近稿件送印刷厂发排前,我将从蓝马《前文化主义》一文中删节下来的一小节文字略作增删,加上标题《非非主义宣言》,编于《非非》创刊号的卷首,并在正文后面加上"蓝马执笔"的字样;并将我原先准备的"宣言"——《非非:当代艺术启示录》改标题为《变构:当代艺术启示录》,编入《非非主义理论》栏目。

成都,湿闷而多汗的 5 月,啤酒,卤鸭子。一份体制外杂志的创刊和一个先锋诗歌流派的创立,到此时为止,似乎一切都还比较顺利……

1986 年 5 月下旬,我在成都编辑完毕《非非》创刊号,并送成都银河印刷厂排字后,便和蓝马一起从成都坐火车返回了西昌。

怎么也没有想到,就在我和蓝马返回西昌不久,竟发生了非非内部的阴暗之手,对正在捡字排版中的《非非》创刊号实施的颠覆性破坏!

1986 年的 6 月 3 日—9 日,在成都的非非主义成员杨黎、敬晓东在万夏的策动下,瞒着我和蓝马,对正在排版过程中的《非非》创刊号作了违反《非非》初衷,并足以毁掉《非非》创刊号和整个非非主义的内文大破坏! 他们不仅把整本《非非》创刊号的内文版面改得乱七八糟,无法辨认,而且在正文的一前一后(封二和封三)加上了两篇反对非非主义的文章和谈话!

6 月 23 日,蓝马从成都朋友刘涛的来信中得知"《非非》恐有变故"的消息,并及时告诉了我。我们二人当天晚上便乘火车从西昌赶赴成都。

6 月 24 日早上,非非成员刘涛在火车站接站,我们三人立即赶往银河印刷厂,《非非》创刊号已开机印刷。我翻阅了一下正在装订的半成品《非非》,页码颠倒,版式错乱,文字错误百出,简直不堪入目。我找到印刷厂负责人,要他们停印,并按原编定稿样重排,该厂负责人拿出有杨黎签字的付印单说:"这是你们负责人签字同意印的,如果重新排版要加钱!"我答应给厂方增付 300 元排版费,立下字据后,厂方增派人手马上赶排;我和蓝马、刘涛三人守在车间里,一边等版样一边校对,整整忙了两天两夜,到第三天早上,才将全部稿子重新排完、校对完,直到我签字付印后,我们三人才离开印刷厂。

6 月 25 日早上,我在成都新二村杨黎家找到杨黎,杨黎见我一脸怒气,问道:"老周,事情你已经知道啦?"我问杨黎为什么要这样做?杨黎为自己辩解说:"别人(指万夏)要我把你的主编也换掉,我没有这样做,还把你的主编保留着,就算对得起你了!"我反问他:"刊物是我创意主编的,经费是我出的,你一分钱不出我把你的诗排为头条,你竟还要撤我的作品,换我的名字,天下有这样的道理吗?"杨黎被问急了,气急败坏地说:"这个世界本来就是人吃人,人骗人,这次我没把你吃下来,只怪我杨黎'拙'(成都方言,没本事的意思),弄不过你!"直到我把被杨黎等人搞得面目全非、错误百出的"破坏本《非非》"丢在杨黎面前,杨黎看到连自己的诗也错误多多,又得知被我和蓝马改正过来的《非非》仍把他的诗排头条,我还亲自校对、改正了他诗作中的许多错误时,杨黎的态度才和缓下来,但仍不承认错误。当天离开杨黎家时,我郑重地对杨黎说:"我允许每一个和我共事的朋友背叛我三次。加上'诗协政变'和这一次,你已经背叛我两次了,如果再发生一次这种背信弃义的事,我就决不再和你合作了!"[1]

---

① 周伦佑:《非非主义编年史纲(上)》,周伦佑主编《悬空的圣殿》,西藏人民出版社 2006 年版,第 129—130 页。

7月2日,我和蓝马、杨黎一起去印刷厂,得知已装订出一部分《非非》,但厂方不让提书,说未付印书款——而就在一个月前的1986年6月2日(我和蓝马从成都返回西昌的第三天),我从银行取出家里的全部存款,加上从四弟处借的350元共计600元汇寄给杨黎作为印书款;接着,由我写信给在《非非》创刊号上刊登作品的作者请求资助的助刊费(每人60元),全部寄到杨黎处,计800多元。两笔款共计1400多元。我问杨黎我汇寄给他的600元印书款,杨黎平静地说:"我缺钱用,花了。"我再问杨黎外地作者寄到他那里的800多元助刊费,杨黎还是平静地说:"我缺钱用,花了。"想想我当时一个月工资才45元,就知道1400多元在当时是一笔很大的款项!杨黎在说出他侵吞这两笔印书款,并把这两笔钱变成啤酒和卤鸭子时的表情,真可说是脸不红,筋不胀,没有半点愧色。①

7月3日,由蓝马筹集了250元钱从印刷厂提出300本《非非》创刊号(这250元后来由蓝马从《非非》售书款中扣回)。

几经曲折,《非非》创刊号终于问世了。一锤定音!

这一切都发生在1986年1—7月,很紧凑的一段时间内。

《非非》创刊号为铅字排版印刷,16开,79页,三色封面;印制方为成都西城区银河印刷厂;印数为2000册。

《非非》创刊号最引人注目的是"非非主义理论""非非主义资料"两个栏目刊登的《变构:当代艺术启示录》(周伦佑)、《前文化导言》(蓝马)和由周伦佑、蓝马共同署名的《非非主义诗歌方法》《非非主义小词典》四篇随后引起广泛争议的理论文章。在《非非》创刊号上刊登诗歌作品的除四川的周伦佑、蓝马、杨

---

① 周伦佑:《非非主义编年史纲(上)》,第130页。

黎、何小竹、刘涛、敬晓东、李瑶、尚仲敏 李亚伟、万夏等外,还有杭州的梁晓明、余刚、宁可,上海的孟浪、郁郁,西安的丁当,长春的邵春光等。

事后,1986 年 11 月的某一天,当看到非非主义在诗歌界内外激起的轰动性反响,杨黎不无诚意地对我感慨道:"当初,《非非》创刊号如果按我们搞的那样子拿出来,非非主义肯定完蛋了!"

非非主义的艰难也正在于此——在承受外部压力的同时,不仅要与内部的阻力和破坏性力量进行必要而坚决的斗争,而且还要包容这种破坏性力量,并努力把它导引到建设性的方向。

三、《非非》复刊号与"后非非"的开启

近年来,我在接受一些研究者的访谈时,常常会被问到"前非非"与"后非非"的分期问题。因为这涉及非非主义 1992 年的写作转型,所以有必要在这里简述一下。

在我的印象中,在世界艺术史上,似乎只有印象派有它自己的"后期印象主义"阶段发展;世界文学史上,似乎只有象征主义有它自己的"后期象征主义"阶段发展。其他的文学艺术流派都没有完成自己的写作转型。中国的情况也是这样,几千年的中国文学史和艺术史,没有见到哪一个文学和艺术流派有自己的发展阶段划分。而独有非非主义实现了自己的写作转型,于是才有了"前非非"与"后非非"的说法。

从表面上看,似乎非非主义的写作转型发生在 1992 年(以 1992 年《非非》复刊号的出刊为标志),实际上的转型发生得要更早一些。从现有的文献来考察,应该是在 1988 年年底到

1989 年年初。1989 年 1 月 6 日。在收到上海评论家朱大可热情洋溢的来信后,我在给朱大可的回信中,针对朱大可对蓝马主张"取消语言"的困惑,区分了非非主义理论构成中蓝马的"取消语言"与我一贯主张的"清理语言"的异同。第一次明确表示了非非主义语言理论的重大转型意向。我在信中写道:"至此,人们(包括我们)对语言的局限性、遮蔽性已谈得太多了,而对语言的生成性与敞亮性则注意得不够。对语言的生成性与敞亮性的关注,将是非非下一步的工作。"这一观点的表述,可视为 1989 后,非非主义写作转型的信号。①

1992 年《非非》复刊号的出版,则标志着这一"写作转型"即"后非非"的正式开启。

20 世纪 80 年代末,我"因病"闭关修炼,《非非》第一次停刊。1991 年下半年,当我还在大渡河畔的峨山打锣坪"闭关"时,就已开始筹措《非非》复刊号了。当时,我在由一整块巨大的铁矿石构形的山上,一边写作《刀锋二十首》,一边开始思考"红色写作"命题,并作一些思考笔记。《非非》复刊号的基本轮廓那时就已经明确了:"闭关"结束后马上着手编印《非非》第五期,在扉页上标示"非非·复刊号"字样;刊选作品要打破流派界限,以关注当下现实的介入诗作为主;在卷首刊登《红色写作》一文,以期对非非主义的创作理念做出方向性的调整。

1991 年 10 月在峨山打锣坪"闭关"期满,出关,下山,回到西昌邛海边的家里,我首先要做的事情是继续写完组诗《刀锋二十首》,正式动笔并完成《拒绝的姿态》和《红色写作》两篇文

---

① 此段文字内容节录于周伦佑给朱大可回信的复印件。我有一个习惯:凡是给朋友的重要信件,或信中表述有较完整的重要思想的,一般都要复印或抄留一份底稿。

章;接着是组稿、编稿;到最后就只剩下经费问题了。就在我为办刊经费的筹集步履艰难之时,西昌的两位朋友胡途、张松荣主动向我伸出了援助之手,为我解决了外出的路费和部分办刊经费。1992 年 5 月初,我带着编好的《非非》复刊号文稿离开西昌,先到重庆,再到武汉,在位于东湖边的武汉青年文学院熬过40 度以上高温的夏天,其间,请湖北先锋画家周细平设计出《非非》复刊号封面稿样。因在武汉联系印刷受阻,离开武汉去西安,再从西安去北京。在北京大学参加完由谢冕教授主持的"中国新诗理论研讨会"后,正准备去辽宁盘锦,突然改道经山西、内蒙古、宁夏直取甘肃兰州,最后在诗人叶舟、文群的大力协助下,《非非》复刊号终于在 1992 年 9 月底在兰州顺利出刊! 这次跨省大行动途经四川、湖南、湖北、河南、陕西、河北、北京、山西、内蒙古、宁夏、甘肃 10 省一市,历时 5 个月,行程超过二万五千里,其艰辛程度,若非亲历,是很难体会得到的。这样的办刊经历,不仅在中国新文学史上是绝无仅有的,就是在世界出版史上也是没有先例的。

《非非》复刊号为 16 开,152 页,套色封面。封面为锌版印刷,内文为电脑排版印刷,印数 500 册。

《非非》复刊号在卷首刊出我的长篇诗学论文《红色写作》;在《红色纯粹》栏目刊出叶舟、陈超、梁晓明、南野、刘翔、邱正伦、杨远宏、欧阳江河、于坚、周伦佑的作品;在《水晶原则》栏目刊出王小妮、翟永明、海男、唐亚平的作品;在《时间对抗》栏目刊出芒克、杨炼、唐晓渡、西川、耿占春、王家新、邹静之的作品;在《八种火焰》栏目刊出胡途、文群、雨田、杜乔、大踏、伊沙、潘维、于荣健的作品。最后,是我撰写的"编后记"。

从以上回顾可以看出,"前非非"与"后非非",并非我个人的刻意划分,而是非非主义自身呈现出来的阶段性写作特征,它是非非主义内在逻辑的自我说明。这期间也没有发生某些研究者问到的"重新整合后非非"的事——"后非非"是在时间内部自然形成的。

为了避免引起不必要的争议,也为了不给与非非主义有缘的研究者留下悬疑,有关"后非非"的两个问题需要在这里特别说明:

(一)关于"前非非"与"后非非"的划分以及"后非非写作"的命名

"前非非"与"后非非"的划分以及"后非非写作"的命名,都是由我提出和表述的,最早见于我的长篇访谈录:《高扬非非主义精神,继续非非!——接受〈亚太时报〉文化专栏主持人肖芸采访时的谈话》,时间是 2001 年 4 月 7 日,采访地点是成都阳公桥;首次刊载于 2001 年 8 月出版的《非非》杂志第九卷"非非主义流派专号"。具体表述如下:

> **周:**在非非主义历史阶段的划分上,以 1989 年为界,之前的非非主义为非非主义的第一阶段,可称之为前非非写作时期;1989 年以后,以《非非》复刊号(1992)的出版为标志,为非非主义第二阶段的开始,这第二阶段又可称之为后非非写作时期。
>
> **肖:**请你谈谈"后非非写作"的主要特征和艺术宗旨,好吗?
>
> **周:**后非非写作是非非主义的强势延伸,是社会转型条件下一部分中国诗人、作家选择的写作立场。这里的"后",不是后现代主义的"现代主义之后"那个意义上的

"后"（POST-），而是"后期"的"后"，相当于中国古代史划分上的"前汉""后汉"的那个"后"。后非非写作时期的非非主义就是后期非非主义，或非非主义的新时期、后政治条件下的非非主义，等等；也不完全排除后现代主义的那个"后"字所包含的某种"自我否定""自我超越""自我变构"的语义外延。后非非写作时期的非非主义在纠正非非主义过去曾有的谵妄、迷狂、偏激、自悖的同时，继续坚持和高扬以变构语言和文化为宗旨的非非主义精神，理论上承传"语言变构论"、《非非主义诗歌方法》《反价值》理论、《红色写作》《拒绝的姿态》中绵延不绝，贯彻始终的体制外写作思想。在创作上，强调对当下现实的介入，倡导并全力推动"深入骨头与制度"的红色写作。在绝不降低艺术标准的前提下，更强调作品的真实性、见证性和文献价值。

我提出和命名"后非非写作"的出发点，是想为后期（1990年以后）进入非非主义的诗人打开和拓展新的价值空间。这一点，我向所有的后非非诗人反复强调过，也得到所有后非非诗人的理解、接受和自觉响应！"后非非写作"的提出和命名，极大地提振和推动了后非非诗人的写作，也不可阻挡地将非非主义推进到了它自身发展的新阶段：后非非写作时期。

（二）有关"后非非诗学"的建构与主要理论文本

非非主义的"后非非诗学"，由《拒绝的姿态》（周伦佑，1991）、《红色写作》（周伦佑，1992）、《宣布西方话语中心价值尺度无效》（周伦佑，1994）、《高扬非非主义精神，继续非非》（周伦佑，2001）、《体制外写作：命名与正名》（周伦佐、周伦佑等，2002）、《"介入"与写作的有效性——在苏州大学的演讲》（周伦佑,2012)等六篇诗学论文和对话中表述的观点为主要理论构成。

"后非非诗学"包括两个方面：

1. 从逃避转向介入,从书本转向现实,从天空转向大地,从阅读大师的作品转向阅读自己的生命——以血的浓度检验诗的纯度。强调对当下现实的关注,全力倡导"大拒绝、大介入,深入骨头与制度"的"红色写作"的系统论述。见周伦佑:《红色写作》(1992)、周伦佑:《"介入"与写作的有效性——在苏州大学的演讲》(2012)。

2. 自觉置身于伪价值制度的权力体制、思想体制、文学体制、学术体制之外的,具有独立、自由的思想立场和价值观念的"体制外写作"的系统论述。见周伦佐、周伦佑等的长篇对话:《体制外写作:命名与正名》(2002);周伦佑:《"体制外写作"命名缘起》(2004)。

对"后非非诗学"的建构,除了我本人,周伦佐和我一起提出和论述"体制外写作"理论,并在他的长篇诗学论文:《新人本主义诗潮论——中国先锋诗歌的三次写作转型》中展开他的相关论述,对"后非非诗学"的建构有主体性的贡献;董辑在多篇论述"后非非诗学"和后非非诗人作品的长篇评论中,对"后非非诗学"的阐释和传播有建设性的贡献;梁雪波的诗学论文《中西方语境下的"介入"诗学》,在转述和阐释萨特的"文学介入观",以及"诗歌如何'介入'?"等方面,厘清了一些混乱和谬见,有建设性的贡献;龚盖雄参加《体制外写作:命名与正名》的长篇对话,有建设性的贡献。

以上这些理论文本,和后非非诗人创作的大量具有介入向度的诗歌作品相互印证,互相支撑,共同体现了非非主义的写作转型以及"后非非写作"的确立。这既是非非主义作为中国最大、坚持时间最长的先锋诗歌流派自信的依据,也是非非主义区别于那些缺乏理论和作品支撑的形形色色的假先锋诗歌流派的根本标志。

四、非非主义的影响、震撼与冲击

为了直观地说明非非主义在诗歌界内外引起的轰动性反响,请首先读一读下面这些学者和评论家的简要评语:

"非非主义的出现,彻底地为朦胧诗画了一个句号。朦胧诗的全部兴奋,已经为它所包容乃至淡漠。"(著名诗评家徐敬亚语)

"非非的一系列完整的构架和恢宏的气度,不仅是新中国诗歌史上的第一次,而且也是近七十年新诗史上的罕见的艺术宣告与集结。"(著名诗评家徐敬亚语)

"展示了人类文化新的可能性。"(著名评论家陈仲义语)

"惊世骇俗的反文化、反价值姿态。"(著名评论家唐晓渡语)

"《非非》复刊号铸成了中国新诗史上辉煌的又一页,可永传不朽。"(著名学者陈良运语)

"在当代众多的诗歌群落与流派中,没有哪一个在诗学建树的深度、复杂和影响的深远方面,可以与非非主义相提并论。"(著名学者、评论家张清华语)

"我凭着生命的本能和阅读中获得的冲击,敢断定你们的诗是一种极端地表现当代文化分裂中灵魂渴望再生的语言方式。'非非'是一种自我解放的方式,作为一个运动,它无疑将载入史册,并把它的同代艺术搅得稀里哗啦!"(著名评论家吴亮语)

"'非非'的理论和理论勇气我很钦佩。尽管我是一个价值主义者,但我认为建构的前提正是彻底的解构。我对蓝马和你的文章的许多方面深表赞同,尤其是关于文化变革需从语言变革入手,甚有同感。"(著名评论家朱大可语)

"我和我的朋友们(包括我的夫人)都非常喜欢并且钦佩'非非'。四川真是藏龙卧虎之地。……我深信非非主义将在中国文化史和诗史上留名,深信与你们值得结识一番。"(著名学者、翻译家周国平语)

"《非非》1992年复刊号,以勇气、良心、道义与才华,在当代中国历史上留下了厚重的一笔。这不仅是对中国知识分子、对中国文学良心的一次拯救,同时也为整个社会树立起了道义和自由精神的火炬,更是为永恒的诗歌,诗歌的道义,给出了一次终将响亮于中国乃至世界的聚唱!"(著名学者姚新勇语)

"你的论文《红色写作》文字比较艰涩,我有许多不懂或者似懂非懂的地方,这是真话。但我十分欣赏这样的两句话:写作即介入。为艺术保全生命;为艺术献出生命——高于生命的艺术至上!这样的句子,明白无误,多么有力!我希望你们能一直用这种毫不含糊的语言写你们的论文,表达你的信念和观点。"(著名诗人公刘语)

"《非非》诸诗友为中国诗坛复兴的追求与探索精神给我留下了极深的印象。你们的功绩不会泯灭,中国的诗坛会记得你们,今天的和未来的读者会记得你们……《非非》复刊号已收到。粗阅之后,十分振奋。这是近两三年来,所能读到的最能代表今天的青年诗人创作水准的一本刊物,它印证了一个古老的真理,石在,爝火是不会熄灭的。"(著名诗歌评论家吴思敬语)

"每当读到《非非》,便有一种'悲壮'感在心头腾然升起,而读这里刊印的每一行文字,都会让人充满由衷的敬意。我知道,在中国坚忍地从事诗歌及理论探索的个人或群落,已经越来越稀疏了。……所幸的是,我依然可以听到《非非》的声音,依然可以看到纯正严肃的先锋者们坚忍的前行的背影……"(著名评论家孟繁华语)

"非非主义的影响,是自'今天派'以来最大的,它超过了'整体主义'、'莽汉主义'以及所有第三代层出不穷的流派和团体。"(诗人、随笔作家钟鸣语)

"今天,喧嚣欲望下的文学失范之后,非非主义的价值旗帜被越来越多的人看到了灿烂……"(诗人、评论家赵思运语)

"《非非》对整个中国当前文化现状都有一种振聋发聩的意义!"(前卫画家丁方语)

"非非主义具有世界性的意义。"(德国著名汉学家顾彬语)①

从以上摘录的评语可以看出,非非主义的横空出世和一往

---

① 德国汉学会主席、著名汉学家顾彬的此一表述,见顾彬发表于《今天》杂志1993年6月号的文章:《预言家的终结——20世纪的中国思想与中国诗》。

无前的推进,对既有的文学秩序造成了何等巨大的震撼与冲击! 不同于那些靠媒体炒作而短暂受到关注、最后终归昙花一现的文学现象,非非主义产生的影响是持续的、长久的、深入的。正如著名学者、诗学理论家陈仲义所说,非非主义的影响不仅限于诗歌界,而且对整个文学界,乃至学术界都具有启示性的意义。

继 1991 年 12 月济南出版社出版的、由山东大学中文系教授吴开晋主编的国家教委七五重点社科项目:《新时期诗潮论》以专门的章节重点介绍和评价了非非主义之后,从事中国当代文学研究的学者都将非非主义纳入了他们的研究范围,并分别在《中国当代新诗史》(洪子诚、刘登翰著,人民文学出版社,1993)、《诗的哗变》(陈仲义著,鹭江出版社,1994)、《季节轮换》(李振声著,上海学林出版社,1996)、《20 世纪中国文学发展史》(苏光文、胡国强主编,西南师范大学出版社,1996)、《中国形象诗学》(王一川著,上海三联书店,1998)、《先锋实验》(尹国均著,东方出版社,1998)、《中国当代文学史》(洪子诚著,北京大学出版社,1999)、《新中国文学史》(张炯著,海峡文艺出版社,1999)、《中国当代文学发展史》(金汉总主编,上海文艺出版社,2002)、《中国新诗》(常立、卢寿荣著,上海人民美术出版社,2002)、《中华文学发展史》(从上古至近世,三卷本,张炯主编,长江文艺出版社,2003)、《中国当代诗歌史》(程光炜著,中国人民大学出版社,2003)、《20 世纪中国文学》(李平、陈林群著,上海三联书店,2004)、《中国当代文学史》(孟繁华、程光炜著,人民文学出版社,2004)等专著中,以专门的章节介绍和评介了非非主义的理论和创作。三十年后的今天,非非主义更以先锋的姿态,堂堂正正地进入了更多的中国当代文学史著述,进入了大学和中学文科教程,成为国内外近百部中国当代文学思潮和文学史论专著的研究对象。①

五、N 种解读:"非非"的基本义与引申义

非非主义自创立以来,几乎所有的诗歌作品和理论文本都
刊登在由我主编的《非非》杂志和《非非评论》报上。1986 年—
2016 年,《非非》杂志一共出版了 13 卷,每卷 30 万字至 60 万字
不等;《非非评论》共出版了五期。《非非》第一卷至第七卷为 16
开本杂志型,第八卷至第十三卷为大 32 开书本型。每一卷《非
非》,皆有作品、理论和评论,每一卷《非非》最后都附有一篇由
我撰写的大约 7000—8000 字的"编后记",对该卷《非非》刊登
的诗歌作品和理论、评论文章作详细的点评。此外,1994 年 11

---

① 在以上举例的当代文学史著以外,就笔者视域有限的统计,自 20 世纪 90
年代起始,非非主义作为 20 世纪的重要文学现象,还被写入了《大转型:后
新时期文化研究》(谢冕、张颐武著,黑龙江教育出版社 1995 年版)、《中国
当代文学风格发展史》(赵俊贤著,西北大学出版社 1997 年版)、《中国当
代先锋文学思潮论》(张清华著,江苏文艺出版社 1997 年版)、《二十世纪
中国文学史论》(王晓明著,东方出版中心 1997 年版)、《二十世纪中国文
学史》(黄修己著,中山大学出版社 1998 年版)、《百年中国文学总系/1985:
延伸与转折》(尹昌龙著,山东教育出版社 1998 年版)、《中国文学历程/当
代卷》(肖向东、刘钊、范尊娟著,国际文化出版公司 1999 年版)、《中国现
代文学史 1917—1997》(丁帆等主编,高等教育出版社 2000 年版)、《中国
现当代文学》(丁帆、朱晓进主编,南京大学出版社 2000 年版)、《20 世纪中
国文学研究/当代文学研究》(洪子诚主编,周亚琴、萨支山著,北京出版社
2001 年版)、《中国当代文学史/面向 21 世纪课程教材》(王庆生、王又平、
杨振昆著,高等教育出版社 2003 年版)、《守望先锋/兼论中国当代先锋文
学的发展》(洪治纲著,广西师范大学出版社 2005 年版)、《中国文学编年
史/当代卷》(陈文新著,湖南人民出版社 2006 年版)、《二十世纪中国的现
代主义诗歌》(汪剑钊著,文化艺术出版社 2006 年版)、《先锋及其语
境——中国当代先锋文学思潮研究》(程波著,广西师范大学出版社 2006
年版)等近百部现当代文学史专著。

月,甘肃敦煌文艺出版社出版了由我主编的《打开肉体之门——非非主义:从理论到作品》《褒渎中的第三朵语言花——中国后现代主义诗选》两本非非诗歌及非非理论选集;2006年8月,西藏人民出版社出版了由我主编的《悬空的圣殿——非非主义20年图志史》《刀锋上站立的鸟群——后非非写作16年诗性历程》两部各50万字的非非主义史著。

三十年间,按照时间顺序,先后加盟非非主义的严格意义上的流派成员有:

　　1986年:周伦佑、蓝马、杨黎、尚仲敏、梁晓明、余刚、何小竹、刘涛、陈小蘩、敬晓东、万夏、李瑶、小安、邵春光、吉木狼格;

　　1987年:李亚伟、二毛、海男、泓叶、陈亚平、叶舟、京不特、杜乔、朱鹰、喻强、程小蓓、谢崇明、文康、李石、杨萍;

　　1988年:刘翔、南野、郎毛、山杉、维色;

　　1992年:胡途、邱正伦、雨田、潘维、大踏、文群;

　　1993年:曾宏、杨春光;

　　2000年:蒋蓝、孟原;

　　2001年:袁勇、杨平、张凤歧、张修林;

　　2002年:童若雯、董辑、黄懿;

　　2003年:周兴涛、二丫、蒋晓韵;

　　2009年:梁雪波、林忠成、原散羊、王学东、刘先国、野麦子飘。

　　2019年:王楚、齐润艳、早布布等。

我曾在《非非》杂志2002年卷"体制外写作专号"的"编后

记"中这样定义非非主义的使命:"非非主义源于诗,成于诗,但高于诗,大于诗。它的更高目标是文化和价值——即通过语言变构和艺术变构以期最终实现的对文化和价值的彻底变构。"这是就非非主义的终极价值目标而言的。从一开始的诗歌—诗学定位到更高的文化和价值变构,三十年来,虽然非非主义有过内耗,有过裂变;有人离开——又有更多的人进入。作为先锋诗歌流派的非非主义,始终通过诗歌写作及诗学理论呈现,坚守着自己的初衷和价值理想。

我们生活在一个有限的世界中,我们的所作所为都是被限定的。非非主义的意义虽然比它直接呈现的先锋诗歌流派更多,但它始终只能在文学艺术的范围内活动自己,实现自己。不管非非主义想做什么,也不管非非主义说了多少和做了多少,它只能作为一个先锋诗歌流派和文学事实而被文学史所接纳。因此,从创立至今,我始终坚持非非主义是一场指向文化与价值变构的诗歌艺术运动,而且只是一场指向文化与价值变构的诗歌艺术运动! 20 世纪 80 年代后期的有一段时间,当与我共事的非非主义同仁蓝马、杨黎二人互相催眠,整天打坐作气功状,并对我说,他们要通过"前文化状态"(即"气功状态")修炼,成仙得道,羽化升天时,我一方面善意地嘲讽他们的假神秘主义,同时也意识到某种妄念与迷狂可能对非非主义造成的危害。在我与他二人热烈而友好的争论中,在我偶尔玩笑式的调侃中,我坚持要做的只是:把非非主义定位于诗歌,定位于文化与价值。我时常保有一种警觉,以为诗人的妄念并不都是有益于艺术的。当马里内蒂把未来主义推进为"未来党"时,当布勒东意外地宣布"超现实主义与文学无关",试图涉足更广大的社会领域时,正是他们的妄念断送了这两个艺术流派的前途。也正是基于此,我的所有理论写作都限定在为非非主义作为先锋诗歌运动的阐释与界定上,即使在我最激进的理论写作《反价值》中,我也仍是以诗歌为出发点,以现代诗的非价值/反价值化过程为线索,最后落实到反价值的艺术:诗的纯粹实现。诗歌艺术之外的"前文化主义",或某种囊括宇宙一切维度的神学妄想,从来就是与我无缘的,恕不奉陪。

1986 年 5 月成昆铁路嘈杂的火车硬座车厢里发生的"非非主义"和"前文化主义"的小小矛盾争执种下的前因,几经裂变,两年以后,终以非非主义战胜"前文化主义"的神学妄念而画上了句号。

这里顺便谈谈"非非"的定义,即"非非"是什么? 以及如何理解"非非主义"?

"非非"这个词虽然第一次从我嘴里说出来,带有某种启示的意味,但仔细想想就知道,这个词并非是由我创造出来的,自佛经翻译到中国,就有了这个词的关联使用。佛教经典中有"非想非非想"之说,白居易曾据此写过"花非花、雾非雾"的句子;汉语成语中的"想入非非"一词是大家所熟悉的。虽然"非非主义"的命名并不完全源于我上面讲的这些文化源头,但是,它与东方传统哲学中超越性的思想维度是有某种内在关联的。当然,用"非非"命名一个文学流派,并使它成为现代汉语中常用的一个独立的名词,这是非非主义的贡献。

现在回想起来,我当时脱口说出"非非"这两个字是下意识的,并不知道它有什么确定的意义(即人们问的"什么意思");以"非非"这两个字作为刊名则来源于我梦中见到的双色图像。我最后决定用这两个字作刊名时也没有想到它有什么确定的意义。大概是这两个字的字形、读音和它所具有的某种语义的不确定性吸引了我吧！后来,在追溯这两个字的产生过程时,我才恍然记起,在说出"非非"这两个字之前两个月的 1986 年 3 月,我刚完成一篇诗歌评论:《当代诗歌第二浪潮与新的挑战》,其中,在概括当代诗歌"第三浪潮"的审美特征时,提出了"非崇高""非理性"这两个概念;两个月以后从我嘴里说出的"非非"这两个字,应该是和"非崇高""非理性"中的两个"非"字有着某种内在的关联——但"非非"的本义显然更倾向于它自身所具有的某种不确定性,这正是它的魅力所在。这些年来,我看到过许多对"非非"的解释,就像这两个字的本义一样,你不能说他们都对,也不能说他们都错,反正每一种解读都是一种理解。现在,我根据记忆把这些不同的解读复写在下面:

"非非"——就是"非崇高""非理性";

"非非"——就是"非崇高""非文化";

"非非"——就是"不是不是";

"非非"——就是否定之否定;

"非非"——就是不否定也不肯定;

"非非"——就是否定错误的东西;

"非非"——就是 No! No! 激烈的否定;

"非非"——就是超越是与非;

"非非"——就是还原到事物本身;

"非非"——就是人类思想的变构与自我变构;

"非非"——就是不断地自我否定、自我超越;

"非非"——就是怀疑一切,否定一切;

"非非"——就是"非两值对立";

"非非"——就是取消"二元对立";

"非非"——就是解构中的结构,结构中的解构;

"非非"——就是两只飞鸟的形象在空中展开翅膀,连续的飞翔;是永不停止的动词……

至于我自己,则更愿意在"想入非非"这个词语的基本义上去理解它。"想入非非"——就是人类力图超越自身的局限,去达成某种超越性的境界。还有,就是我在《非非》2002 年卷的"编后记"中作过的表述:"按我的定义,写作是对不自由的意识。那么'非非'是什么呢?'非非'就是高于一切的——自由!"

时间的尺度就是上帝的尺度。一个先锋诗歌流派的三十年,涵括了两代诗人的成长,三十年的探索,三十年的见证。经过"时间"的淬炼和筛选,在《非非》杂志上首次刊登的许多诗歌作品和诗学论文,已成为当代诗歌史上的诗歌经典和诗学理论经典。作为先锋诗歌流派的非非主义,不仅被严苛的时间所接纳,成为中国当代文学史上一个白银阶段的叙述环节,而且,就连《非非》杂志本身,也已经成为当代学术的研究对象。[①] 在这里,所有那些中国人信奉的"人际关系学",所有那些体制文学场域基于利益交换的"伪价值规则"全然无效! 被时间认领的唯有纯粹的诗歌作品和独立标高、恒久活力的诗学理论。这是非非主义诗人的荣耀,也是当代汉语文学的荣耀。

---

① 国内重要的学术刊物、南京大学 CSSCI 来源期刊《扬子江评论》,连续在 2008 年第四期、第五期的"名刊观察"栏目刊发多篇文章,对《非非》杂志进行考察式研究,表明《非非》杂志已进入学术研究的视域。

作者简介

周伦佑(1952—),籍贯重庆荣昌,祖籍广东梅州,客家人。著名先锋诗人、文艺理论家,国内先锋文学观念的主要引领者之一。20世纪70年代开始文学写作,1986年为首创立非非主义,主编《非非》《非非评论》两刊。其理论和创作对新时期中国先锋诗歌及文艺理论产生广泛而具实质性的影响。文学成就被写入张炯、金汉、洪子诚、孟繁华、程光炜、林贤治等众多知名学者撰写、主编的数十部现当代中国文学史。已出版有:《反价值时代》(诗学理论专著,1999)、《变构诗学》(文艺理论专著,2005)、《悬空的圣殿》(文学史著,2006)、《在刀锋上完成的句法转换》(诗集,1999)、《周伦佑诗选》(诗集,2006)、《后中国六部诗》(长诗集,2012)等;并出版100多万字的《周易》研究著作。2004年成为西南师范大学特聘教授;2013年被聘上海同济大学诗学研究中心学术顾问。1992年获柔刚诗歌奖;2009年获南京大学首届中国当代文学学院奖;2015年获首届《钟山》文学奖。

非非:诗性之光的烛照与穿越

姚新勇

【摘要】本文将"非非"诗派及其代表人物周伦佑放在百年中国文学的历史框架中加以把握,既整体而又具体地揭示了周伦佑诗歌及诗论的卓越品格,揭示了"非非"诗派之于百年中国历史与诗艺的烛照,之于现代中国"隐喻性写作境况"的承担与穿越;同时又反过来对百年中国现代文学,尤其是当代诗歌,给予了意义形式结构的重构。它既是针对一个诗人、一个诗派的诗论,也是百年或当代历史与诗歌精神的整体性观照。

【关键词】非非　前非非　后非非　隐喻性写作　承担与穿越　周伦佑

> 统治阶级的思想在每一时代都是占统治地位的思想。
>
> ——马克思

产生不了伟大的民族是可悲的,而产生了伟大却视而不见甚至有意遮蔽、扭曲的民族更是可怜的。伟大被遮蔽,既让我们难以启发于伟大,更让庸常的意识形态被炫耀,于是我们更多地看见渺小横行。为什么会如此呢?伟大的超前,体制的自闭,自我素养的低下——缺乏勇气、自私忌妒、廉价的赞颂、不敢或不能正视伟大的光辉与幽暗。而这一切都发生在"非非主义"这一中国百年诗坛最耀眼的艺术之炬上。

一、"非非"之光与伟大艺术的标准

笔者以教授、研究当代文学为业,自然很早就听说过"非非主义",但直到新千年前后,它之于我不过是一个 20 世纪 80 年代昙花一现的诗歌流派,自吹自擂的第三代诗歌的广告代言人,一帮口号大于写作实际的家伙,一群打着反崇高、反文化、反价值的后现代痞子诗人。这种认知说明我这当代文学教师的眼界狭窄、懒惰、不称职,但这种印象却由主流批评①所赐予;即便是当周伦佑的"刀锋之诗"②闯进我的视野、击中了我的心灵后,我周围的主流批评仍然以刻意的遗忘或断章取义的解释,遮蔽、扭曲着"非非"的伟大③。因此这篇"非非阅读",既是自我对"非非"全面、深入的了解,同时也是想尽一份责任,同那些比我先行一步发现"非非"伟大品质的研究者们一道,让我们这个时代的真正诗歌灵魂之光敞亮。

在进入具体研读之前,有必要首先厘清一下"非非"的内涵与外延,并交代一下我所谓的伟大艺术的标准。

---

① 这里所谓的主流批评并非单纯"主流意识形态"上的意义,相反他们常常是以先锋、前沿的身份自我亮相的。

② 1992 年《非非》复刊号上刊载了周伦佑的《刀锋二十首》,它们创作于 1989 年 12 月至 1992 年 3 月间,正是周伦佑被居于石屋之中和走出石屋后不久。不过本文所谓的"刀锋之诗"不止这些,还包括《周伦佑诗选》(花城出版社 2006 年版)卷一和卷二两辑中作于 1989—1994 年之间的作品。

③ 不妨回顾一下 20 世纪 90 年代后期以来的"断裂事件""知识分子写作"与"民间写作"之间的争吵,以及 2006 年前后在《南方都市报》或《新京报》这类相当有影响的报纸上所进行的中国先锋诗歌回顾。在这一系列行为中,非非都不被提及,它好像从人们的视野中消失,而那些提到非非的教材或知名学者的研究专著,也大都以 20 世纪 80 年代的、自吹自擂式的非非代表整个非非。

"非非"所指究竟为何,似乎并不是很清晰。本来就有"前非非"和"后非非"之分,而且还有地方性文学社团和全国性社团印象之差异。流行的看法,多将其视为地方性(四川省)的文学社团,也有少数人将其视为类似于"今天"诗派的全国性文学社团;前者一般重视的只是"前非非"①,后者不仅更重视"后非非",而且对"非非"的评价也更高。② 周伦佑所给出的两个相关定义是:"非非主义:作为名词,特指 1986 年 5 月由周伦佑、蓝马、杨黎等人发起创立的非非主义诗歌运动;在更大的范围内,则是中国体制外诗人和作家自由写作立场的自我命名。""非非诗人:当代汉语文学中的非非主义诗写者。这些诗人往往具有非体制和先锋探索的趋向。秉承语言变构和红色写作理念,坚持体制外写作立场,其作品主要刊登于《非非》杂志上。"③这里含有明显的矛盾:"非非主义"的前半句所指为狭义的社团性或流派性"非非",而后半句则几乎可以将所有追求自由写作的先锋诗人囊括进来。"体制外写作""红色写作"则是"后非非"的主张,以此为标准,自然要将杨黎、蓝马等"前非非"成员甚至整个"前非非"都从"非非"的范围中排斥出去,更不要说像于坚等在《非非》上发表过少量作品的作者了。这种含混、矛盾性从《悬空的圣殿——非非 20 年图志史》和《刀锋上站立的鸟

---

① 比如说现有的各种涉及《非非》的当代文学史或诗歌史,还有某些"先锋批评家"的相关文章,甚至个别发表于《非非》之上的文章(如陈旭光的《"第三代诗歌"与后现代主义》,载《非非》1993 年/1994 年合刊号)。

② 此类文章主要发表于《非非》杂志之上。譬如周伦佑、肖芸:《高扬非非主义精神,继续非非——接受〈亚太时报〉文化专栏主持人肖芸女士采访时的谈话》,《非非》2001 年第九卷。

③ 周伦佑:《非非小辞典》,《悬空的圣殿——非非 20 年图志史》,西藏人民出版社 2006 年版,第 381、384 页。

群——后非非 16 年诗学历程》中也可以看出。这是两部配套出版的非非主义纪念书籍,前一部是"非非主义 20 年图志史",后一部则只收入 1992 年《非非》复刊后的作品,而且所选十四位诗人,非四川籍的只有两人,连一些经常在《非非》杂志上发表作品的撰稿者等都未收入。

上述含混性与"非非"本身情况的复杂直接相关。不过,本文并不试图给出一个内涵与外延非常明确的"非非"定义,而是简单地以《非非》杂志为界,凡是在《非非》上发表的诗歌与文章,都纳入"非非"之列。就百年中国新诗的穿越性和对于当代诗歌话语的照亮与承担而言,应该说集中体现于 1992 年复刊后的《非非》,但是《非非》的伟大灵魂周伦佑是跨时代性的,另外以周伦佑为代表的《非非》的跨时代性,隐含了更为隐秘而深刻的当代历史及文学史结构,这都决定了必须将《非非》作为一个整体进行广角和纵深的考察。[1]

再来看"伟大"的标准。首先是时代的承担性与历史的穿越性。任何真正伟大的历史存在,一定是能够面对时代的重压与挑战,承担起历史所赋予的时代重任;同时还必须具有对于其所在特定时代的超越性,为其时代敞开历史更为本真的精神纬度。或换言之,正是因为有了伟大存在的承担性与穿越性,过去、当下与未来,才被敞亮、结构为真正有意义的历史。[2]

伟大的文学艺术自然也一定要具有时代的承担性与历史的

---

[1] 本文初稿完稿于 2008 年,因此这之后《非非》杂志或"非非"诗人的作品,未纳入考察。

[2] 本文中的"穿越"不同于"超越"。"穿越"既强调能够摆脱历史束缚的品质,也强调这种摆脱无论是作为过程还是结果,始终都在历史中,某个历史主体,可能超越某一个历史时段,但却不可能超越历史,只能是穿越历史,以其存在之光,穿越性地照亮历史的隧道。

穿越性,这不仅仅是指单纯的精神或道德良心向度,还必须包含杰出的艺术品质的穿越性,所有伟大的艺术存在,一定都是伟大的艺术良心与杰出的艺术创造力的结晶体,一定会有自己独特的艺术形式;相对于其他文学样式来说,诗歌艺术尤其如此。

二、周伦佑:伟大的历史穿越者

　　一个伟大的文学社团或流派,一定会有一个卓越的领袖,以其巨大的能量组织、代表并维持一个流派的存在,在自由创作的环境并不理想的社会中尤其如此;而非非主义当之无愧的精神领袖无疑是周伦佑,从相当意义上讲,一部非非主义史,就是周伦佑的个人写作史。可是无论是道听途说还是近距离地阅读周伦佑,他给人留下的最初印象与其说是伟大,不如说是矛盾、混杂。一方面他年龄上属于北岛一代,另一方面却是"第三代诗歌"的代表;一方面狂妄十足,常常以上帝的口吻发言,另一方面又对于外界对他、对非非主义的评价十分重视①;一方面意图颠覆所有传统,现代反叛精神十足,另一方面却又精熟易学,擅长算卦占卜②;一方面能够写出"刀锋之诗"这样精湛的诗歌,另一方面又能不厌其烦地制作《自由方块》《遁词》这样词语高度四溢的嘈杂之章……但是所有这些都不过是表面的现象,如果我们能够深入周伦佑与时代、历史关系的深层,就会发现这个复杂的矛盾体,很可能是百年中国现代文学、新诗历史真正的穿越者。

---

① 可参阅《悬空的圣殿——非非20年图志史》中《凤凰涅槃的火焰——评论家、诗人笔下的非非主义》一辑。
② 周伦佑甚至著有《周易爻卦与人生决策》等三部《周易》研究的书。

（一）"前非非"与"后非非"诗学的穿越品质

周伦佑的矛盾复杂性,集中地体现于"前非非"和"后非非"的巨大差异上,反之亦然。20世纪80年代的周伦佑和《非非》似乎直接同整个人类文化作战,处理着整个人类文化何以能得到自由重构的问题。而1989年之后的周伦佑则直接针对的是中国当下的现实与政治,直接诉求的是文学写作对当下现实的介入。20世纪80年代周伦佑强调的是对已有所有文化传统的反叛与清理,召唤的是直觉、本能性的凌空蹈虚的艺术,着力的是自由的灵魂捣碎一切既有的传统、价值,建构起新的、个体的、自由的、不确定的语言、艺术和世界。而1989年之后则激烈地反对一切脱离现实的写作——白色写作,高调主张介入的、人格的、自由的、承担的、牺牲的写作——红色写作、体制外写作。除了一以贯之的自由的张扬和神性的、宣喻性的、毋庸置疑的理论口吻外,两者似乎很难再找到更多的一致性。

对于此,批评界中的少部分富于良知的批评家,肯定其"在刀锋上完成的句法转换",但强调的还是前后两个时代的非非变异。[1] 而更多的主流批评,眼中只有20世纪80年代的所谓后现代的非非,要么对后非非写作视而不见,要么一笔带过,仍然将后非非写作视为后现代式反叛的延续[2];要么表面上赞扬周伦佑等的理想主义转型,但在实质上却抽去了促成"红色写作"转型

---

[1] 如谢冕的《中国的循环:结束或开始》,《非非》1993年/1994年合刊号,香港天马图书有限公司1993年版。

[2] 这种情况甚至都表现在《非非》之中,如陈旭光的《"第三代诗歌"与后现代主义》就以"后现代"的名义将前后非非混为一谈,将浴血的结晶式介入写作,说成是什么"局外人"的拼贴游戏;置飞越于1989之后的大鸟之象征于不顾,侈谈什么"必须超越象征而回到语言的'差异'、'顺延'、'播散'、'替补'的意义指涉甚或消解游戏的过程"。《非非》1993年/1994年合刊号,第150页。

的严酷的现实因素,说什么"这种重建和肯定看不出多少文化/语言/历史的依据",是什么对"第三世界文化处境的投射"的"后乌托邦"的幻想①;更有甚者,以所谓的政治性将前非非和后非非一笔抹杀:不仅前非非是依仗政治,"把最高政治话语作为自己的理论依据",而且后非非的周伦佑,更加"依仗政治和对艺术自身规律性的轻视,""是典型的艺术的功利主义"②。

　　然而,当我们返还具体的历史语境,细致、审慎地阅读 20 世纪 80 年代和 20 世纪 90 年代的周伦佑写作,我们就会发现,情况绝非如某些主流批评家所言。③

　　首先,前后非非时期周伦佑的写作都是中国当代历史语境的产物或呈现,其所表现出来的差异性,并非只是自以为是、不负责任的写作个体或群体的肆意妄为,两者实际上都承担了时代赋予的使命。前非非是 20 世纪 80 年代文化反思热潮历史的产物,承担了文化反叛、启蒙、清理再创造的任务;后非非则承担了 1989 年后的勇敢而决绝的艺术介入的使命,成为这个时代精神不灭的当之无愧的旗帜。

　　其次,周伦佑 20 世纪 80 年代的反文化、反价值式的"变构写作",与 20 世纪 90 年代的"红色写作"在理论上也存在着内在联系,两者之间并非简单的断裂(或突变),而是转型。"前非非"的写作留给人们的总体印象是反传统、反文化、反价值的解

---

① 张颐武:《论"后乌托邦"话语——九十年代中国文学的一种趋向》,《非非》1993 年/1994 年合刊号。

② 罗振亚:《朦胧诗后先锋诗歌研究》,中国社会科学出版社 2005 年版,第 82—91 页。

③ 对周伦佑 1989 年之后写作意义的细致研读和充分肯定,对前后非非之间正面联系的梳理,在大陆基本只是由非非评论家自己在做。可参阅 1992 年复刊号后各期《非非》。

构性的游戏写作,而且周伦佑当年也与旗帜鲜明的反文化的蓝马等人一起摇旗呐喊,"把'第三代'与'朦胧诗'审美传统的决裂概括为反崇高、反文化、反修辞等"①。但是周伦佑与蓝马等人的反文化理论在本质上并不相同,虽然他也追求摆脱文化、语言束缚进入纯粹自由写作的境界,但是他始终坚持语言的存在性或文化的存在性的不可摆脱性。对他来说,文化、语言所构成的现实,如果说是人类存在的第一重虚无、第一道假门的话,那么艺术的反抗也无法达到元存在、元价值的终极境界,不过是存在的第二道假门。更可怖的是自由写作本身也无法逃避再次文化化、语言化的宿命。所以天才性的自由写作,就是这样不断地被文化、语言的束缚所激活,去捣毁已有的传统与价值,去重新创造、变构;然后再次变为束缚性的传统,再次激活自由的创造……因此,前非非的自由写作,变构写作,反文化、反价值的写作,在根本上也是另一种形式的面对现实的写作(只不过在当时它更多地显示为西西弗式的现代主义的无果的挑战罢了)②。由此转向的"介入写作",则是反抗的、自由的艺术诉求对体制化暴力的有力回应。现实以铁、以火、以石头蛮横、强制性地将凌虚

---

① 刘畅:《对解构的结构——对周伦佑作品的类结构分析》,《非非》2001年总第九卷,第324页。

② 正如周伦佑自己所言:"当我在1986年生造出现代汉语中从来没有的'变构'这个词时,不过表达了我对无处不在的结构以及被它所强化的艺术秩序的质疑和否定;'反价值'则是要深入语言的内部结构,通过对语言的深层价值结构的拆解,以完成艺术变构的目的。如果真要在我的理论写作中寻找'德里达原素',那不过是在对主流文化及既有语言秩序的批判方面,我与他持有比较接近的激进立场罢了!""'反价值'理论不仅仅是一种激进的写作姿态,重要的是提供了一种对语言进行价值清理的方法。"见周伦佑:《高于零度的写作可能——汉字拼贴的写作历程》,根据周伦佑转发来的电子文本。

高蹈的诗人拽向人间,"红色写作"则以坠向具体现实的危险之姿,将这苍白的世界升华,将铁、火、石头熔化,灼照、晶化为词语的锋刃、自由的明烛、艺术的水晶。

再次,周伦佑诗学一以贯之的核心元素是自由的精神、语言的变构,或可名之为"自由—语言诗学",不过在 1980 和 1990 后两个阶段,又有不同的侧重,甚至似乎是相反。前一阶段重在清理文化、语言、价值这"三位一体"的传统—现实存在,以非价值写作的方式来完成自由写作的诉求;而后一阶段的价值重建则被提到前台,语言书写、诗歌写作的精神性和社会价值性被高度强调。但是两个阶段中,人对价值意义的追求和变构艺术这两个基本的艺术价值的要求,却从未被放弃。所以周伦佑、《非非》才能够在现实的作用下,完成"新人本主义"的转换。① 所以周伦佑的"刀锋之诗"也才能够深入现实而不被现实吞噬,介入当下而不被当下物化。②

其实我们不仅可以在理论与写作之间发现周伦佑前后两个创作时期的内在联系,而且仅就诗歌的现实变构性来说,同样有着内在延续性的表现。比如 1986 年的《埃及的麦子》:

> 广场上,鸽子和狗一道散步
> 生火煮麦粒的人早已躲到金字塔里去了
> 烧死的全是年轻的麦秸
> 煮熟的种子落地开花,见风抽穗

---

① 参见周雷:《后政治锋刃上的先锋诗歌——论中国当代诗歌的写作转型》,《非非》2002 年第十卷。

② 袁勇的《深陷在价值结构中的诗歌英雄》(《非非》2001 年卷)非常精彩地解读了周伦佑"红色写作"与"反价值时代"之间的密切关系。

随预言而来的是从未有过的麦子

水里浸过三遍,火里烧过三遍

水深火热的麦子有坚硬的牙齿

十四支麦穗交叉使金子流血

黄金的面具插满麦芒不再生辉

那一年石头长满乌鸦,无人向天祈祷

那一年骆驼深夜哭泣,没用牺牲祭祀

煮熟的麦子倒使法老惧怕了

那用麦子占过梦地躲到城堡里去了

那用麦子洗过脚地跳进红海里去了

还有人在用麦子装饰他的假发

宝座之上妖冶的女王睁错一只眼睛

埃及的麦子从此全都变成了哑巴

(二)北岛一代和第三代的综合与超越

《非非》2000 年(总第八卷)集中地选登了周伦佑"文革"期间(1969—1976 年)写作的诗歌。他认为自己的"文革"写作与"'文革'时期的地下文学作品"之间存在一些重要区别:"那时的知青文学一般是在热爱党、热爱毛主席的感情基础上抒写个人(或一代人)的苦闷和哀乐。或者局限于在体制内部区分'好人'与'坏人',寄希望于为民请命的'好领导'。最精英的思考也主要是将当时的中国现实与马克思列宁主义进行对照比较。"而他"那时的诗,除了表现个人对现实的迷惘与绝望之外,更重要的是对构成我们身心交困的那个'制度'与'体制'的思考与怀疑"。换言之,他的"'文革'时期写作属于严格意义上的体制外写作,这些作品所蕴含的价值观念和审美意识在当时……是非体制的,反现实的"①。毋庸置疑,在"文革"那样一个疯狂与专制的时代,周伦佑能写出这些怀疑性的诗作,的确难能可贵,绝对属于纯正的地下文学写作。但是我以为,周伦佑可能还是高估了自己"文革"时期的写作。虽然有《夜歌》这样颇富波德莱尔式的阴郁之诗,虽然有《废墟上的铁丝网》这样隐喻张力较强的诗作,但总体来看,周伦佑"文革"时期诗歌所表现出的孤独感、隐秘性、对光明和自由的渴求以及对那个时代的怀疑等,都没有超出"文革"地下诗歌的境界。其实,一方面以体制外或体制内来区分"地下文学"相当勉强,另一方面更重要的是,无论就艺术而言还是就对于"文革"整个文化、体制的反叛来说,周伦佑的"文革"诗歌远无法与多多的相比。多多的《致太阳》对于仁慈暴君性的展现和反讽性的颠覆,《蜜周》对专制时代超前的身体的、性的反叛与逃离,《玛格丽和我的旅行》的现代主义兼几分后现代味的"纯诗性",等等,即便是在今天读来,仍然显得卓尔不群。所以遭到时代滞后性呈现的"文革"地下文学倒不是周伦佑的诗歌,而是多多的天才之作。如果说周伦佑的"文革"时期诗歌没有超越地下文学的高度,那么他在20世纪80年代的写作,则在一定程度上完成了对北岛一代与第三代的综合性超越。

众所周知,北岛"文革"一代先锋诗歌最普遍的特征是英雄主义、理想主义,20世纪80年代后又转向"文化寻根诗";而后起的第三代诗歌在很大程度上与其相反,他们的一些诗作(如韩东的《大雁塔》、李亚伟的《中文系》等)也因此广为流传,成为

---

① 周伦佑:《后记·穿过荆棘火焰的记忆坡道》,《非非》2000年总第八卷,第348页。

新一代诗人解构崇高、颠覆传统的文化表征。这种被放大了的
两代人的差异,则将当代"地下写作"的连续性遮蔽了,也遮蔽
了周伦佑80年代写作的跨代际综合性。这种综合性既体现于
具有预言性的《埃及的麦子》、语言自由狂欢的《自由方块》、诡
异神秘的《狼谷》以及《带猫头鹰的男人》诸诗作的互照性存在
上,也在相当程度上丰富地体现于《带猫头鹰的男人》《十三级
台阶》《第二道假门》中。下面试以《带猫头鹰的男人》做进一步
阐明。

《带猫头鹰的男人》写于1984年7月,此时虽然狭义的"寻
根文学"还没有开始,但是诗歌界以杨炼为代表的北岛一代创
作向文化寻根的转化已经发生。有研究者指出了《带猫头鹰的
男人》与文化寻根诗的接近①,林贤治甚至将其与返古式的文化
寻根联系在一起②。但这实际上却可能忽略了它与文化寻根诗
重要的差异。杨炼文化寻根诗的结构是一个神性的诗歌主体与
宇宙时空或文化传统之间的对照性关系。这个神性主体是单一
视角性的存在,他集神、诗歌主人公和写作者为一体。这给诗歌
带来的结果就是缺少必要的反思性的内在结构,神性主体对历
史的观览、在宇宙时空中的行走等都是单向性的,虽然这个主体
的个体力必多、"文革"狂欢以及神性的统摄欲,表面上使文本
显得很杂乱,较为富有现代主义气质。但是它并非反抗绝望意
义上的现代主义,而是以尼采式的狂想掺杂着现代主义杂乱的
外表。③《带猫头鹰的男人》才是多重主体互照性的自反的现代

---

① 周雷:《后政治锋刃上的先锋诗歌——论中国当代诗歌的写作转型》。
② 林贤治:《论周伦佑》,见《当代作家评论》2010年第2期。《带猫头鹰的男人》甚
至与晚出的《诸日朗》都颇为相似,读者不妨对照对照这两首诗的开篇。
③ 参见姚新勇:《温暖的家园与重构的挑战——彝族现代诗派论》,学术中国网。

结构。这集中表现于"我"与"你"的复杂关系上。

　　首先"我"与"你",是带猫头鹰的男人——"我"与猫头鹰——"你"的关系。从整体诗章的篇幅来看,"我"似乎是观照的主体,是我不断地在对猫头鹰说话,猫头鹰并没有发出任何直接的言辞。我们听到,我们看到:

　　　　我本身就是一块石头,扛着自己沉重的命运走来走去。
　　　　胸前有雕凿的痕迹,背上有火烧的痕迹。
　　　　那些哲人总想在我身上琢磨出点什么意义。

　　　　冷漠是我固有的,这不能怪你;
　　　　缄默是我固有的,这不能怪你。

　　　　怎能怪你呢? 我本身就是一块墓碑,扛着自己沉重的命运走来走去。
　　　　走没有意义,站没有意义。头发烧成灰烬,也没能烤熟那条鱼。
　　　　迟早我要长眠在这星空下的某一个地方,
　　　　任鸟儿的啁啾覆盖我,任植物的波涛冲刷我,
　　　　即使板块错动使我成为一座岛屿,又有谁会渡海来读我脸上的铭文呢?

　　　　只有你在我肩上作飞的造型。

　　这里,理想主义、英雄主义的纪念碑的情结极其明显,但又似乎可以听到第三代式的对英雄情结的解构与对崇高、意义的

放逐,其意义向度无疑是复杂的。而且更重要的是这个"我",并不是像北岛们的诗歌主体那样对着现实中的敌人、人民、公理、正义说话,而是甘愿自我放逐于边缘的存在,宁愿成为一个遥远的石柱。如果说这种自我放逐仍然带有对现实、对读者说话的意味的话,因而仍然含有吞噬异质性、将意义归一的危险的话,那么他与诗歌中另外两重主体的关系,则建起了无形的"防火墙",有力地截断了意义归一的危险。第一重防火墙是由猫头鹰的无声之音筑起的。它与"我"不仅含有对话性关系,更含有启迪与被启迪、警醒与被警醒、伴随与放逐之间的复杂关系。例如那与《诺日朗》看似极为相似的第一节,含有完全不同于前者的观照性关系。《诺日朗》头两句似乎是高原自我的呈现,但在这自我呈现的背后,则隐藏着全然控制性的诗歌写作者(他到后面则以"神"——诺日朗——的名义直接出场),而在《带猫头鹰的好男人》里,超现实主义性的宇宙,是由猫头鹰催生开来的,翅羽插进脑袋,是一个思想性的事件,一个反思性的世界的诞生。猫头鹰尖锐地刺入,不仅推动了"我"之世界的诞生,而且将它、将黑暗的影子潜进"我身上",犹如"黑袍下有一对爪子",用这黑暗的刺激敲打着"我"、照亮着"我",使"我"在展示"我"纪念碑性的存在的同时,还伴随着刻骨的疼痛。①

第二重防火墙是由诗歌隐含作者构筑起来的。他一方面靠近读者,是一个观望者,以隐身的第三方叙事帮助读者与诗歌主

---

① 杨炼1985年与杰姆逊谈话时说:"我的痛苦不仅在于黑夜对我的压迫,也在于我是黑暗的一部分。"(《中国现代主义诗歌与西方后现代主义文化批评〈对话〉》,甘阳编选:《中国当代文化意识》,风云时代出版公司1989年版,第279页)。但这种与黑暗同在的体悟,并没有真正渗入杨炼的诗中,而恰恰这正是周伦佑写作所达到的境界。

人公保持必要的距离(请注意诗歌题目所含的第三人称性);但同时,他又在一定程度上靠近诗歌主人公"我",并非旁然的旁观者,引领着读者靠近诗歌主人公。与这种多重的接近而又区隔的主体关系结构一致,诗歌也没有结束于激情高扬的部分,而是转入一个截然不同的静谧的尾节。这种反转似乎是所谓的反讽式结构,但仔细推敲,它并不同于一般意义上的现代主义的反讽:它一方面像现代主义的反讽一样,以反向、错位的诗句、文字造成诗歌意义和情感向度的反转或错位,以阻止单一的意义指向,僵化诗歌和阅读;但另一方面,它又还是简单的坍塌式反讽,错位也好、反转也好,并不导向前面诗歌意向的完全否定、颠覆,它仍然保持着一种行进感,甚至是正向意义的持续感。因此或许把它称之为"错行式结尾"更为合适。①

到这里关于《带猫头鹰的男人》的分析似乎可以结束了,上面的分析,无形中强化了超越性意义,但中国文化传统中"猫头鹰"的不祥性、怪异性难道可以完全被排斥在外吗?刺入大脑的意象,仅仅是摧开思想林莽的飞翔的隐喻吗?难道就不包含暴力的穿透吗?如果包含,那么这暴力的喻体又是谁,来源何在?难道"我刀锋般瘦削的"肩胛只是被刺穿的客体,痛苦的承受者吗?我们又该怎样理解"痛苦与反痛苦的转换关系"。这些诗句所隐含的问题,仅凭周伦佑80年代的诗歌是无法解释的,只有等进入周伦佑的"刀锋之诗",才可能得到答案,或者说,时代之刃才能将天才之先验的预感澄明。②

---

① 我们在前非非与后非非时期的周伦佑诗歌中,都可以发现这种独创性的"错行结尾"的手法,这值得专文分析。

② 这一点也表现在《十三级台阶》中第十三节中的关于石头、鸟、火焰等意象与"刀锋诗作"中同类意象的相近性。

上面笔者分析了隐藏于周伦佑20世纪80年代写作的综合性,这点不仅未被批评界所发现,甚至也不被周伦佑自己所意识,标新立异的引诱和强烈的天才感与领袖欲,都促使他更愿意将自己呈现为独领风骚、横空出世的旷世奇才。但是这被遮蔽的写作的"时代综合性"无论是对于周伦佑个人还是对于《非非》,无论是对于历史还是文学史,都是非常重要的。就其个人而言,使得周伦佑具有了某种《新青年》时期的陈独秀与鲁迅结合体的特质。陈独秀天生领袖气质,方向感很强,并好做集结性、鼓动性、煽动性的理论文章,但其自身却无多少文学创作能力;鲁迅则是天才的文学家,而且是真正富有个体独创性和现代反叛灵魂深度的文学天才。正是同时兼具领袖与天才之文学创作能力,才使得周伦佑个人和《非非》穿越历史障碍,走在时代的前沿,成为时代精神与文学真正的方向与典范。

在一般的当代历史言说中,"文革"、20世纪80年代、20世纪90年代的历史常常既被联系在一起同时又被分割开来,但在本质上则被区分开来。一方面"文革"作为一个荒谬的岁月、一个黑暗的过去,照亮着20世纪80年代改革开放、思想解放的光明与进步;另一方面,20世纪90年代世俗文化的精神取向,常又引起人们对20世纪80年代理想主义的怀想,而它所取得的巨大的经济成就,又继续肯定了20世纪80年代改革开放路线的伟大和"文革"的黑暗。这种不无矛盾性的历史阶段发展观,实际上大大遮蔽了"文革"至今的精神历史与制度历史的延续性,即威权与自由、蒙昧与启蒙的交错历史的延续性。就此而言,自"文革"(甚至自20世纪50年代)以来的当代历史并没有真正中断。周伦佑、《非非》以变构语言的创作、独立的思想、跨越性的综合,延续着自由、启蒙的精神史。

总之,从当代历史的延续和自由文学史的演变来看,周伦佑"前非非"时期写作的历史意义无疑是重要的,因此认为它是"由文化碎片整合而成的诗歌,以文化反文化,以价值反价值,语义互相抵消,思想是空缺的,从整体来说不具革命性,局部的革命也是属于语法学的"①,恐怕并不太恰当。仅就周伦佑写作自身的巨变来说,如果他 20 世纪 80 年代的写作,只是文化碎片、玄虚的高蹈的话,是不可能当 80 年代末的火焰还在灼烧之际就迅速转化、结晶为既具现实性又极富历史穿越性的艺术晶体——《刀锋二十首》。

那个特殊的纪念碑式的日子是中国的,也是中国文学的,并不是周伦佑个人的,但是我们这些人中有多少真正直面了那种火焰的灼烤?而那些同为文化反叛者的第三代诗人,"跌回到自身"的轨迹又是何等的可怜!80 年代文化狂热的时代之风,虽然使得周伦佑的写作过度膨胀化,但其将 80 年代语言革命的因素与"文革"地下写作的勇气,结合以历史传统的个体性拒绝和超越之综合性努力,的确为中国当代的自由文学保存了一粒种子、一枚果核,一旦火焰燃起,那插满"黄金面具"的麦芒,就再次生辉,在烈焰中飞翔为无限蔚蓝的大鸟。

(三)隐喻性写作的综合与超越

1922 年 12 月 3 日,鲁迅在《呐喊·自序》中写下了那个著名的"铁屋中的呐喊"的隐喻,这一隐喻出自鲁迅绝非偶然,它既是鲁迅敏锐、深刻、穿越性眼光的发现,实际很可能也是中国现代作家普遍的"隐喻性写作境况"的隐喻性提示。对此,具体的作家可能并不一定有自觉的认识,甚至会反对鲁迅的这种说

---

① 林贤治:《论周伦佑》,见《当代作家评论》2010 年第 2 期。

法,但是普遍的"隐喻性写作境况"却已经先于具体作家而存在,并通过一代又一代的写作者身处其间而延续自己。所以,不论具体写作者是否意识到、是否承认它的存在,只要拿起笔来写作,就已经置身于其间,并且也通过对这铁屋子的自觉或不自觉地定位,定位了自己作为"铁屋子中的写作者"的特定的存在方式。

"铁屋中的呐喊"隐喻着囚禁与被囚禁的关系。作为被囚禁者,其所意识到的或他人指认的身份是千差万别的,但在作为人的存在的本源意义上说,它只能是具体的个体——具体个体和社会怎样定位个体角色,实际上是由对"铁屋子"的隐喻的理解、定位来决定的。最为简单也曾经是最为普遍的定位,是将这黑暗的"铁屋子"理解、指认为黑暗的社会制度。这样的指认就将囚禁者——铁屋子和被囚禁者——作家,定义为简单的压迫与被压迫、束缚与反抗的二元对立关系。这样,对于被压迫、被束缚的写作者来说,其写作的目的、意义就是要捣毁这黑暗的铁屋子,从而获取自由与解放。注意,这种定位不仅意味着黑暗的彻底他者化和自我的崇高化,同时又意味着自我存在和写作自身意义的完全放弃:具体的写作不管是因为在写作中感受到压迫、束缚而以写作来反抗压迫、争取自由也好,还是因为在生活中感受到了压迫从而拿起笔来进行反抗的、自由的写作也好,只要当你在自己的意识中外化出了一个黑暗无比的笼罩你、束缚你、囚禁你的罪恶的对象时,你已经完全将自己(作为写作者和作为人的自己)的并不确定且复杂多样的存在完全本质化、固定化、黑暗化了,使自身成为黑暗的客体。虽然你反抗黑暗、试图摆脱囚禁的写作行为,看上去是那样的崇高、伟大,但其伟大的光明在本质上却是由罪恶的黑暗照亮的。另外,当你意识到这黑暗制度的囚禁性存在是你普遍的生存境况时,你就将另一个你、我、他设定为同样性质的被囚禁者,普天下的受苦、受难者;加之现实中,制度、社会总是表现为强力的、集团性的物质性存在,因此你很自然地也不可避免地要放弃你自己,与另一个你、他、我,结合成"我们",去反抗、去抗争、去捣毁这吃人的社会,捣毁这黑暗的铁屋子。同时在这样的结构中,无论你具体的反抗的写作是否指向一个光明的社会,你已经先于这光明社会之诞生将自己过去、现在、未来的所有存在,都像交付给黑暗的社会一样交付给了光明的未来。你不可能不这样,这不仅是因为你反抗无边黑暗的那一面就意味着对于一个光明的新社会的企盼,更是因为,你与黑暗的完全的对峙性关系结构,已经把你预支给了光明的世界,它没有给你留下太多的个人的空间。

有关铁屋子的较为普遍接受的第二种定位是将其视为传统的旧文化,进而延伸为整个中国文化。文化牢笼与被囚禁的写作者的关系要比上一种复杂得多。不同于简单的外在的黑暗的社会制度,人与文化,尤其是作为写作者的人与文化的关系,是难以截然划分为两个势不两立的对立体。一个人不可能不是文化的,文化不仅是你具体所处的社会关系,更是你从小习得已经生长于你的思想、情感、肉体中的东西,更重要的是作为文化最基本的表征、载体——语言——也是你作为一个人尤其是作为一个写作者已经拥有、必须拥有的最为基本的存在性要素,你必须通过你所拥有的文化母语,来与文化发生关系。因此,你尽管可以像鲁迅那样将文化设想为一个对象性存在的铁屋子,也无法在具体的写作实践中摆脱你与文化的相互缠绕性。

这种文化囚禁性的写作关系定位,在中国现代文学的历史中,简单而言大致可以分成两种摆脱、反抗性关系的确定:一是"西化"方式;二是鲁迅式的"困兽犹斗"的方式。这两种方式都是将传统甚至中国文化视为必须被破除或改造或摆脱的对象，而且似乎也都主张通过向西方学习来完成中国文化的改造。但两者在对西方文化、中国现实的实际处置上则存在相当的差异。我们先来看"西化"方式。这种反抗、改造的取向，将传统文化的囚禁定位成了中国语言的囚禁，其创作就表现出对西方现代主义文学语言模式的全面学习与移植的倾向。这大致从李金发开始，经过20世纪30年代的戴望舒、卞之琳等现代主义诗人和40年代的九叶派诗歌创作，然后经过一个漫长的空白，又在20世纪80年代部分第三代诗人的写作和当下部分"知识分子"写作中所接续。"西化"式写作表现出的个体性的语言先锋实验，虽然其诗歌锋芒，一般并不直接指向现实，但其对传统语言或当下意识形态语言的颠覆性，也使得这类写作，与艺术反叛、革命、创造的距离更近。但是一味西方化、艺术化的强调，则可能造成一种致命的弊病——中国语境的放逐。这又可能带来两方面的问题：一是写作的"无害化"；二是西方语言模式泥淖的陷入。这样的危险在整个新诗的历史上一直存在。

不过虽然如此，1949年之前的各种现代主义诗歌，很少将以西洋为师的追求推向极致，大多数现代主义诗人在向西方学习之时，并没有完全置中国当下语境于不顾而沉溺于西式文学语言的模仿中。甚至如穆旦这一被视为"最好的品质全然是非中国的"诗人，其西方诗歌语言模式的全方位移植，仍然与其所处的时代发生着密切的关系，并在相当程度上达到了困兽犹斗式写作的境界。①

到了 20 世纪 90 年代，周伦佑的"刀锋之诗"进入了我的视野。记得初次接触周伦佑写于 20 世纪 80 年代末至 1993 年的这批诗作时，立刻被它们杰出的品质所征服，并总觉得那晶体般的文字之后隐藏着些什么，同时又对"闭关修炼""西昌仙人洞"等信息不解。当得知周伦佑因思想而被迫身陷石屋时，一切都恍然大悟了。在所谓"闭关修炼""西昌仙人洞"等中所隐喻的过去的暴力今天仍然在持续之外，倒也真实地体现了所有伟大的思想者身居石屋而胜似闲庭信步的卓然品质。人类这一物种在这个世界上并不算得很强壮、很快捷，但却主宰了这个世界，是因为他的智慧与思想。同样只有人的同类才知道思想的力量与可怕，于是有那么一些人总是想用消灭肉体或禁锢身体的方式来否定思想自由的元素，以此来熄灭思想的火焰。然而古今中外的历史无数次验证，思想与肉体的禁锢只对我等平凡的灵魂有作用，相反对那些伟大的灵魂，不仅毫无作用，身体的限制、自由的束缚，反而可能正好成为成就伟大的最后的助推器。

作为当代囚禁性综合写作代表的周伦佑，其自由介入写作从 20 世纪 80 年代一直延续至今，不过我以为最能代表这个文学时代和百年中国新诗高度的创作，主要是周伦佑的"刀锋之诗"。对于绝大多数的读者来说，这些诗似乎应该是"历史文献"，是紧接 20 世纪 80 年代末那段特殊的日子的剧痛而来的精

---

① 江弱水认为穆旦不是优秀的中国现代诗人，而是奥登、艾略特等西方现代派诗人的模仿者，甚至抄袭者（《伪奥登风与非中国性——重估穆旦》）。江的观点实际太过偏激，他严重地忽略了穆旦将中国现实与西方现代派诗歌所做的嫁接，这种嫁接，使得穆旦既没有坠入西化语言片面模仿的苍白之境，又使诗歌面对现实的发言。例如穆旦的《野兽》《农民兵》《旗帜》《防空洞里的抒情诗》《饥饿的中国》等。

神、灵魂、艺术才华的结晶。但是我以为,对于所有经过那一年的读者来说,这些诗作,并不是"历史"文献,甚至也不是一个他人的作品,而应该首先是读者自己的精神历险,是一个伟大卓绝的同伴邀你一起来完成的灵魂炼狱的穿越。它们不仅是当代的,而且是当下的,更是此时此刻的。从严格意义上说,所有经历过那段历史的读者,只有经过只属于你自己与周伦佑的对读与对写,弥补被我们有意或无意遗缺的历史之页,才能真正有资格去讨论、评价它们。

看一支蜡烛点燃再没有比这更残酷的事了看一支蜡烛点燃然后熄灭小小的过程使人惊心动魄烛光中食指与中指分开,举起来构成 V 形的图案比木刻更深没看见蜡烛是怎样点燃的只记得一句话一个手势烛火便从这只眼跳到那只眼里更多的手在烛光中举起来光的中心是青年的膏脂和血光芒向四面八方一只鸽子的脸占据了整个天空再没有比这更残酷的事了眼看着蜡烛要熄灭,但无能为力烛光中密集的影子围拢过来看不清他们的脸和牙齿黄皮肤上走过细细的雷声没有看见烛火是怎么熄灭的只感到那些手臂优美的折断更多手臂优美的折断烛泪滴满台阶死亡使夏天成为最冷的风景瞬间灿烂之后蜡烛已成灰了被烛光穿透的事物坚定地黑暗下去看一支蜡烛点燃然后熄灭体会着这人世间最残酷的事黑暗中,我只能沉默的冒烟 1990 年 4 月 12 日于西昌仙人洞

火浴的感觉不作为鸟,去掉那种隐喻的成分直接以人的名义进入火焰中心赤裸着身体,在非神话的意义上体味火,体味一种纯金的热情被更高的热情所包含,或毁灭火的洗礼与献身。

从主体到非主体只一墙之隔一步之遥从他到我,完全不同的两种火焰在火的舌头上感受自己的肉体比看别人点燃手指真实得多皮的焦煳味,肉的烂熟味超出痛苦的最多含义,不知道痛很小的火焰中,因焦灼而歪曲的脸互相野蛮,互相出血,互相背叛相互暴风雪。你在火焰的中心冷得冒烟火的深入变化无穷毫不手软的屠杀与围攻。思想纯正的黑暗,炉火纯青的白旗的红,杀人不见血的透明读一百遍伟人传记还是激动不起来找不到一点凤凰的感觉落尽羽毛。比铁坚硬的是火自我提炼的绝好机会。紧要关头血压升高,意识不即不离火的牙齿把头发一根根咬白如优质木炭的灰,银子耗损的光芒。生命在火焰中趋于纯粹万念俱灭的决心不躁不热在火中褪尽了火,回到丹田的最初位置百炼成钢,或者百炼成精,高温中蒸发的水都不代表你此刻的状态还是回到鸟,抖落身上的灰烬从火焰中再生的不是凤凰是一只乌鸦,全身黑得发亮1992、3、23 于西昌月亮湖畔

　　上面是《看一支蜡烛点燃》和《火浴的感觉》两首诗的拆分排列,并将某些文字做了特殊字体的处理。这并不是玩弄再创作式阅读的游戏,而是想以此密密麻麻不规则的排列方式,来呈现我在那年夏天的一段心境,那激动、亢奋、混乱而又有几分迷惘的心境,以及整个社会的燥热。我至今仍然清楚记得那或许并不只属于我一人的一幕:那个夏天过后,突然静寂下来的更加闷热的空气中一连多日地回荡着一种纸质与金属混杂的声音;同时有另一种声音、另一幅画面又在许多人的睡梦中回放:

　　　　又是火光,又是疼痛的枪声

每夜他都被同样的场景惊醒
眼睁睁看着自己被分成两半
……

不同年代的兵器一齐开火,人头
落地,倒下的都是自己的躯体
他以腹击鼓,砍下手臂作为旗杆
推动大炮,请皇帝吃些糖衣炮弹
一些钢铁的家伙在他身上横冲直撞
不断有人从头顶上压迫过去
他感觉自己好像被击中了
于是倒下。英雄末路总是很凄惨的
天亮以后,他用衣服遮掩住身上的伤口
在同事眼里,他是一个谦虚的和平主义者

　　　　　　　　　　——《战争回忆录》

烛光中食指与中指分开,举起来
构成 V 形的图案,比木刻更深
没看见蜡烛是怎样点燃的
只记得一句话,一个手势
烛火便从这只眼跳到那只眼里
更多的手在烛光中举起来
光的中心是青年的膏脂和血
光芒向四面八方
一只鸽子的脸占据了整个天空
再没有比这更残酷的事了
眼看着蜡烛要熄灭,但无能为力

烛光中密集的影子围拢过来

看不清他们的脸和牙齿

黄皮肤上走过细细的雷声

没有看见烛火是怎么熄灭的

只感到那些手臂优美的折断

更多手臂优美的折断

烛泪滴满台阶

死亡使夏天成为最冷的风景

瞬间灿烂之后蜡烛已成灰了

被烛光穿透的事物坚定地黑暗下去

——《看一支蜡烛点燃》

　　我们应该感谢周伦佑！感谢他的诗歌再次将那似真亦幻、既鲜明无比又模糊不明的绝伦而残酷的风景定格、呈现。曾几何时，这烛光何其痛楚地钉在我的眼中，这优美的折断何其顽固地在我眼前一寸寸地裂开，那钢铁的家伙的横冲直撞又何其彻骨地碾压过我的肉身。我曾以为，这一切，这一切似幻亦真的场景，永远都不会消逝，永远会定格在我的眼前，寄居于我的肌肤、我的骨头中。然而，假的真不了，真的假不了，当周伦佑在静静的众石的挤压下做不死鸟的逍遥之游时，真假难辨的一千零一次的重复、轻轻松松无边快乐的诱惑，则渐渐让这场景在我的意识中模糊、变形，我也由痛楚、愤怒、惊恐渐渐怀疑、自惭及至遗忘……是与周伦佑的邂逅，是周伦佑"在刀锋上完成的句法转换"，重新唤醒了我已缥缈的记忆，让那个不该遗忘，实际也并未过去的历史，再一次得以澄明！

将铁屋子视为中国传统文化而做困兽斗的典范无疑是鲁迅。但鲁迅作品中所表现出来的无边的黑暗意识，绝不是西方现代主义人的存在方式简单的模仿，它一方面与现代人普遍的虚无感、无根感相通，直通现代主义的现代人的存在之境；另一方面，这种黑暗意识又来自对漫长的中国专制历史和现状的深刻体悟与洞察。以尼采来说，我们或可以在鲁迅的思想、《野草》的形式上发现尼采踪迹，鲁迅与尼采与其说是一个学习者或模仿者的关系，不如说是中西世界两个在无边孤独、黑暗中呐喊的灵魂的偶遇。鲁迅邂逅了尼采，在尼采的那里发现了最能够表达自己存在绝境的语言形式，并将其集中地创造性地改造运用于《野草》中。我们可以说鲁迅是向西方学习，但我更愿意说他是从西方盗火。学习很大程度上意味着不成熟的青少年向老师学习，学习如何思想、如何做文，按照老师的模样来塑造自己；而盗火则是窃来他人之火，照亮、灼烤自身所在的社会、文化以及自己的身心。这在《野草》的诸多篇目中表现得非常强烈，如《复仇》《死火》《墓碣文》等。这些篇章，不仅决心自食的决绝让人震撼，而且语言的表达也接近晶体的纯粹，干将、莫邪之锋湛青。鲁迅之所以时至今日被许多人所仇恨、贬低，但却始终无法将他从历史舞台中驱赶出去，正在于他既以勇敢的窃火、天才性的创造、忧愤深广的情怀，反抗着囚禁式的写作境况，又从不自欺地以革命的激情或先锋的狂妄作妄想性地摆脱。我猜测，鲁迅后期之所以那样不懈地卷入与名流们的论战，恐怕也与此不无无意识的关系。因为这种论战似乎同时满足了对于现实、传统、语言及至自我，四个方面的以笔而战的肉搏感。周伦佑的"刀锋之诗"，则既继承了鲁迅，又在语言、结构、写作主体等多方面，综合性地超越了鲁迅，在中国现代文学史上，第一次实现了对于体制、汉语传统和西方影响的同时性的面对与挑战，使中国现代知识分子的自由写作，立足于了一个前所未有的"现实—自由—艺术"主体的位置。

注意在"现实—自由—艺术"这一三元素结构中，自由是核心，是写作者双脚的立足之点，而现实和艺术则是写作者左右手分别插入的两个区域。艺术家牢牢立基于自由这一基石，既不被现实的欲望或体制所吞没，又不被所谓艺术的缥缈或纯粹所淹溺；而现实和自由的同时插入，又赋予了自由这一存在的核心价值以切实的在场性。具体到周伦佑的"刀锋之诗"，我们看到它们首先是切切实实的石屋中的写作，囚禁式写作对于它们的作者来说，就不是象征性的关系，而是直接的现实。所以周伦佑将它们称之为"红色写作"就是自然而恰当的，但也可能因为此种原因，为"刀锋之诗"带来了正反两种不同评价的"暴力写作"的指认，但是我以为它们都是不正确的。因为暴力性的文学抒情或叙事，除了表面的暴力化的修辞外，最重要的是它内部各元素自身的本质性及其结构关系的固定性，而"刀锋之诗"则无论是内在结构还是语言形式，都不是如此。

不错，暴力的确是"刀锋之诗"中的一个集中的主题，并且以一套相关的元素为其表征——石头、火、铁、刀。它们囚禁、火烧、击穿、碾压、切割着诗人，赋予了诗歌有形或无形的切肤之痛感，是诗人、诗歌所欲反抗的对象——其实对于"刀锋之诗"的写作来说，反抗的写作之概括并不准确，它是一种集反抗、瓦解、解构、结构于一体的介入写作，是新的历史条件下的另一种形式的创造性的"变构"。在这种变构的诗歌世界中，那些暴力的元素，虽然有着暴力的特性，但又不再只是暴力，而具有了更高层次、更加多样的诗歌品质。《在刀锋上完成的句法转换》就最为直接地展示了这一变构的过程。

在这首诗中,刀刃的切割直接出场,触目惊心地以血,血的流淌、血的腥味展示着它的锋利,那"冷冷的玩味"也进一步显示切割的残忍、冷酷,阻碍读者因诗歌第一句的"臆想"一词而将其想象为纯粹的语言游戏。但"臆想"的设定和这冷酷的切割毕竟造成切割的实施者与承受者定位的暧昧、不确定。由根据"被利刃割破"看,这切割应该由另一个他者所实施,但"冷冷的玩味"和手指在刀锋上带有几分犹豫的抚切,则又像是自我的切割;难道这不是暴力的切割而是受虐狂疯狂的自虐?然而,接下来对自杀的拒绝,尤其是那"以生命做抵押,使暴力失去耐心"的宣言,则又明确地否定了自戕的解读。但是紧接着的"从看他人流血到自己流血"的"转换过程""施暴的手并不比受难的手轻松"的反向体验,又再次模糊了施暴与承受,切割与被切割的身份,激发起读者"众多的感想"。接着那钢铁,又将"众多的感想"引向那被暴力和谎言所遮盖了的现实的指涉,暴力更为明确、铺天盖地地碾压过来。然而,再次出人意料的是,"广大的伤痛消失"后,"充满杀机"的双眼,却伴随着牺牲与屠杀的双重体验。

这种施暴和承受身份的暧昧和不确定,帮助写作者从固定的反抗与压迫的关系中摆脱出来,动摇了试图吞噬写作者及其艺术的潜在结构。而诗歌中那双凝视着"你"的双眼,更隐含性地强化了诗歌主体位置的不确定性:他好像既是暴力的承担者、撕裂者,又是暴力的施加者、旁观者,更是暴力与反暴力关系的凝视者、变构者。因此,这样的诗歌主体拒绝了为集体、阶级、政党、光明未来无条件的献身;扩大了先锋诗歌主体的无所羁绊性、创造的无边性,阻绝了缥缈的苍白、戏耍的浅薄和纯粹语言的幻象;继承了困兽犹斗主体的执着与坚韧,又克服了他的困惑与彷徨。

因此毫不奇怪,这种诗歌的语言不可能再是20世纪40年代红色诗歌的浅白、暴力性的排比、铺陈、直吼,而是集精炼、质朴、深度、坚韧、力度、弹性甚至幽玄于一身的语体,从而真正达到了"语境透明"的境界。① 正是在这里,现代汉语、中文,第一次真正达到了成熟而超绝的晶体品格。②

三、"非非":文化启蒙与自由诗篇

(一)"前非非":文化启蒙的狂欢

作为非非主义领袖、核心的周伦佑固然十分重要,但是作为流派的非非主义的重要性也不能忽略。不过要想准确、全面地辨析非非主义在中国现代文学流派史的地位,以及它对于转型期中国文学、中国文化的重要作用,需要专门详细的研究,非此处所能。这里我只能主要根据《非非》撰稿者的情况,重点分析它之于20世纪80年代和20世纪90年代后期中国当代历史的作用。

首先来看20世纪80年代的情况。

---

① 参见周伦佑:《红色写作》B部分第14小节。
② 因为不想使本文过长,不再做具体分析。除了这里我已经涉及的作品外,读者还可以去阅读以下篇目:《想象大鸟》《石头构图的境况》《画家的高蹈之鹤与矮种马》《不朽》《镜中的石头》《模拟哑语》《猫王之夜》《火浴的感觉》《仿八大山人画鱼》《果核的含义》《沉默之维》等。另外,一些对《非非》、周伦佑的正面评论,也程度不同地涉及了"刀锋之诗"的独特的变构性语言结构和风格特质。譬如周雷、袁勇、刘畅、龚盖雄、陈超、林贤治等人的相关文章。

　　"非非"酝酿、组建于 1986 年年初,这并不是一个纯粹的偶然,一方面它与先前的一些自发的民间文学活动有关①,另一方面更是"八十年代文化热"的产物。1985 年前后,包括中国文学在内的思想文化界掀起了一股中国当代历史上前所未有的自觉、自发、热烈而又斑驳陆离的文化热潮景观,其所涉及的文化领域之广、出现的派别名称之多、提出的思想观念之杂、掀起的浪潮之猛,都是前所未有的,恐怕只有五四新文化运动可以与之相较。② 《非非》作为这一文化热潮中的一支诗歌力量是很明显的,不过人们一般只是有意无意地强调它在"八五文化热潮"中所扮演的喧哗性的"反文化"的一面,甚至周伦佑在给包括《非非》诗人在内的第三代诗人的自画像中,也以戏谑的口吻突出了这一点。③ 而这一被简单化放大了的特点,被视为所谓"后现代"的特征而被大谈特谈;至于前非非诗人这群反文化者之于"八十年代文化热"究竟有什么样的关系,究竟发挥了哪些作用,却并没有得到真正的关注。

　　从《非非》出场的情况和它作为第三代诗歌的理论代言人及其其他相关做派来看,"反文化匪徒"这一称号当之无愧,但是这个反文化匪徒之于"八五文化热"的作用,绝非简单的口号标语式的鼓动,也并非仅是某些面貌怪异的诗歌的冲击。《非非》的"反文化语言诗学",发挥了文化启蒙的作用,其独傲、狂妄的外表,掩盖着清扫"奥吉亚斯的牛圈"的使命和对"八五文

---

① 参阅周伦佑:《非非主义编年史纲——前非非写作时期(1986～1988)》(上),《悬空的圣殿》。无论是周伦佑本人还是那些鼓动周伦佑牵头搞流派的人,这之前都已经有相关的文学或思想文化方面的社会性的活动。

② 有关"八五文化热潮"的具体情况,可参阅姚新勇的《悖论的文化——二十世纪末叶中国文化现象扫描》,江苏教育出版社 2002 年版,第 61～74 页。

③ 周伦佑:《第三代诗人》。

化热"的综合性特质;当然这一切,也与那个时代文化热的不成熟和扭曲性紧密联系。

众所周知,中国近三十年来走了一条渐进性的变革路线。从正面理解,这意味着渐进既促成了社会必要的变革,同时又避免了激进革命所带来的巨大震荡,从而以较小的代价换取了较大的成就。但从反面来说,渐进意味着体制对更为直接、正面性的变革要素与努力的压制,从而造成近三十多年社会变革的异常艰难、曲折、非直接性和扭曲性,从而使得思想文化领域的变革形成了一种"嵌套式文化—制度结构"。这种嵌套式结构,不仅表现为思想文化领域的变革呈现出一波三折的起伏性,同时也使得许多变革的需求和实践,不能直接从思想、哲学、政治方面进行理论的突破,经常以变形的"文化"的名义来展开①,从而直接影响到了 20 世纪 80 年代思想文化启蒙展开的间接性和文化表征性。也就是说,改革开放的直接前提是十年"文革",因此照理而论,"文革"后的变革,自然应该直接从理论和制度层面进行反思,就如欧洲的启蒙主义必须从对基督教思想的迷信的破除、从宗教改革入手一样。但是由于众所周知的原因,同样性质的思想变革运动,只是在 70 年代末的思想解放阶段较为规模地展开②,以后则大大走样、变形。各种具体性的思想文化观念、生活方式、文学艺术方式的变革,成为思想解放的主导,而严肃、深刻、学理性的、类似于欧洲启蒙主义时期的思想启蒙,则被严重阻碍、遮蔽,结果导致那些具体性的观念或方式的变革,除

---

① 参见姚新勇:《悖论的文化——二十世纪末叶中国文化现象扫描》,第 74—90 页。

② 如有关"真理标准的大讨论"、西单民主墙等地开展的各种民间的精神反思活动等。

开其对传统极"左"模式的反叛,又具有了思想启蒙的功能;所谓"只做不说",就颇为奇特地隐含了这种行动对理论的僭越。

此类情况,早在二十世纪七八十年代之交就出现了。比如说当时的通俗歌曲热、穿喇叭裤、跳迪斯科、接吻照……乃至于实验戏剧、意识流小说、朦胧诗潮等等。这些新追求、新变革,既是对过去僵硬的思想文化观念的冲破,同时也启迪了人们,打开了人们的眼界,改变或影响了人们的观念。各种各样文化现象的变革,不断发生、越积越多,终于到八十年代中期,形成了全面爆发之势。

我们现在回过头去看当年的《非非》。

首先当年的非非主义除周伦佑而外,聚集了一批颇具有天才气质的诗人,如蓝马、杨黎、廖亦武、何小竹、李亚伟、尚仲敏、万夏等,与那个文化反叛时代所需要的力度、热度正好相称。他们那些被社会放大了的极具鼓动性、煽动性的言辞、创作、做派,的确极富文化反叛匪徒的特征,具有极强的冲击力和破坏性;而且其诗学理论与具体诗歌创作,也的确发挥了启蒙的作用。《非非》及《他们》等第三代诗人对英雄主义、理想主义的嘲笑、戏讽、解崇高化,客观上就具有了诸多启蒙性的意义,破除主流意识形态的迷信,打碎其束缚性结构,思想、观念的解放等等。不过就此而言,它们所发挥的理想主义、英雄主义迷信破解的作用,要远远大于思想启蒙的意义,也就是说并没有太多真正深刻意义上的思想启蒙性,不过这也的确间接地为后来的市场经济所需要的世俗化、个人化、享乐化的意识形态铺路搭桥。①

其次是普遍的诗歌审美观念上的启蒙意义。这方面的作用,类似于"朦胧诗"和"先锋小说"对人们的新型文学艺术观念的启蒙作用。这点笔者自己就有亲身感受。当年非非主义、第三代诗歌大吹大擂、招摇过市时,我非常反感。我不理解文学怎么可以放弃价值与意义的追寻,怎么可能回到前文化的状态,怎么可能"诗到语言为止"呢? 可是当我读到周伦佑编选的《亵渎中的第三朵语言花》后,意识到自己当年对第三代诗歌的看法太多偏见,那些反文化、反价值等的说辞未必都正确,但这种观念的确帮助他们创作出了截然不同于以往的诗歌,对把中文从意识形态的模式中解放出来发挥了积极的作用。

再次是对具体诗歌创作的多样化、自由语言模式探索的启蒙意义。比如第三代诗歌当年对诗歌语言尤其是对口语诗的强调,冷抒情的处理。20 世纪 90 年代口语诗的喧哗,其实就是对当初诗歌实验的承接,而文学研究界对语言研究的深化,也与此不无关系。

当年《非非》的文化启蒙还有另外一个特点,即对所有问题"整体解决"的企图。美籍华人林毓生在讨论五四新文化运动时指出,新文化的倡导者们,有着一种用文化一揽子解决所有问题的倾向,这或许是所有文化启蒙的共性吧。"八五文化热"中

---

① 市场经济虽然只是到 20 世纪 90 年代后才正式提出,但早在 80 年代初就开始在中国起步,不过最初的微型的市场性质的活动,严重缺乏合法性,在现实中经常会遭到追剿,而在文学作品中,也常常被迫地改头换面、乔装打扮。比如《追回青春》这篇小说中的主人公,就以理想主义来为自己组织青年人从事餐饮业辩解;《现代派茶馆》则更是以理想主义将私营经营活动与现代派的衣着打扮合法化。参见姚新勇《主体的塑造与变迁》,第 38—41 页。

的诸多提法就表现出了这一整体化、综合性解决问题的特点。像"系统论""方法论"等,甚至"文化寻根""叙事革命"等都带有这种倾向。不过在这一点上《非非》表现得更为强烈、明显,蓝马的《前文化导言》、周伦佑的《变构:当代艺术启示录》等,就很能说明问题。

不过上述各点并非《非非》所独有,最能表现80年代《非非》文化启蒙独特性的是它的清理性,而这又集中表现于周伦佑的《反价值/对既有文化观念的价值解构》。这篇文章不是简单地鼓吹什么返还前语言文化状态,而是尝试进行一系列富于逻辑性和方法论的语言价值的清理活动。虽然说这还远未达到马克思所意指的理论清理高度,但在理论清理被严重压制的80年代,它的确发挥了清理传统意识形态的"奥吉亚斯的牛圈"的功能,其意义今天也未过时。

20世纪80年代《非非》发挥了启蒙的作用,但这并不意味着《非非》或以《非非》为代表的"第三代"诗歌具有本质性的革命意义。以"反文化""反价值""反崇高"为表征的《非非》、第三代诗歌的启蒙性,是由80年代特定的文化语境赋予的,当历史文化语境发生变化之后,同样性质的观念、行为和写作,既不再具有真正的自由反叛性,也更没有了启蒙的价值。那批颇有才气的文化狂欢者,绝大多数都几无反抗地归顺于市场经济的大潮,由当初不可一世的反文化匪徒,摇身一变为市场的弄潮儿,非非主义的旗号也成了他们中的少数人招摇过市的招牌,同时又几分矫情地以敞开的下半身来显示所谓的民间的反抗。① 这种

---

① 参见周伦佑:《周伦佑谈杨黎》《高扬非非主义精神,继续非非》(载《悬空的圣殿》)。

"反文化""反价值"观念在 20 世纪 90 年代的意识形态化的蜕变，恰恰再次表明中国当代思想文化启蒙、思想解放的不成熟与扭曲性。

同是 80 年代的文化叛逆者，为什么杨黎、何小竹、韩东等却与周伦佑走上了截然相反的道路呢？是因为年龄与"文革"经历的经验差异吗？可能有关，但也并不尽然。蓝马与周伦佑就同属"文革"中的知青、红卫兵一代；而走上与周伦佑相类似的介入式写作的廖亦武，则是 60 年代出生的人。是因为现实的巨大转变加之于他们的不同作用吗？即失去身体自由与没有失去的差异吗？可能也未必。暴力对身体的囚禁，没有摧毁周伦佑、廖亦武介入式写作的勇气，而财富与名声的诱惑，也没有让陈小蘩、陈亚平等人堕入下半身写作的泥淖。所以，经历、年龄、现实、人品的差异，是与当年《非非》同路人分道扬镳有关，但不是全部，还必须加上他们 80 年代诗歌理论、诗歌精神的内在差异。蓝马与周伦佑的情况，就非常典型。

正如前面所指出的那样，无论周伦佑 80 年代诗学理论的态度有多么激进，他始终坚持语言、文化之于人的不可摆脱性，"他的全部论述是在承认语言的既成性和限定性的前提下展开的"，"对语言的变构只能在语言内部进行"①。他对文化、语言价值词汇的清理的背后，隐含着对超越性、全新价值的创造性发现。而蓝马则鼓吹彻底摆脱文化、语言的束缚，返还到前文化、前语言的状态，去发现，去创造。因此，与周伦佑的天才、精英观不同，蓝马早在《前文化导言》中，就表现出另一种路向。与此一致，虽然周伦佑也将艺术创造、文化变构与人的直觉、本能相

---

① 王潮：《变构语言的努力——"非非"意识浅析》，《诗探索》，1994 年第 2 期。

联系,但其重心则不在于与肉体的连接性,而在于杰出的、无与伦比的创造力。蓝马则在排除了自由创造与语言、文化的任何联系之后,就只能寄托于所谓肉体这一"体内语言":"人人的'体内'都有不尽相同的前文化语言,它不仅是寄于神经的、大脑的,它尤其是寄于肉体的、器官的、血质的:整体生命体的。"即如"神经质活动本身,它在生命体内部经历的'全流程',它的每一下'由内而闪闪烁烁'的抽搐或悸动,却是成串、成网、成团、成片的弥漫和震荡不已的、前文化语言糊、粥、链"①。这一切与 20 世纪 90 年代后所谓的"民间写作"对知识分子的贬低,对肉体的迷幻何其相近。

所以,当现实的暴力无情地击碎了反文化者们的文化反叛、文化解决的狂想后,当市场消费伦理学将身体变成资本最廉价、最便捷的增值手段时,自由反叛语言的变构和天才创造力的自信,就与周伦佑以往的经验一起,成就了一个伟大的艺术和道义的英雄;而自以为凭借感官的肉体就可超越文化语言束缚的狂妄乐观的蓝马、杨黎们,则被他们自己的身体带入市场经济的康庄大道。

(二)"后非非":诗歌道义的汇聚与坚守

这里有三个关键词——道义、汇聚与坚守。它们各有侧重但又彼此会通,并被"诗歌"一词所引领、贯穿。

道义。它当然是"铁肩担道义"之道,它表现出《非非》面对社会、面对历史的正义之姿、介入之态。《非非》复刊号的诞生,"红色写作"的宣言,"体制外写作"的倡导,都直接体现出了这一点。

---

① 蓝马:《前文化导言》,见《非非》创刊号。

它同时也是为人的道德，个人的良心。实话实说，我从来没有想到过会与周伦佑成为朋友，即便是约十年之前我在冲动中答应为《非非》撰写文字之时，也绝没有想到我们会成为朋友，远离而又亲密，私人而又单纯。因为，《非非》或周伦佑的理论看去实在是太不可一世，太天马行空，太独断而决然；周伦佑的诗歌，实在是太大气、厚重而飞扬；甚至周伦佑坐在会场上的一种无意识举动，也都在悄悄地暴露着他时刻都在持镜自赏。然而，当我一次次甚至是十几分钟内数次接到他编校我的文字的电话时——一个标题的改动建议，一段文字的调整方案，几个错别字的修改，甚至一个标点符号的置换——我才惊奇地发现，霸气的周伦佑竟然对作者、对文字、对诗歌是如此的认真、负责、尊重，甚至认真、尊重得有些烦琐。

但它更是诗歌的道义！无论是社会道义，还是个人道德，都统一于诗、落实于诗并以诗的道义为指归。这正是周伦佑、后非非通于而又不同于更超越于"铁肩担道义，妙手著文章"之处。

汇聚。谈及 20 世纪 70 年代末至 80 年代的诗歌，人们喜欢用"归来者""朦胧诗"（或"今天诗派"）、"第三代诗歌"加以概括，以呈现其代际更迭、波起云涌之势。这里，虽也表现出启蒙时代的众声喧哗，但也呈现出诗歌阵营的裂变、分解。而谈及 20 世纪 90 年代之后的诗歌，恐怕人们更容易用溃散、分崩离析或圈子等词来定位。比如那些被批评界津津乐道，甚至被写进文学史的响词：盘峰论战、断裂问卷、知识分子写作、民间写作、中年写作、个人化写作等等。它们共同地表征着"八九"之后，诗歌、文学走向衰败性分化、堕落为圈子义气乃至个体呻吟的一面。有意思的是，在这些响词之中，你却看不到那曾经与"热闹"、"嘈杂"、"诗派"乃至"圈子"难解难分的《非非》的影子,听不见周伦佑的声音。在一个崩裂的时代、分解的时代、消散的时代,它—他,《非非》—周伦佑,却以坚定的行动,道义的追求,诗歌的力量,追求诗思的沉潜与汇聚,道义的沉潜与汇聚,诗歌的沉潜与汇聚。不错,这样做的不只是《非非》,不只是周伦佑,但是只有在《非非》——周伦佑这里,尤其是在 1992 年的《非非》复刊号那里表现得最为典型而突出——震荡之后的地心熔岩涌动,历史正义的决然表达,个体道德的时代承担,诗人阵容的壮观辉煌,诗歌之剑的寒光夺目,一起结晶于 1992 年的《非非》复刊号!

"复刊号"的"发刊词"《红色写作》,使用了"1992 艺术宪章或非闲适诗歌原则"这一副标题。"宪章"二字当非偶然的使用,一次偶然闪现,而是一个被厚厚遮蔽了的终将洞穿时代帷幕的关键词。

1991 年,刚刚走出峨山打锣坪石屋的周伦佑,携带着那些铁、石头和火练就的精湛的诗篇,到处奔波、联络、鼓动,辗转几省几地,历时一年多,终于在 1992 年 6 月,无声而石破天惊地推出了《非非》复刊号。重新复出的《非非》打出"红色写作"的旗号,直斥自我麻醉、逃避现实的写作,高调倡导艺术、诗歌对生活、政治的介入,同时在介入中,又不被生活和政治所吞噬。响应"1992 艺术宪章"的有:周伦佑、叶舟、陈超、梁晓明、南野、刘翔、邱正伦、杨运宏、欧阳江河、于坚、王小妮、翟永明、海男、唐亚平、芒克、杨炼、唐晓渡、西川、耿占春、王家新、邹静之、胡途、文群、雨田、杜乔、大踏、伊沙、潘雄、于荣建等。

从这份 29 人名单中可以看出,此期《非非》撰稿者的来源相当广泛,涵盖了"文革"以来的各代、各路的诗人,虽然不久其中的许多人都离《非非》而去,甚至放弃了写作,但这至少是在当代诗歌界,第一次实现了不分代际、不分诗歌理念的自由集结,历史道义的齐心汇聚,诗性精魂的集体碰撞。与此一致,此期《非非》上的诗作,也具有了绝非雷同但却相同的精神气质,即对于介入和自由的坚持,执着持韧与大爱的倾听,以及晶体性语言品质的铸造。譬如于坚的《对一只乌鸦的命名》《啤酒瓶盖》《坠落的声音》,欧阳江河的《墨水瓶》,叶舟的《灯:黎明的点灯人所唱》,邱正伦的《面对偶像》,王小妮的《注视伤口到极大》,翟永明的《死亡图案》,杨炼的《冬日花园》《谎言游戏》、《断水》,唐晓渡的《死亡玫瑰》,王家新的《帕斯捷尔纳克》,胡途的《鱼死之时》……①

虽然说这次中国诗人的集体亮相,时至今日仍然被厚厚地遮蔽,但他们以勇气、良心、道义与才华,在当代中国历史上留下了厚重的一笔。这不仅是对中国知识分子、对中国文学良心的一次拯救,同时也为整个社会树立起了道义和自由精神的火炬,更是为永恒的诗歌,诗歌的道义,给出了一次终将响亮于中国乃至世界的聚唱! 尽管它至今仍然被厚厚地遮蔽着。

最后来说——坚守。

从 1992 年 5 月—9 月,《非非》复刊号的出版,历时 5 个月,行程超过二万五千里,途经四川、湖南、湖北、河南、陕

---

① 这里我之所以不厌其烦地罗列姓名与作品名,一是想向他(她、它)们致以迟到的敬意,另外更重要的是 1992 年复刊号《非非》本身所具有的厚重而飞扬的价值。一册《非非》似乎具有超过整个百年中国诗坛的重量。其中堪与"刀锋之诗"媲美的应该是与坚的几首,其精彩绝伦、掷地有声的语言,传递出危险的暗示、发出自由的暗哑、嘹亮且又执韧无比的声音,呈现出细致入微的倾听和无边的大爱,感人至深,叹为观止。

西、河北、北京、山西、内蒙古、宁夏、甘肃十省一市。其艰辛程度,若非亲历,是很难体会得到的。这样的办刊经历,不仅在中国新文学史上是绝无仅有的,就是在世界出版史上也是没有先例的。①

这是周伦佑回忆 1992 年《非非》复刊号如何历经百般艰辛终得以出刊的一段文字。设想,若没有诗人个体对时代、对《非非》、对诗歌道义的坚持,这一"绝无仅有"的诗歌奇迹将何以成就?

时光荏苒,岁月如梭,一晃,离本文 2008 年撰稿已经过去快十年了;震荡之后的集结,已然溃散,"崛起"的进程中,人之本相纷纷见底。记得当年我曾这样写道:

> 在《非非》领袖周伦佑的诗学观念中,潜藏着一个可能吞噬艺术与自由的"黑洞";一方面,周伦佑近二十多年来的诗歌创作,一直在反抗、逃避着这一黑洞的吞噬,但另一方面这黑洞似乎又在逐渐扩大着自己的吸力,逐渐达到吞噬自由写作的密度,周伦佑和某些《非非》同仁写作的自由之光,似乎已经开始被这一黑洞悄悄地吸附。

而且我还以周伦佑的长诗《变形蛋》《大象跳舞》作为例证,担心周伦佑照那样写下去,是否会把自己和诗歌凝固、僵死于确定的象征中。然而,当我新近读到了周伦佑的近作《绝对之诗》时,则发现沉潜中的周伦佑,正以更为纯粹的形式,向着"绝对

---

① 见周伦佑主编:《悬空的圣殿》,西藏人民出版社 2006 年版,第 158 页。

之诗"的透明之境默默攀登……

2008 年 8~9 月,广州、乌鲁木齐第一稿

2017 年 4 月,成都、广州第二稿

2021 年 7 月,广州微调

作者简介

姚新勇(1957—),文学批评家。曾从事过农民、工人、公务员等多种职业,现为广州华商学院中文系教授、博士生导师。主要从事中国现当代文学研究、当代文化批评及中国多民族文学与文化关系研究。出版专著《主体的塑造与变迁——中国知青文学新论(1976—1995)》《悖论的文化:二十世纪末中国文化热点现象扫描》《寻找:共同的宿命与碰撞》《文化民族主义视野下的转型期中国少数民族文学》。曾在《读书》《民族文学研究》《二十一世纪》(香港)《文学评论》《文艺研究》等杂志发表文章约百篇。

汉语惊鸿的诗歌时代

——《非非》与《今天》的比较研究

董　辑

【摘要】《今天》和《非非》是新时期文学开始以来，中国最重要的两本民刊，两刊都出现于"时间窗口"开启的 20 世纪 80 年代；皆发表了大量进入历史的诗歌和其他文本；皆推出了众多有影响的诗人、作家、评论家等。多年来，关于《今天》的研究已经比较多见，而关于《非非》的研究还处于开始阶段，更缺乏关于两刊的比较研究。本文从历史背景、内容、文学史结论、刊物、理论、流派、诗学特征几方面对《今天》与《非非》进行比较研究，在总结两刊的相同点和不同点的同时，对两刊的刊物特点、历史贡献、历史地位和诗学影响等进行了分析，认为就民刊来说，从某种程度和某些角度来说，《非非》是对《今天》的发展，并且拥有了自己不可替代的历史地位。本文还通过对《今天》和《非非》的相关研究，肯定了民刊是中国先锋诗歌的第一现场，民刊对中国先锋诗歌的发展具有不可替代的重要性。

【关键词】民刊　《今天》　《非非》　先锋诗歌　北岛　周伦佑

《今天》和《非非》是中国诗歌民刊中的两大重镇，是至今为止诗界和学界公认的中国最重要的民刊，两刊皆出现于时间之窗开启的 20 世纪 80 年代；两刊皆有传奇的发生史、漫长的出刊史和厚重的文本;两刊皆产生了重要和久远的影响。其中,《今天》之于"文革"地下诗歌、朦胧诗潮、中国现代诗的重启和国外汉语诗歌的发展与影响等;《非非》之于第三代诗歌,巴蜀现代诗歌暨现代诗群,中国现代诗歌的后现代转向,20世纪90年代以后中国现代诗的本土、介入、体制外、综合性写作转向等,都具有拓荒和创史性的价值与意义,而且已经得到了历史和学术的确认与加冕。因此,对两刊进行比较研究,不但可以直面近50年来中国先锋诗歌的发生、发展和成就;更可以理解何为中国诗歌民刊及其出现、壮大和成就的原因与条件。

多年来,《今天》及其历史被反复提及,已经进入大学课堂,已经经典化了;多年来,关于《非非》、非非主义、非非主义诗歌流派、非非诗人、非非诗歌、非非诗学、非非历史等的研究尚处于某种程度的起步、基础阶段,更多地集中于20世纪80年代前非非那几年及那些已成为显学和"熟学"的问题、诗歌、历史和诗人。因此,对非非主义和《非非》进行学术研究,将《非非》和《今天》两大民刊进行比较研究,对中国先锋诗歌、中国当代诗歌史、中国诗歌民刊史来说,都是具有建设性和拓荒性意义的。

一、开创之功:《今天》与《非非》作为"重要"民刊的相同点

(一)"民刊"及"民刊"的重要性

"民刊"指没有国家刊号,不能公开发行、出售,只能自印传播的民间自印刊物。"民"指"民间","刊"指"刊物",一般具有"民间性""同仁性""草根性""非延续性""先锋/前卫/探索性""非营利/非商业性""自发性""原生态性"等特点。

民刊,是中国当代诗歌语境中独有的一种诗歌出版和诗歌

传播现象;民刊,也是中国当代诗歌语境中独有的一种诗歌载体和诗歌文本/理论呈现物,在中国当代诗歌的发展和历史中,具有极其重要的地位和不可替代的作用。

对中国诗歌来说,民刊的重要性主要体现在以下几方面。

一、彰显中国诗歌创作的活力和潜力。二、推动诗歌转型。三、新诗潮的涌现。四、中国当代诗歌,尤其是新时期以来的诗歌观念的提出和变迁,基本上要靠民刊,而且主要是通过民刊表达出来的。五、中国重要的先锋诗歌文本和先锋诗人,几乎都是在民刊的跑道上加速,然后飞上中国诗歌的天空的。

民刊对中国当代诗歌的重要性可见一斑,对此,于坚、韩东、柏桦、徐敬亚、陈东东等都有相关文章论及,于坚甚至认为,没经过民刊检验的诗人和诗歌,很难成为大诗人和重要诗歌。韩东更是以"长兄为父"①,比喻北岛、今天派诗歌、《今天》对他们这一代人精神、思想、写作的全方位影响和塑造。

对中国诗歌来说,民刊承载、发育、生长和苗壮的是"先锋诗学",中国的先锋诗学、先锋诗歌和先锋诗人,就是在民刊这一沃土中成长和壮大起来的,没有民刊,中国诗歌的先锋部分就难以呈现和养成;难以和国际接轨,难以产生国际影响;民刊一直都是中国当代诗歌——先锋部分、先锋诗学、重要收获、历史阶段、观念变迁/演化——的重要载体和前沿阵地,过去是,现在

---

① 韩东:《长兄为父》,元知/公众号:miniyuans,2018 - 09 - 12。

是,以后估计也会是。①

如果从学术研究的角度出发,让《今天》和《非非》各自回到起点,然后重走两刊的历史航线,我们会发现,两刊具有一定的相同点,两刊之所以能成为中国民刊中的翘楚,之所以能对中国先锋诗歌产生巨大的影响,之所以能拥有崇高的历史地位,和它们所拥有的相同点是分不开的,而分析它们的相同点,可以让我们更清晰地看到诗歌民刊发展的曲线;看见诗歌民刊出现、发生、发展、成就的前因后果和必然性;进而明晰诗歌民刊的重要性和不可替代性。

(二)开创之功:为历史划定起跑线

1978 年 12 月 22 日,《今天》出刊。《今天》出现时,因为人所共知的原因,当时的中国文学整体品质低下,单调、贫乏、平面和缺乏艺术性,更谈不上有任何探索、实验与先锋;文学形式和语言极端陈旧,诗歌更是民歌体盛行,四行一段,押韵,语言直白、俚俗;那个时候,大量西方文学名著被列为禁书,现代派以降的文学作品基本上没有引进,中国 20 年代、30 年代、40 年代的大量文学作品包括诗歌也不被读者所知。在这样的文学背景

---

① 荷兰汉学家柯雷《中国民间诗刊:一篇文章和一份编目》:"在当代中国文学的发展中,民刊扮演了开创性的角色。""本文考察了所谓的中国民间刊物。值得注意的是,正是在这些刊物上,中国当代诗歌界几乎所有的重要人物首发了他们的诗作并养成其诗歌声音。""即便不是全部,大多数先锋写作始于民间(unofficial)诗坛。""2003 年,在《声音的诗学》中,张闳坦言,当代所有重要的诗歌均首发在民间刊物上。"《两岸诗》第 4 期;张清华主编《中国当代民间诗歌地理》序:"在这个民间群体的作用下,传统的诗坛权力结构及其价值系统终于土崩瓦解,几乎所有被广泛认可和经典化的诗人,都是从民间诗歌刊物上成长起来的,而不再是由原有的发表体制所制造出来的。这意味着,从 20 世纪 50 年代以来,由意识形态架构起来的诗歌生产体制,所谓的'当代诗坛'的文化权力结构被彻底修改和颠覆了"。东方出版社 2015 年版,第 9 页。

下,《今天》出现,以其现代主义的诗歌特征、大写的人性因素和独特的语言个性,一下子点亮了文学爱好者尤其是诗歌爱好者们的眼睛。

《今天》出现时,中国社会的巨大变革即将开始,在这样的时代背景下,《今天》横空出世,不得不说诗歌是有预言功能的,诗人往往是无意识的先知,诗人往往能预先感到时代的心跳,并让它们在他或者她的诗歌中得到应有的表现。因为契合了改革开放的时代大背景,《今天》实际上是得到了时代的加冕,它人性的、启蒙的、反思的、个性化的、反政治反意识形态的文学表达和诗歌美学,契合了时代语境和顺应了时代的潮流,它成为新时期文学尤其是诗歌透过铁幕的第一道光,是合乎情理和理所应当的。

《非非》的出现,也有它独特的时代背景,那就是 20 世纪 80 年代总的时代氛围。改革开放、国门敞开后带来了思想解放和知识爆炸,使 20 世纪 80 年代呈现出某种启蒙主义的、狂飙突进的特征和气质。正是在这样的大时代中,《非非》应运而生,可以说,换作其他的时代,不会出现《非非》这样革命性的、先锋性的、原创性的和本土性的诗歌流派、诗歌理论和诗歌作品。

20 世纪 80 年代,是思想解放的大时代,也是文学观念激烈碰撞和转型的大时代。"朦胧诗"之后处于暂时平静态的中国诗歌,因"朦胧诗"的理论空白和形式实验缺失,正酝酿着一场以形式解放和观念爆炸为标志的文学运动。《非非》杂志和以这份刊物为主要阵地的非非主义,就是在这个文学大时代的狂飙大潮中应运而生的。

《非非》1986 年出现时,朦胧诗已经确立,主要朦胧诗人已经成名;一种不同于朦胧诗的新的先锋诗歌写作潮流已经蔚为大观并且发育成熟；"第三代诗人"已经在第二诗界形成分布于全国多地的诗歌力量；四川已经取代北京成为当时的诗歌中心；上海、杭州、南京、云南、长春、贵州等地都已经形成了以第三代诗人为核心的诗歌写作阵营。《他们》第一期已经出刊；"整体主义"也已经创立并出刊；徐敬亚等诗歌活动家正在筹备和呼唤朦胧诗后更新的诗歌热潮的出现；非非领袖周伦佑自20世纪70年代末登上诗坛后，写作突飞猛进，已经完成了自己的数次写作转型，诗歌写作和理论、评论写作都已经做好了准备和已经写出了重要作品，并成为川中最有活力和影响力的诗歌活动家之一。①

由此不难看出，《今天》和《非非》，都出现在历史大变革的时期，甚至都预言和开启了历史的大变化；它们都感到时代和历史即将发生巨变，进而站在了新的历史起跑线上。现在看来，对中国诗歌来说，两刊皆具有独特的开创之功（周伦佑将这种时

---

① 周伦佑1980年12月在《星星》1980年第12期发表长诗《致母亲》，登上四川诗坛；1981年12月参加四川省作协举办的"文学讲习班"；1982年借调《星星》编辑部做见习编辑，结识老威、黎正光等川中知名诗人，组成"三剑客"诗人团体；1983年4月参加四川省首届青年创作积极分子代表大会，同年9月完成长诗《黄金船》，为作者受朦胧诗影响时期诗歌的集成之作；1984年，完成《白狼》《狼谷》《带猫头鹰的男人》，完成第一次写作转型；同年10月主编民间诗刊《狼们》，11月，和双胞胎兄长周伦佐等发起成立"四川省青年诗人协会"，任副会长兼秘书长；同年12月自印打印诗集《狼谷》；1985年5月，和周伦佐一起赴成都、重庆、武汉三市各大学讲座，反响强烈；同年探索诗作《带猫头鹰的男人》《狼谷》（组诗）分别发表于《现代诗内部交流资料》《中国当代实验诗歌》；1986年1月，同时在《星星》《中国》发表诗歌《狼谷》《白狼》，同年3月，写作《当代青年诗歌运动的第二浪潮与新的挑战》，首次提出"三次诗歌浪潮""非崇高""非理性"等理论看法；同年4月，完成长诗《十三级台阶》，完成第二次写作转型。见周伦佑著《后中国六部诗》之"周伦佑文学创作年表"，天读民居书院2012年印刷，第200页—205页。

代和历史所赋予的特殊背景条件形象地称作"时间之窗",《非非》《今天》都出现于特定的不可替代的"时间之窗"开启时期,因此能得风气之先,能创造各自的辉煌历史和诗文成就),各自引领和唤起了中国诗歌的一段非凡历史。

(三)内容与文本:"民刊"何以为"民刊"

一本民刊能产生重要甚至划时代的影响,和它所发表的诗歌文本关系密切。《今天》(第一阶段)只办了不到两年的时间,一共出了 12 期,却发表了大量影响巨大的诗歌文本,至今仍被人津津乐道,并成为能够代表一个时代的名篇,被写进文学史,被大量评论和解读。究其原因,是因为《今天》发表的是"文革"十年积压下来的诗歌精品,是北京地下诗歌的核心部分,所以诗歌质量很高,这些诗歌,比如《回答》《雨夜》《纪念碑》《一束》《在路上》《鱼群三部曲》《疯狗》《致橡树》《祖国啊,我亲爱的祖国》《一切》《巴黎公社》《相信未来》《走吧》《祖国啊,祖国》《四点零八分的北京》《迷途》《葡萄园》《我们从自己的脚印上……》《结局或开始》《星星变奏曲》,不但是"文革"十年北京地下诗歌的精华,而且也是今天派诗歌的代表作,更是朦胧诗或者说引动朦胧诗潮的最核心的诗歌文本,同时,也是北岛、食指、江河、芒克、舒婷、方含等今天派诗人的代表作。一本民刊,发表了这么多在文学史上占有一席之地的诗歌文本,想不产生影响都不可能。①

《今天》是一本综合性的文学民刊,除诗歌外,还发表了数量不菲的小说、评论和一部分翻译作品,但是,它推出的主要是

① 见陈思和主编、食指等著《被放逐的诗神》,武汉出版社 2006 年版。朦胧诗的很多名篇,都是有关诗人们"文革"期间创作或者初稿的。

诗人,贡献的主要是诗歌。《今天》推出和贡献了朦胧诗潮中影响最大的诗人北岛(也是目前中国国际声誉最隆的中国诗人),最重要的朦胧诗人舒婷,以及"文革"地下诗歌的代表诗人食指,北京先锋诗歌的代表性诗人、白洋淀诗群的代表性诗人芒克,以及重要的朦胧诗人江河,后来的朦胧诗潮的代表性大诗人顾城、杨炼也是通过《今天》登上诗坛的,五大朦胧诗人都是《今天》的诗作者,都是通过《今天》登上诗坛、产生影响的。此外,依群、方含等"文革"地下诗人;严力、田晓青等著名诗人,都是通过《今天》出现在诗歌世界的。《今天》的诗人作者,现在几乎个个大名鼎鼎。

《非非》则历经二次复刊,出刊时间至今已有 35 年,推出过大量诗人的大量诗歌,其中很多都是这些诗人的代表作和重要作品。按照时间和诗人身份,我们大致可以把在《非非》上发表作品的诗人分成三类,一类是非非诗人,一类是认同非非主义理念和非非追求的诗人,一类是国内著名、重要、杰出诗人。35 年间,按照时间顺序,先后加盟非非主义的严格意义上的流派成员有:

1986 年:周伦佑、蓝马、杨黎、尚仲敏、梁晓明、余刚、何小竹、刘涛、陈小蘩、敬晓东、万夏、李瑶、小安、邵春光、吉木狼格;

1987 年:李亚伟、二毛、海男、泓叶、陈亚平、叶舟、京不特、杜乔、朱鹰、喻强、程小蓓、谢崇明、文康、李石、杨萍;

1988 年:南野、刘翔、郎毛、山杉、维色;

1992 年:胡途、邱正伦、雨田、潘维、大踏、文群;

1993 年:曾宏、杨春光;

2000 年：蒋蓝、孟原；

2001 年：袁勇、杨平、张凤歧、张修林；

2002 年：童若雯、董辑、黄懿；

2003 年：周兴涛、二丫、蒋晓韵；

2009 年：梁雪波、林忠成、原散羊、王学东、刘先国、野麦子飘。

2019 年：王楚、齐润艳、早布布等。

这些诗人，有些是第三代以来当代中国诗界的重要诗人，有些是所处地域的重要诗人。

前非非时期，《非非》刊出的大量诗歌作品，其中的《自由方块》《头像》（周伦佑）、《冷风景》（杨黎）、《鬼城》（何小竹）、《闯荡江湖》（李亚伟）、《各人》（梁晓明）等，已成为当代诗歌史中的经典；后非非时期，《非非》发表了更多的诗歌作品，其中的《变形蛋》《象形虎》《伪祖国书》（长诗·周伦佑）；《拯救》《中国皇帝》（组诗·童若雯）；《正午的黑暗》（组诗·陈小蘩）；《冷兵器时代》《人生经验》（组诗·邱正伦）；《历尽磨难后的抵达》（组诗·余刚）；《反生活简史》《强迫症及其他》（组诗·董辑）；《动词的先驱》（组诗·袁勇）；《黑暗现象学》（组诗·孟原）；《见证的刀锋》（组诗·梁雪波）；《目不识丁的鸦群》（组诗·林忠成）；《诗人公社》（组诗·陈亚平）；《铁幕蝴蝶》（组诗·蒋蓝）；《一杆子插到底》（组诗·杨春光）；《黑暗里奔跑着一辆破旧的卡车》（短诗·雨田）；《鼠疫年纪事》（组诗·原散羊）；《山河病理》（组诗·刘先国）；《转型期》（组诗·野麦子飘）等，已成为后非非诗歌的代表作；有的已成为——或正在确认为新时期中国诗歌的经典作品或重要作品。

除流派同仁的作品之外，《非非》还发表了很多曾经加盟过《非非》，或者认同《非非》理念的国内诗人的作品，按照前后非非的时间线，这些诗人主要有万夏、郁郁、伊沙、阿翔、安琪、发星、徐慢等。

此外，于坚、芒克、欧阳江河、西川、陈超、王家新、杨远宏、王小妮、翟永明、唐亚平、杨炼、严力、唐晓渡、邹静之、阿坚、耿占春、孟浪、默默、陈东东、刘漫流、杨克、杨平、阿吾、大解、沈天鸿、京不特、曾宏等几十位著名诗人都在《非非》上发表过产生影响的诗作。

内容的丰富与重要是民刊何以民刊、何以重要的关键，通过内容检索我们即可发现，《今天》《非非》都不是一般意义的民刊，而是具有国家价值、代表中国诗歌水平和厚度的"体制外"刊物。在内容的厚重和重要性上，《非非》《今天》两刊并驾齐驱，各自代表和创造了中国诗歌的一段辉煌的历史。

（四）文学史：确定的成就和影响

今天，《今天》已经经典化了，朦胧诗已经进入大学课堂，朦胧诗几乎被写入所有当代文学史，北岛、舒婷、顾城也早就已经经典化；20世纪90年代以后，食指、多多、芒克等也纷纷经典化，成为当代诗歌大家，而这一切的背后，都是《今天》。程光炜著《中国当代诗歌史》第十章①"朦胧诗的出现"第二节就叫"从'白洋淀诗群'到《今天》杂志"，《今天》的重要性被总结为"无论从哪个角度看，《今天》都是新诗史上一个短暂的刊物。然而，它却造就了一个影响深远的诗派——朦胧诗群，它的声音至

---

①　程光炜著：《中国当代诗歌史》，中国人民大学出版社2003年版，第254页。

今还不能完全从人们印象里消失"。新世纪以来,《沉沦的圣殿》《持灯的使者》等热门书籍都大面积多角度地勾陈了《今天》的历史,洪子诚、刘登翰、王光明、陈超、李润霞、程光炜等的文学史著作都强调和肯定了《今天》的价值。

同样,《非非》也已经得到了文学史的加冕。《非非》一出现,就引起了诗歌界、评论界、文学界、理论界的注意,被编入各种选集、被各种刊物选载,香港以及海外汉学界,都有相关评论和介绍。20世纪90年代以来,非非主义已被写入几十本现当代文学史、诗歌史;已经有数十篇关于非非主义的硕士和博士生毕业论文答辩完成;自《非非》出现起,有关非非主义的各种文章层出不穷,《非非》和非非主义以及广义的非非,正在全面地走向学术、大专院校、文学史研究、诗歌研究和评论,对此,周伦佑的总结简明扼要而又掷地有声:

> 《非非》的每一次出刊都成为汉语诗歌界,乃至整个汉语文学界的一件大事。非非主义的横空出世和一往无前的推进,从根本上改变了当代文学的基本格局和习惯用语;评论界加之于非非主义的评语,诸如:"前所未有的冲击""七十年新诗史的第一次"(著名诗论家徐敬亚语),"惊世骇俗的反文化、反价值姿态"(著名评论家唐晓渡语),"抵达绝境的语言实验"(著名学者王一川语),"中国新诗史上的丰碑"(著名学者陈良运语),"展示了人类文化新的可能性"(著名评论家陈仲义语),"振聋发聩"(前卫画家丁方语),等等,可以间接地证明非非主义对主流文学秩序造成的冲

击是何等巨大!①

徐敬亚主编的著名的"红皮书"《中国现代主义诗群大观1986—1988》②,在"朦胧诗派"后排的就是"非非主义",这说明在徐敬亚的心目中,非非主义在第三代时期涌现出的众多诗歌流派和诗群中,是排名第一的。

张清华主编的《中国当代民间诗歌地理》③一书,是上述徐编之后关注国内诗歌流派和民刊的规模最大、内容最丰富和编选出版级别最高的诗歌合集,非非主义还是排名第一。

文学史叙述是对《今天》《非非》两刊价值的肯定,两刊都以各自的贡献和成就而被写进历史,这个"历史",绝不是狭隘的什么"中国诗歌民刊史",而是上下五千年序列中的中国诗歌史、中国文学史。在开创自己历史、影响中国诗歌史方面,《今天》《非非》两刊无疑是同一量级的重要"民刊"。

二、刊本与理论:《非非》的特点及其在《今天》后的发展

《非非》和《今天》两刊,有相同的地方,也有不同的地方。发表过重量级的诗歌,推出过重量级的诗人;影响面广;分别是20世纪80年代前后不同时期的诗学标高,是二者的相同点。同时,二者也有很多不一样的地方,仔细总结和分析这些"不一

---

① 见周伦佑:《非非主义:不可抗拒的先锋》,《悬空的圣殿——非非主义20年图志史》,西藏人民出版社2006年版,第1页。

② 徐敬亚等编著:《中国现代主义诗群大观1986—1988》,同济大学出版社1988年版。

③ 张清华主编:《中国当代民间诗歌地理》,东方出版社2015年版。

样"，我们会发现，从某种程度上来说，从民刊的角度来说，《非非》在《今天》之后有了属于自己的发展和特点，而这些"发展""特点"，体现出的则是中国诗歌、诗学的综合意义上的进步。

刊物"刊本"的厚重和内容的丰富性；理论的丰盈和原创性；诗歌流派的建立和成立；诗学向度的丰富、深入、影响以及诗歌文本的多样化；是《非非》不同于《今天》的地方，是中国诗歌民刊在《今天》之后，由《非非》所完成的饶有意味的"丰富"和"发展"。

（一）刊物比较：时间、容量、话语和内容

如果说《今天》是中国先锋诗歌第一个阶段的代表性民刊，那中国先锋诗歌第二阶段的代表性民刊就是《非非》，而且《非非》不但是中国先锋诗歌第二阶段的代表性民刊，它还穿越了历史，参与甚至主导了第三代诗歌以后至今的数次诗歌转型；是第三代时期出现坚持至今的唯一大型民刊；它推出了新诗有史以来中国最大、坚持时间最长的诗歌流派"非非主义"，而且其自身也完成了从前非非到后非非的转型，并在当代诗坛形成了具有很强影响力的"非非系"诗人和评论家们。

《非非》1986年创刊，至今已有35年的历史，35年来，不但形成了自己的话语系统，在建构和传播先锋诗学方面，作出了大量的不可替代的贡献和建树；而且至今活跃，目前还在出刊、出书，还进入融媒体渠道，在网络上开辟出了新的阵地。

《非非》一出现，就吸引了海内外诗歌界、文学界、评论界的目光，这当然是因为《非非》的内容和质量，以及《非非》的向度和革命性，但是，和《非非》刊物厚重、正规、大气也很有关系。非非主义创始人、主编周伦佑非常注意刊物本身的质量和内容的丰富性，总是力争将刊物印制得更加精美、正规和厚重。这一

点和《今天》以及国内其他重要民刊都不一样,《非非》从第 1 期
直到第 13 期,都是铅字和电脑排版印刷,每卷平均字数在 30 万
字以上。对此,青年学者杜光霞在其论文《当代先锋诗学的体
制外向度》中有所论述:

> 早期的《今天》主要是油印本,《他们》则有油印也有铅
> 印,《非非》则自创刊起就一直是铅印。再看坚持的时间长
> 短:《今天》杂志(油印本)自 1978 年 12 月至 1980 年 7 月,
> 一年半时间共出版了 9 期;《他们》1985 年出第一期,1986
> 年空,1987 年出第二期(油印本,40 多页),1988 年出第三
> 期(铅印,50 多页),1989、1990、1991、1992 停,1993 年出第
> 四期,终结;《非非》则自 1986 年创刊,除中间两次短暂停
> 刊外,一直坚持到现在(今年很快就要出版第 2008 年卷),
> 前后达 22 年。最后是刊物的容量不同。《今天》9 期油印
> 本,每期字数在四、五万字不等(有两期不足四万字),总字
> 数约 38 万字;《他们》前后一共出版了四期,(包括第二期
> 油印本)每期平均字数大约 6 万字左右,四期总字数约 25
> 万字;《非非》的容量要远远大于《今天》和《他们》。①
>
> 以平均字数计算,一期《非非》杂志的容量相当于 4—5
> 期《今天》(油印本);相当于四期《他们》的总和(四期《他
> 们》的总字数约 25 万字)。2000 年复刊以后的《非非》,每
> 卷平均 41 万 5 千字,一期《非非》比 9 期《今天》(油印本)
> 的字数总和还多,一期《非非》相当于《他们》全部四期字数

---

① 杜光霞:《当代先锋诗学的体制外向度》,见《非非》总第十二卷,香港新时
代出版社,第 352 页。

总和的两倍。①

进入 20 世纪 90 年代以后,在国际资本赞助下于海外复刊的《今天》,已成为一本公开发行的带有准体制面貌的"国际汉语文艺杂志"。《今天》在海外复刊后不久,《今天》元老万之曾经有所迷茫并感慨,不知道《今天》继续发行的意义和价值何在。这实际上暴露了第二阶段的《今天》的一个重大的无奈和硬伤,那就是:《今天》孤悬海外之后,由于脱离国内语境,再加上不能在国内传播,实际上,已经很难对国内先锋诗写作产生什么影响了。一个直接的后果就是,20 世纪 90 年代中期以后,"今天派"的影响在国内诗歌界逐渐式微,不论是诗人、诗歌还是诗学,都丧失了对国内先锋诗坛的真正意义上的影响,又加之《今天》没有理论,缺乏理论,难以进入诗学建构的层面,《今天》以及"今天派",逐渐沉入历史成为一种必然的结果。

在刊物的印制、内容的丰富性和坚持出刊的时间长度上等几个方面,《非非》不同于《今天》并相比于《今天》有所发展。

(二)理论强势:《非非》的"造天意识"和"地理大发现"

《非非》与《今天》最大的不同,就是《非非》有理论、重理论,其理论强度和理论系统的建构,堪称"造天意识";而理论收获的厚重,又堪比"地理大发现"。《非非》1986 年一出现,就震惊诗坛,和《非非》惊世骇俗的理论高度和理论强度有很大的关系,以至于很长时间,人们一提起《非非》,就会想到《非非》的理

---

① 杜光霞:《当代先锋诗学的体制外向度》,见《非非》总第十二卷,香港新时代出版社,第 352 页。杜文写作于 2008 年,当时《非非》出到了第 11 期,之后《非非》又出版了两卷 12 和 13 期,合计 1006 页,118 万字。

论,甚至认为"《非非》理论强于诗歌"。① 而《今天》只发表了一些评论,前后两个阶段的《今天》都没有推出过"今天"的理论,似乎也没有建构起属于"今天"的理论。

《非非》的理论建构,有两个特点:一个是理论成就高;二是理论的学术含量高。《非非》作为一本民刊,一半甚至三分之二的篇幅都给了理论,对此,杜光霞曾做过统计:

第一卷(1986 年),全卷 79 页,每页 1560 字,共 123240 字;其中理论文章 5 篇,占 26 页,计 40560 字。

第二卷(1987 年),全卷 137 页,每页 1444 字,共 197800 字;其中理论文章 1 篇,占 7 页,计 10108 字。

第三卷(1988 年),理论专号,11 篇理论文章,全卷 147 页,每页 1444 字,共 212268 字。

第四卷(1989 年),作品专号,全卷 142 页,每页 1444 字,共 205048 字。

第五卷(1992 年),全卷 146 页,每页 1596 字,共 233020 字;其中理论文章 1 篇,占 17 页,计 27132 字。

第六、七卷合刊号(1993 年),全卷 195 页,每页 1596 字,共 311220 字;其中理论、批评 13 篇,占 89 页,计 142044

---

① "实践证明,这种'凌空高蹈'的理论和口号。让'非非'诗人付出了'理论先行'而'创作滞后'的沉重代价。""1986 年到 1988 年间,'非非'诗歌对当时先锋诗坛产生了较大的影响,它的诗歌理论似乎也掀起了一场诗界革命,可以说应者如云,一时独领风骚。",见程光炜著《中国当代诗歌史》,中国人民大学出版社 2003 年版,第 303—304 页。"在中国现代诗坛热带雨林般的灌木丛中,或者说在峰丘滚动的新地层上,'非非主义'有着突出的理论高度。""但他们显然画了一个十分美妙,却格外空旷的圆周,其线条的粗糙,使理论无法与诗歌创作衔接。"见徐敬亚著《崛起的诗群》,同济大学出版社 1989 年版,第 183、185 页。

字。

第八卷(2000 年),全卷 434 页,每页 756 字,共 328100 字;理论、批评 18 篇,占 348 页,计 263088 字。

第九卷(2001 年),全卷 460 页,每页 930 字,共 427800 字;其中理论、批评 9 篇,占 190 页,计 176700 字。

第十卷(2002 年),全卷 486 页,每页 930 字,共 451980 字;理论、批评 11 篇,占 214 页,计 199020 字。

第十一卷(2003 年),全卷 486 页,每页 930 字,共 451980 字;理论、批评 22 篇,占 305 页,计 283650 字。

全部十一卷共 2942456 字,其中,理论、批评 1354570 字,占全部文字的 46.4%①。

十二、十三卷因为页数更多,理论占比相对也就更多,都超过了刊物总含量的百分之五十。

如此大篇幅的原创理论,使《非非》显得格外厚重和鹤立鸡群。

《非非》的理论建构,主要来自《非非》主编和非非主义创始人周伦佑。他的理论思考和写作,开创了中国当代诗歌的非非主义时代,并且强力参与了中国当代先锋诗歌的数次转型,引领了非非同仁们的写作,并以其强烈的先锋性、革命性、本土性和原创性,丰富和加深了中国当代诗歌理论乃至于文艺理论、文化价值哲学的广度和深度,成为当代最有代表性的中国本土诗学。

周伦佑最重要的理论贡献是"变构诗学""反价值理论""红

---

① 杜光霞:《当代先锋诗学的体制外向度》,《非非》总第十二卷,香港新时代出版社 2009 年版,第 355 页。

色写作""体制外写作""介入诗学""本土原创写作"等。需要指出的是,周伦佑几乎所有重要的理论文章(除《散文观念:推倒或重建》一篇),都首发于《非非》杂志并产生了广泛的影响。这一系列理论建构强力参与了中国当代诗歌的数次写作转型,有一些更有引领之功。比如"语言变构""反价值理论"之于朦胧诗后后现代主义诗潮的出现和滥觞;"红色写作"理论之于1990 年代以后现代汉诗重回生命体验、强调当下现实经验的人本主义写作思潮的出现和滥觞;"体制外写作""介入诗学"理论之于 21 世纪中国诗歌关注现实、注重诗歌的及物性、见证性和介入性的综合性写作思潮的出现和滥觞,等等。同时,周伦佑的理论也推动着非非主义诗歌流派一步一个台阶地向前,让非非主义完成了从前非非到后非非的转型,让非非同仁们的写作能够有方向、有学术和理念的前瞻性。

关于非非的理论成果,张清华在其文章中给予了很高的评价:

> 这应该是一个"谜":在 20 世纪 80 年代的后期,即便是在中国理论界的"前沿地带",关于"解构主义"的知识也还是相当陌生的,更遑论成为一种哲学与诗学的思想和实践了。然而奇迹就这样发生了,非非主义的诗人们构造出了复杂深奥、庞大宏伟而且充满了"语言/文化的双重乌托邦"色彩的,具有着"玄学"意味的解构主义的诗学理论。我想,这除了表明诗歌比哲学和其他理论更靠近"思"与"在"的本质之外,很难有别的解释。这就决定了非非在当代中国诗歌实践与诗学理论方面的地位——可以说,在当代众多的诗歌群落与流派中,没有哪一个在诗学建树的深

度、复杂和影响的深远方面,可以与它相提并论。①

　　作为一本重视理论的民刊,《非非》在刊发周伦佑的原创理论的同时,还刊发了非非同仁的大量理论、评论、对话等,前非非时期的蓝马、尚仲敏、杨黎等;后非非时期的董辑、袁勇、梁雪波、蒋蓝等,都在《非非》发表了数量不菲的评论、对话和随笔,由此构成了在当代诗界有一定影响力的"非非话语系统"。

　　不同于国内的一般民刊,《非非》还以大量篇幅刊发了国内众多著名、知名理论家、学者、评论家等的理论、学术、评论文章,谢冕、林贤治、陈仲义、陈超、唐晓渡、姚新勇、冯川、林和生、张颐武、徐敬亚、周伦佐、耿占春、钟鸣、沈奇、徐有渔、陈旭光、张闳、赵思运、敬文东、黄梁、杜光霞、摩罗、蒋登科、文楚安、刘翔、李震、田晋川、毛喻原、王学东、曾仪、李景冰、宋迪非等都在《非非》发表过重要的理论文章或对话,这些文章,加重了《非非》的理论厚度,丰富了《非非》的理论维度,同时也是一个时代重要的思想收获。

　　《非非》之所以重视理论,周伦佑有一段夫子自道,值得我们深思:

　　　　"非非"对理论的重视是基于中国新诗理论的缺失,以及"朦胧诗"自身的理论准备不足。我们受困于转述成风和"寻根"初热的理论氛围中,立志创立中国本土的,独立于世界文化思潮的当代诗学和价值理论。也正是因为这

---

① 张清华著:《猜测上帝的诗学》,北京大学出版社 2010 年版,第 200 页。

点,非非理论被徐敬亚誉为"中国七十年新诗史的第
一次!"①

　　除了厚重的理论建构之外,"话语系统"的营建和创造也是
《非非》和"非非主义"的一大特点,这是一个独属于《非非》的
"理论行为",是《非非》的独特贡献,也是周伦佑理论家、思想
家、战略家特点的集中体现。从《非非》诞生之日起,为了更集
中、有效、准确而言简意赅地表达非非的理论和观点,周伦佑就
开始用类似于辞典的方式,写作"非非主义诗歌方法"和"非非
主义小辞典"。这种写作,后来发展为《变构诗学小辞典》,共
107条,周伦佑以名词解释、编撰词条的方式,将非非主义的理
论、思考成果、思想发展脉络用一个一个词条予以固定和解说,
这些词条,如"变构""语言变构""价值变构""非两值对立""五
大价值系统""非非""非非主义""非非诗人""前非非写作""后
非非写作""体制外写作",等等,言简意赅、内容集中,特别有助
于理解非非主义的理论和主张。可以说,这些话语建构就像一
级级的台阶,可以让拾级而上者走进并且观看非非主义大厦的
分层建筑;这些话语建构就像一扇扇敞开的窗口,可以让有兴趣
者更近更快地一窥非非主义之堂奥。周伦佑关于非非的话语系
统建构形式独创,影响巨大,由此可以看出周伦佑对"话语"的
独特认识和前瞻性理解与使用。②
　　由此可见,非非主义在理论系统和诗学建构方面,不同于

---

　　①　周伦佑:《异端之美的呈现》,《打开肉体之门——非非主义:从理论到作
　　　　品》,敦煌文艺出版社1994年版,第6页。
　　②　《变构诗学新词语导读》,见周伦佑著《艺术变构诗学——从语言变构到价
　　　　值变构》,人民美术出版社2005年版,第204页—220页。

《今天》并相比于《今天》而有所发展。

(三)流派向度:《非非》与非非主义

从一开始,《非非》就有鲜明的流派倾向以及明确的办刊向度,《非非》不是一本只刊发一些诗歌和文章的一般性民刊,它首先是现当代文学史上持续时间最长,影响面最为广大的先锋诗歌流派非非主义的机关刊物,这个流派随着一期期《非非》而壮大、发展;流派是《非非》的核和魂,没有流派,《非非》的影响力就会变得模糊和薄弱。

《非非》是一个办刊向度非常明确的民刊,先锋性、探索性、实验性、革命性是前非非的标志;体制外写作、介入式写作是后非非的诗学向度;甚至每一期《非非》都有自己独特的构想,比如第一期的"《非非》创刊号";第三期的"《非非》理论专号";第五期的"《非非》复刊号";第九期的"非非主义流派专号";第十期的"体制外写作专号";第十一期的"体制外写作讨论专号";第十二期的"后非非诗歌及评论专号";第十三期的"非非主义三十年·介入中国专号";等等。

除了这些向度明确的专号外,1987 年《非非》第二期封二的非非主义的使命——"通过我们,改变中国新诗被动接受世界文化思潮影响的局面;通过我们,使中国新诗的理论和创作与世界当代文学的发展达成同步;通过我们,使中国新诗堂堂正正地进入世界文学主流。"第六期扉页的"以全面复兴中国现代诗为己任,在坚决说'不'的同时,更坚决地说'是'!——《非非》全体同仁"等,都在强调和表明《非非》的思想向度。

相比于《非非》的"非非主义流派刊物"色彩和鲜明的写作向度与理论视野,《今天》更像一本综合杂志,只有众多的作者和作品,以及历史所赋予的崇高地位。

　　《非非》能够产生目前所有的影响,和《非非》主编、非非主义创始人周伦佑关系巨大,正是因为有周伦佑 40 年的写作和辛勤劳作,才会有今天的《非非》和非非主义诗歌流派。

　　没有周伦佑的创始,就不会有《非非》和非非主义;没有周伦佑独特的写作方式、思想智慧和韧性坚持,就不会有至今已持续 35 年的《非非》;没有周伦佑的理论思考,没有《变构:当代艺术启示录》《非非主义诗歌方法》《非非主义小辞典》《反价值》《红色写作》《宣布西方话语中心价值尺度无效》《体制外写作:命名与正名》《高扬非非主义精神,继续非非》《散文观念:推倒或重建》《介入与写作的有效性》等这些重要的原创理论文本,不但非非主义不能成立,就是当代中国诗歌理论,也会顿显苍白;没有《自由方块》《头像》《遁辞》《刀锋二十首》《反暴力修辞》(十八首)《变形蛋》《象形虎》《伪祖国书》这些诗歌经典,非非主义的影响无疑将会大大削弱!

　　作为非非主义的领袖,周伦佑将其性格的主要特点:高蹈、决绝、坚持和泾渭分明,完美地带入非非主义和《非非》之中,成就了当代汉语诗歌持续时间最长的流派和独一无二的民刊《非非》。当然,在当下日趋丰富、多元的知识语境以及日趋复杂、含混的诗歌语境和社会现实变迁中,《非非》刊物的凝滞性和单一面貌、非非主义诗歌流派的封闭性和组织色彩、非非诗歌和理论的滞重有余灵动不足、过度宏大过于沉重等特点或缺点,也必须要予以面对和改变,《非非》和非非主义、非非诗歌与理论,还需在原有基础和成就上,结合中国当下现实、诗歌语境和学术背景,在坚持自己特点和特长的同时,有所变化、发展、改变和扬弃,以让《非非》更有活力,让非非主义诗歌流派更为壮大和延续,让非非诗歌和理论更加辉煌和具有历史价值。

三、结语:《今天》非常重要,《非非》还在前行

《今天》和《非非》,都具有划时代的历史地位;都拥有丰富的内容和诗歌文本;都具有已成定论的文学史结论。相比于《今天》,《非非》在刊物的厚重、出刊的持续性、理论的丰盈、原创和影响力、流派建设和领袖作用等几方面,不同于《今天》并对《今天》有所"领先"和"超越"。如果我们对两刊的比较研究只到此为止,那肯定是不够的,为什么? 因为这些都是通过统计就可得出结论的。那什么才是两刊最具根本性的"不同"呢? 笔者认为,两刊所传播的诗学话语及其影响,才是两刊最不同的地方以及两刊对中国诗歌乃至于中国文学最大的贡献——说《非非》是对《今天》的发展乃至于"超越",也主要体现在这里。

《今天》的诗学话语特征也就是"朦胧诗"的诗学话语特征,归纳起来,主要是"英雄主义""崇高化""人性尊严""人道主义和人性的回归"以及"对特定现实的指涉与批判",大致的特点和内容就是这些。

《非非》和非非主义所传达的诗学话语及其特征,则要丰富和多变得多。

前非非时期,非非主义通过变构诗学,即语言变构和艺术变构;以及反文化和反价值,使非非主义的写作不仅仅体现为对现实的指涉,更多是对艺术自身的关涉,通过对既有的伪文化、伪价值等的批判,扫清障碍,重新建构诗歌和艺术的本体。所以,前非非时期,非非主义的话语特征主要体现为:对艺术本体的建设和建构。

后非非时期,因为反价值、反文化已经完成,艺术本体的建

构也已经达成,非非主义因此而更加关注现实,强调介入和价值
重建,后非非时期非非主义的诗学话语特征主要表现为:在与现
实关联中,在更自觉的维度上,重新建构诗歌和艺术的本体。

因此,两刊所传播和引发的先锋诗学大不一样。第一阶段
的《今天》,在当时诗歌荒漠化的背景下,以人性的、启蒙的、反
思的、个性化的、反政治、反意识形态充满了大写的"我"大写的
"人"的诗歌精神,让诗歌重回自我,重回个体性的抒情和思辨;
诗艺上,则呼应现代主义,以意象主义、象征主义为主要的诗歌
美学特征,直到多多、顾城、北岛等的诗歌转型期,才出现了超现
实主义、深度意象等;而《非非》则是在中国先锋文学已经出现、
朦胧诗退潮,更新的先锋诗学已经形成的前提下,带有更新的诗
歌追求和理论视野,包容了现代主义和后现代主义,并以强力的
写作,推进了中国后现代主义诗歌的发展和完成;进入 20 世纪
90 年代以后,则以红色写作、体制外写作、介入式写作等营构了
兼容和调和现代主义与后现代主义以及本土诗歌美学的本土先
锋诗学。

以非非主义为代表的新时期诗歌写作,就此超越了朦胧诗。
而《非非》,则取代和超越了《今天》,成为 20 世纪 90 年代中后
期至今,中国先锋诗学的主要集结地、代表者、践行者和前行者。
对此,张清华认为:"在反对新语境下的个人主义、蒙昧主义和
缺乏现实及物性的'白色写作'方面,敏感的非非诗人又作出了
新的贡献。它有效地推动了 20 世纪 90 年代中国诗歌中人本主
义和启蒙主义思潮的自觉。"①

---

① 张清华:《在"文本"与"人本"之间——关于〈非非〉的一个简单轮廓》,《中
国当代民间诗歌地理》,东方出版社 2015 年版,第 60 页。

谈及《今天》和《非非》在诗学方面的不同贡献,周伦佑自己的看法,可能更为说明问题:

> 《今天》的主要贡献是在"文革"结束之后,否定假大空的伪诗歌,伸张英雄主义,回归人性,使诗歌重新回到了自我表现;《非非》的贡献和影响则要更全面,更深入一些——《非非》不仅推动和确立了中国当代最大的先锋诗歌流派非非主义,还在更根本的意义上推进了中国当代诗学的现代性进程。具体表现在两个方面:在理论上,为中国新诗提供了新文学有史以来第一批本土原创的诗学理论和方法,促成了中国当代诗歌理论意识的全面觉醒;在创作实践上,打开了当代诗歌形式实验的多种可能性,有力地推动和实现了中国当代诗歌的体制外向度和现代性转型。①

在历史的天空下,让词语的归于词语;让诗歌的归于诗歌。通过对《非非》与《今天》的比较研究,我们得出的结论是:《今天》非常重要但已经靠岸,《非非》则仍在前行。这也是笔者写作这篇文章后所持有的乐观而豪迈的观点。

2021 年 6 月,于长春字德楼

---

① 李明彦:《非非主义诗歌:谱系、流脉与论争——诗人周伦佑访谈录》,见《文艺争鸣》,2017 年 11 月号。

作者简介

董辑(1969—),吉林长春人,先锋诗人、诗歌评论家。20世纪90年代初起致力于现代诗的写作与研究,2002年加盟"非非主义",为后非非写作代表诗人之一。主要作品有:《头朝下的生活》(组诗)、《反生活简史》(组诗),以及长篇评论《谁是当代中国的诗歌大师》等。在《扬子江评论》《原诗》等学术刊物发表多篇诗学论文。出版诗集:《夜晚的超现实》《我是我:60首诗》《字逍遥》。现为《非非评论》主编、《非非》杂志副主编、内蒙古民族大学诗学研究所特聘研究员。

诗歌是灵魂的事业
——"柔刚诗歌奖"第二届得主周伦佑访谈录

周伦佑　安　琪

安琪：一个奖项在创立之初，得主的影响力对奖项的影响力很重要。1993 年第二届"柔刚诗歌奖"你是得主，这使该奖有了一个具备十足分量的起始。回忆一下你参与此奖的往事。那届颁奖，你亲临福建，请说说迄今你对福建诗人诗事的印象。

周伦佑：1993 年那一次得"柔刚诗歌奖"，是由陈仲义兄推荐的。我那时刚从闭关修炼两年的峨山上回来不久，由于全家只能靠亚琴一人的工资维持生活，生存压力非常大。一次在信中我向陈仲义谈到了这个情况。大概是为了帮助缓解我的生存压力，陈仲义兄向柔刚推荐了我的诗。一天，我在西昌急救输血站接到了陈仲义从厦门打来的电话，说福州的柔刚设立了一个诗歌奖，在每年最后一个月的最后一个礼拜在福州颁奖，大概有两三千元奖金。问我愿不愿意接受这个奖并到福州去领奖？如果愿意，叫我选一组诗歌作品复印后寄给柔刚，并给了我柔刚的通讯地址和电话号码。我把刊登在《非非》复刊号上的《刀锋二十首》复印件寄给柔刚后，没有多久就接到柔刚的电话，告诉我获奖的消息，并要我去福州参加颁奖仪式。我去福州的路线是先从西昌到昆明，在云南人民出版社见了近在咫尺、通信多年却一直没有机会见面的海男，住在海男的出版社同事画家西里家里,然后由西里帮我买了飞机票,飞到福州。颁奖仪式记得是在一个海鲜饭店举行的,操办的主要是柔刚和他的几个朋友,到会的有二十多人,有电视台和报社的记者。那时的柔刚很年轻,中等偏高的个子,样子很文静。知道他是学外语的,在海关工作,除了诗歌,还喜欢《易经》,写有解读《易经》的诗。他的几位朋友也写诗,其中一位(好像是在《海峡》杂志做编辑的)诗写得很有水准,但名字记不起了。此外,在福州还见了曾宏。颁奖仪式后,我去厦门鼓浪屿看望陈仲义和舒婷夫妇。在陈仲义家住了两天。记得陈仲义带着我沿着他平时散步的小路绕着鼓浪屿岛转了一圈。其中一天还去鼓浪屿图书馆查了一些资料(我当时应《大家》杂志约稿,正在写《宣布西方话语中心价值尺度无效》一文)。之后,从厦门经重庆回到了西昌。

按时间顺序,我最早知道的福建诗人是蔡其矫和舒婷,然后是吕德安、曾宏,"新死亡诗派"的道辉、林中成。我通过诗歌作品知道你的时间还要晚一些,大概是 1992 年以后;还有一个林茶居,感觉他的诗写得很不错。总体来看,福建诗人的诗风都比较纯正,而且后劲很足。作为新一代女诗人,我觉得你比舒婷的生命能量更大,更有活力——你的活力不仅体现在创作上,更体现在你创造的"中间代"这个重大的文学事件上(我个人觉得"中间代"不是一个流派,而是一个文学"事件")。读你早先的作品,觉得你是一个有深度追求的诗人,但我发现你近期的写作有某些平面化的倾向,不知你自己注意到没有?

安琪:周伦佑这一生和非非已是同生共死的关系,你喜欢这样的关系吗? 大概是 2004 年你在电话里提醒我,要摆开中间代对我的负面影响,也就是,不要让人觉得,你只是依靠一个概念而非你的诗歌写作本身引人注目的。你说,你自己有切身体会。时至今日,我相信你还是未摆开非非的缠绕而事实上你也摆不开——没有周伦佑的非非还是非非吗?

周伦佑:非非主义创立 20 多年后,我还在编辑出版《非非》。或者换一种说法,非非主义还在进行时态中,这一点加深了人们有关"周伦佑这一生和非非同生共死"的印象。其实,这应该从我的性格来看。我做任何事都要力求善始善终,绝不半途而废。对非非这件事也是这样。在成都的一次朋友聚会上,曾有一个人说"非非主义成就了周伦佑",我听到很不悦,反问他:"你为什么不说是周伦佑成就了非非主义呢?"他想了一下回答道:"这样说也对,也可以说是周伦佑成就了非非主义和一大群人。"从这对话中你可以感觉到我的某种困惑。我与非非主义的这种特定的关系,是负面意义大一些还是正面意义大一些呢? 客观地看,应该说正面意义大一些;但是不可否认,也带来了一些负面影响。最近我发现了一个有趣的现象,凡是对我的诗歌写作给予完全肯定评价的学者和评论家,往往不谈非非主义,而只针对我的诗歌作品和理论文本,即使提到非非主义,也往往是一笔带过,或者作为某种负面因素而论之(如著名学者林贤治在《中国新诗五十年》中的论述)。这给了我一个提醒:作为诗人的周伦佑,首先是因为自己具有鲜明个性风格的诗歌作品和理论文本而存在的,而不是因为创立了非非主义。把我拘系于非非主义,实际上是缩小了我的精神和价值空间。在中国新文学的现代性确立进程中,非非主义作出过巨大贡献,产生过广泛而深远的影响,这是不可否认的事实;但是,周伦佑不是因为非非主义,也不是靠非非主义才存在的,不管有没有非非主义,周伦佑都是周伦佑! 厘清了这一点,我就可以坦然地面对时间和历史了。

安琪:《三国演义》开篇即言:话说天下大势,合久必分,分久必合。诗歌界的流派更是如此,非非的分裂是 20 世纪 90 年代中国诗歌界的一个事件,作为非非发起人,你是如何进行危机处理并重新整合后非非的? 从非非的分裂你觉得有什么可以供后起者借鉴的经验教训?

周伦佑:20 世纪 80 年代的文学运动不是哪一个人发动的,而是时代精神造就的。非非主义和第三代诗歌运动也是这样,很少有刻意的、人为的因素。许多人(包括我)之前没有经历过这样的大时代,也没有过创立文学流派的经验,全凭一腔热情,仿佛后面有一股无形的力量在推动你。写诗,交流,辩论;成为后来流派基础的一群人,也是自然形成的(非非的一群人是这样,其他如莽汉的二毛、梁乐是李亚伟的亲戚,另外一两人则是经常一起喝酒的同学)。那个时代,写诗、参加诗歌流派的,一开始都抱着很纯洁的动机,一群写诗的人之间,主要以感情为主,很少抱有什么功利的想法,更不存在什么争名夺利。但是,随着流派的看似成功,参加者的心态渐渐发生了变化,开始计较作品的排序和名次的先后了,于是有了争名夺利的种种活动……一张张纯洁的面孔一夜之间变得面目可憎! 让你简直不敢相认。我在 1987 年年底开始写作《反价值》时,就已思考过"价值焦虑"的问题,知道它对人心会造成多大的伤害! "价值焦虑"会对一个人的人性造成根本的扭曲。沿着这一思考路线图,自然会指向迄今为止人类尚未涉足研究的一个领域:价值异

化。非非在 20 世纪 80 年代末至 90 年代初的分裂是早晚要发
生的事,早发生比晚发生好。分裂的原因就是我前面讲的"价
值焦虑"。最后的苦果当然只能由分裂的当事人抱在怀里自己
品尝。至于我个人,这期间没有你说的"危机",更不存在你说
的"危机处理"。我那时已在峨山打锣坪"闭关修炼",我在海拔
3000 米高度的石屋中写我的《刀锋二十首》和《红色写作》,而
那几个分裂者却在忙着集体下海,开广告公司,开夜总会……然
后,我"闭关修炼"结束,出关,编辑出版《非非》1992 复刊号,那
几个人为生意和金钱闹得反目成仇,人财两空……这就是全过
程。也没有你问的"重新整合后非非"的事,"后非非"是在时间
内部自然形成的。这一事件于非非和我个人没有造成任何一点
损害,却对几位分裂者以后的人生轨迹产生了毁灭性的影响。
我想,这种毁灭性影响的阴影极有可能会伴随其中一两位当事
者的一生。

安琪:1984 年 9 月,时在西昌市凉山财贸学校读书的发星
因为听了周氏兄弟周伦佐、周伦佑的"现代诗"与"爱的哲学"的
演讲,如被电击一样沉醉其中,并了悟现代诗学奥秘,这种类似
布道一样的力量是如何依附在你们身上的? 事实上,周氏兄弟
正像现代文学史上的"周氏兄弟"鲁迅周作人一样,已经成为当
代汉诗的一个传奇。请叙述一下你和双胞胎哥哥周伦佐的身世
背景和学习成长。

周伦佑:1985 年我和周伦佐在中国南方各大学的走访讲
学,是 20 世纪 80 年代的一个大事件。

讲学由伦佐发起,先在四川大学、四川师范大学举行他的个

人讲座,引起强烈反响;然后他回西昌约我赴成都、重庆、武汉各
大学举行我们两人的系列讲座。在西昌的讲座只是一个小小的
预演。那一次走访讲学用"轰动性反响"来形容是一点也不夸
张的。最后因惊动了一些人而被迫中止。演讲不仅影响了许多
人的价值观和人生观,而且其影响延续到 20 多年以后,我们讲
过学的一些大学(如四川大学、四川师范大学、重庆师范大学、
西南师范大学等)的中文系,迄今仍有老师绘声绘色地向学生
讲述"周氏二兄弟"当年在该大学的演讲盛况。这一点是出乎
我们意料的。

我和伦佐是双胞胎,因为家庭经济困难,我们只读了小学三
年级(小学四年级的七册只读了一个月)就辍学了。因父亲的
历史反革命身份(父亲周其良 1964 年死于囚禁国民政府官员的
四川雷马屏监狱),加之母亲多病,大哥患精神病,两个弟弟幼
小,我和伦佐大概在 11—12 岁就参加社会劳动,为母亲分担生
活重担了。开始是上山捡菌子、打柴到城里卖;以后脱土砖、捶
碎石、拉板板车、抬石头、抬石灰、做临时工……伦佐在"文革"
前一年下乡到西昌袁家山农场当知青,我于 1966 年 4 月到铁道
兵 8815 部队下属 8817 部队民工连当民工(合同工)。"文革"
开始,根据当时的阶级政策("公安六条"),我和伦佐作为"黑五
类"中的"关管杀"子女,是不能参加"文化大革命"的,但伦佐冲
破政策限制,参加大串联后,带领西昌的"黑五类"知青起来造
反,我也因为抗议民工连领导草菅人命发动民工罢工而于 1968
年夏天回到西昌参加"文化大革命",先后在西昌地区激进造反
派"西昌打李分站"派的文艺宣传队(由西昌地区文工团、地区
京剧团、地区川剧团演员组成)作乐队伴奏,在广播站做播音
员。1969 年到西昌制药厂当锅炉工(为临时工),1973 年转为

正式工。1975年12月调到西昌农校（西昌农专前身），1988年3月从西昌农专图书馆辞去公职，专职写作。关于我早年的学习和写作情况，我在回答发星的长篇访谈《横断山脉反主流句法的人本踪迹》中有比较详细的介绍，就不重复了。我这里简单告诉你一点伦佐的早年情况：伦佐的经历是很具传奇性的，青年时期，伦佐就进过两次监狱，在监狱里度过了四年；还死过两次（一次被子弹击中头部，一次被歹人用刀砍击头部）。还有一点，伦佐的思想探索很早，大概从十四五岁就开始了。我在1972年以前，思想和价值观方面主要受伦佐影响。近40年的思想探索，伦佐写有多部哲学和心理学著作，目前出版的只是其中的一小部分。我们的知识系统，主要是靠自学建构起来的，而基础就是那艰苦童年时期的三年小学课文。

对于伦佐的哲学思想和理论写作，我曾在《艺术人本论》（周伦佐著）的"后记"中谈过："如果说当代中国真有一个不依赖转述西方和注释古代而获得自己的理论话语并自成体系的本土哲学家，那一定非伦佐莫属！"这绝不是兄弟之间的溢美之词，而是对真思想、真才华的推崇。了解我的人都知道，我论人、论文有着较为苛刻的标准，不是真正有价值的文本，我是很少做出正面评价的。中国多的是转述西方和注释古代的、以学术谋职称、争名利的体制化学者，但恰恰缺少有独立建构的思想家和哲学家。伦佐的哲学思想不是从西方的任何理论中转译、转述过来的，也不是从孔孟、老庄那里引申而来的；他的哲学思想（包括艺术本体理论）直接来源于他个人的生命体验和独立思考。这正是我推崇伦佐的主要原因。

安琪：虽然我们迄今尚未见面，但我已几次在电话中领教过你雄辩的激情和哲学的一面,这与你生活的四川这个大环境有关吗? 敬文东博士在他的专著《中国当代诗歌的精神分析》一书中,多次说到四川方言之于普通话的区别,他的区别观是什么我们暂且不论,我想问的是,你认为四川方言特色是什么,它之于普通话真有巨大的区别吗? 如果有,那又是什么? 这种区别之于诗歌写作的意义何在?

周伦佑:敬文东我认识,见过面。你提到的书我没有读过。但就我的经验而言,四川方言对四川诗人写作的影响是不明显的。在川文化的区域内有很多种方言:成都方言、重庆方言、西昌方言、自贡方言、乐山方言……每个地区下面又有各种不同的小方言,都是很不相同的(比如川剧高腔就是以自贡方言为基础的)。还有,就我所知,20 世纪 80 年代的四川诗人(包括我自己),没有一位是用四川方言(或诗人家乡的方言)写作的,依据的基本上是以《现代汉语词典》为规范的普通话系统。在私下或正式场合朗读诗歌也大多是用普通话,在我的记忆中,在公开场合只有个别人是用成都话朗读诗的。你在电话中"领教"我的"雄辩的激情和哲学的一面"也是根据我的普通话表述,而不是四川方言表述。关于"四川方言的特色"我只能告诉你:一、四川话很具幽默感,但它只能在川文化的语境场域中才能被理解和感受。二、现代诗很难完全用四川的某一种特定的方言来写作(起码我没有做过这样的实验)。虽然我没有发现四川方言对四川诗人写作的决定性意义,但我认为四川独异的地域环境和近代川人的来源构成("湖广填四川":流放而来,充军而来),无疑对四川人的思维方式和想象方式产生了影响,使四川人形成了与外省人不一样的精神世界。这一点,从近代四川学者和作家的思想及行文方式可以得到证明。这种精神上的"不同"主要体现为：直觉、想象、激情、谵妄、自负。这也是 20 世纪 80 年代四川先锋诗人的特点。

安琪：进入新世纪以来，第三代的一些诗人似乎在以各种方式譬如编书、搞活动等进行着重新洗牌的企划，并且在这一系列企划中重新确认"第三代"代表诗人的名录，虽然你也是活动能力很强的诗人理论家，你却很少制造关于"第三代"的活动而是孜孜以求你的非非，我可否理解为这是你极度自信的表现，也就是非非大于"第三代"？我确实感觉在你身上有种"乱云飞渡仍从容"的气概。关于"第三代"的命名众说纷纭，我想听听你独家之言。

周伦佑：确实如你所言，在我的价值坐标中，非非主义高于"第三代诗歌"，也大于"第三代诗歌"。除了专注于我个人的诗歌和诗学理论写作，非非主义的完美呈现是唯一值得我去倾注精力的一件事。归根到底，个人的写作是高于一切群体活动的。一个诗人，如果没有写出一些真正立得住、传得下去的好作品作为支撑，一切商业策划，一切商业炒作，一切群体活动，最终都只会落入一个"空"字！对"第三代诗歌"的确立，我早在 20 世纪 80 年代就已做了应该做的事。我 1988 年 3 月完稿的《第三代诗论》一文，至今仍是这一研究领域最权威的理论文本，现在有关"第三代诗歌"研究的一些基本概念和思想线索，基本上都可以在我这篇文章中找到出处。况且，一个历史阶段的文学现象，从理论到作品，一旦确立，就已成为客观的历史，不是一些曾经的参与者按照个人的意愿事后搞一些商业策划，搞一些商业活动，就可以"重新洗牌"的。比如，由书商万夏投资、策划，由杨黎具体操作的《灿烂——第三代人的写作和生活》这样一本书，任意编造历史，怀着自我脸上贴金、确立个人历史地位的个人动机，耗时几年，花了十几万元人民币，结果怎么样？没有任何一位严肃的研究者，会把这样一本由圈内人胡编乱造的、自己花钱自我炒作的商业性图书当作严肃读物！

关于"第三代"的命名，就我所知道的，政治方面最早是美国的国务卿杜勒斯和毛泽东提过；学术领域中，海外学者唐德刚和国内学者李泽厚、周伦佐提过；与中国当代诗歌相关的"第三代人"概念，是 1984 年四川大学学生北望在一本油印本的《第三代人》刊物中引述杜勒斯和毛泽东的话而提出的（1985 年万夏编的《现代诗内部交流资料》也设了《第三代人》栏目）。而"第三代诗歌"和"第三代诗人"，则是我在 1987 年 11 月的《第三浪潮与第三代诗人》（见《诗刊》1988 年第二期）和 1988 年 3 月完稿的《第三代诗论》（1988 年 5 月在扬州"全国当代诗歌理论讨论会"上宣读；正式刊布于《艺术广角》1989 年第一期）一文中正式提出和阐释论证的。我们在还原历史时，必须以可以查证的文本为依据，而不能轻信那些拿不出任何证据的什么"据说""可能""大概"以及"我曾经如何如何"之类似是而非的传言——在我上面列举的这些事实之外，那些"自称者"叫他们拿出证据来看看！

还有你提到的"自信"。一个诗人自信的根据是什么？当然是他的作品。是他的那些能够代表他进入时间，战胜时间——最后超越时间而不被时间所伤害的纯粹作品！你感觉中的我的"自信"，我的"乱云飞渡仍从容"，大概就来源于此吧。因为这种"自信"，我有组织活动的能量和条件而厌弃活动，我有参加各种活动的机会而拒绝参加活动。有一点我想得很透彻:诗歌是灵魂的事业。一个人的生命就那么几十年,如果想写出一些能够传世的作品,就一定要摒弃许多外部的东西。那些热衷于各种活动,拼命制造娱乐话题的前"第三代"诗人,归根结底还是因为对自己的作品缺乏信心。我曾经在去年的某个场合遇到一位过去很优秀的"第三代"诗人,整个人感觉很糟糕。我问他:几年不见,你怎么变成这个样了?他说酒色过度。我说不至于吧,感觉你的精、气、神都垮了。这不是某一个人的状态,而是你所指的那一群下海经商的前"第三代"诗人的状态。他们中的某些人即使偶尔还在写诗,但早已和文学无关了。

安琪:你获得第二届柔刚诗歌奖的《刀锋二十首》,是你体制外写作风格的一次迅猛爆发,它们尖锐、叛逆、不妥协。有一次与赵思运博士聊天,他说,他越来越觉得诗歌之于时代的无力,所以他越来越看重你这一路的写作,即血性的,骨头的,灵魂的。对诗歌,你有什么想说的吗?

周伦佑:《刀锋二十首》写作于 1989 年 12 月—1992 年 2 月;同时写作并刊登于《非非》1992 年复刊号的还有《红色写作》一文。组诗和文章刊登以后,产生了冰火两重天的效果:一方面是震撼性的反响,一方面是普遍的质疑——即使是一些坚持严肃写作的诗人和评论家(如北京的知识分子诗人和评论家),也认为《红色写作》是"坚硬的对抗姿态",是"主张二元对立"。那时后现代主义刚开始在中国知识界流行,许多人开口闭口就是"非二元对立"。为了回应这种批评,也为了阐明《红色写作》的基本观点,1992 年年底,我曾给郑敏先生回复过一封

很长的信(郑敏先生在给我的来信中高度评价《刀锋二十首》,
但也善意地批评《红色写作》表现了一种"二元对立"的写作
观)。你可以想见当时的中国诗人是一种什么样的精神状态和
思想状态。其实,《红色写作》针对的主要是1989年以后,弥漫
于中国文学界和理论界的那种逃避现实、躲进书斋、自我把玩的
闲适写作,在诗歌界则是逃避现实的口语诗。许多人都有同感,
但由我以如此激烈的方式提出,它就成了问题。因为我触犯了
中国文人中庸行文、中庸处事的行为准则。权力中心(即真理
中心)是喜欢一元垄断一元和谐的,他们的那一元是绝不会在
任何时候,任何情况下自我"非"掉,自我取消掉的。所以,"非
二元对立"在当下中国要"非"掉,要取消掉的,当然只能是作家
自己的介入主体和批判主体。许多诗人、作家正是这样自觉或
不自觉地先后掉进了这个后现代主义的陷阱。

　　不管《红色写作》和《刀锋二十首》在当时遭遇到怎样的误
解和批评,我依然坚持我的写作理念,继续写作了《反暴力修
辞》(十八首)以及《变形蛋》《象形虎》《遁辞》等长诗。正如诗
人蒋蓝指出的:"周伦佑在89后严峻的现实中提出'介入当下
现实'、'深入骨头与制度'的写作理念,在当时可谓振聋发聩。
它必然地遭到体制意识形态的压制和汉语写作界刻意地肢解、
曲解和吸血。12年后的今天,'介入当下现实'已成为自由写作
界的共识,这是有目共睹的。压制和曲解终归于无效。"(蒋蓝:
《体制外写作的命名与实践》)进入新世纪以后,坚持严肃的诗
歌精神,介入当下现实,关注底层民众,拒绝商业化,拒绝娱乐
化,这样一种写作倾向,正在形成一种方向性的写作潮流。君不
见,连恶俗的"下半身"写作者,也在改变自己的形象,转而提倡
所谓的"新批判现实主义"吗?而"深入骨头与制度,介入当下

现实",是我早在 1992 年的《红色写作》中提出来的。《刀锋二十首》,以及随后的《反暴力修辞》《变形蛋》《象形虎》等则集中体现了这一写作理念。最后我想说的是,一个有介入意识的诗人,在中国这样一个特殊的历史和文化语境中,要想使自己的写作获得某种介入的有效性,就必须与权力中心(即真理中心)形成某种形式的"二元对立"的张力。舍此,诗人的写作就只能是在玻璃上镂花,除了装饰橱窗外不会有任何意义。

【新诗研究】

我们需要什么样的诗歌批评家?

何光顺

【摘要】现代汉语诗歌的迅速发展向批评家赋予了严峻的使命和责任,那就是批评家应该如何关注诗歌,应该具备哪些素质,应该进行何种训练。当庸俗浅薄的诗歌盛行诗坛之时,批评家应该秉持的批评尺度,当在于坚持诗歌指向生命本身,指向一种个体的自我关心、自我修行和自我治理的言说方式,而这将有利于避免部分批评家沉迷于语词技巧装饰性批评。思想和艺术具有同一性,优秀的批评家必须是思想者,又必须是具有敏锐的艺术感悟力的创作者。他们强调生存的现代经验,重视生活与艺术的内在张力,从而立足于生活考察艺术,又从艺术反观生活。在对以向以鲜《生命四重奏》、典裘沽酒《看守所》、阿吾《一个人的编年史》、老非《秋天深了》等诗集或诗篇为范本的阐释中,文章分析了诗歌批评家所应具有的伦理主体自觉、现代生存经验的把捉、在日常与神圣中不断逆转的诗学坐标和诗学理论建构等诸问题,以期唤醒当代诗歌批评界,以致力于现代汉语诗学理论的多维建构。

【关键词】现代汉诗 诗歌批评家 现代生存经验 伦理主体 垃圾诗派 诗学坐标

诗歌无关其他,而只是一种自我关心、自我修行和自我治理的方式。且看下面这首诗:

那又能怎样?

太阳如常生活依旧

"而你 伟大的灵魂 可要个幻景

而又不带这里的澄碧"

赤裸的塞壬喉咙喑哑了

——向以鲜《生命四重奏》

面对这样令人惊异的诗歌文本,我们的批评家是否做好了批评的准备,一位批评家到底应该有哪些素质,应该经过哪些训练?

比较下吧,看看诗歌界热炒的贾浅浅的诗:

晴晴喊

妹妹在我床上拉屎呢

　　等我们跑去

朗朗已经镇定自若地

　　手捏一块屎

　　从床上下来了

那样子像一个归来的王

——贾浅浅《朗朗》

这首诗的肤浅或俗烂,诗歌界已批评得太多,我们就不必再多说。无疑,这是一种既无思想深度,也无艺术审美能力的小资式拉平生活的庸常化写作,它根本不可能有庄子的道在屎尿的那种寓言或荒唐之言的深度与艺术表现力。

当庄子以他最全副的热情和生命能量唤起了那潜藏在北极的暗黑深渊的大鱼,化而为鸟,以朝遥远的南方之地飞行时,一位伟大的诗人和批评家就诞生了。他批评尧这样的圣君,批评东郭子这样的俗人,批评惠子这样的智者,然而,庄子却不是要将艺术和人生拉平为俗滥的屎尿的,在庄子那里,唯一之诗,那天籁,是只有圣人或真人才能在寂静无声处倾听到的。

春秋战国,之所以成为华夏民族本原文化的思想奠基时代,就在于有一批卓越的写作者,也有一批伟大的批评家,当然,我这里所说的批评家,是广义的,不是当代意义上的狭义的文学批评家或诗歌批评家。这些伟大者的批评,是诗歌、艺术、生活、人生、政治、伦理的全面批评,是在这个世界确立了尺度与坐标的批评。

在当下这个时代呢?四十年来的中国新诗发展极为迅速,但一流的批评家却严重缺失。向以鲜《生命四重奏》:"那又怎样?"充满疑惑的发问,似乎就是针对这样一个时代的。但在这首诗中,发问者是谁?向谁发问?又是完全不清楚的,而这发问似乎又是所有人的发问,是向着所有人发问,它表征着一种麻木中的否定和冷漠,"太阳如常生活依旧",一切都是老样子,在人们不满足于当下中,一个引诱者或发问者出现了:

"而你 伟大的灵魂 可要个幻景
而又不带这里的澄碧"

这两句是引自瓦雷里《海滨墓园》的诗句,却与向以鲜的诗歌文本完美地融合在一起,这种融合是否来自不满足于眼前日常生活的英雄或伟大灵魂?或者相反,是来自于魔鬼?这样一

个发问者或引诱者给出幻景假象,即发问者所给出的当下条件
"这里的澄碧",是否必须欣赏或领取,而方可有幻景可期? 直
到这小段诗篇终结,我们才看出是古希腊神话中的女妖塞壬的
发问,她想引诱或发问指向的伟大灵魂或英雄就大约是奥德修
斯,她的美丽歌声所发出的引诱未能成功迷惑奥德修斯,或者说
奥德修斯本来已经被她引诱了,但他却预先采取了让水手们用
蜡丸塞住耳朵、把自己绑在桅杆上的措施,于是,他听到了歌声
被引诱得发狂,但因为预先出于生命自觉的自由意志或理性意
志的安排,他的感官的疯狂或迷惑,却无法抵达女妖所诱惑的幻
景。这某种程度上是否也预示了人的自由意志或理性灵魂在感
官迷狂之美中的无力和被击败,预示了理性如果没有进行事先
的周全准备或辅助条件的筹划,它就无法单独战胜感官的迷狂,
这其中包括施放感官诱惑之术的塞壬女妖,当她以赤裸的身体
和歌声引诱失败之时,她最终失去了她的歌声,甚至失去了她的
生命。

　　这几句箴言之诗,似乎向我们引出了主体内在博弈的难题。
不存在一个能够完全控制对象或外在世界的绝对主体,也不存
在一个先验的道德主体,而只有一个在具体实践活动中才能实
现内在确立的伦理主体,人不要太过相信和高估自己在面对任
何条件下的理性和自由意志,当诱惑与幻景展示于我们面前时,
人便往往只能落于洞穴的假象。柏拉图洞穴喻中那个跑出洞穴
的人,是如何跑出洞穴的? 似乎很偶然,他并不知道洞内与洞外
的差异,只有跑出洞外,他才发现内与外、真实与幻景的差异。
是否有人在进入洞穴之前,就听闻过黑暗洞穴的传说,他不敢相
信自己在黑暗中仍能够维持清醒,于是,他成为唯一在进入洞穴
之前预备了解开洞中铁链方法的人,那捆绑的铁链既是环境施

与的限制,也是他自己捆绑了自己,就像塞壬女妖唱出了这海景的澄碧,却是埋葬生命的危险之地,人们都在被制造出的幻景中迷失。女妖塞壬就隐藏在每个人的心中,它是否本来就是我们自身感官的误入歧途? 当批评家失职之时,那些屎尿体诗歌、颂歌体诗歌是如何把读者引向了危险海滩?

当前汉语诗歌界和批评界到处都充斥着塞壬的歌声,那些像杂草一样随处生长的诗歌,那些噱头式的、商业和权力运作的、各种奖项加冕的诗人已然占据了人们的视野。面对此种现状,我们的批评家在承担起更多的责任和推出一流优秀诗歌文本方面还是严重不足的,这如何让读者在炫人耳目的塞壬歌声面前堵住自己的耳朵,或将自己绑在桅杆上,以渡过阅读的危险海域。我最近看到一位批评家朋友谈欧阳江河的诗歌作品《打字机》:

> 整个秋天我写一首诗
> 为了救出几个字。

这位批评家有确立批评标杆的意图,但当其将这首诗完全视作"新诗操持者该怎样挑选词语,以至于可以将挑选上的精心程度视作对词语的拯救和救赎"的问题之时,他就和他的意图南辕北辙了。当代汉语诗歌的形态和语言变化当然是重要的,但认为"词语问题大有可能成为新诗面临的基础性问题,甚或根本性难题",那就是故弄玄虚了。语词问题确然是现代汉语诗歌的老问题,不管是胡适对于白话新诗的开创性贡献,还是郭沫若对于新诗自由形式的极限拓展,或者闻一多对于词和字的重视:"我只要一个明白的字,舍利子式的闪着/宝光,我要的是整个的,正面的美。"(《奇迹》)这当然都关乎词语。但我们又必须看到,现代汉诗的词语变化并非仅仅是词语的变化,古人云"谈诗必此诗,定知非诗人",同样,只是执着于词语者,定非真正了解词语者。词语并无自我拯救之力。当然,批评家也隐约谈到了农耕经验的猝然崩解到现代性世界的剧烈转换所造成的词语的激烈变化,但批评家并无力深度分析这种农耕经验到现代经验转变中所造成的复杂性、含混性和不透明性等诸多问题,这些问题的分析必不能来自词语自身,而必须来自经验、思想与词语的一体化运作的关联性。但这位批评家在提示出现代生存经验后,很快就转入了纯粹的语词分析,他无法分析这种经验、思想与词语的合一或分裂状态所引发的问题。

太多批评家对于所谓的现代生存经验的理解是非常含混和模糊的,他们无法深入现代生存经验的深渊以在其中发现深渊之光从而获得自我救赎。现代性或现代生存经验成了一个无所不包的大词,当他们自己描绘现代生存经验的复杂性、含混性和不透明性时,他们自己只是隐约感觉到了,但并不知道这种状况是如何造成,以及如何运作,他们当然能笼而统之地感受到或说出这是机器大工业生产所造成的,但这只是所有人都能体会到的粗泛感受,缺少思想的穿透力和庖丁解牛式地实现对这现代生存经验的全面解析。

何谓现代生存经验?它只对诗人、艺术家、哲学家才成为一个具有自我体验性质并需要深入分析的概念。对于普通大众来说,无所谓现代生存经验,他们只是堵塞住耳朵的随波逐流的水手。只有当奥德修斯把自己绑在桅杆上听到了塞壬的歌声并度过危险的海域之后,他才有能力向水手们讲述他所曾经历的复杂的生存经验,那无法抵抗的绝美声音却不过是平庸又危险的生存陷阱。奥德修斯与他的船队渡过塞壬女妖居住的危险的墨西拿海峡,就是一个极具现代性意味的深刻的隐喻。奥德修斯是唯一之批评家,塞壬是平庸的伪诗人,水手们是普通大众和读者,墨西拿海峡是批评家与大众不得不历经伪诗轰炸而丧失心智的危险时代或地域,批评家在捆绑起自己的手脚和水手堵塞住耳朵顺利度过危险海峡以继续朝向故乡航行,意味着暂时渡过了危险而朝向真正的诗歌之地航行。大众将在更多的危险中不断丢失心智和失去生命,但批评家必须时刻捆住自己的手脚防止感官战胜自己的理性灵魂,当他回到家乡之时,他才有能力向世人和大众辨析出真正诗人的歌声。那时,他必须成为王者,那是思想和精神穿越了波涛汹涌的现代性海域,获得了其独立自主。只是谈词语的批评家却可能成为塞壬女妖的帮凶,因为塞壬女妖的歌声几乎与艺术女神缪斯的歌声一样美丽动听,这也就是伪诗和真诗之词语具有着其外在的相似性,真正决定着这歌声和词语之差异的是倾听和回应圣灵与绝对之神的声音。在塞壬女妖那里,只有引向她的吃人的胃口的美丽语词之歌,大谈唯一词语者,必将把诗歌读者引向塞壬女妖之胃。

在完成上面关于女妖与奥德修斯等的隐喻分析后,我们就理解了向以鲜《生命四重奏》这样一个片段里所隐藏的日常与幻景、伟大与卑微、灵魂与肉欲、妖魅与神圣的相互纠缠又无法跨越的差异,而只有伟大之诗和伟大的批评,才能让大众避开塞壬的伪诗以进入诗歌的安全之地,哪怕他们对真正的诗歌无动于衷,但也不至于以他们自己去填充塞壬之胃。于是,我们可以再继续问:何谓现代生存经验?

这样,现代生存经验就只有进入诗人、批评家和艺术家的维度才能得到回答。我们要问,诗人、批评家和艺术家这三个角色有何差异？从根本上说，这三个角色是同一的，即他们都必须能够真正倾听女神缪斯之歌，逃避女妖塞壬的伪诗引诱，他们的写作和创造，就是灵魂朝着缪斯之神的礼赞。相对于艺术来说，作为途经墨西拿海峡的大众们，他们都已经打开了塞在两只耳朵上的塞子，也都听到了塞壬女妖的魅惑的歌声，正把航船疯狂驶上危险海滩，他们也认为自己可以作歌了，那应和于女妖之歌。真正的诗人、批评家和艺术家却被绑在桅杆上，被堵住了嘴巴。这样，我们就可以言说现代艺术的双重本质了。现代艺术的第一重本质就是大众写作听任于赤裸身体的感官刺激而朝向死亡和腐朽的堕落。现代艺术的第二重本质是少数真正的艺术家目睹了大众在赤裸身体感官刺激中的迷狂状态之后以直击肉身和世界腐烂的写作让世人重新应和于至高的神圣者之歌。

这样，作为现代艺术的大众写作，就是完全下坠的，其中没有拯救的可能，这就如放任吸毒的自由，给予你以自由，也让你享用自由，但那里只有毁灭，那里没有意志的反躬自省。真正的诗人、批评家和艺术家的写作，则具有双重性，那就是既有与大众一起听任感官刺激的欲望之音，直至跌落深渊，那是无法拒绝放纵快感以与物质世界的横向应和，但越往深渊下坠，真正的诗人、批评家、艺术家被遮蔽的良知和本心就愈益警觉，就产生了要向上反弹的力量，在坠入深渊之底中，艺术的绝对精神有了阴极而阳的反转性力量，它以全副力量向着深渊的洞口逃逸，这力量如此迅猛，它将直达九霄，这是肉身的心灵终于有了与绝对至高存在的纵向应和。现代世界的每一个真正的诗人、批评家和艺术家，就具有如太极那样的阴阳共生之力，他的内心时刻酝酿着反转性的力量。因此，真正的现代艺术是具有第二重本质的现代艺术，它是大众写作的速朽与艺术精英追寻不朽的二重奏中的焦虑、坠落与反转。现代艺术在表达痛苦和裂变中有着隐秘的憧憬，是面对无法回归的痛苦中的抵抗。

这种坠落黑暗深渊与魔鬼为伴又反转、上升，直到九霄的大开大阖式的艺术创造，具有震撼性的力量，它远不是仅仅凭一些批评家所说的"词语"就可以说清楚的。这种坠落深渊又反弹上升至九天的艺术创造，非得有卓越的伟大的精神之力，它才能击退塞壬女妖的魅惑之歌，在逃离中回归故乡的安全港湾。在这方面，我们可以当代汉语诗歌中的垃圾派写作代表典裘沽酒的《时代三部曲》中的《看守所》第一节为例：

看守所

只有骷髅，才能打开生锈的大锁！
只有一场大火，才能烧毁这座人间地狱！

——题记

（哐当一声，门打开了。
管教叫：112！出来，你女朋友来看你。
有人怪叫：看得着，摸不着，白瞧）

一只鸟飞过说
这里是通向自由通向幸福的花园
这里是通向死亡刑场的驿站
一条狗走过说
有多少各路英雄豪杰被囚禁在这里
进进出出

有罪并不一定非要进来

无罪有时也要进来

性欲在这里自摸希望在这里腐烂自由在这里上吊生活在这里死亡蚊子说最干净的是我们老鼠说最大胆的是我们死囚说最幸福的是我们哑巴说最爱唱歌的是我们贪官说最想自杀的是我们吸毒者说最痛苦的是我们杀人犯说最善良的是我们同性恋说最性福的是我们流浪汉说最不想家的是我们犯人家属说最想出去的是快刑满释放的人

从这首诗，我们可以看看真正的垃圾派写作，是如何一种震撼性的不断下坠、沉落、毁灭，它就是要写到那最极致处的暗黑深渊里的种种处境。这首诗写的是人类社会中最底层最阴暗的角落，但这真是最阴暗最丑恶之地么？"只有骷髅，才能打开生锈的大锁"，何出此言？死亡打开存在之门？通向新生？诗人渴望一场大火，它要烧毁的这人间地狱仅仅是看守所？还是指向更多义的存在？这里是真理性的语言，诗人连续用了"只有……才能……"这样两个并列的假言条件判断句，将全诗从开篇带向了高潮。这首诗每个部分都是以看守所的特定情景"哐当一声，门打开了"开始，在这个部分，是管教喊112号犯人出来，这个犯人的女朋友来看他开始，有犯人怪叫"看得着，摸不着，白瞧"，这是直接以感官肉欲来引出这个人间地狱的欲望化生存处境。这里每个人都渴望被塞壬女妖所引诱，但似乎又有某种力量和规则控制着他们被塞壬女妖完全吃掉。

在诗篇的这节，诗人几乎全部都是以"说"来指向一个世界的开启，这不禁让人想起了《旧约·创世记》开篇所写的："渊面黑暗,神的灵运行在水面,神说:'要有光,于是就有了光.'"①但在垃圾派诗人这里,"说"却不再具有了神圣的创世意味,而直接是充满感官欲望的塞壬歌声。"一只鸟飞过说","一条狗走过说"……诗人常常调动矛盾和悖论修辞,这里是"通向自由幸福的花园",也是"通向死亡刑场的驿站","有罪并不一定要进来/无罪有时也要进来"。在鸟和狗的说之后,就是一段密集的言说,不分行,没有标点符号,是一种混沌的说,它不是女神缪斯的歌声,而似乎就是塞壬女妖的歌声,它全部都朝向自我指涉的死亡,性欲死亡、希望死亡、自由死亡、生活死亡。在这种朝向死亡的女妖歌声中,那些最低下的物类或罪犯(大众中最低劣者)都开始敢于肯定自己,言说者的低劣或罪犯身份,却指向了和他们的低劣与罪恶相反的矛盾存在。这些地狱中的存在者是否只是看到了"伟大的灵魂 可要个幻景",他们无视自己的卑微和罪恶,俨然成为神圣的存在,死囚是最幸福的,哑巴是最爱唱歌的,杀人犯是最善良的……他们到底说出的是他们自己的幻景,还是说出的是世人的自我欺骗的幻景?

这首诗作为垃圾派的代表性作品,它就典型地体现了凡斯所说的边缘化、另类性、贱民化特征,也体现了皮旦所确立的垃圾派三原则,第一原则:崇低、向下、非灵、非肉;第二原则:离合、反常、无体、无用;第三原则:粗糙、放浪、方死、方生。这样的诗歌就不是贾浅浅诗歌的屎尿体作品那样恶俗中的小趣味与自我满足感。在老典的笔下,一切都在被撕裂,每一种存在都在走向它的反面,都在以自己的双重写身份。欧阳江河也常用矛盾悖论的修辞手法来表达现代生存经验的复杂性和含混性,如其用

---

① 《圣经·中英对照》(中文:和合本、英文:新国际版),第1页。

"黑手党戴上白手套""长枪党改用短枪",但要在急速下沉又反弹上升的这样一个地狱与天堂的反转方面,却还未曾有如垃圾派更能表达现代社会的极限处境。我们有批评家太过注重分析短诗,缺乏对于长诗和复杂性言说的把握能力。从我们一般所说的诗歌关于物、事、情的叙述和呈现方面来说,仅仅微观到石头、玻璃等透明或非透明之物的单个意象化写作,已经无法抵达物之本身。期望抵达现代性深处的诗人必须打破局限于农耕经验的古典汉语词汇和思想的旧有疆域,而开启其新的因缘之场,而这也是我在探讨波德莱尔的"现代性—缘域"思想时曾经指出的:

　　波德莱尔确立的诗歌现代性,已不同于早期现代性一词的时间含义,也不同于启蒙主义的理性的现代性,而呈现出一种东方文学的缘域化特征,即在对于感性生命的直观和人间生活丰富性的裸露中打破理性的独断,它让我们体认到,超越不在彼岸,而就寓于生活的修行。于是,我们就看到,在波德莱尔笔下,就更多的是人间之恶的呈现,是尖锐的对立,它不掩饰不遮蔽人间生活的丰富、复杂和矛盾,它聚焦于都市化和工业化中的现代性进程,贫富急剧分化,阶级鲜明对立,精英和大众隔着鸿沟天堑,它呈现出理性的困境和无法解决的矛盾,希望与绝望,黑暗与光明,善良与罪恶,都以理性化合法化的操作形式呈现出来。一种烦闷、焦躁、痛苦不安和忧郁甚至绝望的情绪弥漫在都市空间。批判工业集约化生产导致的人性的丰富性丧失,反抗资本逐利性所导致的功利主义思维,发掘现代都市宏伟形象中隐藏的生命的卑微,就标志着现代主义文学的诞生。①

　　老典的诗是真正的现代主义文学的杰作,它不是编织出塞壬女妖歌声里的澄碧的海景,不是在人之伟大的灵魂沉睡中展现浅薄柔美的幻象,看守所,一个有近于墨西拿海峡的囚禁、危险、死亡之地,海滩的白骨与海峡的美丽女妖,堵塞耳朵奋力划船的水手们的不听和将自己绑在桅杆上的奥德修斯打开自己的耳朵的倾听,被拔去翅膀的塞壬女妖的歌唱和未曾出场的缪斯女神的无言,当下面临死亡和冲破死亡的重生,这些极具寓意的矛盾悖论场景,都可以被转化到老典的《看守所》这篇具有时代性意义的重要作品中。在当代诗歌中,要以诗歌的形式淋漓尽致地写出看守所这样的人性集中冲突的黑暗与光明共生之地,在我的阅读视野内,还较少看到。看守所同样也是囚禁、危险、死亡之地,在这里,死囚的即将死去与出狱者的即将重生,甘愿堕落的灵魂的麻木与现代监禁技术所施行的救治,罪恶的无处不在和正义的沉默,在里面的人不一定有罪而未曾进来的人不一定无罪,"希望与绝望,黑暗与光明,善良与罪恶,都以理性化合法化的操作形式呈现出来",在这种崇低、向下、非灵、非肉的写作中,离合、反常、无体、无用的生命处境被激烈地展示,它也呈现出诗体形式的粗糙、放浪,一种精神的方死、方生。这不是一种精巧优美的写作,而是粗犷大气的写作,在这个被权力和资本极度压抑的时代,人们已太过于沉迷于优美化干净化写作所造出的幻象图景,而缺少了直面恶与丑的能力。老典的诗却是

---

　　① 何光顺:《文学的他缘——波德莱尔〈恶之花〉的"现代性—缘域"重释》,《国际比较文学》,2020 年第 2 期。

现代汉诗在这个方面的重要突破。

这样,我们就要看到众多学者对贾浅浅屎尿体诗歌的捧场是如何落入了平庸之恶,那些对贾浅浅屎尿体诗歌的炮轰、辩护或再批评,是如何远离了真正值得关注的具有时代性意义的伟大作品,这些对贾浅浅的屎尿体诗歌的过多关注,已经耗费了这个民族的文化精英和普通民众的太多热情,每个人都被这种争论直接摔入审美的最低层次,以讨论某些诗是不是好诗或某些句子是不是很烂,这都失去了取法乎正、立志需高、格局需大这样一个诗学的更高尺度。我前面谈到的那位批评家朋友将过多精力集中在了欧阳江河身上,其诗学建构的雄心让人赞佩,其博古通今、融通中西,且无一句无来历,无一字无出处,也让人叹服,但这种寻章摘句、频繁引用的危险在于当批评家希望借才学以实现对于诗歌文本的穿透性理解之时,其可能产生的结果却是无法真正穿透诗歌文本,这种过多地参考和引用将导致思想的自我圆满性和深刻性受损,也让读者在阅读钱锺书式的学问之书中,远离了诗歌,产生了隔阂。比如在评论欧阳江河时,批评家集中了东西方的诗学理论去诠解欧阳江河的几首诗,容易导致集中的火力和弹药太多,而去捕获与抓取的东西太少,缺少相关诗歌文本的直接比较性呈现或面对文本自身的入其骨骼与腠理的思考和分析,在如何自己说,而避免以他人之说来代替自己说方面,就很可能再难前进一步。这种只把火力集中于一个诗人,就难以将自己认为重要的诗人放在当代诗歌史的现场或诗歌史的序列中予以确定位置。没有了坐标,既容易在少数文本上渲染太过,也容易遗漏大量优秀诗歌文本,或那些没有这样优秀的诗歌文本为何没有达到更高的诗艺,也就是说缺少参考坐标,不能将欧阳江河与胡适或闻一多比较一下就好,因为时间距离太远,形不成参照。坐标系的选择,是诗歌批评和诗学建构最重要的事。

关于建立诗学坐标的问题,非常重要,其原因很大程度上在于当代诗人和批评家太多圈子化。确定一些诗学批评的坐标,将有利于打破圈子化的诗歌批评。比如,当下我们很多主义或诗群都只先提倡一个理念,然后拉队伍,理念相通,写作风格相通,就引以为友,不相通就不表态。有些优秀诗人几乎游走于任何诗群之外,这使其无法得到圈子化诗人或批评家的关注,但如果放在共时的诗人比较和历时的汉语诗歌的演进中,其诗歌写作和艺术创造的意义就将得到显现。部分诗学批评家关注现代汉语诗歌的"词语"问题,但却常常遗落其他重要内容,这就像认为眼睛重要,就只谈眼睛,但眼睛离开身体,就不再是眼睛,同样,词语也必须放在生活、历史、诗人、诗歌的整体中观照。屎尿在贾浅浅那几首诗里很浅俗,但在庄子的文本中就很深刻。向以鲜的《我的孔子》《生命四重奏》、典裘沽酒的《时代三部曲》、阿吾的《一个人的编年史》都可以大谈其"词语"问题,但又不能停留于词语,向以鲜诗歌的简洁性、透明性、空灵性、神圣性,老典诗的那种力量感、冲击感、反讽性、戏谑性,阿吾诗的冷叙事、纪年性、历史性、生活化、事件化,都不是只凭"词语"就能够说清楚的。生命、思想和语词的同在,是卓越诗人必须具备的力量,也是优秀的批评家和思想者必须自我锻造的力量。我们这里再来看阿吾诗集《一个人的编年史》中的一首诗:

一九六五年

这些事情

是我的母亲

后来告诉我的

她生我那天

天还没亮

医院还没开门

是扫地的清洁工

招呼门卫开的门

母亲一躺在产床上

就听见了我的哭声

这个过程

暗合一个传说

孩子都是从垃圾里捡来的①

　　阿吾的诗从其出生的 1965 年写到 2016 年共 52 首。这部具有自传性质的个人编年史作品,不是为了写出几个词语,或去打捞几个词语,而是对自己生命史中每一个年轮的一个重要事件的集中写作,但它又不是现实主义或写实主义的,而是一种后现代写作方式,即对这些生命事件不做典型化概括,只选取一两个细节,绝对真实地记录,拒绝主题、象征。去中心化,去典型化,只是跟随生活的细节和事件自然生长出有生命力的文本,这也与阿吾的人生相通,从 20 世纪 80 年代末开始,他就进入了非体制化的自我探索与创业之路,这也是其思想史和精神史的重要事件,在剧烈的时代大事件冲击中,他走向了对于民族和国家大事件的疏离,而走向了对于自己或个体生命小事件的关注,这些小事件,是非常细节化的,甚至是微不足道的,它就像一个漫

---

　　① 阿吾:《一个人的编年史》,纽约新世纪出版社 2017 年版,第 3 页。

游者在大地上游历,看到了一只猫,就和它凝神对视几眼,或碰到了一只狗,而后看到它懒洋洋地为主人守门,或者一场与自己无关的斗殴,自己从旁边漫不经心地走过,这一切对这位漫游者来说,都谈不上特别的意义,他也不想从这个世界或不断变化的游历中提炼出什么主题,或赋予这个荒诞的世界以任何象征。这是精神沉浸于自我生命的漫游,虽然它似乎不关注这个事件,但却又与那一只猫、一只狗、一束绽放的花朵,或一个热闹或悲剧的事件,融合在了一起,没有什么东西是最重要的,但又所有东西都闪烁出漫游者的精神之光。这位漫游者的文字,就是他的精神道路的延伸,就是不断跨越边界的旅行,进入差异和陌生,永远在异乡和故乡之间徘徊。

阿吾的《一个人的编年史》拒绝象征、典型和主题化写作,但这个标题本身却又是极具暗示、象征和主题化的,它似乎在预示着这只能是一个诗人不断被排斥被疏远被拒绝的陌异的时代,被排斥于体制之外,被疏远于各种热闹的诗歌群落之外,被拒绝于主流意识形态之外。在《二〇〇〇年》这首诗作中,作者写道:

> 二〇〇〇年
> 发生了太多的事情
> 竟然没有一件
> 在我心里刻下痕迹
> 其实这一年
> 跟任何一年一样
> 事件可大可小
> 我在舆论的煽动下

对它寄予了太多的期望

全世界的千禧年

中国人的龙年

那又怎么样

不也是一样吗

可悲的是我自己

今天不得不交白卷①

阿吾无疑是悲伤的,一个突然性的历史事件,将他抛出了这个运行有序的体制之外,他无法再有一个被主流或官方认可的显赫位置,然而,他原本是他那一代最优秀的北大才子,在他非常年轻之时,就已然有了属于体制的在他那个年龄所能达到的颇高的位置,但为着理想和信仰,他主动介入了期望变革的时代浪潮,这场时代的变动,他无能为力,却又始终不甘心。虽然在现实生活中,他已某种程度上安心了,毕竟他培养出了最优秀的几个儿子,又办民间教育成绩斐然,但这些只是属于人的现实的事业,作为诗人的事业,他远远未能去实现和完成。这不禁让我想起了屈原、李白和杜甫,作为中国文学史里空有壮志,却难以施展才华的诗人,在走到人生的终途之时,回头再望,却不过是失败、挫折、归零,或者说就是一张白卷。无论屈原如何希望为君王"导夫先路",无论李白如何吟唱"天生我材必有用",抑或杜甫的"致君尧舜上,再使风俗淳",最后,他们都在无所成的叹息中回到自己祖先的花园,空流热泪,以浇灌即将荒芜的园圃。诗人叙述这样一个对于人类也对于中国人来说看似重要的年

① 阿吾:《一个人的编年史》,第57页。

份,叙述自己在这样一个年份的无成时,没有夹带感情,他只是叙述,情感的温度几乎到达了零度,他不希望悲伤的流溢以引起世人的同情,诗人不需要同情,诗人同情的是生命本身,悲悯的是一个民族的才华被空耗。

> 二〇〇〇年
> 发生了太多的事情
> 竟然没有一件
> 在我心里刻下痕迹

　　没有什么能在诗人的心底激起波澜,不必对于世人说的任何重要的时间怀着期望,那些一切发生的事情,不过是无意义的重复,何需挂怀? 发生了"太多事情",又"没有一件"值得述说。只有舆论煽动的商业营销和主旋律的狂欢,对于人本身来说,或者对于诗人来说,这个时代或代表着这个时代的最重要的一年,20 世纪结束的一年,也是 21 世纪开启的一年,却没有任何重要之事。诗人并不是期望发生什么惊天动地的大事,或者要有一件什么路标性的印记。诗人不是喜欢热闹的诗人,诗人看到的是生命在这个时代的枯萎和平庸。我们不禁要问,当所有人都只能说正确的话,做正确的事,判断标准只来自官方时,诗人何为? 或批评家何为?

　　作为 1981 年考上北京大学的那一代优秀大学生,阿吾是幸运的。20 世纪 80 年代是中国当代思想史和诗歌史上最具有激情和批判的一个时代。然而,阿吾又是不幸的,当经历了一个历史的大转弯,经历了 90 年代的市场化和商业化高速发展之后,当主流教育被框定了太多一元化的标准之后,我们的大学,我们的思想界和诗歌界,已然沉沦,阿吾不得不放弃诗歌、艺术和学术,进入自己的创业中。然塞翁失马,焉知非福,被体制所弃,才是真正的诗人独立创作的起点。我们看,哪一个诗人,又不被体制化的意识形态所遗忘?

看看我们今天的大学生又如何?看起来,这代大学生,没有经历 80 年代大学生那样巨大的风浪,是过着几乎没有风险的人生,然而,他们是走得更好了,还是正在后退?最近刚看到有一份调查,说起在中国、美国、俄国、印度的大学生的能力比较中,中国是垫底的。这不过是在意料之中。在标准一元的时代语境里,一个人将无法自由独立地思考、批判,无法将向外的发现与他的自我生命的意义关联起来。古人所谈格物、致知就无法与诚意、正心关联起来,各种主义和教条让人们把思想、生活、道德的标准都交给了上级,上级又来自更上级,每个人都被框定了位置,无法越雷池一步,都战战兢兢,都只能成为工具人,当哲学被阉割成政治课时,当文学被指定为歌颂时,就不会再有思想和思想的成长。在这样一个阉割思想和文学的高度体制化的教育系统中,诗歌又如何可能?批评家又如何出现?

为了逃避危险的思想,现在的诗歌批评领域不少人只是在做着安全的材料史的学问。正如我的一位批评家朋友看到一本最新出版的当代诗歌批评史时所表达的失望,即这样一本看起来厚重的当代诗歌批评史的框架、体例的建立,完全袭取当代文学史的套路,分期、分段、分门别类地编排新诗批评的思潮、时间、主要话题,浅显地运用了一点儿知识考古的话语和理论,初看上去显得体大虑周,实际上并没有深入到当代诗歌发展的重大问题中去,对那些真正关乎诗歌、诗学发展、建构的内在话题做出有说服力有启发性的思辨。我和我的批评家朋友的观点是相通的,那就是现在官方主持的一些批评史或文学史,实际早就远离了文学,也没有思想,而只是成为学术泡沫。以前在网络或公众号还可以有相对较大的空间超越官方的材料史的学术,让民间有更多创新出奇的阵地,然而,最近以来,这种空间也在越来越遭到挤压。一个再也不敢言说的民族,希望又在哪里?

最后,我谨引用四川诗人老非的诗《秋天深了》第一节以作为结束:

> 这无疑是一种错觉 或者 否决者的堡垒
>
> 秋天深了 没有人成为上帝 也没有人成为人民
>
> 唯有涉险和荷重 怪癖和逃逸 臆造众所周知的鸟
>
> 孤立者的沙盘 无人认领晃动的词性和虚无的违建

这样的诗篇需要反复读解,它的文字有限而意蕴无穷,正如我在谈典裘沽酒的《时代三部曲》时所指出的:"《时代三部曲》无愧为时代的经典,它具有不断自我生成自我打开自我隐藏的力量,就如幽邃和黑暗中的隐秘之泉,向着未来释放出巨大的能量。"这样的评语也是可以用于老非的诗的。诗人不得不制造迷宫和陷阱,就在于它只向敞开的心灵打开违禁之地,而对于那些不再能听的耳朵不再能看的眼睛,诗歌就会如荒漠或沼泽一样无法接近。这些由悖论和矛盾的语词与叙述建立的文本是一个巨大的秘密,搬运材料史的批评家,或执着于几个语词的言说者,是无法逼近这危险和晦暗中所隐藏的思想的。那里有太多暗门,每个人其实都有一把钥匙,却不知道打开它的方法!

诗歌的钥匙在哪里?作为批评家,不需要将一切说出,那就让自由的读者来寻找自由的钥匙吧。

辛丑年正月廿四于广州

作者简介

何光顺(1974—　)，笔名蜀山牧人，文学博士、教授。中国文艺评论家协会会员，广州青年作家协会理事，广东外语外贸大学外国文学文化研究中心研究员，西安外事学院世界本原文化研究院研究员，广东省文化传播学会与状元文化研究专业委员会副主席。主要从事中国哲学、魏晋玄言诗学、文艺美学、基督教文化、当代诗歌等领域研究近20年，在《哲学研究》《文学评论》《清华大学学报》等刊物发表学术论文60余篇。有多篇学术论文被《人大复印资料》《新华文摘》《高校社科学报文摘》全文转载或摘编。出版学术专著《玄响寻踪——魏晋玄言诗研究》1部，主编《南方诗选》《珠江诗派》《宋词三百首鉴赏辞典》等3部。主持国家社科基金项目1项，主持完成教育部青年基金项目1项，主持完成广州市社科基金项目1项，参与省部级和国家级课题4项。

享乐、忍受抑或责任

——当代诗中的身体伦理

马　贵

【摘要】在20世纪90年代以来的当代诗中，"身体"开始焕发丰富的能量，本文则主要在作为伦理感知载体的意义上探讨身体。通过分析身体在不同文本中的呈现，本文感兴趣的是当代诗的伦理感觉。以身体为中介，当代诗主要表现出享乐、忍受和责任三种在世态度。它们姿态各异，兼具创造与限度，相对而言，责任的诗学更值得期待。

【关键词】当代诗　身体　享乐　批判　责任

俄国诗人曼德尔施塔曾在一首名为《无题》的诗中写道："我被赋予了躯体，我有何作为，/面对这唯一的、属于我的躯体？"（刘文飞译）身体，我们的存在之基，是生命感觉和伦理生活的载体。身体，也是人与世界关系的中心。对于幸福、快乐和痛苦来说，身体是第一性的。它既是把握世界的起点，也是被认识的对象。探讨诗歌中的身体想象，也就是探讨诗人面对自我、他人和世界的伦理感觉。

在《沉重的肉身》一书中，刘小枫以身体的在世性为基础，总结了从人民伦理叙事到自由伦理叙事的转变。如果说前者的目标是教化、动员和规范个人的生命感觉，那后者则致力于抱慰：为伸展个人生命感觉提供充分的空间。"自由的叙事伦理学让人们面对生存的疑难,搞清楚生存悖论的各种要素,展现生命中各种选择之间不可避免的矛盾和冲突,让人自己从中摸索伦理选择的根据,通过叙事教人成为自己。"①以身体为中介,我们能看到伦理感觉在当代社会转型过程中显现出的清晰轨迹。在某种意义上,告别了集体叙事、宏大象征和英雄情结的当代诗也是这样一种自由的伦理的叙事。在精神分化的时代语境下,诗人更加关注个体的独特命运和例外情况下的生命感觉。自20 世纪 90 年代以来,不论是文化思想境况,还是诗学层面,都进入了一个新的阶段。这种显豁的断裂感,在诗学中则回应为"九十年代诗歌""后先锋诗歌"等一系列概念的提出。相关阐释者也普遍认为,当代诗所发生更替与历史关节的错位是紧密关联的。比如,欧阳江河在那篇知名的文章中就断定:"在我们已经写出和正在写的作品之间产生了一种深刻的中断。诗歌写作的某个阶段已大致结束了。许多作品失效了。"②

一、诗的享乐主义

在社会主义时期,身体被规划到文学的"一体化"进程之中。到了 20 世纪 80 年代,"朦胧诗"或文化史诗中的身体神学看似是对革命时代话语的突破,但其运作机制,依然来自 70 年代的乌托邦冲动;或者说,是对前个时期镜像式的颠倒。然而,一旦历史进入 20 世纪 90 年代,随着革命世纪的终结,全新的身体想象如万花筒般,在文学与诗歌中纷至沓来。由此,一度被抹

---

① 刘小枫:《沉重的肉身》,华夏出版社 2014 年版,第 6 页。
② 欧阳江河:《89 后国内诗歌写作》,《最新先锋诗论》,河北教育出版社 2003 年版,第 166 页。

去亲在性的身体恢复了个性。当代诗中的身体想象充满了差异：它们不是被先在规定的，而是随着历史强力的纷纭施加而随机诞生的、偶在的身体。

20 世纪 90 年代以来，色情话语随着商业、影视和文化工业的兴起而被迅速"去魅"。摆脱革命禁欲主义之后，色情开始不厌其烦地增殖。其结果，便是色情的被简化乃至消失。在王小波的《黄金时代》等小说中，我们读到色情一度是快感的政治。但如今，快感也进入消费的循环之中，被商品社会的文化秩序所吸收。当色情沦为一种宣泄，快感的能量也就在不断地流失。在这样一种肉体横飞的文化语境中，当代诗应该去何处寻找色情的迷人之处呢？答案之一是恢复难度。

就欲望而言，存在是作为缺乏的一种功能而被渴求的。一如拉康的那句名言，欲望即是缺席的部分。色情的本质并非暴露，而是无法满足的满足和永远在抵达中的欲望。或者说，色情是一种困难。诗歌若想捕捉色情，就得在文本内部重新创造困难的语境。我们正是在目及色情，但对色情无法触及的持续性延宕中，领略色情精深的魅力。以陈东东的《纯洁性》（1994）一诗为例，诗人并非直陈其事，而是在一个关联性场域中对色情渲染生成。借助于互喻的修辞机制，他物进行中的困难便分摊至色情，从而延宕着后者的抵达。实际上，正是难度与饥渴的目的论之间构成无法自拔的张力，协作为色情护航：

> 一架推土机催开花朵
>
> 正当火车上坡
>
> 挑衅滂沱大雨的春天
>
> 我在你蝴蝶图谱的空白处

书写:纯洁性

我在你纹刺着大海的小腹上

书写:纯洁性

——陈东东《纯洁性》

这样的色情在言说姿态上,重视难度胜于口无遮拦,强调张力胜过清晰无误。性被谨慎地掩护在比喻的花丛之下,而在阅读中,解开隐喻就像解开遮羞之物。"一架推土机催开花朵"中,"推土机"的坚挺与"花朵"的含苞待放分别间接地指向了两性气质。而"火车上坡"则暗示挺进之难,并且在最终抵达"蝴蝶图谱的空白处"之前,还要经历一场大雨滂沱的春天。这是诗人延宕的方式。与此同时,色情充满了幻想气质,精致、典雅,女性的性感部位被描述为"蝴蝶图谱"和"纹刺大海的小腹"。可能我们会问,为何要运用这么多"替代性"的、迂回的修辞呢?因为,在人类意识的深处,色情并非纯粹的自然性;不如说,它本身就是文明的一部分。色情与禁忌是双生的,性的吸引力就在于我们身处文明的礼节和秩序之中,但又总抑制不住念头去抗议。所以恢复快感,也就是恢复那个相对而言的文明语境。如果直奔主题,那色情渴求的压制机制就荡然无存。

对于色情,欧阳江河认为:"在当代中国,色情与理想、颓废、逃亡等写作中常见的主题一样,属于精神的范围,它是对制度压力、舆论操作、衰老和忘却等作出反应的某种特殊话语方式。"[1]色情是在话语的反应机制中出现,而其充沛的能量,还是常常渴望溢出肉身的限制,从而建立话语的自由王国。在这种

---

① 欧阳江河:《89 后国内诗歌写作》,《最新先锋诗论》,第 178 页。

冲动中,身体不再附庸于制度、宗教或文化的旗帜,而开启一趟自我创造之旅。以致传统的主导话语的严肃面孔,会在色情的调戏之下涣散。快感所拥有的潜能催促身体最终反客为主,占领中心。让我们来看看,臧棣的《关于维拉的虚构之旅》(1996)一诗是如何让身体在世界的舞台上轻松加冕。该诗的主角维拉是"我"的女友,一位身着超短裙但经常去教堂的基督徒。作为"我"目光的焦点,维拉看起来兼具虔诚与魅惑;她提醒要对戒律严阵以待,但总在下意识中挑拨"我"去逾越规矩。比如,针对达·芬奇的《最后的晚餐》,一幅宗教悲剧经典,喜爱烹饪的维拉随口就抛出另外的方案:"最后的晚餐如果/由我来做的话,历史就不会是这样。"在维拉那里,沉重的受难剧情可以通过美味的食物被轻松改写。而当她的教友希望"我"也加入教会时,维拉表示反对,并给出了理由:

> "某天晚上你会得到答案的"很久以后
> 她解开衣链,裙子像波浪一样滑下
> 她露出了更完美的建筑:她坚定地说
> "这就是你的教堂,信仰我吧"
>
> ——臧棣《关于维拉的虚构之旅》

美食能改写悲剧的结局,维拉的身体最终代替宗教,享乐的、自发的快感轻松地压倒了悲郁沉重。这首诗毫不掩饰享乐主义的调子,让我们看到即兴的欢乐所具有的情绪感染力。"裙子像波浪一样滑下/她露出了更完美的建筑",一下一上,发生在跨行之际,形式上加强了"退位"与"加冕"的对比效果。最终,完美的女性身体一跃成为最高原则。显而易见,诗中维拉的色情与其说是肉身的,不如说是语言的。该诗从实存的肉身中推举出一种纤巧的快感,让沉重的心理定式让位于享乐的激情。臧棣的目的不在于"凝视",而在于剥去那层厚厚加驻在维拉身上的宗教胸衣,代之以光滑的语言露珠。"想想看,历史中那些基本的力量,政治,经济,社会,科学,文化,习俗,甚至哲学,都致力于将人裹挟到一种日趋机械的模式之中",臧棣认为历史如同积垢,而诗歌拂拭尘埃,让人焕然一新:"只有文化和艺术透露出了挣扎的信息,拒绝历史对人类境况的展示和演说。"①

诗是维拉的身体,充满语言愉悦的魅力,所以无须教导就能引人驻足崇拜。这是臧棣所说的,诗歌拒绝历史对人类情况的展示和演说。换句话说,诗歌远离说教。当维拉裸身闭眼,高高在上,如同一位年轻的女耶稣。不过,她所宣扬的是一种色情与诗的双重享乐主义。一如陈东东也表达过的类似信念:"何况色情跟诗在有一点上是如此一致,它们都是无用的、没意义的,但都带来了美和欢乐。"②在前文分析的那首《纯洁性》中,主体抵达之后不是投身于肉欲,而是开始语言的练习,连续地"书写:纯洁性"。情欲驱动的书写,一如罗兰·巴特所谓的"文之悦","类似于控制不住、忍受不了、完全幻想性的瞬间"③。任何明确的观念、意义和传统,就像维拉常去的那间教堂,均已无关紧要;它持续产生的是游戏的欢愉。

对享乐主义者而言,身体是精致而轻盈的,滑翔于语言的云层之间。享乐的身体是文本性的,诞生于语言经纬编织、互动、

---

① 臧棣:《加入我们真的不知道我们在写什么》,《山花》2001 年 8 期。
② 陈东东:《访谈:色情总是曲尽其妙》,《诗生活月刊》2004 年 12 期。
③ [法]罗兰·巴特:《文之悦》,屠友祥译,上海人民出版社 2002 年版,第 11 页。

调戏的时刻。它摆脱烦琐沉冗与吃喝拉撒,远离人间的风雨。身体更像是语言本体化的象征,让我们看到人类文化超越性的那一面。这么说也不为过:享乐主义的身体追求超越于肉身之外的自由放纵,不可避免地带有精英的性质。一旦上升为最高原则,身体就不可避免变得抽象而缥缈,变成了符号性的存在。这意味着,维拉的身体被高举于凌空的十字架顶端,朝向无限。所以在当代诗中,享乐的诗学本质上是一种极其仰赖主观力量的语言浪漫主义。在此,真实的肉身消失,被"文本的肉身"所替代。身体的当下性、具体性以及生死爱欲是缺席的。而只有在另一种批判主义的诗学中,身体恢复了肉身有限性和疼痛感。

二、忍受,或在批判中

"他看起来像一个由发条驱动的机器人:在这僵硬、忽动忽停的、痉挛性的运动中,没有灵巧步伐的一丝影子……他腿部僵硬,或者说,至少,双腿只是轻微地弯曲,而他的脚步以某种方式为许多突然的颤动所取代。"① 阿甘本在研究 19 世纪的西方资产阶级时,惊讶地发现其姿态的丧失。科技、工业技术催促身体代之以机械般的奇形怪状。通过借鉴一系列医学的、生理学的步态研究,他最终看到,人类身体自然天性下的姿态如何日益衰减。身体姿态打开一个"行止"(ethos),即人之为人的本己的领域,显现人的精神特质。然而,姿态的变异使之丧失自然的随意性。终于,生命开始变得不可辨认。

---

① ［意］吉奥乔·阿甘本著,赵文译:《无目的的目的》,河南大学出版社 2015年版,第 76 页。

在一个失去姿态的时代,我们时刻感到困扰。身体在现代性的夹击下,坐立难安:自然姿态之丧失也即人的境况的恶化。那么,在市场经济时期的中国,人们是否还能保留自己的姿态?在萧开愚的组诗《向杜甫致敬》(1996)中,诗人借助于一个面具化的农村患者,突入复杂难辨的当代现实中去,遭遇了疾病、医疗、饮食乃至户籍制度的种种。其中,尤为让人感到头晕目眩的是就医的经验。患者必须忍受"肥胖护士的注射和按摩",眼睁睁地看着自己像"好玩的棋士和棋子"一样被任意摆布:

> 我们和他在手术台上对弈。
> 用我们的病态、新颖热度
> 和腐朽样式改造我们的
> 身体,娇滴滴但放进枪膛
> 可以重现我们的狂妄的梦境。
>
> ——《向杜甫致敬》

这些诗句焦虑、疯狂,充满嫌恶感,但泄露出某种医学上的精准目光。在医院里,自然姿态消失,身体在手术台上是被改造的对象。身体似乎是被物化为一颗子弹,"娇滴滴但放进枪膛"。改造之后,"可以重现我们狂妄的梦境"——难道本然理性最终要被不可抑制的疯狂所替代?这让我们想到尼科尔森主演的电影《飞越疯人院》,想到生机勃勃者如何在药物、电击和重复性的口号中变得顺从萎蘼。于是,正常人被一步步地逼疯。医院不是别的,恰恰是压抑、规训和把人变得目光呆滞或疑神疑鬼的地方。当然,考虑到医院在现代日常中的不可或缺,这首诗最好用象征主义的思路去解读。一如阿甘本所言,失去姿态就是失去对自身的掌控。《向杜甫致敬》具备充沛的当下性,记录了我们是如何在外力的施加下"礼崩乐坏"、方寸错乱,迷失于"狂妄的梦境"。诗人不无夸张的描述,反向标记了一种试图在急剧变化的社会力量中拯救伦理生活的努力。

那么,什么才是伦理?所谓伦理其实是某种生命感觉,一种生命感觉就是一种伦理。"伦理问题就是关于一个人的偶然生命的幸福以及如何获得幸福,关键词是:个人命运、幸福、德性,都围绕着一个人如何处置自己的身体。"①身体在世的情绪、感受与态度,构成伦理之纬。关心幸福,首先就是去关心身体的境况,因为后者为一切奠基。下面让我们来看看黄灿然的《黎明曲》(1996),一首颇具"城市健康状况普查"意味的诗。当诗人吞吐维多利亚公园清新的晨间空气,观察到晨练的人"都是心灵的脆弱者"。在诗人带有想象性的观察中,笛卡尔式身心二元的划分不再成立,肉身即灵魂,灵魂即肉身。人们来到公园跑步,目的不外乎对受损的身体修修补补:

> 那个为了苗条而呕出胆汁的少女,
> 那个因身上的赘肉而泪水倒流的妇人,
> 那个想偷偷征服厌食症的年轻母亲,
> 她们都摆出努力的姿态,跳跃,
> 压腿,弯腰,深呼吸,缓步跑,
> 穿行于抬不起头来的男人中间。
>
> ——《黎明曲》

① 刘小枫:《沉重的肉身》,华夏出版社 2004 年版,第 77 页。

这节诗中的主角是城市女性。不论是胆汁、赘肉还是厌食症,透过它们让人联想到她们被某种力量所牵制,好像非如此不可。"跳跃,/压腿,弯腰,深呼吸,缓步跑",一系列连续的动词暗示出运动的高频率和超负荷。她们对"苗条"的不遗余力和孜孜以求,让人触目惊心。"身体在一种全面折磨之中,变成了必须根据某些'美学'目标来进行监护、简约、禁欲的危险物品",波德里亚在分析身体如何沦为消费社会的交换符号时写道:"我们只要把眼睛紧盯着《浪潮》中的那些消失、苦瘪的模特儿,就可以从中解读出丰盛社会对身体必胜的意义的、完全反向的策略,和对于所有自身原则的强烈否定。"①换句话说,在现代社会中,女性对自己的身体并不享有充分的掌控权,而总是被某些异己的原则监制、抽空和使用。值得注意的是,上引诗节的最后一句,"穿行于抬不起头来的男人中间"把女性身体和男性身体一起编织进了家庭伦理的联想中。"抬不起头来"一语双关,既指身体姿态上的赢弱,也暗示性生活上的无力。不论是女性抑或男性,晨练实际上不能带来什么,因为他们均已丧失爱欲。他们既无法合作,也无力共同创造出一种良好生活。《黎明曲》是一首现代生活的哀歌,绝望于我们对溃败身体和溃败伦理的拯救。

抱持悲观的肉身书写,当然,也见于新世纪以来的"打工诗歌"等底层写作。"打工诗人"秉持一种社会学意义上的底层目光,对工人身体有令人心酸的捕捉。这些诗是对身体和社会的双重批判,从社会病理学出发,去发出底层阶级对社会正义的诉

---

① [法]让·波德里亚著,刘成富、全志刚译:《消费社会》,南京大学出版社2015年版,第125页。

求。在"打工诗歌"中,我们能读到身体是如何像零件一样溃散,逼近生命所能忍受的极限。对忍受的身体的审视有典型的现代主义特征。诗歌所传达情绪是低落、沮丧或愤懑,是一种批判性的观照。通常,我们只能从反面去想象一种自然身体所显现的生命感觉,即幸福。

如果说享乐主义诗学把身体架入云端,那身体境况的批判者则一头扎进悲惨之中。这些批判诗学的目光紧紧地盯住黑暗,不可避免地唤起读者的同情心。不过在道德情感中,同情或怜悯并非可以拿来无限耗费的存货。适量的同情心有助于我们更好地理解他人的痛苦,减少残酷,但过分沉溺于同情心则会妨碍生命和精神的成长。批判性地审视身体,也相当于将身体当作可以任诸种力量操练的对象。作为批判手段的身体,其感性在频繁的暴露中不断地被损耗,以至于它渐渐地沦为一种展示悲惨的装置。卖惨的肉体或许能带来一时政治正确的效果,但不是长久之计。这种看似激进的态度,实际上特别容易滑向自我认知上的保守主义。不论是诗人还是读者,都会认为批判即完成。若细查其思路,还能发现有一种不可救药的、耶稣式的宿命论在隐隐作祟,仿佛身体不是别的,仅仅是"人为刀俎,我为鱼肉"。换句话说,在批判性诗学中,身体的被动性完全压倒了身体的主动性,在世之身追求幸福的欲望彻底地被忽视了。所以,我们也需要一种关于身体的希望的诗学,以解决在人世行走时遇到的困境。

三、身体之为责任

"一切有机生命发展的最遥远和最切近的过去靠了它又恢

复了生机,变得有血有肉。一条没有边际、悄无声息的水流,似乎流经它、越过它,奔突而去。因为,身体乃是比陈旧的'灵魂'更令人惊异的思想。"①在《权力意志》中,尼采极力推崇身体,使之超越思想、灵魂和形而上的陈词滥调而占据主导地位。尼采的身体充满了不可抑制的活力。不论何种情况下,身体必定不会甘心受辱,它灵活、多变、充满能量,推动凝固的世界流动起来。忍受中的身体只有被动性,但想要冲破种种固化的限制,还是要仰赖身体所蕴含的活力。身体本身不愿意坐以待毙,而必须要为自己负责。

张枣的名作《祖母》(1996)创作于诗人寓居德国期间。诗中,祖母在晨练时,像仙鹤一般"冲天一唳",姿态舒展又凝练,拥有东方式的飘逸与清奇。而在地球另一端的"我":"端坐不倦,眼睛凑近/显微镜,逼视一个细胞里的众说纷纭。"我似乎是一个科学工作者,身体因久坐而失去了精神气质,显得逼仄又局促。这样看,诗人似乎想以"我"之现代性的局促去反衬祖母的东方式怡然。但整体读下来,张枣要比这更进一步。诗的前两节,在祖母与"我"之间构成了种种二元对立:东方/西方,古典/现代,汉语/英语等等。不过这些对立仅仅是诗的一半,另一半则是对它的破除。或者说,张枣试图通过《祖母》,对二元对立的方法论本身有所克服。于是,在诗的第三节,他巧妙地引入一个"小偷"的角色:

四周,吊车鹤立。忍着嬉笑的小偷翻窗而入,

---

① [德]弗里德里希·尼采,孙周兴译:《权力意志》,商务印书馆 2007 年版,第 37 页。

去偷她的桃木匣子;他闯祸,以便与我们

对称成三个点,协调在某个突破之中。

圆。

——《祖母》

"小偷"的出现让人意外,立刻弹活了"祖母"与"我"之间几近凝固的局面。不论是"翻窗而入"还是"闯祸","小偷"都拥有一枚超越规则、不被驯服的身体。面对二人对峙性的诗意局面,他巧妙地将其打破,并立刻激活了三者之间的阐释性关系。"三个身体中各自蕴蓄的语言能量在彼此之间恣情地投射着,交递着,个人身体的必然限制被打破,陷入让人梦寐以求的迷失之中。"①《祖母》中的"小偷"不再紧盯记忆的伤疤,也无视律法和道德的恫吓;"小偷"的身体于人于己都是拯救性的,因为它时刻处于突出重围的动态之中。这样的身体并不忌惮于僵化的规则,而是爆发出一连串追求自由和欢乐的能量。

实际上,汲汲于力量的身体在中国新诗的初期就已出现。在郭沫若著名的《天狗》等诗中,有一种狂躁又科学的身体想象,表征着艺术与革命的动力。"天狗"的身体,"一方面,与纪律、制度、知识构成对立,随时可以爆裂、痉挛;另一方面,又是随时可以在'科学'的名义下,被组织、调动、重新被知识化,导向一种政治身份。"②不过,它的身体机动性地滑动在内在与组织、个人与集体之间,遵循着浪漫主义的革命逻辑。在自由与秩序

① 李海鹏:《意外的身体与语言的"当下性"纬度》,《飞地·身份的印证》2014年11月。
② 姜涛:《〈天狗〉:狂躁又科学的"身体"想象》,《"新诗集"与中国新诗的发生》,北京大学出版社 2019 年版,第 355 页。

两端,缺少必要的伦理性中介,以至于它往往面临着崩断或撕裂的危险。狂躁之身如何解决与生俱来的困境,答案就在于跳出那一套想象性的自我装置,参与到与其他身体的互动之中。而《祖母》中的"小偷",提供了异于《天狗》的另一种思路。"小偷"不是孤独的存在,其能量是与其他两者联系在一起的,是能量与能量的相互激发。正是在关系之中,身体才流动起来,获得其能动性的本质。张枣诗中的"协调在某个突破中"和"圆",相当于二元项中引入第三者。这样做既是过渡也是解决,但更重要的是,他让三个迥然不同的身体产生出互相观照的目光。

不过,观照本身并不总是意味着临近,有时反而可能是一种隔膜。观照首先是一种"看"的行动,而身体就处于看与被看的关系之中。某种意义上,一旦身体进入视觉也就进入了权力关系之中。在目光方面,劳拉·穆尔维对电影中男性目光的研究足资借鉴。"从色情作品到浪漫小说之间,我们可以发现妇女在不同程度上被纳入或排斥于观察位置之外。"劳拉写道:"包括以妇女为对象的大多数文本中,妇女的观察方式受制于男子的观察方式,而其特性受到了否认。"①尽管穆尔维的分析基于性别权力,但她对目光偏见的思考完全可以扩而延之。因为族裔、性别或阶级,我们总是带着先在的想象去观察他人的身体。反过来,他人身体所显露出来内容又回应着我们的成见,形成一种目光阐释学上的循环。结果是,看相当于没看。这种循环常见于对弱势群体和底层人注视的目光中,对此,萧开愚就警惕地认为:"以他人的痛苦为燃料,难免成为他人的灰烬,从幽微与

---

① [美]劳拉·穆尔维:《视觉快感和电影性叙事》,周传基译,李恒基、杨远婴编:《外国电影理论文选》,上海文艺出版社1995年版,第637页。

迷离中找到自我和自我的影子,或能获得通向他人的起点。"①
那么,是否有可能在看之中去真正地走向他者呢?

　　身体之为责任,一方面,意味着自我创造;另一方面,在他者
作为理解的对象的意义上,身体也是我们的责任。在此,对身体
责任的确认就是在看的关系之中提出的。王小妮《11 月的割稻
人》(2004)写诗人在火车旅途中的所见,此类主题在她那里形
成一个系列,比如《耕田的人》《背煤的人》《卖木瓜的人》等。
这些诗中,看的目光成为值得我们探究的所在。从题目看,她没
有使用"农民""煤工"或"商人"等社会群体指涉意味较强的称
呼。这样做,一方面,能避免公共视角对经验复杂性的抹杀,尤
其没有从经济学或社会学的属性去划定他们的存在;另一方面,
诗人是从劳动姿态,或更准确地说,从他们的生存状态中去认识
他们。《11 月的割稻人》中的农民,早已不具有社会主义时期的
主人般的光晕。在灿烂的时代背景之上,他们不被注意,形象渺
小但自足:

　　　　可是有人永远在黄昏
　　　　像一些弯着的黑钉子。
　　　　谁来欣赏这古老的魔术
　　　　割稻人正把一粒金子变成一颗白米。

　　　　　　　　　　　　——《11 月的割稻人》

　　诗人并未以怜悯的目光去看待这些劳动者,后者地位的失

---

① 萧开愚:《相对更好的现实》,《此时此地》,河南大学出版社 2008 年版,第426 页。

落构成了该诗的背景。割稻人凭着手中古老的技能,施展魔术,"把一粒金子变成一颗白米"。"谁来欣赏这古老的魔术"——与其说是提问,不如说更像是反问。全诗平稳、毫无波澜的叙述相当于给出了答案:"像一些弯着的黑钉子。"不是别的,劳动的身姿像永恒的钟摆,为劳动者的存在提供自足性。诗人予以劳动者必要的尊重,仰赖的价值系统是任何工作所蕴含的那份伦理价值。也就是说,一个人是在自己的工作之中确认价值,不论这工作是什么。作为观察者,诗人含蓄地处理了理解他者的问题。"所谓他者,就是在互相理解的层面上遭遇的存在者。一块石头不是他者。他者是我希望去理解也希望得到其理解的造物。"①在面对他人时,我们是通过想象,通过设身处地地想象自己也承受着所有相同的快乐和痛苦。我们似乎进入他们的躯体,某种程度上同他们像是一个人。在王小妮这里,他者不是像后殖民意义上那样具有对抗性质的理论术语;他者蕴含着理解的努力。

在讨论文学是如何发挥我们在公共判断中的情感时,纳斯鲍姆列举了想象他人处境的不同的方式。"有些赋予他们以尊严与个性,将他们自身看作目的。"她写道:"另一些则将他们看作抽象的、不能辨别的单位,或者就看作成就他人的纯粹工具。"②后者将他人的身体想象为物的存在,一种在经济功利主义中拿来计算的要素。而前者,努力让他人从数字中脱离出来,让其身体显现独特性和具体性。当诗歌试图去移情时,身体所担任的角色正是我们彼此之间联通的媒介。因为身体的有限

---

① 陈家映:《何为良好生活》,上海文艺出版社 2015 年版,第 25 页。
② [美]玛莎·纳斯鲍姆:《诗性正义》,北京大学出版社 2010 年版,第 4 页。

性,血缘、族群和社会关系都注定了人与人之间是相互依靠的关系。在人与人身体交织的网络中,爱、公正和尊敬才不是抽象的概念,而是关乎他人的美德。在此意义上,身体同时既是个体的又是全体的。

四、结语

把当代诗中的身体划分为享乐的、忍受的和责任的三类,难免有粗疏之嫌。但透过这三类身体,我们能看到当代诗所持有的伦理感觉。相比于其他文学形式,诗歌更加讲求难度。这种难度分别表现相应的三个方面:享乐主义诗学的语言智性追求,批判主义诗学的良心追问,以及责任诗学的理解力培养。前两者都已养成较为完备的诗学思路,相比之下,本文则对责任的诗学有抱持更多的期待。尽管艾略特在 20 世纪初就提出"非个人化"的诗学主张,但那也是就把情感敛入象征物中而言。"非个人化"并没有突破个人,或者说突破个人的身体去联通他人的身体。而作为责任的身体,则催促着诗人不断自我突破、交谈,以便更好地理解他人,描述他人;以便开阔地去理解话语,而不仅仅是语言。不论是从诗歌技艺、抒情路径乃至个人德性上,责任的诗学都对诗人提出了前所未有的挑战。尤其是在这样一个在职业上高度分工、精神上萎靡、生活上原子化的时代,对自我和他人的身体负责并非易事。在此,列维纳斯的鼓励值得一引:"肯定性地,我们会说,他人一看我,我就已是负有责任了。"①

---

① [法]伊曼努尔·列维纳斯著,王士盛译:《伦理与无限》,南京大学出版社2020 年版,第 57 页。

作者简介

马贵(1991—　），中国人民大学文学院博士生，研究方向为中国新诗史。

南方有诗

——论《南方诗选》中女性诗歌的"自我"建构

张丽凤

【摘要】文学地理学作为一门新兴学科,自20世纪80年代以来再次引起学术界的重视并成为文学研究的热点。在中国,"南方"作为一个较为笼统的概念无论在地理区域还是人文精神方面,都形成了相对固定的意蕴,即远离政治权力中心、毗邻海洋的独特地理位置孕育了自由、开放的精神。《南方诗选》中一批南方女性通过诗歌对"自我"的建构与追求,非虚构地呈现了鲜活而独特的南方,展现了自由、开放、包容的南方精神。"南方有诗"既是对南方女性追求自我精神的肯定,更是对南方文化精神的描述。

【关键词】南方诗选 女性诗歌 自我建构

翻开厚厚的诗集,我独独找出女性的诗歌来读,就像召集到众多可爱的灵魂相聚会谈,在她们轻灵又不失厚重,理智却不乏温柔、孤傲而又温情的文字里感受生命。近年来,非虚构作为一个新的文学观念被热捧,一个重要的原因就是非虚构对文学社会属性的呼唤,对个体生命经验"在场"的看重。这与其说是对20世纪80年代纯文学思想的纠正,不如说是对文学史叙述权力的挑战,因为伴随信息化时代兴起的美国非虚构,本身就隐含着无中心与边缘之分的文化逻辑。"南方的诗"概念的提出,

"南方精神"的阐释,正源于一种脱离正统与中心的自由:"精神的南方,在江南以来,在五岭以南,是在传统北方延伸的最末端,它靠近大海,既未与北方的传统完全脱离,又不至于被北方扼住喉咙而窒息"(《南方诗选·序》)。所以,南方有诗,南方有非虚构的鲜活的生命个体,有这些生命个体对自我、社会的书写与描述,更有在此描述之上汇聚出来的南方精神。

一、非虚构的自我

如果一定要从诗歌艺术的链条上对《南方诗选》中的女性诗歌给予评判,并不是一件容易的事情,但如果能从她们诗歌书写的精神看,则能感受到诗歌接近自我生命及生存大地的那份真诚。正是在毫不做作的真诚中,读者可以感受到诗歌中隐含着非虚构的自我。

2010年《人民文学》开辟专栏倡导"非虚构"写作,2012年第1期即刊登了郑小琼的《女工记》,郑小琼以自我打工经历为基础对工厂女工生活的书写,成为时代最典型的非虚构作品。《女工:被固定在卡座上的青春》是成千上万女工的自画像,而其《玫瑰庄园》则是从历史深处打捞出来的秘密。由此诗人在现实和历史中建构起丰满的自我。不投人所好,自认《局外人》,"独自走过硌脚诛心的路程",依然"以最温存的眼光,打量启明星的前方"的是林馥娜。"一低头,眼泪便落了下来,星星也落了下来"的《告别》,为了"午后阳光正好"而落泪的是旻旻,"繁华碎落的阳台""生生不息的三角梅"是旻旻对这个世界最简单而又本质的认识。旗帜鲜明地摒弃"女子""小女人"的称呼,喊出"大女人主义"的是谭畅,她在几近绕口令的话语中宣示着女性的前世与今生,"自由""解放""平等"是她给"大女人"的精神标签,而"我总得是我的人,我终于惶惶恐恐地成了我的人"是她在现实生存中发出的生命呐喊,当她"成为大女人的一天""终于成了自己的"时,"尽弃前嫌"不过是强悍人生的附丽,她更像一百年前在男子启蒙下喊出"我是我自己的"娜拉的一次回应。生命可以强硬,但又可以是女性的那种柔韧,《保留对世界最初的直觉》是马莉讲述"人类寻找光的故事"后的淡然和平静;《女人写诗像生孩子》则在一场严肃的生命相遇中发出了不免俏皮的心声。王瑛作为学者的身份并没有禁锢和扭曲她丰盈的情感,我们总能在她的诗中读到一种超越时空的诗意对话,她在文字里建构着一个诗意的空间,所以《这个屋子没有诗意》,但在一系列的否定中我们可以感受到诗人记忆中的诗意画面,"一缕念想从昨日菊园澄澄的慌/金灿灿开在了故乡的山上","故事在这里慢慢死去/墙角没有雏菊/窗外不见红帆"。冯娜的诗歌里永远隐藏着一段民族的文化密语,就像她的《出生地》,那个"高寒的、山茶花和松林一样的藏区",在那里人们"不过问死神家里的事,也不过问星子落进深坳的事"。

这些写诗的女性,不管情感是柔弱还是坚强,她们的精神世界都像紫紫笔下高傲的豹子,王小妮笔下有了信仰的羊,他们穿越黑夜和磨难,却又精神自足,是"一只夜行的豹子/践踏着这空阔/我写诗,我们相遇/我们各自互不干扰/高傲离去"的自洽,是"绝不让牧羊人靠近,不让他追上来"的决绝。正是因为精神的丰盈与自足,这些女性自身成为南方非虚构的景观,以各自的方式点亮了南方诗歌的星空。

二、非虚构的南方

《南方诗选》中的女性诗人，很多并不是专业的作家，写诗只是她们生活、工作的一部分，她们来自工厂、学校、报社等各个领域。正因为她们生活足迹的丰富，诗歌在她们笔下没有走向"纯诗"的担忧，也没有成为自我情感的简单宣泄，透过她们的诗句，我们能读懂整个南方，非虚构的南方。

郑小琼的《中年妓女》有一种白描式的残酷，阴暗、潮湿、肮脏的城中村，妖艳、质朴而又几近麻木的女人，犹如一根根锐利的刺标示着这个时代的伤痛。谭畅的《东莞启示录》是对底层女性生存的一次深入扫描，是超越了文化阶层意识的一次"切身"理解，"秋雨散文塞进化妆包并非容易/道士塔和天一阁的凄怆哭喊不属于女人/放逐者的生存自食着身体/唇彩和眉笔比司汤达的于连还要忠诚"。南方，是一个摩登而又浸润着生活气息的地方，是一个现代节奏极快却始终容纳各个阶层的地方，南方的包容、自由、开放在谭畅《我的天之河》中得到了最好的诠释，"隐秘的天之河""摩登的天之河""湍急的天之河"是南方文化精神的现实演绎。不管是"被总统大酒店的过度亲民搞得手脚无措"，还是"在电脑城你瞪大眼睛，看法医们狂热地解剖"，"和谐相处的文化、经济和娱乐"在"购书中心、天河城广场、体育中心"这些一步之遥的都市空间得到了事实的承托。然而，即便是面对如此包容、亲民的城市，诗人林馥娜依然敏锐地捕捉到城市的受伤者，并不无悲哀地写出《假装什么也没有发生》，"城市用灰烬悼念无辜葬身者/喉舌与舆论被沉默。一同哑默的/还有装作什么也没有发生的诗歌"。而月牙儿则特别尖利地素描出《蚁民》群像,"无业者张三""搬运工李四""浑身泥浆汗味的王五",是时代底层民众的代表,他们就像蚂蚁一样经历着生活的各种突发与磨难。

非虚构的南方是包蕴着无限力量的南方,是多元而复杂的南方,所以诗人既可关注当下,又指向遥远的远方。可以如马莉那样毫不顾忌地书写《纯真的年代》,只为"把唇边的温暖带给寒冷的人/把潇洒的诗句,带给街道/把橱窗里的面包保持温度"。又可以像王小妮那样毫不谦虚地"拿一小团光出来",并坚信"我的光也足够的亮",坚认"总有些东西是自己的"(《我的光》)。甚至可以像冯娜那样只是描述这个世界,让人们看到"凌晨起身为路人扫去积雪的人/病榻前别过身去的母亲"……而不去在乎"一个读诗的人,误会着写作者的心意"(《诗歌献给谁人》)。

三、非虚构的南方精神

在中国现当代文学史上,与北京、上海两城市强势的文学相比,广州的文学发展似乎是弱势的,但这种弱势除了作家的多寡,与文学史的书写权力不无相关。以 20 世纪 90 年代前后兴起的"小女人散文"为例,广州关注生命日常、关注自我的文学在宏大叙事的叙事权力下被不自觉地贯于"小",完全忽视了广州作为传统商业城市与现代都市融合发展的事实,因此也无法领略到由此孕育出的文化命题。近年来,随着非虚构文学概念的兴起,地方文化及个体也得到越来越客观的呈现。此时,我们从非虚构的角度书写南方正是为了看到南方蕴含的独特文化,其远离中心的边缘活力,开放流动的海洋精神,都是非虚构的南方精神显现。从地理位置上说,南方可以进一步划为"珠江入海的三角地带、岭南名城广州辐射的范围",而从精神上讲,则是这块土地上孕育出来一大批独立的精神个体,这些个体在这块土地上找到自我并成长起来,宛如一颗颗发光的星点亮南方的夜空。

以诗歌为例,《南方诗选》虽然极尽可能地全面收录多元的南方诗人并为之命名,但这也不过是南方诗歌世界的一部分。以该诗集主编何光顺老师对"南方"的命名来看,南方的诗并不是一个统一的流派,而是有底层打工诗群、完整性写作诗群、新女性写作诗群、纯技术写作诗群、口语写作诗群、都市写作诗群、学者型写作诗群、新乡土写作诗群、垃圾诗写作诗群九个诗歌流派。说是流派,他们之间其实并没有严格的诗歌主张,更没有什么流派阵地,之所以可以归入一个诗群,是因为他们的诗歌在主题、题材、精神、风格上的黏合度。如果一定要为这流派纷呈的不同诗歌群体找到精神的共同点,那就是这块土地承载了各个阶层的书写者,在这里他们能自由地抒发自我并成为自我。你可以不欣赏乃至斥责垃圾诗,但包容的南方并没有因为它的"出格"而"清理"它。学者型诗歌并没有因为知识权力"一枝独秀"而掩盖"底层打工"诗歌的光芒。这些共融共存的诗歌流派恰恰像最能体现南方精神的广州,在这座花城里,城市的土壤和空气对每一种花都是平等的,因此固然有傲然枝头的英雄花木棉,但同样有遍布大街小巷的旺盛的三角梅,每一种花在这里都可以找到它开放的季节和形式,肆意绽放自己的美丽。同样的,正是因为在南方,像郑小琼一样的打工者才有机会成长为优秀的诗人,成功实现阶层的转化。从这个意义上讲,南方的诗是"指向未来的",就有了它特别的价值意义。

何光顺老师在长长的序言里力证南方有诗,挖掘并发扬南方的精神,并以命名的方式为写作者正名。实际上,南方一直以其历史的发展与现实的境况诠释着它的精神,就像众多的女性写作者,她们来自各行各业,却都带着体感的语言在诗歌的篇章里建构起"自我"与"南方",她们的群体如此庞大,她们的写作如此多元,足以证明南方有诗并无声地诠释了南方自由而包容的精神。然而,南方的诗,南方的非虚构,显然需要我们像打开《南方诗选》一样,去发现,去描述,最终让它实至名归。

作者简介

张丽凤(1984—),澳门大学哲学博士,广东财经大学人文与传播学院教师,广东财经大学创意文化与写作研究中心研究员,广州都市文学与都市文化研究基地研究员,广州市文艺评论家协会理事。

在不羁和困顿中突围

——李松山诗歌的放牧意识

东 伦

【摘要】李松山的诗歌大多以所在的李楼村为支点;以河南省舞钢市为写作半径;羊群为词语调色板;以亲情、友情、兄弟情为主色调;冈坡、晨曦、露珠、白云、落日为注脚;宽容、顺从、和解、隐忍为架构;用地域性的触角探寻生活的不羁和困顿;以唯美、积极、善良、隐忍去呈现诗歌审美的价值。他的诗歌从细微之处入手,关注生活,语言干净节制,暗喻、借喻、对比、叠加为其诗歌文本的弹性和张力的独特性树立了艺术延展性。同时,李松山诗歌独有的放牧意识,让其诗歌呈现出开放性,为诗歌提供了种种可能。

【关键词】李松山 突围 唯美 隐忍 放牧意识

诗歌作为诗人的宗教,它一直以来在诗人的内心形成一股无法拒绝的神奇力量,驱使着诗人阅读,写作,思考,生活,反省。在文本写作中,诗歌作为贵族,让诸多仰慕者趋之若鹜,又敬而远之。这主要是随着诗歌表达方式、架构、情感、叙事等不断更迭变化,人们对诗歌的赏析能力、辨别能力在衰退。理智地说,诗歌好像除了一个人精神世界的支撑,根本无法完成现实生活基本的生存保障。诗歌养活不了人,也许就是这个道理。但诗歌超强的精神魔法,给一些迷茫困顿的人以生活的勇气,为他们生活的沼泽和泥潭,提供了无限的精神帮助,从而也使他们完成了自我的救赎。山羊胡子李松山便是其中之一。

随着山羊胡子(李松山,下面文字将以李松山实名出现)2019年2月,在《诗刊》下半月"发现"栏目选登13首诗歌后,诗歌界更多的人关注到了河南省舞钢市一个偏远的小村李楼,一个只上了四年小学,依靠字典,看电视认字写诗的身有疾病的放羊诗人李松山。(关于李松山的介绍不再赘述)

一

舞钢市李楼村在本市辖区内算是比较偏远的小村,与南阳方城,驻马店泌阳接壤。小村以南有条河流:扶拉王河。此河源头从该市五峰山起,由东向西。汛期时河水充盈,婉转潺潺;枯水期几乎断流,仿佛一条弯曲的沉降线,垂落在杂草丛生的河滩里。常年逆流形成的土地沉降,河岸两边形成了冈坡,葱郁的嫩草,为羊群提供了丰裕的口粮。独特的乡村地理位置,给李松山的诗歌图谱增添了现实和理想的写作旁证。

> 我把羊群赶上冈坡,
> 阳光在麦苗上驱赶露珠。
> 我用不标准的口号,
> 教它们分辨杂草和庄稼。
>
> ——李松山《我把羊群赶上冈坡》

"我把羊群赶上冈坡"作为日常片段的自觉性,很好地呈现了李松山的生活图像,还原了他和这片土地和谐共处,息息相关的生存基调。也从一个在场进入了另一个在场:"阳光在麦苗上驱赶露珠。"这无疑是一个冬季的早晨,晨露在阳光的映照下,像一个个淘气的孩子,随着阳光的光度开始晶莹、饱满起来。敏锐的洞察力,细致入微地放大,让时间不断地放慢。此时,一个冬季的清晨,已经开始变得温暖起来。"我用不标准的口号,教它们分辨杂草和庄稼……"羊和人被放置在同一个语境内,无障碍交流是李松山的本领,也是他与生活和解的一种途径。熟知他的人都知道,李松山由于患病留下的后遗症,口齿不清,行动缓慢,成为一种生活常态,这也同时体现了他的隐忍、宽容、顺从。即使是这样,他也像一个父亲对待孩子那样,用并不标准的口号,教授山羊辨认杂草和庄稼。在另一个角度,李松山为了防止羊群吃到他人的庄稼,不得不用不标准的呼喊,提醒羊群。这种提醒,是自我的提醒,也是一个"父亲"对"孩子"的提醒。这种自觉性意识,是李松山打开诗歌通道的触角,也是还原人性,抵达精神世界的起瓶器。

如果说这首诗前四行是对自我生活的一次还原,那么后六行就是物象进行叠加之后而产生的艺术效果,也是一个诗人与另一个诗人之间生活的映衬。(这首诗是送给诗人量山的)

像你在黑板上写下的善良与丑陋,

从这一点上我们达成共识。

下雨了,你说玻璃是倒挂的溪流,

诗歌是玻璃本身。

你擦拭着玻璃上的尘埃,

而我正把羊群和夕阳赶下山坡。

——李松山《我把羊群赶上冈坡》

一个小学老师（量山）为孩子启蒙，授业；一个放羊为生的农民李松山，在不同的生活道路上，诗歌给他们提供了一种可能，并形成了语言的安抚、摩擦，对不同对象进行了放牧、纠偏、成全，给这首诗提供了无限的想象和外延。

李松山的诗歌大多以所在的李楼村为支点；以河南省舞钢市为写径；羊群为词语调色板；以亲情、友情、兄弟情为主色调；以冈坡、晨曦、露珠、白云、落日为注脚；以宽容、顺从、和解、隐忍为架构；用地域性的触角探寻生活的不羁和困顿；以唯美、积极、善良、隐忍去呈现诗歌审美的价值。他的诗歌从细微之处入手，关注生活，语言干净节制，暗喻、借喻、对比、叠加为其诗歌文本的弹性和张力的独特性树立了艺术延展性。同时，李松山诗歌独有的放牧意识，让其诗歌呈现出开放性，为诗歌提供了种种可能。

二

评论家钱文亮说过："对'先锋'的理解与张扬有一个如何重新开始的问题。也许，真正有意义的话题是，诗歌如何赋予匮乏的时代以启示或意义。"

保持语言的先锋性、独特性，写诗时间不算长的李松山有超强的敏感度，甚至有"天才"特质。对于先锋性写作的理解和认识，李松山也在不断尝试、靠近。这种尝试是他通过一种可能达到自我反省，自我定位，更准确地驾驭不断变化的语言未知性。这也是李松山从叙事书写，到理性思考诗歌文本生活中存在的价值，是否能够保持一种超前的新鲜感。这也让他的写作维度更加标新立异,立体感,层次感更加鲜明。

> 沿着梯形的斜面,风声,鸟鸣,
> 在冈坡上起伏。
> 它们在松树上搭巢,
> 在喉囊里修筑乐园。
> 自由,婉转,
> 像流动的壁画。
>
> 如今巨大的轰鸣声
> 在枝叶间摩擦,震颤,
> 让斑鸠和野雉变成了
> 惊悸的闪电——
> 深渊中的冈坡:
> 左边是坟地的松柏,
> 右边是落光叶子的椿树。

——李松山《在冈坡》

　　虽然写诗时间并不是很长,但已经进入成熟写作的李松山知道,重复写作对一个诗人而言是站不住脚的,这会让诗歌进入一个"牢笼"的灾难之中。所以他在自我否认中不断地寻找向前的路,虽然还是他所熟悉的地域,但是他要让更多的可能成为诗歌存在的意义。进而,梯形、搭巢、壁画、闪电、坟地等意象,为扶拉王河岸上的冈坡真实性,艺术性提供一个终端。急促的压迫感,尖锐的自然还原,在"在喉囊里修筑乐园。自由,婉转……"喉囊里的乐园,是无数不同鸟儿鸣叫的合奏,也是它们在另一个维度生活,繁衍的状态。这个维度里没有疾病、困顿、无奈、周遭。李松山显然通过喉囊里的歌声唤醒一种理想的美好夙愿。但是他知道,自然界里那些不同维度的生命体也会和自己有相同的遭遇。比如寒冬、食物、生命线:"深渊中的冈坡:左边是坟地的松柏,右边是落光叶子的椿树……"当现实回到生活后,无奈和死亡,自然的周而复始,把这个理想国的梦境打碎了。

> 老姨叫着母亲的小名,
> 她们的双手紧扣在一起。
> 唠一会儿哭一会儿,
> 像枝头两颗咧嘴的石榴。
>
> 她们的谈话陈旧,灰暗,
> 却不断碰撞出火花。
> 起风了,头顶的石榴树晃动着,
> 咯吱咯吱——
> 发出骨头松动的声音。
>
> ——李松山《石榴树》

生命之脆弱,如果说是李松山对外部环境《在冈坡》的审视和诉求,那么《石榴树》是他关注时间流动,生命短暂命题的一次担心。显然这种担心是无能为力的,也是不可能为之的。"老姨叫着母亲的小名,她们的双手紧扣在一起。唠一会儿哭一会儿,像枝头两颗咧嘴的石榴。"疼痛的自省意识逐渐进入李松山的肌肤,他在老姨叫着母亲小名的时间里,开始溯源,仿佛看到了一对年幼的姊妹。这种短暂的闪现像是闪电打开的夜空,之后便是无限的黑暗、盲从、无奈;"唠一会儿哭一会儿,像两颗咧嘴的石榴"。在我们习惯的认知中,石榴成熟后就会咧开嘴,等待食用。对,食用,也是生命的终结。用咧嘴的石榴暗喻老姨和母亲的生命,如芒刺在喉。如果在石榴咧嘴停下来,显然这首诗对时间"提审"的力量是不够的。所以,李松山把"咯吱咯吱——发出骨头松动的声音"。作为对时间"提审"的深入,也让自己的痛感不会一闪而过,而是长久地无限地折磨着自己。

准确的模糊性是先锋诗歌呈现阔大空间的必杀器。李松山显然准确地找到了先锋意义的手术刀,并通过弱小而锋利的刀片对生活、生命、时间一次次地解剖,从而让诗歌在自然的更迭中呈现出暴力的美学意义。

三

熟悉的地域、空气、土壤、河流、自然、人情世故等等,会成为一个诗人书写、认识、思考、发现、反省自我的温床,从而也让诗人通过熟悉的地域性自然而然成为自己。

李松山的日常非常简单,每天六点钟起床、洗漱、吃饭;七点半赶着羊群下河(扶拉王河),羊吃草,他看书;中午回家吃饭,睡觉,下午,再次把羊群赶上河滩吃草……周而复始,他的羊从原来的 7 只变成了现在的 12 只。就这么一段地域,可以说方圆也就 5 公里左右,便形成了他独特的地域性。当然,还有他温暖的小院儿,他的亲人和周遭,都形成了他探寻诗歌道路的一个个标记。

我站在院子里。

鸟鸣声从周遭的树冠里落下来，

如同树叶发出的叫声。

我鼓起喇叭，朝它们喊了一声，

声音仿佛来自某一棵树，某一片叶子。

而滞留在紫薇枝头的雨珠，像静默的闪电，

瞬间消失。

——李松山《雨后》

疾病的不幸虽然影响了李松山身体和语言控制系统，但是没有控制和左右李松山发现美好瞬间、亲近美好的能力。李松山把日常生活中所发现的细微之处，与疾病和解，用看似童真的发现，为一花一木，几声鸟鸣，几个水珠，一片云朵，提供了一个闪现停顿的理由。"鸟鸣声从周遭的树冠里落下来"，鸟鸣如此柔软温暖地落在了小院儿里，落在了李松山的内心。此时他不是一个观望的成年人，而是一个孩子，一个与鸟儿对话的孩子："我鼓起喇叭，朝它们喊了一声"多么可爱的举动，同时，回馈这个"孩子"的不是一哄而散的尴尬，而是另一种声音通过一片片叶子传递了出来。此时，水珠作为在场的第三者，仿佛被突然呼喊吓坏的孩子："瞬间消失。"这种消失的戏剧性是这首诗最具观感的触及点，也是诗人童心未泯的另一种表现。

如果说《雨后》是李松山诗歌的另一种发现，是童心骑上枝头的闪光，那么《两只羊》则像一个家长，在为不开窍的孩子的恋爱操碎了心。或者像自己渴望爱情，而又木讷，无所适从的窘相。

他不知道她名字，

甚至不知道她的年龄。

两群羊在午后的河滩合为一处，

它们犄角相抵，以消除彼此的陌生感。

她不看他。她低着头翻书，

像只羊寻找可口的草。

他不说话，他用藤条敲打着石块。

夕阳快落山的时候，她合上书。

寂静的河滩响起一串银铃般的唤羊声。

他拼命抽打草地上他自己的影子，

像抽打一只不够勇敢的羊。

——李松山《两只羊》

　　面对爱情，初次尝试情感的交汇时，局促、无所适从的表现，是心藏小鹿的激动，也是无从开口的懊恼。李松山很好地从两只羊观望，碰撞犄角，来暗合："她不看他。她低着头翻书"，"他不说话，他用藤条敲打着石块"。形成了身份互换，情感互换，也给读者留下了诸多想象的可能。渴望爱情是每个人最基本的情感获取，它决定了一个人生命存在的意义。在这首诗里"像抽打一只不够勇敢的羊"来嗔怪自己，让我们每个人仿佛回到了初次品尝爱情浆果那种冲动和羞怯。如果从浅显的外部语言呈现看是这样的，但是李松山显然知道这些，而让这首诗增加了不可捉摸性，为爱情诗的书写找到了另一种可能。

四

每个人都会为自己定位,哪怕这个定位是主观的,带有个人色彩的。抑或是,自嘲的、放任自流的、盲从的、流浪的……总会时不时地在心里画出一个自己。

> 可以叫他山羊,也可以叫他胡子。
> 在尚店镇李楼村
> 他走路的样子和说话时紧绷的表情,
> 常会引来一阵哄笑
> 如果您向他谈论诗歌,
> 他黝黑的脸上会掠过一丝紧张,
> 他会把您迎向冈坡,
> 羊群是唯一的动词。
> 它们会跑进一本手抄的诗集里。
> 说到风,他的虚无主义,
> 会掀翻你的帽子,揪紧你的头发。
> 你可以站着,或者和他一起坐在大青石上。
> 而他正入神地望着山峦,
> 像坐在海边的聂鲁达,望着心仪的姑娘。
>
> ——李松山《自画像》

李松山也不例外。他给自己画像,在生命流动的沿途留下属于自己的卡片。显然,这首诗是李松山在阅读聂鲁达之后的一些思考,好像也是诗人之间那种神交已久,或者是李松山对诗人聂鲁达的一种仰慕和致敬。

> 你的沉默明亮如灯,简单如指环。
>
> 你就像黑夜,拥有寂静与群星。
>
> 你的沉默就是星星的沉默,遥远而明亮。
>
> 我喜欢你是寂静的,仿佛你消失了一样,
>
> 遥远而且哀伤,仿佛你已经死了。
>
> ——聂鲁达《我喜欢你是寂静的》(李宗荣译)

用聂鲁达《我喜欢你是寂静的》来和李松山的《自画像》相互联系,显然比较牵强。但是就《自画像》而言,我们会发现,一个傍晚的山坡上,晚霞在滑下山峦的那一刻,多像一个年轻貌美的女子,含羞地回眸:"你可以站着,或者和他一起坐在大青石上。而他正入神地望着山峦。"此时是李松山和聂鲁达通过维度变化,坐在了一起。现实中,他们是两个根本不可能坐在一起的人。但是,诗歌给他们提供了一种可能。诗人看到了什么?一个沉默而心仪的姑娘。多么激动温暖的画面。两个诗人之间及两个诗人与姑娘之间的那种遥远的对望,构成了一个寂静的欲望感。还有一种善良者渴望爱情馈赠的愉悦感。此时的景象是属于他们的,任何人,任何声音都不能干涉他们。

山羊胡子是李松山的笔名,也是他贴近生活的真实写照。在和他说起山羊胡子这个名字的出处时,他说,山羊的胡子在风中自然地飘动,像是一支自然的笔在空中书写着不一样的生活。他希望自己活得洒脱、自然、无拘无束。

就这首而言,我倒不认为李松山只是为自己定位,我看到了一个诗人在诗歌道路上不断摸索、进步、发现、思考,反省自己的

历程。对诗歌的理解,对爱情的渴望,对生活的审视,还有反讽的一种可能。互为撑起,互为成全,进而通过诗歌完成自我救赎。

生活为李松山关上了一扇窗,诗歌为他打开了一扇门。一个与生活和解的人,不抱怨,不放弃,隐忍坚强,是李松山理解诗歌,解读人性,通达诗意圣殿的基石。诗歌唯美,舒展,包容,画面感极强。但是,他对现实的逃避,不敢面对,甚至不敢直视过去,试图通过美好来包裹自己,这是不可取的,也是会制约其诗歌发展的。显然,这些问题李松山是明白的。

　　身份的定义
　　顶替者,和被顶替者
　　就是稗子和稻子的关系。

　　她是饭店的打杂工,
　　超市的保洁员,民办教师。
　　即便拿出村委证明,乡街道证明。
　　怎能证明我就是我?
　　黑洞穿插着另一个黑洞。
　　这些年,
　　我也常被我多重的身份迷惑:
　　写诗的我,放羊的我
　　左脸颊僵硬的我,
　　我被许多个我围拢着。

　　　　　　　　　　　——李松山《身份》

从这首诗,李松山开始对以往习惯性写作进行了否认,也开始正视自己的生活状态,不再逃避。如果《自画像》是李松山自我的定位,《身份》便是李松山的自省。这种自省是生活遭遇产生的,也是小有名气之后的自省。他开始关注新闻事件,人性焦点、社会问题,也开始冷静地思考名利给身份带来的诸多不可确定性。把"我"进行分离、同质、互通、重组、还原等,从而给诗歌一种责任和担当。

> 我是人人,我是无人。我是别人,
> 我是他而不自觉,他曾见过
> 另一个梦——我的醒。他评判着
> 他置身局外而且微笑。
>
> ——博尔赫斯《梦》(飞白译)

博尔赫斯这首《梦》是对"我"的身份的一种不确定性,也是对"我"的一种批判,或者是置身事外的局外人的讽刺和自省。李松山的《身份》明显有这种意味。但是在中西文化碰撞之后,对于"我"这个身份的理解虽有异曲同工之妙,但也各有千秋,自有妙处。所以博尔赫斯在《永生》中说:"我们轻易地接受了现实,也许因为我们直觉感到什么都不是真实的。"李松山也在他的诗歌创作中不断地尝试,在接受现实之后带来的诸多不可确定性。他把理性的思考融入感性的生活中,通过阅读,反思,并立足李楼这一小片土地,唤醒诗歌的回归,为自己的经验维度写作,在地域性的基石上建造一座理想的精神家园。

五

作为一位放羊诗人,李松山的放牧意识驱使着他对诗歌有了更深层的理解。

对于放牧的解释基本是:把牲畜放到野外吃草和活动。《东观汉记·光武纪》:"商贾重宝,单车露宿,牛马放牧,道无拾遗。"唐韩愈《顺宗实录三》:"闽中南朝放牧之地,畜羊马可使孳息。"

每年春、夏、秋三季,到处野草青青。在闲时,人们都喜欢将牲口牵到野外放牧。野外放牲,既节省草料,又能蹓躂牲口。俗语曰:"牲口要上膘,多多喂青草","青草旺,牛马壮"。过去,一些大户人家,专雇一个大孩子放牛或马,故有"放牛娃""放马倌"之称。放牧,又叫"放青"。

生活和身体所致,李松山成了一名名副其实的放牧者。就单纯放牧来讲,如果说春夏秋三季是"放青"的好时节,羊群的最佳育肥期,那么对于李松山来说,放牧不仅仅是为了让羊吃得更饱,增加经济来源,也是放牧自己生活、诗歌、认知、思考的最佳时期。到了冬季,他依然会赶着羊群进入河滩,走上冈坡去啃食枯枝烂叶,干草麦苗。他看着散落在河滩、冈坡里的羊儿们,就像看到了自由、惬意的人生,感受到了无拘无束的散漫,懒洋洋的。

> 醉后我又在野外放羊,
> 杨树似乎也有八分醉意,
> 它的叶子耷拉着,享受着光的按摩和摧残?

几只灰喜鹊在芦苇上练习忍术
你在你的城市里。工作,饮酒,
写下雾霾堆积的诗句。
石漫滩铁青的湖面,
锻打着斜阳烧红的烙铁。

——李松山《赠诗》

放羊,喝酒,写诗是诗人量山对李松山的定位,也是对他放牧生活的一种羡慕和理解。比如在这首《赠诗》中所描述的那样:"醉后我又在野外放羊,杨树似乎也有八分醉意,它的叶子耷拉着,享受着光的按摩和摧残?"具象来理解,放牧羊群只是生存的支点,放牧中所遇到的一花一叶、一草一木、河流露珠都化作了他的放牧对象,他给予它们生命、疼痛、自由、存在的意义。此时,不仅仅羊群是他的朋友、亲人、邻居,那些花草树群、河流石头、阳光雨露也都成了他生命中的出席者。他们兄弟相称,以家人的身份对待。

飞鸟滑动翅膀,
像晃动的双桨。

有时候,飞鸟伫立在石头上,
用尖利的喙将寒潮和逆风,
传递给石头。

石头不说话,
石头的内心比飞鸟还冷。

石头看着天上的飞鸟，

像看着自己前世的影子。

——李松山《飞鸟和石头》

用飞鸟和石头对话：一静一动，一高一低的诗歌架构，阐述了一个放牧者内心的冷暖、体恤、隐忍、无奈的复杂情绪。我们注意到，此时的羊群已经不在其中，石头和飞鸟成了他放牧的对象，也是他试图找到另一种放牧的途径和出口。

李松山的诗歌创作不是在放牧的现场就是在放牧的途中。哪怕因为天气因素导致不能外出牧羊，在自己的小院儿里看着雨水滴答，晨雾氤氲，雪花飘落，他依然能化我所有，成为放牧的可能。

纵观李松山诗歌创作历程：先锋、冷静、唯美、隐忍、节制是他触摸生活，感受万物冷暖的触角，放牧意识则是他与时间达成和解的撤诉书。了解他的人都知道，疾病给他带来的不仅仅是困顿、迷茫、身心的伤害，也给他带来了积极向上，谦卑坚韧的生活态度。

2020 年 8 月 23 日于河南舞钢逸景蓝湾

作者简介

东伦（1970—   ），原名贾东伦。河南舞钢人。诗人，有少量评论文章。诗歌被《星星》《中国诗歌》《诗东北》《外省》等诗歌选本收录。"诗生活"网站专栏诗人。

陶春论:挑战天命的诗者

刘泽球

【摘要】诗歌民刊作为诗歌写作独立性、个性化的重要标志,成为推动当代汉语诗歌多样化发展的重要力量。自20世纪70年代以来,国内各种诗歌民刊已达数百种之多,大批优秀诗人和文本通过诗歌民刊被推向诗坛,形成了与世界接轨、与时代共鸣的开放文学格局。诗歌民刊因其风格不一,实验色彩强烈,一直是批评界关注的焦点,在推动文本创新的同时,也带来诗歌观念的嬗变。中国当代代表性诗歌民刊《存在诗刊》就是与其创办者之一陶春有着强烈呼应的,本文在系统回顾陶春的诗歌创作和创办刊物历程中,综合运用精神分析、现代诗学、接受美学等理论,深入分析陶春的诗歌创作特点和写作精神境遇,探讨陶春对当代汉语诗歌的重要影响,提出了陡峭类型写作、悲悯写作、时代观察、幻象美学等陶春写作蕴含的诗学价值。

【关键词】诗歌民刊　存在诗刊　陶春　陡峭类型写作
当代精神危机　幻象美学

　　我们谨慎提及"天才"这类命名,它似乎与诗人艰苦的劳动、颠沛的命运相背离,而"天分"是一个作家和诗人必备的禀赋,这点在陶春高中时代的小说创作中就展露出来,那早来的文学荣誉为诗人铺垫了一生写作的最初基石和雄心。陶春不是彗星类型的写作者,他像一个昏暗烛火下彻夜劳作的匠人,年复一年打造他的诗歌"金蔷薇",生命的细节就像那些珍贵的尘土,尽管他也曾有低迷时刻,但写作是唯一持续了他一生并给予人生方向的事情。

一、诗歌作为天梯:陡峭的精神和写作冒险

从接受美学角度看,读者参与创造作者的过程,但能够脱离一般读者阅读期待和时代趣味而保持独立乃至超前写作形式和思维的作者确实是少数中的少数。被存在同仁反复使用的"诗者"一词是陶春最先发明的,"诗者"区别于一般意义的诗人,"诗者"是少数的个别,而诗人是一个群体的类别,真正纯粹的诗人永远是少数。庞德说过"诗人是一个种族的触角",诗人的文字或许正承担了某种预感和预言的功能,在一再降临的荷尔德林曾"走遍大地"的"神圣的黑夜"中,在那些还没有到来的时代,作者将创造未来的读者。

陶春的诗歌文本并不属于拥有当下广泛大众基础的类型,在当代汉语诗歌写作中也是少有的一直保持精神先锋性和文本实验性的重要诗人,也是一直在"思"和"诗"的维度上用生命体验来坚持严肃写作的真正诗者。他在文论集《品饮一滴词语之蜜倾泻的辉光》后记中写道:"从内部而言,我更乐意接受陈超先生的噬心判断:中国先锋诗歌的二十年,事实上即以'个人化历史想象力意识'为中心,沿着'深入生命、灵魂和历史生存'这条历时线索展开想象力。"[1]他选择一种基于广大背景的精神向

---

[1] 陶春:《品饮一滴词语之蜜倾泻的辉光》,北京燕山出版社2017年版,第211页。

度和身体苦行写作,这一背景上站立着希腊神话、人类历史、传统文化、当代精神危机、人的异化、个人记忆等复杂元素,犹如一个高度混合的血统和版图,超越了人间地域和意识形态的边界。这也意味着他的写作过程和精神操持必然是一场少人行进的冒险历程。

陶春从 20 世纪 80 年代末开始文学创作,在三十多年的写作生涯里,先后创作了 130 多首诗歌、近 30 万字的文学批评、10 余篇小说和随笔。在 20 世纪 90 年代,存在同仁作品公开发表的机会是比较少的,官方刊物很难认可这样一种异类异质的写作。他在 20 世纪 90 年代诗歌写作初期就很早地从未来主义、超现实主义、象征派、表现主义、自白派、阿克梅派等欧美先锋诗歌流派吸取营养,我刚跟他认识的时候,他一首诗的标题给我留下深刻印象——《坐在树上的男木和女木》。他的阅读视野十分开阔,除了文学,在哲学、美学、宗教学、语言学、人类学、社会学、心理学、现代科技等方面都广泛涉猎,这些阅读为他的作品提供了广阔的空间和内容,但他没有陷入"学院派"的窠臼,所有的"知识"都进入他的生命体察和诗歌观察。在 2015 年患癌症以后,他花在古典文学和中国历史方面的功夫比较多,在很多评论文章和诗歌作品里大量引用中国古代文学和历史典故,显示出一种文化情结上的追溯和思考,特别是对某些传统文化劣根性的认知上他保持了一贯的判断,他在短诗《中国史》中有鲜明刻画。波德莱尔的沉郁气质、陶渊明的隐逸风格、杜甫的济世情怀和李白的狂放精神都同时融合在他的写作、思考和生活方式中,构成他的个人化的复杂写作风格和纯粹诗者特征。

他力图继承并继续创造诗歌的一种纯粹形式,在他 20 世纪 90 年代的作品里大量使用阶梯式的排列结构,发表在《存在诗刊》第二辑上的长诗《了断》长达 33 页,变换的字体和错综复杂的排列方式把负责排版的打字女工差点搞崩溃。这被马雅可夫斯基用到极致的句式,尽管他后来较少使用,但他仍然坚持短句的犀利排列方式,即便是长句也嵌入各种木条式的短句,它们形成一种罕见的节奏、速度、密度和硬度,让他的诗歌不仅在意象上,也在形式上具有陡峭的风格,如同笔直升起的梯子,这也与19 世纪末、20 世纪初先锋派诗歌的某些实验特征相吻合,似乎他的写作诞生在一个错误的年代,但实际上,二十世纪八九十年代的汉语诗人有多少没有受到过欧美先锋诗歌的影响?但又有多少人敢于持续坚持这种不被当代阅读趣味所接受的写作冒险?我们没有自己的白银年代。有一年,陶春住在我家里,我们一起审校《存在诗刊》的稿子,半夜我听见他在梦中叫喊:"必须这样!"让我想起贝多芬最后一部作品《F 大调第十六弦乐四重奏》的音乐动机"非如此不可"!

在陶春的全部诗篇里,粗略统计,与"夜"有关的词语出现153 次,与"梦"有关的词语出现 96 次,与"飞翔"有关的词语出现 88 次,与"星辰"有关的词语出现 80 次,与"鸟"有关的词语出现 60 次,这些高密度现身的词语都指向不可把握的、人类意识稀薄的高处,而"高处",在古代神话和世界宗教里都代表某种不可抵达的禁忌,那是"神"的领地和"人"的边界,他的诗歌也再现了"人—神"斗争的古老主题。"在这种意识的半人半神的结构中,死亡赋予了'人'类行为的意义,这里的死亡不是一般意义的死亡,而是冷漠的,视死若归的死亡,作为能够去死的死亡,第一次的、直接的、不可替代的和让步的死亡,充满初春的

兴奋和骚动不安。"①(《诗者的职责》)

我们或许可以这样展开联想,也许正是这种献祭式地伸出翅膀和打开天梯向上奔跑的姿态,赋予他一种承继了无数先驱者的神圣使命,形成了他尖锐、陡峭的写作风格,一种挑战天命的精神冒险象征。而这种挑战必然导致来自神对人类企图的阻止,以及普罗米修斯和西绪福斯周而复始的漆黑命运。"黄昏,那只在墙角/栖息的鸟/精纯的肌肉大于脂肪/它的每一个姿势/都清楚表明/它只是在接近/永远接近它的翅膀。"②(《陈述》)

在陶春去世后第六天,我写了一首缅怀他的诗,既是对他这种精神和写作双重冒险的摹画,同时也是向他挑战极限写作和理想追求的孤绝精神致敬:

梯子上的人——致陶春

向上是种天命,那高处有多远

他内心的梯子就有多长。烤化的翅膀

曾经坠落许多躯体,但他的梯子

继续挑战飞翔,词语抬高每一级黑暗

夜复一夜,他在过去和未来的

同时代人中间,贫穷的口袋里装满

他们所有人的孤独,烟草和酒精

拯救了这可怜的灵魂,也将冰和火塞进

他的心脏,把他拖回坚硬的地面

作为无视命运意志的惩罚——同样

---

① 陶春:《诗者的职责》,《存在诗刊》第一辑,1997 年出刊,第 104 页。注:文中所引文字,未注明作者及出处,均为陶春作品。

② 陶春:《陈述》,《存在诗刊》第一辑,1997 年出刊,第 7 页。

施加给普罗米修斯和西绪福斯的命运

他像夜晚的每一次复活,当梯子升起

他向上的背影变成我们的怀念

不,他离那高处太近

梯子尽头,就是以太的虚空

他给那里一颗星辰的重量

为了继续仰望大地

　　陶春这种陡峭类型写作的另一个表现是,他对词语的挑剔到了某种强迫症的极端地步。1997 年,在由我负责电脑打印三期刊物的基础上,《存在诗刊》正式推出印刷版书籍型的第一辑刊物,存在同仁展开了深入的内部批评和严肃讨论,甚至进行了不留情面的"互砍"。一是拒绝语言撞车,长期在一起写作和交流,有时难免会出现相似的意象和表达,大家互相做了对相似语言的剔除,避免出现同质化的内容。二是强化语言密度,最大程度减少定语和形容词,让诗歌回到语言的质朴和直接状态,陶春做得比较彻底,并且形成了强烈个人特征的短句风格,而我后来选择了自己的声部,并且一度与陶春就写作和语言问题通过信件进行了坦诚交流,他专门给我写了一封长信进行解释,这封信后来以《必要的澄清》为题发表在《存在诗刊》第二辑上。

　　写作固然需要个人特征,而卓然独立的个人特征绝对不是哗众取宠。陶春的极具个人辨识度、难以复制的写作风格,并非刻意为之,其实正是来自对伟大诗歌传统的延续和革新,比如:阶梯式、诗剧体等形式的移植复用,以及对中国古代诗歌洗练风格的现代表达,词语在直指语义核心的层面上,拒绝任何披着华丽外衣的浮饰表演——精简乃至取消不必要的形容词,朝着词语本真属性的极致境界前进！"回忆不时哽住他:古老的战靴、马刀/只赐给杰出诗者倾听海啸的权力"(《一个悲观主义者的双重肖像》)。

这陡峭的个人风格,也体现在他与诗友讨论诗歌,以及主持活动和演讲,甚至饮酒时的独特方式上:不停顿的言说、快节奏的语速、压迫式的气场、戏剧化的手势、跳跃性的思维,充满了不可遏止的激情,如同那些砖块般的诗句倾泻而下,而他也如一个爬天梯的人、一只不死鸟,沿着陡峭的精神之路义无反顾地向上、向上,直到语言和生命的尽头。"沿语言之梯/每夜——/他,赤身/滑落进/自我拇指/掘梦的深井/以倾倒出白昼/成筐死者/用于伪装的壳"(《诗人肖像》),"去征服时间运动之最高顶点/创化下生命裂口/的那一圈圈静止,透明的死水/去大胆确认与接近/栖居在本能的光中/直接言说出整个大地/秘密存在使命/的古老神灵的意识"(《用另一种符号形式重新弹奏:燃烧在梦中的舞者所跳的第一支舞曲》)。

事实上,在文学批评里并没有一种称之为"陡峭写作"的文学概念,这只是我对他写作自我特征的一种概括和表达,它以一种不离场的"青年"形态存在。在古希腊神话传说里,"青年"一词暗含某种精神的远游和早逝的悲剧。不管我们已经进入臃肿的中年,还是迟缓的老年,诗歌中的"青年"永远都在那里。"青年"一词曾多次被陶春提及,在他那里,"青年"是一个代表挑战、永不停止的动词,而不是静止的名词,"陡峭写作"正是这个不停息的"青年"在词语天梯上奔跑,它对抗和消解了时间的虚无。这也许是他的悲剧所在,中年意味着某种减速的开始,持续的"陡峭"状态将他拖进难以入眠的夜晚、烟草的云梯和酒精的天堂,最终"陡峭"的青年姿态把他带往笔直向上而无法回来的高处。

诗人的命运

意欲挣脱肉身结构

雕塑的感官

伏案冥想的手指

跨上喉咙的骏马

衣、食、住、行

在语言的阁楼中间彻夜恳谈

白炽化边缘

捕捉风、火、雷、电

持续不停的眼睛

一望无垠燃烧的大海

被心灵摸到

才在笔尖下升起的波涛

拒绝一切分析、一切定义

一切解释、一切命名

一挺笔：一柄铁锹

由闪亮的笔尖

沙沙书写的纸页

一块随时

翱翔在身旁的葬身之地

二、悲悯和愤怒:"人"之境遇的主题

对"人"的境遇的思考,是《存在诗刊》在办刊之初就确立的重要主题之一,这让"存在之诗"在国内众多诗歌民刊中相对重视作品文本的思想内核和人文价值,更接近一种观念性写作,一种严肃的时代观察和诗者使命。

陶春作为一个诗人,同时也是自由思想者和行动主义者。1992 年年初,我与陶春认识不久,他就向我推荐了费希特的《行动的呐喊》一书。他不会在这个商业主义、享乐主义、功利主义盛行的时代做一个冷漠的局外人,他用冷静和犀利的目光注视着这个被后现代主义思维肢解、意义抽空的时代,以及"厚厚的大气,正在堆积:疲倦、悲伤和梦呓"(《迷踪》)的失败现实。他的诗歌以悲悯、反抗和愤怒的方式,表达对底层生活、人的异化处境的忧虑和思考。

他早期的诗歌《拾炭渣的妇女》犹如一幅绝望的木刻画。"收尸工的表情""红肿的烙印:宛如一头活物""盖上眼睛/她们就被熊熊燃烧被""吹得皲裂的皮肤/簌簌作响",这样一群以拾炭渣为生计的妇女,正是艰难供养我们的大地母亲写照,贫苦、艰辛、麻木地挣扎在生存线上,"隔着那扇无意间被撞见的窗口/同样,撒进了你/站立着的那双/凄凉、无助的眼睛",这双目睹了人间残忍真相的眼睛,在此后岁月里也遭遇更多将泪水变成文字的人间悲剧。

这或许与他的某些屈辱童年记忆有关。在送别陶春的殡仪馆,陶春的弟弟陶迅告诉我,他们的父亲在"文革"中因为部队经历被划入某叛逃高级官员队伍而受到不公正的待遇,他们兄

弟饱受歧视,有次院子里孩子玩"解放军打土匪"的游戏,陶春被选为唯一的土匪,被赶到山坡下,所有的孩子都用石块打他,他忍受着遍体的伤痛,拼命爬上去。诗人的内心是敏锐而柔软乃至易受伤害的,那些心灵和肉体伤害的童年记忆,让他对受迫害、受欺辱的群体抱有天然的同情,也对命运的不公充满愤怒,并上升为至善的人道主义关切和忏悔。在这一点上,他继承了陶渊明、杜甫、白居易的伟大品质,诗歌绝对不是对现实的袖手旁观和无病呻吟,而是对冷漠现实的手术刀式介入。

在《屈辱》一诗里,他用不动声色的白描式语言记录了一个带孩子的男人在家里麻木而无奈地等待当坐台小姐养家的妻子;在《为一个意想不到的奇迹而作的一首诗》里,他写一只被顽童用火烧死的老鼠,"你弃留在地面/遭遇重创的躯壳/仍未能摆脱/浇上汽油焚烧的厄运";在《猫杀》一诗里,他写无儿无女的白水镇古楼村7组鳏居村民黄传庚,"唯有死神,不断堆高/随时可以没颈的一抔黄土",最终因一只野猫偷去"用卖小菜攒了两个月的积蓄"买回的两斤五花肉,悲愤"化作一口/堆积了一生愤怒烈火的浓痰/卡在喉管/帮助他终止了/誓不再次跨入人界做人的最后呼吸";在《目击:北街菜市场口一桩有预谋的暴行》一诗里,他记录了一个"没有谁是元凶"的"留下的遗产:是一罐自制的咸菜/和一锅还没有来得及/喝完的可疑的稀粥"孤寡老人的死亡,"发生的公共抽象的死/从来不存在";在《映象》一诗里,"一辆雪白的救护车呼啸而过""猛然照亮一团团儿童相拥枯萎的脸";在悼念"5·12"特大地震亡魂的《墟歌或青烟中缓缓驶向自我第二层身体之家的灵》中,他写道"众多,硕大无朋指引神秘命运的星辰缓缓升起/在不可能想象透明的灰烬上空/他们看,我们在地上如何无助的忙碌/如何蚂蚁一般搬运他们无力垂下的头/搬运他们小小的/荒凉,蜷曲的身体"。
这些我们司空见惯的现实场景进入诗歌,却显得无比残忍,针尖
一般锥刺着我们的瞳孔,诗人唯有用文字向底层生活和人类渺
小命运投去饱含泪水一瞥的悲悯,来获得内心的追问和救赎。
"曾跪泣于诸神/只为祈赐/微尘般/同等/尊贵呼吸的生命"
(《路让》)。

但无论如何,诗歌的力量在冰冷的现实面前,始终是那么苍
白和无力,无法挽救作为"人"的起码一点尊严。"我所知道的
诗歌/纯金的乐弦/能够演奏并命名/飘荡过宇宙体内/任意一个
最微妙、细小的词素/播放的璀璨旋律/但是,它至柔的威力/除
了慰藉自身/抗争盲目命运/悲怆的心灵/丝毫赎救不了/一个沿
街乞讨的孩子/或一个妓女/饱受尘世之火践踏的肉躯"(《用另
一种符号形式重新弹奏:燃烧在梦中的舞者所跳的第二支舞
曲》)。

在现实生活中,诗歌无法换回金子,但可以给予人金子的品
质。陶春是一个非常单纯、善良和本真的人,尽管他自己的生活
也很艰难,他时常用戏谑的玩笑方式把乐观无邪的情绪传递给
身边人,甚至隐瞒病情和贫困带给他的实际困难,也尽自己所能
帮助别人,他曾在朋友圈发起和参与不少救助遭遇困难诗人、朋
友的义举。

悲悯是陶春对"人"的主题关注的一个方面,但"人"的主题
是如此庞大,在物质主义、技术文明的重车履带反复碾压下,
"人"的面目早已全非,已然沦为精神与肉体分离、人性与动物
性交织的日常视野下的异构矛盾体。在长诗《一个悲观主义者
的双重肖像》里,陶春使用了诗剧体,"躯体"和"灵魂"轮流出
场,一种古希腊剧场的呈现方式。"当摩天建筑/傲然拒绝了人

的高度/被无情挤掉的记忆/无法辨别自身/已沦为异形的尘埃","灵魂"似乎在扮演着维吉尔式的导师,循循善诱地将"躯体"拖回子宫、童年、大学和恋爱的温暖回忆,"一排绝对正确的牙齿/阻止了他咬人,但根本不会是善良",但它和"躯体"一样无法摆脱沉迷肉体的欢愉、自我迷失的困扰,"那假设了一副五官/不属于我们的肖像/安装在大脑内部/不属于我们的意识,随着此刻献身/换回的剧烈疼痛""回荡在腿骨碰击腿骨/的快乐钝响,我们消失了片刻/去了哪里赎回一卷彩色的人皮/盖住下面赤裸裸绑上的兽肉/重新复制成属性相似的我们",这种与"躯体"同样面临的现世状态,构成人的两副面孔:一个指向过去和精神,一个指向当下和抗争。这种分裂和迷失的"非人"状况,在他的短诗《迷踪》里也有表达,"薄暮黄昏因为没有形体/黏附,在我无法拒绝/直立行走的意识四周/糅合着耗尽的言语尾部/飘逝出紫烟,再也拼不成一次意义"。"没有谁能够阻止自我分裂的碎片"(《一个悲观主义者的双重肖像》),这是"躯体"所代表的肉身处境,但最终"躯体"采取"升华"的方式进入一种"新人"的境界,这与尼采的超人哲学主题是一致的,同样也是古老的"人—神"斗争主题,正像本文前面提到的陶春"陡峭写作"所追求的挑战既定秩序(神的规则)的精神冒险,这是一种典型的"人"的自觉。

在文论《诗者的职责》里,他写道:"生命是宇宙诞生及运动中的自然现象和自我揭示;意识是生命实现自我觉醒的必然结果;高级生命的本质是意识的透明化和非肉身结构。"正是基于这样一种对"人"的本质和进化的哲学思考,他在《一个悲观主义者的双重肖像》结尾给我们做出如下提示:"另一些才开端的"新"的形状/已跃跃欲试要换撤下现在/同时又将现在保持/除去一种骄傲而孤独的思想/那是愚人和痴者癫狂时/唱出的歌，又沙哑又混沌/甚至能唤起环绕在一块岩石四周/的整座青山，跳出它忘乎所以的舞蹈超然""并肩梦游的双眼/演奏出一个又一个角色/作为衡量我们第一次相遇世界/所默立的尺度，孤注一掷最接近纯粹"。这"最接近纯粹"的"孤注一掷"又多么像他短暂一生的写照！他是真正与文字保持肉身一致的诗者。

而"人"向更高境界的升华和进化，正是由于"人"的异化和所处世界空间的败坏所致。"草梗的手指/指认向二十七层高楼/矗立的尘埃上空/被白领或西服驯化//笔挺眼神的人群/在电脑桌旁/打盹的间隙/梦见飘过天空的湛蓝形体/不过是摄影师在暗房/对化学药液的正确操纵"（《骑车驶进旷野》），"我感到我的身体正在长出粗糙的兽毛/口腔里，蠢蠢欲动/冷漠反光/的裂齿/令我正在蜕变向一头凶残的恶狼或虎豹"（《噩梦》），"梦的黑色、疯狂/化妆进人群"（《对应》），"即使隔着黑暗/也能辨出/那被吐出偏执、狂乱/不耐烦的种种火焰/所烧毁的整整一代/簌簌飘落在地的五官/随着向前踩下的步伐轻轻一碰/即被称为横七竖八无辜的'人'"（《一个愤怒夜晚的上升》）。这样如同炼狱般的场景不断出现在陶春的诗歌里，不亚于金斯堡的《嚎叫》所揭示的"我看见这一代最杰出的头脑毁于疯狂"，他"预感到战争/撒旦与天使之剑碰击的火花/已在亚当/败坏了子孙/内在的血液中凝聚成形"（《感召》）。

他揭露这些"异化"带给人的困境，更无法容忍现实生活中，"人"向那蜕变的深渊继续滑坠。"几十年或一百年前吧/我也曾经转生为人/由于生前少识多欲，从不信念一件正事/算尽机关，沦丧天良/化妆成一场暴病的死神/很快掀翻了/我掉进酒杯与赌具中/苟延残喘的生命"（《尖锐之所在》），"无论怎样伪

装、变脸/人:吃人的游戏/始终超过万蛇之毒"(《生活之岛》),
"在所有/被邪恶/诱惑/分裂的/人群中间//你看见一张/曾经
信赖过/的兄弟的脸/像一弯伤疤/瞬间失去了/昔日信仰的闪
电"(《速写》)。愤怒和质疑的火焰在他的诗歌里上升,他无情
地鞭挞"机械和商品买卖的直线眼光""奴性十足的大地","如
果这,就是我们的处境/陷落幻觉的幽光/赤裸飞奔在白昼的另
一根神经末梢/被迫呼吸空气里/堆积如山的淤泥、废墟、垃圾/
呼吸因瓜分权利/而紧攥的各类大小型拳头、爪子/呼吸猜忌、仇
恨/和被监视起来的一小瓶凝固的自由",作为一名由良知构成
基本精神血液的诗者,他必须站出来,"清扫掉历史虚无主义
罪/清扫掉掐断传统命根的黑势力帮凶/清扫掉吃人现场的谋
划、奴役、带血的手绢/清扫掉在道德绞索下打滚的私生子/和用
新材料包裹起来的清规戒律/清扫掉在这颗星球上败坏了种子
的人卵/来回传染的病毒信号/让全副武装的诗者/沟通内在之
源的快乐光辉正式登场"(《申请》),这种"揭露"和"清算"姿态
完全是古希腊悲剧式的高潮,那人类纯正精神源头的正义呼喊。

"当今历史性人类存在的整体已沦为一种赤裸的至纯至恶
的兽与兽性本身。比动物还要严重的兽性,取代了人性。这里
包含的对人类文明命题的否定命题,将导致下一时期真正意义
上的人类更为辉煌的文明。"(《精神之火的延续:存在之诗的诗
写本质暨有关诗歌的一次谈话》)

这个时候,他是我们时代的鲁迅和尼采。

三、灵魂的放逐:精神和文明危机下的自然与幻象

振翅飞翔,漆黑夜色的花园

一只嗡嗡鸣叫的蜜蜂的动力

透明的金银花荡漾枝头

一望无垠,一望无垠的蓝天

亿万"年"的结晶

深奥而空洞的面容,无所不在

——《一亩运动的清水》

这宛如停留在人类童年时期举向天空的仰望,在今天依然是那么让人感动和惊讶,这是自然秘密的奇迹,呼应并唤起我们内心深处的集体记忆。但这对自然的礼赞,在今天更像"失乐园"的哀歌,我们眼前的自然场景仿佛已经经历了真实的"变形记",而呈现出某种废墟美学。但"自然"从一开初,就一直是"存在"的居所。

1992年冬天,陶春读到一本爱尔兰诗人叶芝的《幻象:生命的阐释》,这是一本融合了星象学、神话、神秘主义、集体记忆、原型等阐释人类灵魂的伟大著作,通过一系列排列组合创造了二十八种相位,一切可能的人类类型都归于二十八相位中,它天启般预示了人类生命和历史的奥秘。叶芝在书中写道:"有人在寻找精神幸福,或是某种未知力量的形式,但我有个实际的想法。我渴望一种思想系统,可以解放我的想象力,让它想创造什么就创造什么,并使它创造出来的或即将创造出来的成为历史的一部分,灵魂的一部分。"[1]这本书对刚刚开始诗歌写作不久的陶春以很大影响,对于未知事物的沉思和冥想,对于当下世界的审视和观察,让他将"幻象"因素注入对自然奇迹的讴歌和社

---

[1] 叶芝:《幻象:生命的阐释》,上海文化出版社2005年版。

会现象的观察中,并使自然呈现出一幅异样的象征景象:"空旷天空闪电茎脉的荒枯之草""加速大地静脉的代谢""裸露山河滴血梦境的蔷薇""雄踞假山额头的壁虎""在狭长池塘分割天空倒影的深渊中""秋天密集飘落的黄金""仿佛土壤的意识交给了树鸟虫鱼""满目虫蛀的蒙蒙烟雨""瑟瑟蜷曲腐烂泥浆的悲伤""沙沙吹过荒凉异乡被合法盘剥与毁灭的炮灰阴影覆盖的田野",这些带有神秘主义和超现实主义的景象,如同非理性的梦境反映,他创造从未有过的当代性和社会性自然,"爱"发出丛林阴影般的痛苦回声,正是通过诗人之眼从事物本质里看到的人类自我面孔,也是经人类万能之手改造后自然全非的面目。

他从叶芝那里学习到的"幻象",变成他的"象征的森林",具有梦境一般真实与虚幻交织的特征。或许我们可以把陶春的诗歌称之为一种"新象征主义",与传统象征派相似,它也追求"天堂—大地""人—世界"的结构,但与传统象征派耽于幻想、强调自我不同,陶春的"象征"被披上一层蒙克式尖叫的时代阴影,指向外部世界真实的具体遭遇,揭示人类的异化和人性的堕落,"自然"更多变成当下精神危机和人之处境的"对应",直到上升为哲学主题。

自然和幻象的背景是"存在",而抵达"存在"之地的木舟是"灵魂"。在陶春的诗歌里,"意识"出现 52 次、"灵魂"出现 37 次、"永恒"出现 34 次,这些词语都与"存在"有关,"意识"和"灵魂"代表"人"通往存在的路径,"永恒"道出存在的本质。在存在主义哲学家海德格尔、萨特、加缪那里,"存在"分别代表"时间""虚无"和"荒谬"。存在同仁的写作曾经受到存在主义哲学的深刻启发,并试图用文字的铁铲去开辟那条通往"存在"

的道路。陶春为"存在写作"做了这样的概括"'存在'一词作为整个欧洲之思的动力核心,它古老的活的源泉及故乡,根植于古希腊哲学最朴素开端,即:对人本身之在,穷竭的追问和不懈努力的争取与命名。在东方,它的同义词则被称为'道'","存在之诗,强调诗歌意识的神性、智性及自然构述能力三重结合的原生性质写作"。而这一"存在"的书写企图,却是在与"存在"本质相悖的方向上展开的,不是袒露"存在"永恒澄澈的光,而是不断挑开遮蔽"存在"的那一层炼狱投下的暗影,如同刮着"人"的皮毛和骨头。

仅仅经历了20年历程的21世纪是个灾难动荡与技术文明飞速发展沿着相反轨道疾驰的世纪,人类经历了"非典"和新冠肺炎两次全球疫情危机,修昔底德陷阱将世界加速分裂成巴别塔式的城邦时代,人工智能敲响道德和未来的警钟,我们所熟悉的"自然"正变得孱弱和凌厉,占星术士和预言家每隔一段时间都会传递出悲观的警告,他们或许是以科学的方式洞悉了当下世界的危机,但不得不以另一种面孔唤起人类内心的恐惧,犹如末日大审判的达摩克利斯之剑始终高悬空中,人类如同仍生活在《圣经》等伟大教义的章节里。"古老的特洛伊之战仍在接力/硝烟弥漫,不再为饥饿的海伦/只为争夺,高于倾城/美貌价值的土地、石油与黄金"(《退坐至体内1000公里,我仍与这个世界相隔0.01厘米的险境》)。

但我们聋哑的心灵已经漠视这些声音太久,而神性和智性的声音才显得如此重要,恰如诗者所应为。"游动和定居,人类生活就在这两种极端形式间摇摆不定。"①(芒福得《城市发展史:起源、演变与前景》)。但我们已经一如特拉克尔痛苦吐出的"灵魂,大地上的异乡者"②,我们已经失去与"存在"源头的联系,后现代主义显微镜头下的"存在"境遇把人类变为欲望的试管、肢解的器官、算法的模型,这一切都可以放到陶春的长诗《关于"一棵树"的文明开端与终结理解》中去考察,"这棵树"的幻象正是人类文明和人类自身命运的象征。"我们冒险涉入/即成毁灭性悲剧诞生的主角",但,"我从未想过我会令点燃的每一个瞬间灰飞烟灭""我从未想过我会变成每一粒高速飞行子弹的外套""我从未想过我会变成一棵树状阴影覆盖过整个天空的蘑菇云"。

荷尔德林在写作《人,诗意地栖居》的时候,已经是贫病交加而又居无定所,正如杜甫写《茅屋为秋风所破歌》时穷苦流离的窘况,但他们都给出了伟大的精神指向。从陶春的这首《关于"一棵树"的文明开端与终结理解》,我们同样看到一个饱受疾病和贫困折磨的诗人思索人类命运的痛苦表情,但他没有为我们指出一个朝向未来和希望的方向,这或许是我们当下"存在"面临的处境,一种我们不能回避的、非技术文明因素的而是人类自我选择的精神危机。也许对这当代性危机面目的无情揭露更能唤起我们内心忏悔和救赎的力量。带给我们"希望"和"绝望"的力量都有其伟大属性,不是只有"希望"才代表人类真正的前途和未来,我们恰恰缺少的是来自反方向的奋力一击。

陶春内心梦想的自然一定是大榕树的沙沙声"像智者的歌

---

① 刘易斯·芒福德:《城市发展史:起源、演变与前景》,上海三联书店 2018 年版,第 3 页。
② 特拉克尔:《灵魂之春》。

打着轻鼾"(《桐梓坝的秋天》),"在喧阗闹市,斋戒、素食、禅茶或打坐"(《恒》),但那不是一个严肃诗者所要选择的安稳到达人生终点的平淡无奇生活,他如是而做,"因信仰和自然生存的双重威压/我的传达器/忘怀在时间之外的高坡/对海妖承诺的诱惑/只留下对海洋生活的种种误解/和永未曾真实发生的片面交流"(《一九九三年六月二十七日》),秋风中最后一棵拒绝跪伏向大地之母怀抱的玉米秸"在耐心等待时间深处玛雅诸神复活精神闪电之火的招魂与认领"。我们的当下是"幻象",未来更像是"幻象"。

让我们再从他的一首诗去目睹和接近那给我们撒下"神圣屈辱"的自然,它们变成一种不可抵达距离的幻象,让我们继续久久迷恋,如果它们还在那里或者还能回来,我们"存在"的"家"。

> 透过莽莽丛林　透过诉说悦耳之声的羊肠小径
> 透过天井　透过了望的点与线
> 不停播种　不停走动的星云
> 透过徘徊在魔法边缘的镜子
> 透过日落　透过岩石
> 故乡的天使般裸露　同时也透过第一扇通天的窗口
> 你笨拙吐露的面庞　用满盈热力的指尖
> 给我耐心地观看　撒下又一层灼热的露珠与神圣的
> 屈辱
>
> ——《自然的奇迹》

四、向死而生:酒神的哀歌

相信神,离我们不太远

也离我们不近的话

就晃动在记忆的门楣

或者迎着百灵鸟

婉转的啼鸣投向未来某日的一瞥

——《复活的赞歌》

"向死而生"是一个重大的哲学命题,也是困扰人类心灵而不得不做出回答的问题。犹如历史循环的清理定律和规则,每个庚子年都显得无比残忍和悲伤。对陶春这个在大地上天真漫游的抒情诗者而言,他也许早已预感到命运的冷铁。死亡是他的诗歌和文章里出现频率非常高的词语,这或许是对死亡预知的一种蔑视或者敬畏,这也或许是他试图挑战天命界限所必须遭受的结果,他最终倒在天命之年的门槛,而没有迈过去。

陶春身体里有着与生俱来的、不顾一切的神秘主义和浪漫主义气质,他热爱交友和漫游,热爱超越血缘的兄弟情谊,除了诗歌,连接这一切的介质便是燃烧精神和生命的酒精。他的一生与酒结下不解之缘。有很多年,我每隔一段时间都会乘车去内江,按照陶春著名的说法:老刘从来没有看见过内江清晨的太阳。几乎每次去内江我们都会饮酒到凌晨,中午时分我再乘车昏睡而归。陶春也以诗者、饮者、编者、讲者的身份在川地和国内诗歌圈享有名气。沉迷于酒精的狂喜,不仅是东方诗人的传统(如:李白、陶渊明、阮籍等),在西方也纳入神话和传说的谣曲,我们不难编选出一本诗人与酒神的谱系。酒神狄俄尼索斯是宙斯和塞墨勒的儿子,宙斯将他缝在自己大腿中,直到足月才取出,因他在宙斯大腿里时宙斯走路的样子像个瘸子,因此得名狄俄尼索斯(意为"瘸腿的人")。尼采用狄俄尼索斯的形象来命名这种个人解体而同作为世界本体的生命意志合为一体的神秘陶醉境界,称之为酒神境界。酒精在将人带入沉醉和狂喜境界方面连接了东方和西方的"诗人之思",从而引发悲剧艺术的起源。而"瘸腿的人"的隐喻似乎意味附着在神身体上的某种缺陷,那是"人"无法成为"神"的不完美象征,也由此带来"人"挑战"神"的原始冲动。酒精如性爱达到高潮的瞬间,抵达了个体自我毁灭和与宇宙本体融合的完美境界,甚至取消了死亡。巧合的是,陶春离世前阅读的最后一本书正是尼采的《悲剧的诞生》,那是他青年时代就反复阅读的一本书,仿佛冥冥中存在某种暗示。

但酒精不只是让人愉悦和沉醉的神奇饮料,它在诗人那里是获得语言所能达到迷狂境界的象征,一个只喝酒而碌碌无为的人是酒鬼和混蛋,"酒神"精神进入诗歌意味着精神创造的蒸馏、窖酝、挥发。作为承载酒精的容器,在诗人那里,也不仅是肉身的酒具,还包括精神、夜晚、文字、言说等载体,所有能被酒精赋予神秘体验、激发奇异启示的事物,制造酒神的酒精力量成为某种精神特征和表达方式的象征,它与容纳之物形成了一种同构或互文。

由此,我们不难理解陶春诗歌中那些万花筒般奇诡的想象、浮世绘般穿越的景象,词语和语法被酒精的乙醇分子分解和组合,从而呈现出酒神精神在诗歌中复活的狂欢,词语变成酒精的一种虚拟。诗人并非一定要借助酒精的力量才能达到如此自由的写作境界，而是词语中弥漫的酒神气息释放了词语的最大自由，进而摆脱了身份焦虑、道德禁忌、语言牢笼、社会法则。在长诗《天·怆——致中国兼答杰克·凯鲁亚克》中，高密度的词语和意象冲击让这种酒神的喷薄气息达到了顶峰，犹如被砸开的人间地狱，各种鬼魅般堕落的人纷纷现出原形，"有人因承受一只猿猴或猪狗制服表情的剧烈痛苦而熊熊燃烧"，"有人渴望重新回到泥土像人一样腐烂/有人渴望重新回到孕育梦幻种子的婴儿粉红舌头舔舐黑夜的子宫"，这首充满了鞭影的诗歌仿佛把我们带向末日审判的高台，无比清醒地释放出被异化了的"人"的队列的泪眼。

> 有人跌跌撞撞爬过准生证　出生证　入学证　借书证
> 毕业证
> 执业资格证　上岗证　下岗证　残疾证　结婚证
> 献血证　户籍证　离婚证　驾驶证　出狱释放证
> 派遣证　社保证　退休证　身份证　宠物证　游泳证
> 学位证　边境证　外出务工证　无犯罪记录证
> 最后历经沧桑爬过死亡证　终于在象征最高
> 最后权威的高烟囱嘴里领到一缕终结性鉴定合格的
> 轻烟

但所有无节制的酒神狂欢行为，都要求抵押上肉体的代价，历史上不缺乏这种"耗散型"天才的例子。陶春的诗歌具有很强的"身体性"，这种"身体性"不是器官主义的暴露，而是磨难命运的亲历、孤注一掷的抵押、切开体肤的疼痛，我不得不再次引用他在《诗人的命运》第一节所写"意欲挣脱肉身结构/雕塑的感官/伏案冥想的手指/跨上喉咙的骏马/衣、食、住、行/在语言的阁楼中间彻夜恳谈",肉身结构的挣脱,既是一种自由,也是一种撕裂,他在诗歌中大量写下与身体有关的词句,把日常境遇下的个人体验作为诗歌观察的重要内容,他把身体的词语加入诗歌语言中,如同为那些词语注入血液和骨髓的成分,那是一种真实的生命经历和肉身体验,不是隔着靴子的想象和自慰。

2015 年陶春患癌症后,一度"由酒入茶",但没过几年,他又重新向夜晚举起酒精碰响的杯盏,那是酒神的秘密召唤,也是塞壬歌声的诱惑,无法和解的矛盾之物。2019 年的一天,我和他在成都的存在茶社小酌,我劝他要节制饮酒,他才悄悄告诉我,他已经有大半年时间陷入无法睡眠的焦虑状态,只有借助酒精的麻醉才能帮助睡眠。陶春不是一个善于应付生活和积累财富的人,金钱在他那里与垃圾基本是同义词,但是他不得不面对很多具体的问题,包括对癌症和死亡的恐惧,这让他错过了去医院进行深入检查和及时治疗的机会。他生命的最后几年,诗歌创作的数量并不多,思考的广度和深度远远超于写作的速度,但《关于"一棵树"的文明开端与终结理解》《农历丙申年元月九日与众诗友赴射洪拜谒陈子昂墓得诗十二章》等长诗和组诗为当代汉语诗歌贡献了重要文本。他把大量的精力放在编辑存在诗刊微信公众号和撰写诗歌评论等公益事业上,似乎在与时间抢夺生命的内容,以完成未完成之事,存在诗刊微信公众号先后刊发近 600 篇推文、推出数百位诗人的作品(几乎每个诗人他都会亲自写下或长或短的推荐语),近十万字的诗歌评论记录下他对诗学和生命的痛彻思考。

我们不必过多去责怪和放大酒精带给的伤害,所有一切都是诗人自己自愿自觉的选择,天下没有绝对无害的事物,过量的维生素也可以变成毒药。我们缺少的是富有勇气和直面自我的真正生活——生机勃勃的"人"的生活。如果说陶春是一个以行动挑战天命的诗者的话,他生命的一切都已经被提前排好,如同无法改动的诗行。

谶语或献给已经到来的

陌生的门打开,扶住门把的手,透过天空愤怒的雷鸣,看见:象征雨滴

短暂一生飘逝的屋檐下,各自选择信中不同时间、地点,约定回家的路

已逶迤跋涉向新的,正在重组为"他",而照亮自我存在法则的星群

仿佛,铅笔尖下,迷惑童年,描绘骷髅嘴巴悚然微笑的图字画,尽管

其中一条,无人唤醒的小路,注定将要通向"我",轮回地面椭圆睡眠

的墓穴,一旦被心中,至诚祈祷之力的忍耐所造驯,它也将舞蹈

如快乐驾驶透明尘埃的空气,嗡嗡旋转不已。黑草莓,她说。融化了

竞技世界历史舞台嘈杂表演的瞳孔中,一列列自由出入戏装,迎风恸泣

悲剧性死亡高潮降临的魂灵,世代掺进泥土,清醒戮毁
天、地、人、神

交相应答、构建人类心灵文明原初基石的真正的疯狂,
柔弱闪动黑甜

汁液的光升起。对应头顶,螺旋形燃烧果核脸颊回音
的储藏室内部,一颗

又一颗,庞大如苍穹体积绽放的草莓,最后必定有一个
统摄结果的:王。

替代原来的他,重新安排万物吸入自身微观的命运,并
洞悉其根源,在她眼睛

看不见的地方,以无数次割舍自我肉躯的牺牲,过滤、
承担了"人"字形结构

敞开的全部空间,失控变异的血,逆刻下难以丈量的渊
怨与债,瞬间

被锁弃的孤单,领受到每一件事物冲破层层外壳,艰辛
奉递而出本真滋味

的馈赠,知足珍持埋进同样浩瀚无垠的体内,黄金大小
善念之灯的男人或女人

不再饥渴的嘴的韵律,令早餐盘里笑声响亮的红薯或
煎蛋,盛满玻璃杯中

一瓢翻滚海洋辉光的热饮,驱散了每一个无希望出门

的早晨,路旁

　　苦得出奇的枝条抽打在脸上,弥漫开旧有生命信号似
诡谲磷火飘摇的幢幢浓雾。

　　陶春对汉语诗歌的贡献,不仅具有当代性,更具有未来意
义,他的优秀品质和文本价值不是我们这些同时代人所能概括
的,只有时间才能命名。

2020 年 12 月于川西德阳

作者简介

　　刘泽球(1971—),黑龙江人,现居四川。1994 年年底与
陶春等诗人创办民刊《存在诗刊》,至今已出刊 13 辑。著有诗
集《汹涌的广场》《我走进昨日一般的巷子》,参与主编《存在十
年诗文选》《存在诗刊创刊 25 周年纪念文集》,曾获第八届四川
文学奖,曾策划"新世纪十年川渝诗歌大展",部分作品在国内
外发表,入选多种选本。

【诗人观点】

是故乡，也是宇宙

黑　陶

是故乡，也是宇宙

每一个人，他观察弘广宇宙的最初立足点，是自己的故乡。

"在微观的世界里发现宏观的宇宙。"每一个人的故乡，只要认真探究、认真深入、认真想象，就会发现：故乡，就是宇宙的全息。

真正的诗人，永远站在自己的故乡发言。在故乡的立场上，探讨这个世界的所有问题。他既不随波逐流，也不人云亦云。他拥有自己的肤色和性格。

我曾解剖过我所生活的具体地域的基本元素。我的故乡，在江苏省南端的一个乡镇，它是著名的中国陶都。在水乡、平原、山丘的农业背景上，那里存在着泥土和火焰的手工艺。它的基本元素是：五色陶土，火焰，粮食作物，蠡河，被蠡河隔划、涌满稻麦油菜的平原田野，陶器，紫砂茶壶，倾泼深绿竹荫、苏东坡到过的蜀山，被挖掘的青龙、黄龙山，古老书院，通往杭州、南京、上海的乡镇长途汽车站，太湖，木楼和青石板窄巷的老街，民间制陶艺人，乡镇集市，轮船码头……以及从中诞生出来的民性、风俗和仪式。

我的所有诗歌作品，全部由此发射，全部发芽、生长于这块土地，从中汲取成为大树的营养；在此基础上，它们还迫切地、跃跃欲试地融会着民族的意识雨水和人类的理性阳光。

艺术家的故乡能大能小。个人的能量越大,故乡也可以越大。一个诗人的故乡,可以是一个乡镇,也可以是一个县、一座城、一个省,当你的内在能量足够大时,你的故乡,也完全可以是中国、地球,甚至宇宙。

"在一千英尺高空飞翔并俯视这个世界"
——阿巴斯谈诗歌

伊朗的阿巴斯(1940—2016),既是电影导演,也是一位真正的内行诗人。

他斩钉截铁地认定:"所有艺术的基础都是诗歌。"

他描述他书架上的小说和诗歌书籍:"我拥有的小说,品相都近乎完美,因为我读完一遍后就把它们放在一边,但我书架上的诗集都散页了。我反复读它们。诗歌并不容易理解,因为并不是在讲一个故事,摆在我们面前的是一系列抽象概念。"阿巴斯感到,诗歌永远和我们共同成长:"诗每次读似乎都不一样,这取决于你的精神状况和人生阶段。它与你一起,或在你内部成长变化。"

他强调诗歌"一定程度的不可理解"及"不确定性"——

"对于诗歌来说,无法期待即刻的、完全的理解。这种东西需要努力才能获得。"

"诗歌的精髓是一定程度的不可理解。一首诗,按其本性,就是未完成及不确定的。它邀请我们去完成它,去填充空白,去把点连成线。破解密码,神秘便揭示自身。真正的诗歌永远比单纯讲故事更久远。"

诗歌真正的功能到底是什么,阿巴斯这样认为——

"真正的诗歌把我们提升到崇高之境。它颠覆并帮助我们逃离习惯、熟悉、机械的常规……它暴露了一个隐蔽于人类视域之外的世界。它超越现实,深入真实的领域,使我们能够在一千英尺高空飞翔并俯视这个世界。"

"没有诗歌,贫瘠就会到来。"这位活了 77 岁的伊朗导演,这样警告人类。

简洁的依据

任何新世界的建立,必然脱胎于传统。向传统学习,有两种表现形式:首先是学习,其次是反叛。后一种形式往往被人忽视。反叛,也是从传统中受益、学习传统的一种隐性形式。

从中国伟大的诗歌传统中,我个人受益最大的,是简洁。

中国文学乃至中国所有艺术的一个重要特点,就是简洁,就是含无尽之意,见于言外。中国的古典诗歌,最具代表性、最普遍的体裁,是绝句和律诗。绝句四句,律诗八句——一代又一代的前贤告诉我们,十句以内的文字,已经足够表达一首诗的完整意义空间。以数量极少的文字,呈现最饱满的人生、世界、情感和思想,这就是诗歌。诗歌,应该是一种语言最高水平的体现。

我的写作,崇尚简洁。目前之诗坛,累赘的、口水的、故作深沉的所谓作品,比比皆是。当代汉语诗歌要构建自己的美学,简洁元素,不容忽视。

地理感

古人重视行路,以此作为磨砺、锤打个人精神和见识的强力手段。有两个前辈的教诲,我记得很牢。孔子说:"士而怀居,不足以为士矣。"李白说:"以为士生则桑弧蓬矢,射乎四方,故知大丈夫必有四方之志。"

非常喜欢李白由三峡出川入楚时写的那首《渡荆门送别》:"渡远荆门外,来从楚国游。山随平野尽,江入大荒流。月下飞天镜,云生结海楼。仍怜故乡水,万里送行舟。"

"山随平野尽,江入大荒流",写尽了长江入楚后,告别群山,骤然开阔之特征,"地理感"十分强烈。

古人"地理感"强烈的诗句,总给我留下深刻印象:"大漠孤烟直,长河落日圆"(王维);"星垂平野阔,月涌大江流"(杜甫);"青海长云暗雪山,孤城遥望玉门关"(王昌龄);"明明上天,烂然星陈"(《八伯歌》);"八柱何当,东南何亏"(屈原);翻开古诗,似乎到处可见。

非常可惜的是,在当代诗人身上,此种在大自然的容器与怀抱内的机会,以及对山川漠野的亲身感受力,正在严重弱化。

陆游当年由浙入蜀,费时一百六十天,同样路程在今而言,乘飞机两小时左右足矣。一百六十天与两个小时,这种快速便捷的代价,即类似《入蜀记》这样深具地理感的优秀文字在今天的彻底丧失。

才气·激情·血

"我就是这样理解诗和诗人的。欢畅的岁月、坎坷的经历，甚至是腥风凄雨，都不能销蚀和改变一个人内心的纯洁。他远离了浊流，成为一代清洁的榜样。他的热情和感动，他胸中翻腾的黄河和长江，都源于一颗质朴而崇高的心灵。"

这是张炜写老诗人塞风的文字，十分认同他对"诗和诗人"的理解。

确实，一个诗人在内心应该清楚，才气在个人创作中，只是很浅薄、很低级的一层。真正进入境界，需要喷吐血和激情，需要诗人如受难者，甘愿焚毁于艺术的火焰。

常常遭遇一些炫示者，透过他们自诩不凡的表面，我能看见他们骨头内部的虚弱和苍白。

看得见一个人血与激情的文字，是我认为的好文字。这样的诗人，是我尊敬的好诗人。不管这种"血与激情"是激烈洋溢，还是含蓄深藏。

尼采早已说过：在一切文字当中，他最爱用血写成的。

自信与谦逊

除在日常生活的待人接物中保持谦逊的美德外，一个诗人在广览博识的基础上，内心应该存有强烈的自信，尤其是在写作的那一刻。

每一首诗，都要像写传世之作那样去刻它——尽管，那些诗可能都不会传世。写作时如果轻看自己，那么，笔就会怯懦，唱出的声音就会狭隘低弱。

在写作中唯我独尊,置古今中外名家高手而不拜,内心保持有强烈的骄傲与自信,这样,会使一个诗人的作品,满盈力量、激情和充沛的生命真气。

从不迎合

诗人不应按社会和大众的口味而改变自我,制造作品。如果这样做,那他最多只能是一个三流文字制造商。

真正的诗人,在对社会、人生、历史、艺术有着深刻认识的基础上,按自己的内心要求,创造他的文字生命。他埋头创造,无暇旁顾。他像一头莽撞的来自原始丛林的野兽,践踏一切习惯、规矩和法则。

他从不迎合,他只以自己独立不羁的生命,面对社会的接纳或不接纳。

这类优秀的艺术家常常遭遇世俗悲剧。被时间、社会的尘霾湮没而典籍不载,我们不知的优秀者实在太多了——冬夜仰望天空,那闪烁的冰冷星群,像一个个无名的灵魂,使人悲伤。稍好一点的,是生前寂寞死后才被发现,像凡·高。

不管有怎样的结局,真正的诗人始终只为自己的内心写作,在客观上,成为社会和历史的文化财富。

面临的真正挑战,永远是自身

必须警惕:展示的写作,炫耀的写作。从事诗歌写作的根本动力,在于个人确实存在有真正的爱和感动,在于宿命的责任。

没有这些,作品就没有骨头,没有灵魂,当然,也就没有存在下去的生命力。

"我比某某写得好""我还不如某某的作品,我要超过他"……这类扰人心智、使人虚浮不定的想法,应该尽早从个人的写作活动中剔除。虽然在从事写作的某些阶段,这类想法会纠缠着你,让你窃喜,使你焦灼。

写作是一项个体性极强的劳动。写作者面临的真正挑战,永远是自身,而非他人。

若一定要较量,那么就跟自己来。在不可逆的时间之路上,自己是否在不断进步,不断充实。自己跟自己的较量,从本质上讲,就是努力缩小永远存在着的内心意念和纸上文字之间的差距。愈是优秀的写作者,两者之间的差距就愈小。一个阶段所面临的差距即使消失了,随着思想的深邃、阅历的丰富、情感的累积,新的差距又已出现。

诗人,由此就成了推石头的西西弗。伴随着不断的较量与角力,他的道路,永远没有尽头。

传统与自我

"自我"在个人写作中非常重要。它像最结实的骨头,支撑起一个人的诗歌空间。"自我"的有无,甚至可以说是衡量诗人真假的试金石。

"自我"需要培养和发现。并非是想要"自我"就有"自我",也不是自吹有"自我"就有"自我"。

埋下头去,学习传统——找到"自我",这是一条无法绕过的道路。很多人狂妄自大,藐视文化传统,只凭所谓的"天才"

写作。时间将会证明：他们，最终只能是历史长河中稍纵即逝的轻浮泡沫。

沉浸于传统，寻访前辈与同道，汲取思想精华，但仅此并不能保证一定就会找到"自我"，因为，这中间还有一段艰难的钢丝要走。"传统"和"自我"之间，存在有一种深刻的"两难"：学习"传统"的目的，是为了找到"自我"；而学习"传统"的过程，则是一个丢开"自我"，进入他人境界的过程。成功地走过这段钢丝的人，将会真正地获得"自我"；中途坠落者，则可能永远陷于"传统"而无法自拔。

做民族语言的精湛掌握者

语言和写作着的诗人难舍难分。作为思想、情感载体的语言，首先是诗人的朋友，通过它，一首首客观的作品得以完成；同时，语言又是诗人最大的敌人，正像洛夫所说，诗人一生的工作，就是永不停息地和语言作战，拼着性命，把最准的那个词、那句话找出来，摆上你认为合适的位置。

诚然，任何一种语言，就表达纷繁复杂的人心和外部世界而言，都有一种局限。局限性，是语言的本质特征之一。但撇开这种具有悲剧意味的难题不讲，一个真正的民族诗人，首先应该是该民族语言的精湛掌握者。

果戈理在谈到普希金时说："他像一部词典一样，包括我们语言的一切富藏、力量和柔韧性。他比任何人都更加广远地扩大了俄国语言的界限，更加显出了它的全部幅度……在他身上，俄国大自然、俄国精神、俄国语言、俄国性格反映得这样明朗，这样净美，正像风景反映在光学玻璃的凸面上一样。"普希金，是俄罗斯民族语言的"精湛掌握者"。

语言尽管在本质表达上存在局限,但写作者必须清楚,它仍是一个富矿,在等待着我们去发掘。每种语言,日常使用的都只是它整体的极小一部分内容。诗人应该用自己的天才之力与努力之光,开拓语言疆域,照亮比常人大得多的语言空间。

一个诗人对他的民族语言真正做到了"精湛掌握",那么,他的思想和情感在作品中所能达到的深度和广度,常常会令人吃惊。

词的私人属性

传统词语许多已在无数次的使用中丧失了新鲜性,它们已蒙上灰尘。像"美丽""明媚""蓝色"这类词语,已在长期的惯性使用中,蒸发尽原先如新鲜青草般的气息与色泽,从而变得"枯干"。

诗人永远重要的一项工作,就是在自己的道路上使用词语,在写作中不断擦去"公共词语"上蒙受的灰尘,恢复它们美的、光亮的质感。

凭个人之力,擦去词语的灰尘,让其重新焕发生命光彩,这个词往往就会成为诗人的"私人财产"。一个诗人的私人词语拥有越多,他的"个人风格"就越加结实鲜明。现在我们再看到"麦""麦地""亚洲""太平洋"这一系列的词语,几乎立即就会联想到"海子""骆一禾"这两个名字,他们拼出性命,已经赢得了这些词至死不渝的爱情,这些词是他们的。

判断自己作品优劣的艺术直觉

长期刻苦的写作实践是一个磨炼、提高诗人的过程。到一定阶段，坚持写作的诗人，会在不自觉中获得一份珍贵的"馈赠"——判断自己作品优劣的艺术直觉。

这种艺术直觉表现在：当你完成一个作品后，它会马上告诉你，好或者不好。尽管经常你无法说出"好"或"不好"的切实理由。

这种艺术直觉，甚至直接诉诸人的生理反应：作品好，全身舒坦、兴奋又放松；作品不好，总觉得不干净，身上有某处好像总被什么东西压住，无法轻松。曾任联合国教科文组织澳大利亚视觉艺术委员会主席的德·奥班恩，在其《艺术的涵义》一书中也有过类似论述："在艺术中成功的目标应该是称心满意，如果你是快乐和满足的（就艺术家能从他的作品中得到满足而言），那么你创造的画就是好的。"诗歌艺术，同样如此。

两条道路

诗人分为两类：一类是表现外在世界的诗人，一类是创造主观世界的诗人。前一类是现实英雄，后一类属人间精灵。像托尔斯泰、杜甫、白居易、巴尔扎克、达·芬奇、米勒等，都是表现外在世界的诗人；而屈原、李白、但丁、卡夫卡、毕加索、蒙克、夏加尔等，则属创造主观世界的诗人。

两类诗人都可以走抵大师之境。两者在劳作时唯一相同的要求是：作品都必须深深印刻着个人的"血"与"真"。

作者简介

黑陶(1968—),诗人,散文家,中国作家协会会员。1968年出生于中国南方陶都——江苏宜兴丁蜀镇。个人作品主要有"江南三书":《泥与焰:南方笔记》《二泉映月:十六位亲见者忆阿炳》《漆蓝书简:被遮蔽的江南》,以及散文集《中国册页》《烧制汉语》,诗集《寂火》《在阁楼独听万物密语》等。曾获《诗刊》年度作品奖、江苏紫金山文学奖、三毛散文奖、万松浦文学奖等。

整体性、音乐性及物性论

——《生命四重奏》侧记

向以鲜

很多人问过我同样一个问题，就是关于整体写作或计划写作与灵感写作的关系问题。我在完成"我的三部曲"（包括《我的孔子》《我的聂家岩》和《我的发音》）之后，第二个三部曲即"旋律三部曲"也已经出版了《唐诗弥撒曲》，《生命四重奏》是其中的第二部。这似乎显示出我的写作进程具有明确的计划性，属于典型的整体性写作。人们关心的是，如何处理计划性写作与灵感性写作之间的复杂关系，它们是矛盾的还是相互融合的？这是一个很难回答的问题。表面上看，计划写作与灵感写作之间似乎是相互排斥的，就像计划经济和市场经济一样。实际上二者之间又是相互镶嵌、相互补充、相互接纳的。能否将二者很好地、有机地、针脚细密地穿插组织起来，独奏与交响相互辉映，实在是考量一个诗人是否具有顽强又敏锐写作能力的试金石。总的来说，灵感写作是第一位的，计划写作是第二位的，没有灵感的写作，计划写作就是僵死的，没有一点儿生气。但是，仅有灵感性写作则可能流于随性、随意甚至浮浅，也是对诗人才华的一种浪费和消解。很多时候才华又不太靠得住，我在《唐诗弥撒曲》中就曾写道："在才华散尽的修辞中，永失我心。"

回想起来，我的写作生涯一开始就具有某种整体性写作意味。早在 1983 年大学即将毕业之际，于重庆北碚西南师范大学的校园中,就开始了《石头动物园》的写作。这组被诗人西渡认为"和同时期那些名声煊赫的诗人比起来,它们显示出一种更加稳定和整体性的成熟品质"的诗作,历经四年时间,一直写到1987年夏天,在从重庆到天津、又从天津到成都的南北辗转中才得以完成。

在古典诗歌的历史长河中,将计划写作与灵感写作结合得最好的首推唐代的杜甫。杜甫一生的写作,就是两种写作状态的此起彼伏或彼此的渗透与揳入。我们知道杜甫是强调灵感写作的,他在诗中经常把突然降临的灵感称为"神":"读书破万卷,下笔如有神"(《奉赠韦左丞丈二十二韵》),"醉里从为客,诗成觉有神。"(《独酌成诗》),"挥翰绮绣场,才力老益神。"(《赠太子太师汝阳郡王》),"将军善画盖有神,偶逢佳士亦写真"(《丹青引》),"但觉高歌有鬼神,焉知饿死填沟壑"。同时,杜甫又是中国古典诗人中罕见的具有整体写作倾向的大诗人。组诗《前出塞九首》《后出塞五首》《秦州杂诗二十首》《同谷七歌》、"三吏""三别"、《诸将五首》《咏怀古迹五首》《秋兴八首》以及从同谷到成都沿途所写的二十首"图经"般的入蜀纪行诗篇,还有他的长诗《自京赴奉先县咏怀五百字》《北征》《秋日夔府咏怀奉寄郑监(审)李宾客(之芳)一百韵》,甚至杜甫的绝笔《风疾舟中伏枕书怀三十六韵奉呈湖南亲友》,都是属于整体性写作的经典。但是,这样的写作一点儿也没有影响杜甫的灵感写作。对杜甫而言,一举手一投足,一咳一唾之间都是诗。西方诗人的整体写作性则更为明显,这与理性精神的崇尚紧密相关。如TS·艾略特,从《普鲁弗洛克情歌》《荒原》《空心人》《灰星期三》再到《四个四重奏》,都有一条清晰而宏伟的脉络可循。但穿插其间的则是《阿利尔诗》或《小诗》等灵感性写作。里尔克、埃利蒂斯或聂鲁达等人,也是整体性写作的典范。

六年前的秋天,"天铎"长诗奖发起人、诗人和作家萧乾父在成都庙山村旺角宾馆对我进行过一次彻夜的访谈,萧乾父认为《唐诗弥撒曲》和《我的孔子》两部诗集,是在完整把握两个传统(中国传统和西方传统)之后,对第一传统的文脉之努力承接,题材处理与写作手法均有其至深的考量。记得是在2014年的秋冬之季,一个黄昏,我坐在院子的小水池边发呆,孔子的形象突然浮现在我的面前。孔子名叫孔丘,根据记载,是由于他出生后额头和额顶比较奇怪:一个人,能把山岳、山峰镶嵌在自己的头颅上,这种人不是圣人是什么人? 这就是孔子啊! 所以我写孔子的第一节诗就是《头上峰壑》。这个是我之前没有构想过的,从没有想过要一开始就这样写。最后一节也就是第三十六节《耳中河流》,也不是要刻意的,好像要让结构特别完整一样。这种写作状态,从天而降的时刻非常美,其奇妙的体验如同天启:好像那个诗篇本身早就存在,只是被我偶然发现并且抓住而已。

"旋律三部曲"的第一部《唐诗弥撒曲》的情形也是这样:2013年的岁末,整个中国被铅灰色的雾霾所笼罩。有一天,我感觉自己被唐诗的光芒所照耀,整个身心寂静而又寥廓,并且一片明亮。在彼时,唐诗成了我的精神故乡。匈牙利哲学家卢卡奇曾说:星光与火焰虽然彼此不同,但不会永远形同路人。因为:火焰是所有星光的心灵,而所有的火焰都披上星光的霓裳。那一刻,我被唐诗的星辰照得睁不开眼睛,甚至听到了唐代的"铜太阳"发出悦耳的声音,那是羲和敲响的战鼓吗? 我,被这些声音和光芒唤醒过来!

《生命四重奏》的写作并非完成于一时一地,其中较早的章节写于六七年前(如《金鱼笔记》《山中问答》),也有一个缓慢呈现的过程。我的所谓整体性或计划性写作,其实带有自然生成的特征:似乎有一个写作的洼地,总有一些诗行会在不经意的时刻向那片洼地浸润、流淌、汇聚。慢慢地,从无到有,从小到大,从少到多,从虚空到实有。或如草蛇灰线,伏脉千里。这让我想起阿根廷诗人和小说家博尔赫斯在《圆形废墟》中所描述的那个梦想者的艰辛历程,诗人就是梦想家,诗歌就是诗人的梦,是梦的孩子。

《生命四重奏》这个书名并非一时心血来潮,酝酿了很久才确定下来。最直观的原因,这本并不算太薄的诗集,目录只有寥寥的几行,除去耿占春教授和叶橹教授的序跋,实际上只有五行:整部诗集由四个章节及一个尾声构成,恰好与弦乐四重奏中的两把小提琴、一把中提琴、一把大提琴所鸣奏出的细腻而又壮丽的复杂音调,构成微妙的呼应关系:第一乐章快板,奏鸣曲式中常用的技法,两个主题的对比并置与冲突,"金鱼与乌鸦";第二乐章慢板,叙事和抒情的,饱含悲悯之情,"犀牛和孩子";第三乐章快板,流动欢快的勃勃生机,"春天的草木";第四乐章是冥思的广板,深邃而充满哲思,"山中观音";尾声小快板,回旋曲式,生命主题周而复始,总结性的再现,不同生命的尾巴如同插部与之呼应,"尾巴之歌"。

弦乐四重奏起源可追溯到17世纪巴洛克时代重奏奏鸣曲,其中包括低音乐器(如大提琴)和键盘。16世纪由四部分组成的弦乐奏鸣曲《格雷戈里安快板》,被认为是最重要的弦乐四重奏原型。弦乐四重奏既能表现复调音乐的多声部交织,又能展现主调音乐的特点,有着交响乐的曲式结构,堪称提炼的交响乐,是表达人类情感最深刻、最细致的重要器乐体裁。海顿和贝多芬等人将弦乐四重奏发展到光辉耀眼巅峰,并赋予弦乐四重奏最高的理念、最精致的结构和最丰富的情感。

一切生命的过程,甚至是一切存在,其实都隐含着四种节奏,四个声部,四种状态或四种境界。世界的组成有四大(地、水、火、风),万物的生灭有四劫(成、住、坏、空),佛陀的觉悟有四谛(苦、集、灭、道),时间的变换有四季(春、夏、秋、冬),空间的绵延有四方(东、南、西、北),瑞兽的守护有四象(青龙、白虎、玄武、朱雀),人生的宿命有四苦(生、老、病、死)。古希腊认为人体内有四种元液(血液、黏液、黄胆液和黑胆液)。

中国圣人孔子告诫世人,认识这个世界,首先也得从四种物象开始:鸟、兽、草、木。这样纷繁的四的种种象征性图谱,还可以继续开列下去。

诗集中的四个章节,其实是与此密切相契合的,我们从中能听到生命打开的欢乐(《春天的草木》),也能听到生命的变异与磨难(《金鱼笔记》),听到生命于沉默或卑微中发出的怒吼(《拾孩子》),听到衰老和死亡的声音(《忧伤的白犀牛》)。当然,我们还能听到思考和灵魂的声音(《山中问答》)。因此,《生命四重奏》,是一部献给生命的颂歌,也是一部唱给生命的悲歌。诗集的卷首,我在引用了孔子的教诲之后,接着引用了被称为拉丁美洲诗圣的尼加拉瓜诗人鲁文·达里奥诗句:"经历所有的生命,穿越所有的黑暗。"

众所周知,诗歌史上最著名的"四重奏"是 TS·艾略特的《四个四重奏》,1948 年诗人即以此获得诺奖。那是现代诗歌史上的一座巅峰,没有人不仰望它,也没有人敢说超越它。我还能清楚地记得,第一次读到裘小龙翻译的《四个四重奏》时的情景,用震撼、震惊来形容一点儿也不为过。那时我正在天津南开大学中文系闻一多高足王达津教授门下攻读唐宋文学。1986年春天,我和几个同学相约坐火车去逛北京全国书展,其间买下了那本墨绿色的诗集——从此成为枕边书——迄今还摆在我随手可取的显眼地方。后来又读到汤永宽翻译的《情歌、荒原、四重奏》。两人的译本各有千秋,可能是先入为主的原因,我更喜欢裘小龙的译本一些。为什么要在这儿提及我的导师是闻一多的弟子呢,这是因为闻一多的诗歌写作,曾深受艾略特的影响。闻一多的代表作《死水》,几乎可以视为艾略特名作《荒原》的一种东方式的民国表达。如果说,艾略特的《四个四重奏》是献给时间中的西方问道诗篇;那么,拙作《生命四重奏》则是献给空间中的东方生命之歌。我们能从中听出四种协奏,四重相互分离又相互重叠和映射的生命回响。

我在各种场合强调过诗歌的音乐性,包括《生命四重奏》在内的"旋律三部曲",也可以理解为是我个人对诗歌音乐性的一种重申或实践。诗歌的节奏和音乐性,是诗歌作为一种区别于其他文学样式(散文、小说、戏剧等)的生命胎记。这一点在现代诗歌基本摒弃了传统的平仄音律的前提下,尤其显得重要。没有诗歌的节奏,没有诗歌的音乐性,就没有诗歌。诗歌形式上的分行行为,并不能作为诗歌的生命标志(古典诗歌并不需要通过分行来确立自己的身份)。如果一首现代诗即使不分行,连续排列在一篇散体文章中,我们仍然能准确分辨出它所独有的,属于诗歌才拥有的节奏和音乐性,那就一定是一首真正的诗(是不是一首好诗另当别论)。如果你写的一首现代诗,不分行地混排在各种散体文中,人们无法将你的诗行从中剥离出来——我要说,你写得再好也不是一首诗!它可能是一段很好的随笔、札记、散文或别的什么,就不是诗!

《尚书·舜典》:"帝曰:夔！命汝典乐,教胄子,直而温,宽而栗,刚而无虐,简而无傲。诗言志,歌永言,声依永,律和声。八音克谐,无相夺伦,神人以和。夔曰:於！予击石拊石,百兽率舞。"意思是:舜说:夔！我任命你担任乐正,教导青少年,使他们正直而温和,宽大而谨慎,刚毅不粗暴,简约不傲慢。诗是思想志向的表达,歌是个人情感的语言,宫、商、角、徵、羽这五声依照思想情感咏唱,韵律要与声音和谐。如果八类乐器演奏的声音都很一致,相互秩序井然,那么,神和人都会与之和谐而歌。夔听了虞舜的指示,立即回答:"啊！我敲击石磬,使各种野兽都随着节奏舞蹈。"

节奏,说到底就是一种音乐性,诗歌的本质就是音乐性。郭沫若在《论节奏》中说:"节奏之于诗是她的外型,也是她的生命,我们可以说没有诗是没有节奏的,没有节奏的便不是诗。"但我们绝不能片面地、狭隘地理解诗歌的节奏或音乐性。更不能将其仅仅理解为平仄或押韵。我所强调的节奏或音乐性,是一种合乎大自然节律,合乎潮汐,合乎日月运行,也合乎呼吸或心律的节奏,这种内在的,生命的节奏,要具有一种击打地心的生命力量。

我的"旋律三部曲"是有一点儿野心的,希望重新寻回与音乐性渐行渐远的诗歌传统。

有细心的读者注意到,耿占春教授在序言中称赞《生命四重奏》是一部现代的"物性论"。耿占春教授的原话是:这部诗集将看似互不相干的金鱼与乌鸦、犀牛与孩子、春天与万物、孙登、嵇康与山中观音组成一部"生命四重奏",意在将物性的论述与人性的思辨联系起来。诗总是涉及对物性的论述,可以把《生命四重奏》视为一部现代意义上的"物性论",毫无疑问它也是一种独具视角的人性论,隐含着发端于古老世代却仍属于现代社会的伦理主题,而又处在美学主题的透视之下。可以说,这是一部有着观念史与思想视野的诗作。

这肯定是对我的鼓励之辞。我们知道,古罗马诗人卢克莱修(Titus Lucretius Carus,约前99—约前55)的《物性论》是整个西方文化的一座标杆性作品,也是个人十分喜欢的经典之一,我的作品如果能得其浩瀚之万一,那已是万幸中的万幸了。所谓弱水三千取一瓢,也不敢奢望,或者可以取一滴吧。据翻译《物性论》的方书春先生解释,"物性论"(De rerum natura)也可以译为"论自然"或"宇宙的本性"。显然,卢克莱修所要讨论的是物质世界或宇宙的本质。因此里面出现了类似于现代科学的"原子"一词的原初物体、原素、种子、始基等。耿占春教授之所以认为我的这部诗集具有"物性论"的色彩,我想主要缘于诗集中确实涉及众生生命的色与相,物性与人性,并试图探索其背后的生命真谛。生命与万物是相通的,广义地说,存在就是生命,生命就是存在,一切存在(有生命或无生命者)都有出现和衰落的注定轨迹。

在整个的诗歌写作中,我一直信奉杜甫所说的"细推物理",细推万物的道理,细察万物的肌理,从而写出物象之美与殇,爱与痛。杜甫和苏东坡是这方面的大师,尤其是杜甫,他能从淅淅沥沥的雨水中,感受到田野里的桑麻生长得越来越茂密;能从无边丝雨中感觉巢中雏生的燕雀们,茸茸的羽毛已经布满粉嫩的小身体,甚至能听见它们渴望飞翔的呢喃。这需要一种寂静和空旷的心境,所以苏东坡才说:"欲令诗语妙,无厌空且静。静故了群动,空故纳万境。"

对于物象的迷恋,使我的诗歌写作,或多或少地烙下有着悠久传统的咏物诗印记,并且具有一种客观和冷峻的零度色彩,有时甚至是反抒情的。我们知道,"零度写作"这个概念是法国哲学家罗兰·巴特提出来的。巴特的这个提法有着明确的针对性,是对保罗·萨特强调文学介入性的一种反对。巴特认为文学应该是中性的,"中性写作与其说是一种逃避的美学,不如说是由于对一种最终纯洁的写作的研究";文学作品应该"永远是象征性的、内向的、显然发自语言的隐蔽方面的"。诗歌批评家胡亮在讨论四川大学的现代诗歌传统时,将四川大学的现代诗歌写作定义为现代抒情性写作,这个说法当然有其合理性。的确,从郭沫若、周无到柏桦,我们都能看见一条清澈的抒情的河流在四川大学涌动。但我个人认为我的诗歌写作和四川大学的抒情传统迥然不同,我的诗歌永远是及物的,我对物象有着强烈的迷恋,失去了物,我的诗歌就失去了存在之根。或许是对物象的过度眷爱,我的情感总是深陷于物象之中,从而呈现出一种纯客体的孤独和冷静。当然,所谓的零度写作也只是一个相对而言的概念。从本质上来说,世上并不存在真正的零度写作,没有一个文字或单词是零度的,冰冷的。一旦从诗人或作家的胸中或笔底涌现、滴落,便已带上与生俱来的温度。每一个字,每一句话,每一行诗,都是一朵一朵跳动的火苗。当汉语诗人与汉字对视之时,就是如同《生命四重奏》中所述:

> 嵇康与孙登对峙
>
> 像两座青峰
>
> 两柄宝剑
>
> 两棵枯树
>
> 两个孩子

两尊神

两朵

火

2021 年 7 月于成都石不语斋

作者简介

向以鲜(1963—)，现居成都，诗人，四川大学教授。著有学术专著《超越江湖的诗人》《中国石刻艺术编年史》，诗集"我的三部曲"(《我的孔子》《我的发音》《我的聂家岩》)、"旋律三部曲"(《唐诗弥撒曲》《生命四重奏》《动物的合唱》)及长篇历史剧《花木兰传奇》等。获教育部人文社科奖、纳通国际儒学奖、四川文学奖、《诗歌报》首届探索诗特等奖、天铎诗歌奖、《成都商报》中国年度诗人奖、首届杨万里诗歌奖、李白杯诗歌奖等。作品收入海内外多种诗歌选集。20 世纪 80 年代与同仁先后创立《红旗》《王朝》《天籁》和《象罔》等民间诗刊。

【诗序跋】

秩序的图像：美学的与伦理的

——向以鲜《生命四重奏》的一个导读

耿占春

　　向以鲜教授的这部诗集将看似互不相干的金鱼与乌鸦、犀牛与孩子、春天与万物、孙登、嵇康与山中观音组成一部"生命四重奏"，意在将物性的论述与人性的思辨联系起来。诗总是涉及对物性的论述，可以把《生命四重奏》视为一部现代意义上的"物性论"，毫无疑问它也是一种独具视角的人性论，隐含着发端于古老世代却仍属于现代社会的伦理主题，而又处在美学主题的透视之下。可以说这是一部有着观念史与思想视野的诗作。

一

　　在《金鱼笔记》的开始，诗人观察到的是习焉不察的被人为变形了的物性："剪刀 蚜虫／扭曲的窗子"将一树梅花"变成沉疴中的美人"，流水造成"半段百孔千疮的岩石"，人们偏爱这些"杂种的风景"，生活空间或格局的意象投射向历史的隐喻，扭曲的物性指向变形的历史秩序，"中国的交叉小径／蜿蜒奔向未来"。在进入观察金鱼之前，病态的"暗香疏影已游进鱼的膏肓"。

　　这几乎就是一个开疆拓土的古老帝国走向封闭衰微的隐

喻。人们开始喜欢扭曲的东西,喜欢在局促空间以小见大的盆景,曲折离奇以求风格化的景观,千疮百孔的岩石都是让人如痴如醉的形象。金鱼小巧繁复装饰风格的形象显然符合这一趣味。著述过石刻雕塑艺术史等皇皇巨著的以鲜教授对此自然有所研究,他写道"一个叫臻的北宋和尚"发现或培育了金鱼,"在西湖的背影中/念诵金刚经/并将散落的秋虫/投向放生池",但这一仁慈之举却掀开了"情色史诗/苦难的章句/涌于慈悲之海"。事实上,"北宋"这一历史朝代概念,"和尚"的社会角色都已融进所要书写的物性内涵,从历史转向一部"情色史诗"。

> 漶漫的美学灾难/始于上天恩赐之福/源自溪水中的小天使/偶尔会因环境而改变颜色/这种本性却让人发疯/并赋予工笔或写意的幻想形状……

刀笔可以痛下杀手,也能够化为丹青,以鲜写道:"晚清的虚谷/会不会是臻师的嫡传/则用古拙的笔墨/领养着一大群/浪游的生命。"一种充满悬疑的生命伦理转向一种风格化的美学发现"缸中的鱼和笼中的鸟/你不想从海和风中把它们臆造",自由秩序的剥夺或空间的有限性培育出"独特的风格",这个美学主题(自由与自由的剥夺及其视觉风格)与一个伦理主题(扭曲生命)自始至终都构成一种紧张。

> 千年的水中花/渐次盛开/头上肿瘤艳如鸡血宝石/眼睛大过童年吹破的肥皂泡/黄金与白银嵌入颠覆之躯/炽焰裹着冰霜翩跹吟诵/再裁一条彩虹长尾/仿佛打扮出阁的新娘/痛哭的珠泪砸碎镜子

　　如此畸形的生命成为千百年来人们欣赏的一道美学景观
"疾病从来没有如此绚烂",金鱼是病态美学的象征物,或者是
一个提喻,它渗透了大家的心理,人们意识与潜意识中对人与物
的诸多趣味属于同一范畴。

　　变形的物性论是人性论最晦涩的也是最浪漫主义的一章。
在美学与伦理、怯懦与残酷的游戏之间,在自由秩序的伦理尚未
成为一个社会生活难题之际。

　　　　鱼戏的天堂/或地狱/还必须足够小/最好是一只/握于
　　掌中的瓶子/或和珅琥珀书桌下面/那片高仅三寸的/水晶
　　抽屉

　　此种"几近癫狂"的病态美学趣味,其诡异之处正在于天堂
与地狱的无差别,一个著名的腐败大臣的名字强化了政治伦理
的批评意味,把空间的剥夺或自由的剥夺转化为内在趣味,以至
于变成逸乐,以至于"小到鱼儿/不能自由突击/不能勇猛穿行/
将本来的梭子与利箭/磨成浑圆的/蛋",这一叙述具有触目惊
心的社会伦理层面的转义。《笔记》将一种反讽角色暗藏于一
个精于此道的行家,历数形态色彩各异的"金鱼"变形记,"那些
随波逐流的身影/穿上萨满羽衣/彗星的鱼儿/躲进象征海洋/圆
滚滚的肚腹顷刻敲响/梦想的晨钟暮鼓",物性成为人性的一种
透视,而贪婪成性的和珅又与这一形象何异?

　　以鲜以吊诡的口吻说道:"用内耳倾听世界"的金鱼"反应
敏锐 如同先知",因此"别把鱼儿当摆设/请小心客厅中的谈论/
尤其是政治与色情的话题"。或许,诗人所嘲讽的,正是客厅里

观赏金鱼的人们小心翼翼躲避的议题。

> 近视者视野广阔/对于色彩有着天然的感悟/人类的怪
> 癖反映于/凸眼兄弟的视网膜上/有的视觉神经/在崩塌状
> 态中近于瞎子/虽然无法识别人的面孔/却能记住主人的言
> 行举止/有时还能揣测其心意……

这条件反射似的行为"正是鱼儿的深情所在",这也正是那
些"玩物"或被玩弄物扭曲的物性之显现。《笔记》叙述涉及诸
多金鱼品类、金鱼专家和人们怪异的喜好,及其奇闻逸事。而
《笔记》的主题却是反向的:这是"多么残忍的趣味/多么冷漠的
赞美"。

> 在午夜的弱光中/不是鱼的鱼/梦见久违的祖先/银灰
> 色的鲫鱼惊鸿一瞥/面目全非的夺目子孙/泄露人性中反生
> 命的阴暗面

对某种物性的嗜好沦为反生命的阴暗心理,诗人写道"改
变造化的行为本质/是欲扮演无所不能的上帝",而它的扮演者
却是被剥夺了自由的人们,他们观赏着的是自身的形象。然而
与当今改变造化的行为比起来,"让游鱼变成蝴蝶"不过是雕虫
小技。诗人知道,"万物皆镜",金鱼(物性)也是人类属性的一
面镜子。

> 变态的霓裳哀歌/杀鱼不见血的基因突变乐章/还将继
> 续狂暴演绎/直到有一天天才的人类/变成车辙中的被观赏

者/这场旷日持久的变奏/终于戛然而止

　　人类总是对事物或物性赋予自身的属性,无论他们喜欢还是厌恶,《乌鸦别传》也认为所有的事物都是人类的镜子:"有时候/观察一只乌鸦/比打量一面镜子/来得更加真实。"一反习俗观念对乌鸦的贬低,别传中的"乌鸦是美丽的","黑,黑得发火/戴上最好的面具/胸怀最神奇的/图像或诗"。

　　在诗人笔下,乌鸦的物性迅速扩展至人性的领域:"如同长夜收藏白天/苦难收藏甜蜜/乌鸦对一切闪闪/发亮的充满好奇/纽扣、假牙、戒指/图钉、硬币、珍珠/电脑芯片、人们的梦/破碎的爱情和镜子……"这里既非通过隐喻亦非通过类比,一种物性的链条将乌鸦与人世联系起来。毫无疑问,人世充满悲伤,"但是,不能/把太多的悲和伤/太多的仇和恨/都推向枝头上的啼鸣"——

　　　　一只乌鸦/那么瘦小孤单/像一位过早/衰老的儿童/雪,越下越大//乌鸦/已没有能力/为人类承受/如此多的不幸

　　有多少事物成为人类思想的符号,又有多少事物充当了人类幻觉的符号。正如金鱼成为反生命趣味的美学牺牲品,无辜的乌鸦成为不吉利事物和人类悲伤情感的符号。但《别传》却建议向被符号误解的事物"学习爱","苦难的象征者/成了爱的使者","温情的反哺之喻/让衰亡不再悲伤","在爱和苦之间/乌鸦所能表现的/情感,我们到底/还要学习多久//才能抵达/自然本身的高度?"坏消息、人类的不幸与死亡,并不是乌鸦带来

的。"乌台"一节写道："……乌鸦/不会对人类的/制度感兴趣"——

> 乌鸦喜欢的是柏树/枝繁叶茂的柏树/从不凋谢,柏树的/香味,别有含义//足以抵抗建筑中/散发出来的/另外一种气味/死亡的气味

诗人意犹未尽地补充道,这是"杀戮的气味/阴谋的气味/腐朽的气味/帝国的气味",人世的黑暗与"天下乌鸦"毫无关系,人世的纷争却"比群鸦本身/还要纷纭一万倍"。

人们喜爱的(金鱼)和厌弃的(乌鸦)都无来由。渗透于物性之中的既有美学谬误也有伦理偏见,诗人透过金鱼这一符号揭示了精致的审美也是变态的审美,而给予乌鸦的伦理情感也只是一种集体幻觉。在这一章,以鲜的诗改写了事物、物性及其符号,也对固化了的符号进行了符号化的纠正。

二

如果说"金鱼与乌鸦"涉及美学主题与伦理主题暗藏的紧张,那么"犀牛和孩子"则是一个更为清晰的现代伦理主题,犀牛涉及人与自然关系的伦理,被遗弃的孩子则无疑涉及一个基本的社会伦理主题。《忧伤的白犀牛》叙述的是白犀牛消亡的历史,从2360头到最后一头名叫苏丹的白犀牛的死亡:

> 在广袤的大自然/白犀牛素来无敌手/它们的敌人只有一种/就是我们:人类……

自然万类在人类心目中的价值是它的用途,实际用途与想象的用途,物质的作用或象征符号的作用,而不是万物自身的存在。诗人批评道:"在灭亡来临之前/我们,这些人类/又从魔鬼变成了天使/从杀手变成了救星。"

> 人们以保护之名/行残酷之事/而去除犀牛征战的独角/也就等同于阉掉/雄性的意志

对金鱼与乌鸦,人们赋予事物的物性是审美趣味的和伦理观念的,而对另一些事物,则多半是实用主义的,有如猎杀犀牛的行为。诗中写道"在中国,阴暗的药店里/犀牛角层层包裹在/柔软的丝绸里/按李时珍的说法:犀角/犀之精灵所聚/故能解一切诸毒/千金秘角的身价",据说犀角从每公斤 1700 元人民币陡涨至 470000 元,无论是想象的药用价值还是贵族眼中犀牛角精致纹样的美学价值,都导致犀牛家族的最终毁灭,"在中东,昂贵的钻石宫殿/年轻的王储旋转着/镶嵌白犀角把柄的/蛇形匕首,太阳的光芒/自犀角端的中心/向四周扩散、隐现/生命哀歌的精致纹样",如果说宋人以来对金鱼的审美趣味是精致而变态的,王储们对犀牛角纹样的喜爱则隐含着审美趣味的残酷,美学价值变成了权贵的附庸和对生命的冷漠。诗中反复低吟最后的白犀牛:

> 厄运接踵而来/苏丹,虚无的统治者/不仅妻妾难成群/子嗣也无踪影/白犀牛家族的香火成灰/苏丹的兄弟/唯一的战友苏尼/已于去年秋天死去/苏丹,失去同类的老英雄/

　　成为滞留人间的孤魂

　　"守卫即自赎/绝望践踏希望",这"荒诞的戏剧场景"在各
种环境中反复上演,被珍贵的是某个器官,被蔑视的是整个生
命,"故事虽然波谲云诡/但悬念逐渐清晰/保卫者与被保卫者/
不断交换着宿命的位置"。而诗中复调般吟咏的是——

　　　（白犀牛白犀牛/忧伤的白犀牛/谁是最后的白犀牛）

　　这不只是白犀牛的悲剧,而是人类自身的悲剧。这种现代
悲剧的特有形式是买、买、买和收买;没有什么不能购买或收买,
构成了现代悲剧的逻辑。然而买被当成了幸福生活的逻辑,以
致遗忘了无法购买也不能收买的生命自身的尊严与价值。

　　与犀牛对应的伦理主题《拾孩子》,显然源于一则普通的社
会新闻。诗人将"捡拾"行为——与购买或消费经济相反——
进行了具有起兴意味的描述:"小时候,在田野间/我们拾过麦
穗、稻子……长大了,在城市里/我们拾过青春、爱情/热血的时
候/也拾过伟大的理想/幻灭的书籍/黑夜中的雪花与银子。"如
果说购买有自己的转义领域,丢弃和捡拾也变成了富有转义的
修辞。

　　诗篇接着进入"拾荒老人楼小英"从垃圾堆中讨生活的叙
述"如果能捡到半斤/贼亮的黄铜丝/或一箱变质的方便面/那
无异于发现一座/月光下的宝藏",带给人们快乐的事物竟是如
此不同。一些人丢弃的废弃物,却是另一些人赖于活命的"宝
藏"。当代社会的物性首先是商品属性,消费奢侈品则具有了
拜物教属性。而捡拾既不处在工业社会的生产与交换逻辑,也

不处在现代社会的购买与消费逻辑,捡拾也不是馈赠与礼物的逻辑。捡拾或捡拾垃圾是如此卑微,不会有人关注废弃物经济,而在向以鲜教授的诗篇里,丢弃、捡拾与收藏被赋予了更普遍的经济伦理含义,"我们抛弃的/正是别人梦想的",诗人感叹这么"一条残酷的生物链/穿过虚伪和良知"。诗人转而写道:人们能够捡拾的一切与楼小英数十年前的风雪黄昏第一次捡到的孩子相比都显得无足轻重了。在她眼里,"即使是装在鞋盒子里/丢在粪池中的孩子/也无比的昂贵/无物堪比拟"。她拾到过比垂死的小猫还要瘦弱,身上没有哪怕一丝土布的褓褓:

楼小英俯下身去/望着赤裸乌青的可怜虫/像菩萨凝望/怀中的莲花童子

诗中写道,楼小英的家"没有完整的东西/就连暂避风雨的五里亭/也是用残砖、败絮/和塑料布搭成","一间清朝留下的凉亭"却成为"弃婴的乐土"。一位苍老的拾荒母亲(一度还背上贩婴/或破坏计划生育的罪名)。

十几个脏孩子/每天傍晚依门眺望山头/当佝偻的身影/随着巨大的箩筐出现在天边/孩子们泥鳅一样活跃起来/钻进褴褛的怀中/钻进母亲背回的破世界/这时,楼小英坐在旁边/欣赏着满地乱滚的孩子/如同工笔大师/欣赏着瓷器上的百子图/这时,荒芜的五里亭/犹如一面尘世的镜子/映照着欢乐、悲伤、爱情/也映照着时代疮痍/以及活着的痛楚

　　诗人再一次提及镜子！这个世界的伦理悲剧不只体现在这些弃婴身上,一种悲剧状况下面总是隐含着更深的和更为普遍的伦理困境。这是恶已司空见惯,善行却总会遭人诟病。人们责难这个拾荒老人连自己都难以生活,为啥还要养这些弃婴。某些不幸的人抛弃了婴儿,更多的人则已放弃善行的理念和能力。此刻我们可以感受到诗人的愤怒:"楼小英突然吼道:我们/垃圾都捡,何况是人!"

　　在浙江金华,这位身份卑微的"愤怒的菩萨"临终之际,"透风的老墙上"贴着 35 个孩子的照片,"91 岁的楼小英/拾荒的送子观音/44 年拾回 35 个孩子/让肮脏的世界/绽放 35 朵干净的莲花"。这则社会新闻在以鲜的诗歌中转化为一个伦理寓言:最弱小、最贫困、最一无所有的人依然能施与他人善意与善行。任何人都能够施与,一贫如洗依然能够成为一个善行的施与者,只要没有放弃善的愿望,或我们能够重新"捡拾"起被遗弃的生命价值。

三

　　如果说"金鱼与乌鸦"是一个有关美学主题的批判,暗含着美学问题向伦理主题的转换,而"犀牛和孩子"是一个显性的社会伦理主题,由"春天,春天"和"草木歌"组成的第三章《春天的草木》则是一种现代美学和古老伦理主题的隐秘交响。在描述生命被扭曲、被毁灭、被遗弃的状况之后,向以鲜教授的"生命四重奏"进入一种欢快的段落。这一充满生命意志的主题也不再通过个别事物进行特殊的论述,而是激发起万物的交响。

　　在这一章里,春天带有一种宇宙论背景,当重复着这个词语

"春天,春天",标题自身就携带着一种咏叹气息。"春雷"是"宇宙的重金属/全都聚集于此/都来耳中怒演/虫子的乐谱",直到把"万物的耳朵/敲打成一面面/春天的战鼓"。春天在最早的朝代里是一个仪式的时刻,春天的万物亦具有了象征符号意味:"春天的燕子"被视为具有营造才能的"细小建筑师","并在荆棘和细雨中/弹奏勇敢的蓝调耳语";"春天的鱼泡泡"意味着"江河与月令的馈赠//一条条受伤的/流着鲜血,垂死挣扎的仪鱼"。它们象征着生命的复活,时间的轮回,宇宙之道的运转。它提醒人们万物与仪式原初时刻的关联,而仪式则是对宇宙之道的参与。

这是对春天及万物的宇宙论式的论述,充满庄严而愉悦的调子。即使诗人在"春天的白虎"中感慨"最淡的是真相/最深的才是世间幻影",或者感叹"最重的是浮云/最轻的才是不朽华章",但诗人仍然是在宇宙象征的意义上说,"白虎啊白虎,你是我/不可救药的春天、烈焰和灰烬"。

在诗人眼里,春天充满宇宙论的启示,又保持着意味深长的沉默,他在"春天的大海"听到的是,一种"无边无际的怒吼/无穷无尽的低语/无始无终的沉默"。所有的事物都不能被孤立地看待,事实上,所有的事物都是其他一切事物,此刻,万物的物性是一致的,万物都具备春天的属性,万物都展现出"大自然的裸体"或"春天的乳房",春天是生命欲望的觉醒,是万物欲望的颂歌,他在《春天的贼》里写道"春心荡漾的时候/谁又不想做一回贼呢"。而从少女到皇后,她们未卜的命运"比春天的情欲还要难以猜测"。在诗人眼里,"春天的幸福""细小得不容置一词/又那么辽阔,望不到尽头"。而比太阳大一千万亿倍的巨型星系团,在诗人眼中也只是一树"宇宙的樱桃"。这种显现在自然物性中的广阔的宇宙论意识，与后世病态的美学趣味有天壤之别。

"春天的大象"则把现代社会的印迹投射在这个原本欢乐的时刻："隔着玻璃或栅栏/无论是狮子，老虎，犀牛/还是河马，黑熊或者美洲豹/无一例外地背对着人们/寂寞背影，我读到彻底的厌倦。"这一回应着"忧伤的白犀牛"的景象瞬即将时间从上古降至当下——

> 只有一头雄伟的断牙大象/春天的大象面对面，两耳迎风/山岳一般屹立在万众头顶/仿佛是要看清，每一张/囚禁者和观赏者的脸

在愉悦的调子中出现了其他章节忧郁的基调，有如欢乐颂歌主题中的一个不和谐的副题。在诗人看来，所有的事物或所有的物性都是融通的，"囚禁者"与围观者的命运是暗中相通或相互转换的。如"春天的卦象"所显示："量子物理学家告诉我/每一种事物都不是孤独的/都有一个，或无数个/相互对应的分身"。如此看来，金鱼与乌鸦、犀牛与弃婴、春天的草木与人性，岂不意味着都有无数个"相互对应的分身"，每一事物的一部分都存在于其他事物中，原初仪式时刻的碎片就像故国的影子，以缺席的方式存在于当下。

> 它们在哪儿？/我是那么急切地想见到/那些与我息息相关/永远无法相见的故国

在诗人看来，当人仅仅这样思考的时候，"就不再孤独了"，

"就有几何级数的爱/向你涌来,我们心之所及/只是春天的卦象而已"。复苏的万物都是生命不朽的符号,都是爱的回归。这就是最终诗人写到的"春天的大诏令":"夕阳如赤豹……发出不可逃遁的命令","万物的羚羊……俯首听从命运的安排"。

我决定/落在自己的王座上/颁布一道无比灿烂的大诏令

这首诗就是一篇"春天的大诏令",有如上古时代仲春三月奔者不禁的自由诏令,它是生命自由、释放自然潜能的承诺。万物相互关联和生命的自由伦理奇迹式地结合在一起,一切事物都是其他事物的卦象或符号,没有什么存在是孤独的,在一种万物普遍联系的和谐中,每一个体自由发展的伦理则是高于一切戒律的最高伦理。如果说前两章体现了美学批判与伦理批判,而《春天,春天》一章则是乌托邦式的颂歌。

在春天的咏叹之后,《草木歌》就像是它深远的和声,仿佛是由千百万种草木自身发出的低语。"很多事物都是注定的/不仅仅是人类的命运/包括一棵草",也能够"为夜晚抽丝、燃泪。为诗人/和黑矿工,打亮灯罩"(《灯芯草》);连"一朵早已死掉的荷"也会散发出"不死的芬芳"(《杯中枯荷》);"连大地都烤焦了/只有苏铁,古老的勇士/在五百度高温处方中/珍藏苍翠的心脏"(《一万棵苏铁》);而落日般枯萎的葵花,"低下漆黑的脑袋",却"倔强地站着,看来/死亡并不能让所有生命倒下"(《落日枯葵》)。处于最低处的苔藓也拥有自身的生命力量:

就算落到黑暗尽头/无力仰望星斗/又有什么可怕的/

> 只要抓住一片岩石/一缕游丝般的决心//悬挂于森林缝隙/
> 漂荡于暗流中的苔藓/下等又古老的生命/能以自己的方
> 式/积聚微小力量//沉默地自我修复/顽强而缜密的苦行
> 者/在践踏和唾弃中/以反复枯荣获得重生//腐朽的象征,
> 恰恰是/太阳的另一种表达/绝壁寒窟的柔软怀抱/有时,还
> 会收听到/来自上苍的私语
>
> (《苔藓的力量》)

在最古老的宇宙论的象征语境中,《草木歌》为最卑微的生命立传,为稻谷和石榴,也为不知名的野花,更是为万物赋予汉语的丰富属性,青涩或甘甜,简单或繁复,微末或高耸,透明或不可穿透,万物的物性和物性的转化赋予汉语诗意的特征。如《枣核研究》一诗所写:"寻常事物亦有神迹",一枚枣子如汉字,"噙于口齿之间正好/上演益气生津的宛转杂剧/问题也就出现于此/反舌鸟总是噙着一枚/充满歧义的虚词。"可以感受到,在诗人书写着万物及其物性的时刻,他也是在书写着母语的诗性。万物有如语言,它既是无所不在的复苏,也是"无所不在的生与死"。因此在以鲜的诗歌中,一种暗含的诗学主题总是伴随着对万物的书写,物性亦同样被赋予了语言与诗:

> 我试图拼命嚼碎沉默的/枣子核心,却听见/坚胜金石
> 的植物之风骨/发出异响:如同雪山/亮出黄金或苦修的
> 隐士

诗人笔下的枣子既是万物,也是语言或词语。在古老的传统中,也在现代诗歌中,一直存在着万物统一性的感知或想象,

这种统一性与其说存在于宇宙间，不如说一直潜在于人的灵魂及其语言符号之中。在现代社会，这种统一性变得模糊不清或处在分崩离析状态，在社会、经济、政治及其观念领域，解体的力量异常强势，它带来意识的分化、自我的分化和语言的分化，正如物质的分化分解释放出无穷的能量，意识、自我与语言的分化也携带着巨大的能量。然而万物的统一性、万物的普遍联系则具有更深刻的美学意义与伦理价值。正如《生命四重奏》的结构所示，万物共存于一种非体系性的连续体之中。在《生命四重奏》中，万物的隐晦统一性被再次感知到，从金鱼到乌鸦，从犀牛到孩子，到春天的万物与草木，人类从万物的初始统一性中意识到自身的独特存在，生命个体从这种统一性中分离出来，获得自由，又企图将这种自由馈赠给生命的整体。在守护着自由之时，现代诗依然指向一种复归，即为万物最终复归共同本源这个愿景奠定了一个美学基础。

四

这是一个伦理难题，分化、分裂、个体自由与万物的统一性，这一难题早就显现在人类社会之中，从而也构成了那些卓越者的内心生活的基调。第四章《山中观音》叙述了隐士孙登与嵇康之间无言的"山中问答"，当嵇康问道于隐士希望得到迷途指津时，孙登只将口哨"吹向浑浊的时代"，当"万籁俱寂时／我作鸾凤鸣"。三年了，嵇康没有得到一个字的回答，只有"不可方物的口技"成为二者之间也是"你和世界交谈的唯一方式"。当冷落的秋夜落木萧萧，当失望的嵇康转身背上独弦琴准备下山之际，他听见了一个字："晦涩的秋壑／开碑裂帛／火！"

　　嵇康与孙登对峙/像两座青峰/两柄宝剑/两棵枯树/两
个孩子/两尊神/两朵/火

　　这一章的伦理主题既是显著的,也是隐晦的。孙登是著名
的隐士与修行者。他体现了夫子所说的"贤者四避",即避世、避
地、避色、避言。隐士已将贤者或儒家君子的伦理责任降低到最
低限度。然而以新的智识来看,隐士与修行者又在实践着最高的
宇宙之道的律令。孙登与嵇康的形象被比喻为:两座青峰、两柄
宝剑、两棵枯树、两个孩子和两尊神、两朵火焰。对诗歌而言,修
辞就是叙事,也是叙事转义的发生。在以鲜教授的阐释里,这种
最高的宇宙之道和最低限度的伦理责任就是火种的保持——

　　时光熠熠生辉/苍山如大海升沉/嵇康心中激荡着/以
三年青春岁月/点燃的火/是啊/得重新认识/这跳动的炽热
花朵/以木石纸帛金属/影子灵魂星宿/寄身的火

　　毫无疑问,隐士们或嵇康以美学方式解决了社会伦理难题,
然而后者只是被个人暂时悬置了,在山林之外,这个难题无从逃
避。是的,如同夫子所说的"四避",他提供的不是一种社会方
案,而是乱世中的个人策略。为什么儒家所进行的社会方案,那
种圣贤般的事业,常常需要降低到对人类德性最低限度的期望,
才能成全一种个人的德性。隐士同贤者一样,并不认同他生活
其中的人类秩序,尽管他有着清醒的认知,也无力抗拒这种没有
德性的秩序,即由暴力与权势造就的混乱秩序。由于缺乏秩序
的基础,由于道德上的本源未经探明或被深深遮蔽,个人对德性

的追寻就变得十分惊险,从而备受折磨。

> 黑暗收藏着种子/灰烬播洒光明/燔悟之火是如此美丽/燧石凿取灼灼诗篇/恰在此时/响彻古今的/鸾凤之音/从高处/镕金般倾泻/山鸣谷应/并在霜晨/和嵇康眼底/擦出大火

此刻,隐士和狂狷之士以一种超越礼乐制度约束的精神自由出现于人们的愿景中,这种自由自主的个体意识正在缓慢地漫漶于整个社会的智识阶层。在嵇康的时代,借助佛学的流布,一种新的智识正在形塑之中,它也预示着一种不同的时代风尚。人们无法从社会性存在获取来自同类的支持性体验,避世或类似于修道主义的人性圆满的个人德性观念将以不同于儒家的方式弥漫开来。而避世者所能够回归的,并非生命个体,而是复归于想象中的宇宙之道,复归于可以感知的自然万物。最终,是万物的密度托住了无所凭依的个体生命。这是一种替代性的体验,人世间共情的缺乏让人格外迷醉于自然万物的共享经验。

万物或万物之火在孙登与嵇康的潜在对话里,成为个体心灵的交流媒介,正是在这里,万事万物转化为声音,一种“鸾凤之音”响彻古今,回响在他们心中的声音亦令“山鸣谷应”。视觉的美学觉醒于诗歌与绘画,觉醒于遗世独立的观看方式;由嵇康与音乐的象征表明,视觉美学正在转向听觉的佛学式醒悟。在诗人笔下,“观音”意味着感觉的圣灵化,正如在“春天”和“草木歌”里,山中观音不是人的宗教想象及其所塑造的形象,而是自然万物的不同面相,杨柳、水月、飞瀑、一叶……是观音,鱼篮、青颈、持经阅读也是观音,“持经”写道:

阅读多么重要/阅读韦编、桑麻/阅读雕版和卷轴/阅读
朝云、暮雨/阅读乱世和眼泪/诸神也要阅读/手不释卷的菩
萨/看上去更像一位/美丽的乡村老师/我的母亲

观音是观看和听觉的圣灵式转化,观音无须面对面,观音在
感觉世界中创造了超感觉,让人的内心与万物拥有一种特殊的
亲密性,而启迪无处不在,能够看见的一切不只是所见之物,它
消弭了人与物之间的疏离感,成为一种最虔敬的物性体验。在
《十一面观音》里,既可以"蛤蜊观音",也可以"云上观音",一
只"任人捕获的小东西/也饱含苦难/蕴育沧桑之变",而"坐在
云端上"则改变了眼界和"我们的生活"。人也可以成为"多眼
观音",只要他能从物性的多重角度,就能有"看见看不见的/真
相"。

第十一面观音"阿摩提",诗人再次回归"山中问答:火"这
一主题,世界的声音与万物再次联系起来,"观音"能力被视为
一种救赎性力量:

火焰和怒吼/是可以控制的/可以呈现出/任意的形状/
白色狮子的形状/凤凰的形状/鱼和鸟的形状/箜篌的形状/
爱的形状/思想的形状/灵魂的形状……

在世界失序或混乱的历史状况中,诗章最后似乎又回到了
万物统一性的主题,就像在古印度吠陀经或前苏格拉底时代,回
到了万物本源的构想:"那些岩石或海水/可能是另一种/秘密
的火焰。"《生命四重奏》貌似散漫,实则力图在无序中呈现出某

种秩序的图景:既是美学的,也是伦理的。而美学与伦理之间的紧张构成了诗与世界隐秘的结构。但不难发现,在以鲜的诗篇里,在诗学意义上,他寻求着伦理学与美学尚未分化的那些时刻,当感觉世界充满圣灵的时刻。

《生命四重奏》有一个妙趣横生的"尾声"。这是一个长长的尾巴。比起别的部位,尾巴似乎是不那么重要的,但尾巴无论是海洋生物、空中飞禽还是陆地生物,都起着定向和纠正偏离的导航仪作用。对人类来说,尾巴在进化中消失了,而它有一个符号化的替代物,那就是"记忆"。人类的记忆。向以鲜教授在《生命四重奏》的结尾,书写了一个漫长的"尾声",这是一首既独立又与四重奏对应的记忆之歌,即尾巴之歌。它不仅回应着金鱼的尾巴、乌鸦的尾巴和犀牛的尾巴,也回应着把尾巴藏起来以防被断肢的隐士生活。

而对向以鲜教授来说,《尾巴之歌》最终复归于语言与诗歌自身,在整个现代人类文明中,诗歌就是这样一条"尾巴",一种无足轻重却又充满自由游戏精神,一种灵活的、"最初和最后的爱情器官"。

> 尾巴啊尾巴
> 一切玩具的祖先
> 游戏精神的命脉
> 艺术与诗歌的端倪

作者简介

耿占春(1957—　),河南柘城人。1982 年初毕业于郑州大学中文系。文学批评家,20 世纪 80 年代以来从事诗学研究和文学批评。著有《隐喻》《观察者的幻象》《叙事:探索一种百科全书式的小说》《失去象征的世界》等。亦有笔记和诗。曾获华语传媒奖第七届批评家奖,第四届中国当代优秀批评家奖,昌耀诗歌奖批评家奖等。现为河南大学教授,博士生导师;大理大学中国文艺评论基地教授。

【诗访谈】

在诗歌背后隐匿

——诗人田雪封访谈

王向威　田雪封

王向威：不同的诗人会有不同的生活状态或生活选择，有陶渊明式的隐逸生活，有杜甫式的不停奔波辗转辛苦的生活，也有波德莱尔、兰波式的不羁的狂放生活等，各有各的生活状态，包括职业、爱好、交往、生活习惯、性格，等等，这种生活状态或者说生活选择，本身也是构成诗人形象的一个重要组成部分。我们之间不多的几次见面，几乎都是在诗会上，诗会让所有参加的处于不同生活状态的写作者暂时与自己的生活状态脱离开来，而把诗人的形象呈现出来。就是在这样的诗会上，我们见面，讨论写作或者各自的阅读，有时候我会对你产生一些想象，你安静、很少说话，似乎参加诗人聚会的活动也不太多。你能描述一下自己的日常生活状态吗？我知道你在铁路部门工作，而且还经常加班，你有些诗写于凌晨，这样的生活状态下，你是如何安排你的诗歌写作的？诗人身份的你和你的日常生活之间，你是怎样协调的，尤其是出现矛盾紧张的时候？

田雪封：不同诗人的不同生活状态造就了文学的多样性，要是我们的作品都被修剪得像整齐划一的冬青树篱，读者就会产生审美疲劳，就不足观了。无论怎么说，我们都难以按照自己的内心去生活。就我个人来说，你也看出来了，"安静、很少说话"。真的,和人寒暄后,说出了想要说、应该说的话后,就不知道说什么了。其实,我也私下里盼望着能够挤出些日子,独处,什么话也不说,仅仅是阅读、沉思、做自己喜欢的事呢。

我只是几百万普通铁路职工中的一个,四班倒,节假日要是轮到你值班,也不能休息。正如很多中国人的生活一样,单位—家—单位—家,"两点一线"。至于"诗人身份的你和你的日常生活"的矛盾,就靠你自己去适应了,既然你无法改变,又不想让自己太精神分裂。夜半,或者是早晨醒来,我总有种亲历"灵魂出窍又回归"的荒诞感受,开始头脑里一片空白,随后在各种思想意识各回其位的过程中,我仿佛能够看见拥挤的它们的脸、动作,听见它们的喧哗,和课间休息的小学生差不多,在坐上它们的教室位置之后,昨天的我才充满了刚才空洞的我。为此,我曾经写过两首诗《困惑》和《幸福》。另外,我相信"灵感说",且她行踪诡秘、飘忽、天马行空,而我也愿意在任何时间接纳这位不速之客,所以你见到一些写于凌晨的诗就不奇怪了。

王向威:诗歌史也几乎是诗人的生活状态史,纵览这些,有些诗人的生活状态经常被提及(如陶渊明、李白),好像这是理想的诗人生活状态,我们不由得心向往之,背后暗含的似乎是我们的生活状态从一个诗人的角度来看不够圆满。作为一个诗人,你怎么看待这个现象?波德莱尔以来的现代诗人们,在生活状态上,出现了一些反叛的、激烈的形象,从普遍的日常生活来看,是颓废的,他们的出现几乎改变了传统诗人的生活方式和诗人形象,以你看来,在生活方式和诗人形象上,古典诗人和现代诗人之间有哪些差异?这些差异的出现,是不是表明了,古典诗人们的那种诗歌写作形式和样态真的离我们远去了,我们对他们的仰望和向往也只是一种无奈的感叹,我们也无法再写那样的诗了?你觉得,诗人的生活状态和普通人的生活状态有差异吗?

田雪封:随着工业革命和科技的进步发展,笼罩在月亮和圣殿上的神奇迷雾逐渐消散,人类的浪漫主义情怀也注定要撞破在现实的冰山上。人们的个性自由也得以解放。诗人更是其间的另类,"一些反叛的、激烈的形象",爱伦·坡、波德莱尔、王尔德、兰波、魏尔伦……现代诗歌多为"碎片、断裂"和否定的诗歌也与这个生活节奏加速和机械时代不无关系。而他们的出现也让诗歌获得了更强的现代性。

我曾经这么说:"我写出的每一首诗,都记载了自己当时的思想片段以及生活境遇,把它们用夜与昼的丝线串联起来,就构成了我的人生经历……"诗人是时代的见证者,他在场,他看见,他写了,如此而已。在当今的生活境遇下,诗人和普通人的生活状态没有什么不同,古典诗人和现代诗人的最大差异也就是后者几乎成了"地下工作者",不再凌空蹈虚,而是"淈其泥而扬其波","铺其糟而歠其醨"。

王向威:已经没有人怀疑,在一个诗人立志写诗的过程中,学习和阅读外国现代派诗人的作品对一个诗人成长上的积极作用了。我注意到国内的一些诗人,在诗歌写作上,显现出来的语言、文体、处理经验的方法,明显受到了一些西方现代派诗歌甚至是后现代派诗歌的影响。可是在西方,因为是在另一个社会语境下,这些后现代派的诗歌可能本身已经不再处理什么具体的经验,乃至是一些"自动写作"的情景下写出的诗歌,只有一种语言的自足性。但是在国内,你能看到,这些诗人在诗歌中处理的经验仍然是很"中国化"的,可以说,是很"传统的",有时他们处理、书写的这些经验还没有脱离古典诗歌的范围,对于这种现象,你怎么看待? 我常常觉得当下的很多诗人似乎丧失了向古典诗歌学习、转化的能力,古典诗歌成了一个仅仅被欣赏的对象,似乎在我们对诗歌的认识和写作上,古典诗歌远远没有外国诗歌产生的影响那么直接和强大,对此,你有什么认识?

田雪封:我身边的不少诗人,大都是从对中国古典诗歌的阅读和模仿中开始新诗写作的。我也是如此,初中的时候,"开始写诗填词,也不懂平仄格律,只求押韵顺口"。后来,1990 年左右,读到了四川诗人孙文波和萧开愚他们编的民刊《九十年代》,与此同时,又从我的朋友高立学那里借到一本诗人王家新《人与世界的相遇》,里面 W·S·默温《扛梯子的人》和罗伯特·勃莱的"听着风声也是好的"那句诗,让我眼界大开。再后来,又读到裘小龙翻译的《意象派诗选》、惠特曼、艾略特、泰德·休斯、里尔克、史蒂文斯、博尔赫斯……那时候,买不到喜欢的诗人的书,就去借、复印、抄写,整天让"白天的光辉在诗歌中消失"(萧开愚诗句)。

一个人和一个民族的意识里都往往会有一个"盲区","转益多师是汝师",而庞德、加里·斯耐德、勃莱和更早的歌德等诗人也都曾经受益于东方思想与文艺作品的影响(这可以说是几乎平行发展的中西诗歌在近代的一个交叉、融合。当然,自己民族的、传统的痕迹很难完全擦除,那是我们每人的 DNA,那也是保持自我的星星之火,否则就没有自己的声音了)。一个有趣的现象:每位诗人大都有一个精神上的父亲,如维吉尔之于但丁,金斯伯格把惠特曼叫作"亲爱的父亲",诗人罗羽在讨论诗歌时,也说过"我也不是自个的爹",越是优秀的诗人越不掩饰他的先驱和师承。其他诗人对你的影响肯定不是全方位的,或语言,或文体,或内容,或者是切入的视角、技艺,它推开了你心里的一扇门,而以前,你总是老想着把门朝里面拉开。随着你的壮大,对各种养分的吸收,才会逐渐形成自己的风格和趣味,"由于大河的入海而开阔"。

写诗,我遵循"三无"的原则:无压力,无目标,无责任。具体地说,就是不给自己规定一天、一个阶段内写多少诗的任务;不给自己指定达到几流水平的指标,像有位诗人说的进入"文学史",呵呵。再就是我的诗不承担"载道"的责任。离不开诗,发自内心地喜欢她,便埋头去写,去寻找圣杯、金羊毛就是了。最近这几年,也可能是年龄阅历的原因,我倒是开始关注隋以前的诗歌了,它们质朴、苍凉而且硬朗,不可与唐代以后的华丽、流畅的作品同日而语。古典诗歌,就像一支名曲,它就在那里,你能够得到多少,就看个人的能力和造化了。

王向威:每个诗人都要努力为自己写作的每一首诗歌找到它的具体的形式。我阅读当代诗歌的时候,能够明显感觉到,相对于二十世纪八十年代、九十年代及新世纪的诗歌写作,在诗歌的文体和形式上,丰富和复杂了许多,各种诗体和形式被诗人们不断尝试着。你怎么看待诗歌写作中形式的安排,包括一些诗句的跨行甚至是跨节的现象?对那些成熟的诗体(如英雄双行体、十四行诗)的运用上,你似乎存有戒备,原因是什么?这些成熟的诗体的产生是有特定的背景和处理特定的内容和经验的,当代诗人使用它们,更多地忽略了这些,而将这些诗体万能化地处理各种不同的内容和经验,对此,你怎么看待?

　　田雪封:有诗人说:当你写下第一行时,就应该知道一首诗的结尾。虽然达不到这种程度,我也往往是在一首诗在心里初具雏形,有了一定的形式,或是胸有成竹时再落笔。而不会只想到了一行,便草草动笔,为之苦思冥想,为之捻断数茎须地想把它续写下去。——我估计,不少作品就是这么被制造出来的,要不现代诗歌怎么会表现为碎片、断裂和庞杂、晦涩呢,(一笑)。对于诗体和形式,进行尝试未尝不可,但决不能走极端。比如国外的一位诗人,在舞台上表演诗,把一桶水浇在一个人的头上,名之为《秋天》,其实这就是行为艺术。

　　以前写诗,即兴的比较多些,现在,我考虑把一些经验、思想和判断加入进去。写作的时候,我以气息和节奏作为跨行的标准,这样,阅读起来才不会有突兀、气短的别扭感觉;跨节,最好是在一个思想、场景的自然结束处,或者是和前一节为并列关系,或者是前一节的发展,要是差异不大,起不到一定的推动作用,还不如不分段落,一泻(写)到底。曾经写过几首十四行诗,但音韵、音步什么的,全不讲究,纯粹是表达的自然终结,凑巧的缘故,自己肯定不会去做那种不可为而为之的事。

　　王向威:你的一首诗歌最终呈现出来的文体和形式是事先已有的,还是在写作途中或者写作完成后不断寻找或修改而获得的呢? 我们都强调诗歌形式和文体的重要性,可是我们在阅读、评价一首诗歌时,捕获我们内心的,似乎更多的还是这首诗歌处理的内容和经验,形式和文体似乎很少考虑,在你那儿,具体的情况是怎样的?

田雪封:如前所述,面对要处理的内容,你心里肯定会有一个最初的"图像",它的形式、长度和规模。"随意性"也是有的。像你说的"一首诗歌写成了,它的形式和文体却与这首诗歌处理的经验和内容并不匹配",这时候你肯定会做相应的调整,我在一首诗里写道:

> ……一位写小说的
> 让他的人物按照预定的路线向前走
> 在中途却发现了更为旖旎的风光

对于诗歌形式和文体而言,也是适宜的。就我来说,我对内容的思考处理,要偏重一些,而形式和文体是内容的载体,同样不容敷衍,就像一位蓬头垢面的人和一位唇红齿白的人给我们带来不同的印象一样。

王向威:废名说新诗是"散文化的语言,表达诗歌的内容"。新诗语言的"散文化"已经是一种诗歌写作者的共识。相对于古典诗歌,新诗语言的"散文化"使得诗歌从语言上解脱出来,我觉得,对新诗写作来说,"散文化"的语言其实是一把双刃剑,用这样的语言写作新诗的难度并不亚于古典诗人们用原有的语言习惯去写作一首律诗或者绝句,与古典诗歌语言相比,"散文化"的新诗语言更难处理和把握。一个有意思的现象是,我们当下的生活,是一种"泛诗歌"化的生活,比如现在的媒介语言,比之以前,变得"泛诗歌"化了,更"文艺腔"了,显得甜软和煽情,比如一则推销"果冻"的广告是这样的,运用了"仿朦胧诗"

的语言,"明天的明天,你还会送我水晶之恋吗?"这样的一个现状,是对诗性的一种稀释和消解,面对这些时,我觉得,诗歌写作上先前的一些语言习惯或者说要求已经不再适宜了,而需要诗人寻找新的语言表达,对此,你怎么认识? 你在写作时,如何让你的语言贴近你细腻的情感和感受,真实而有力地完成对它们的书写?

田雪封:律诗和绝句讲求平仄和韵律,套用诗人森子的话,要求诗人"在局限内翱翔",从某种意义上也可以说是给了古典诗人一定的自由和发挥空间,这不是悖论,因为新诗的"自由",导致了许多诗人在无限大的空间里手足无措,也使另一些诗人不能抑制自己的激情从而造成诗写泛滥的事例。没有了规则也让一切都成了冒险,正如你说的让"新诗语言更难处理和把握"。

关于"散文化"语言,读一些诗人的诗歌,有种读散文小说,甚至是日记的感觉,而读莎翁的剧本和麦尔维尔、福克纳等人的小说,却总是能够读出诗意。"散文化"(口语)是现代诗歌的一个重要特征,你不能说圣·琼·佩斯那些诗意盎然的未分行排列的作品不是诗,你也不能把分行的全当作诗。我不止一次地想:若不把一首诗分行,就那样散文化排列,你能够读出诗意,才是甄别一首真正的诗的方法。

以前,我的一些诗是依靠词语的碰撞、意象的跳跃获得张力和意外效果的,如《火车篇》《一封未读的信》,但是你总不能沿着一条道走到黑吧,后来,随着每次写作的校正,就进入了如今的轨道里。整体是细节的组合,细节来自细腻的观感。写诗的基本功,应该具备描写出"前念已尽,后念未生"的那个间隙的能力,要具备接受人事物发射的微妙信号,并且给予准确的表达的能力。让我们从艰辛的锻炼中得到它吧。

王向威:也许可以这样来看待新诗的语言,一是诗句内部以及诗句之间的关系比较平缓,张力和跳跃比较小的语言;另一个是句子内部以及诗句之间的张力、跳跃很大,之间的联系有时候会暂时中断的语言,这样的两类语言对新诗写作来说,你认为有高下之分吗? 有些人可能天生适宜于运用第一类的语言去写诗,你又是怎么认识的? 对于后一类的语言,我有时候觉得很符合古典诗歌的那种思维习惯和语言定式(极大的跳跃、省略和场面、细节的转换),这样的语言写成的新诗,因为有古典诗歌的存在,使人觉得更像是诗歌似的,对此,你怎样认识? 进一步,你认为好的诗歌语言是怎样的?

田雪封:如今,我更倾向于前者。就像我喜欢的短篇小说家,霍桑、爱伦·坡、胡安·鲁尔福、尤瑟纳尔、迪诺·布扎迪……他们的作品中有一种神秘、传奇的色彩,读着你会赞叹不已,为巧妙的构思叫绝,而读托尔斯泰、陀思妥耶夫斯基、普鲁斯特等大师的作品,你不会叫好,只会被吸附进他们那浑厚、莽苍的艺术的磁场里,说不出话来。在我看来,后者只适宜表现小巧、灵动、微妙的情绪、场景,要表现深厚的情感和永恒的悲凉还得靠《古诗十九首》那样的质朴无文的语言。当代中国诗人黄灿然、杨键就承续了这一传统。外国的有大诗人华兹华斯、哈代、卡瓦菲斯等。几年前,诗人铁哥在郑州时,说,他的写作要为汉语作出贡献,我说,我只想用质朴的语言写出神奇的诗歌。现在,这仍然是我的个人努力方向。

王向威：你有一段时间的诗歌，我觉得有一种诗歌价值上的虚无主义，如你 2010 年写的诗歌《诗歌》《语言》以及《我只不过》，用诗歌的形式表达你对诗歌、语言的认识，同时你也表达了对自己诗歌的悲观定位"当雪融化，我写雪的诗歌也化为乌有"，你 2011 年的一首诗歌《诗歌》中，同样也表达了类似的感受，在你的表述中，诗歌似乎是弱的存在，是什么原因使得你有了这样的认识呢？在写作上，有着这种诗歌价值上的虚无主义倾向的诗人不在少数，在中国这样一个一直提倡"诗教"、让诗歌承担很多责任的国家里，你怎么看待他们的诗歌写作？当下社会中，你怎样看待诗歌处境和地位？古典诗人那种对诗歌的向外功能的普遍强调，倡导诗歌的担当意识，到了当代诗人这儿，诗歌真的一再退守，甚至"被遗忘在抽屉"了吗？

田雪封：面对现实，叶芝这样感叹："在像我们这样的时代，我想／一个诗人最好是缄口不言，既然／我们没有能力使政治家改邪归正……"他的野心未免太大，其实，一首诗就连普通人都难以撼动，至多也就是被蚂蚁咬一口而已，更别提诗人希图用他的诗的螳臂去阻挡轰隆隆的坦克了，那注定是要失望的。在冯梦龙《古今谭概》里，读到许多急智、畸零人的诗，而且我还从"板侧尿流急，坑深粪落迟"一句领悟到写诗的方法，可有时候会对这些流传至今的浩如烟海的古人的诗，目前被源源不断地批量制造出来的诗，连同自己的诗产生一种严重的怀疑态度：

> 要是我们的诗，就连炊烟那么柔弱的事物
> 也没有吹动，为什么还要花费几天，

几小时,几分钟的工夫,把它写下来?

难道只是为了记录我们的无聊和罪恶?

诗(艺术),充其量也就是我们表达对生活的厌倦和恶心的处所,一种智力游戏,一种作家毛姆所说的酒足饭饱后、做爱后、百无聊赖时的消遣。——不过,我的这种诗歌价值上的虚无主义观点并不贯穿始终,也就是某个瞬间、某个时期头脑被它充斥,很多时间段我还是看到了诗歌对我们的社会文明产生的一些积极向上的牵引作用的。有那么些日子,自己也曾经豪情万丈,拍打着翅膀高声念叨西川的诗:"我的心啊,你不要如此的高傲!"如叶芝说的"随着时间带来的智慧",我们逐渐明白,诗歌"比的是耐力",是"一场马拉松运动",而不是一时的热血和激情。

我不会刻意让自己的诗歌去担当教化的功能,那相当于给自己套上了笼头,要你"沿着车辙奔跑",其他成熟的诗人肯定也不会有异议吧。真正的诗人,不会徒劳地考虑诗歌以外的事物来分散他的有限精力,诗歌以及诗人的境遇也并非他能够掌控的,他只是"埋头去写,去寻找圣杯、金羊毛就是了"。

王向威:但是这种对诗歌价值的虚无主义的态度,只是在你诗歌写作的某个时候似乎才会抬起头来,这个时候应该是你最沮丧的时候,我们通过诗歌看到了。你还写有《四壁透风的石棉瓦棚子》《股市之歌》等,这样的诗歌还是能够明显感觉到,你在书写这些经验的时候,还是想通过自己的诗歌写作在这些现实的存在上做些积极的回应,这似乎也是你诗歌写作的一个主要方面,是这样吗? 在如何定位自己的写作上,也许出现了分歧,一是文学完全沦为个人化情绪的伤感,一是文学以弱的形象积极地"跟自我和世界之间进行无穷无尽的争吵"。我脑海中始终有一个"诗人杜甫"的形象在徘徊着,常常觉得一旦写出了前一种诗歌的话,有一种惭愧的感觉,而且也很欣赏那些在他的作品中显示出一种"争吵"努力的诗人,以为这些诗人的努力,才延续了中国诗歌的一种好的传统,对于这两种不同的写作倾向,你怎么看待?你又是如何要求自己的写作的?

田雪封:谁要是能够拥有强大的转化现实素材为艺术作品的本领,就可以源源不断地写下去,永远不会枯竭了。人,无论你是老庄,还是佛门弟子,毕竟不能关起门来,六根清净地置身事外。还记得在新闻中看到的前乌克兰女总理季莫申科,撩起衣裳,向世界展示腹部和手臂的伤痕,让我们震惊:从前高贵、圣洁若女神的她,如今竟然沦落为一个可以被恣意凌辱的阶下囚!权力是什么?它早晨能够让你在滇池悠闲地喂海鸥,黄昏时就可能让你成为海鸥的饵料。……还有生活中的刺疼你心的场景,都储存在你的谷仓里,即使今天写不出来,说不定哪天经过偶然媒介的触发,你的头脑的转换器会把它们按照刺激的强弱分别转化为一首首诗来。你提到的两首诗,就是我扔掉的鞋子里硌脚的小石头子,为了自己行走舒服些罢了。

"词语破碎之处无物存在",德国诗人格奥尔格似乎过分夸大了词语的力量。而从开始写作起,我就认为文学(语言)是苍白无力的,既不能拯救善,又不能拦阻恶……在一篇札记里,我提到"静态的井"和"涌动的泉"这两种写作方式,最后总结,自己选择融合它们的第三种写作方式,就像博尔赫斯写出的那《第三只老虎》。对诗的认识的进步,才会是你写诗进步的前提。我对自己的写作要求也不是停滞、不发展的,在之前的基础上,我希望写出"争吵的""多声部的""复合体的"诗歌吧。

王向威:诗歌中出现的风景和诗人发挥的想象力,如何找到它们必须存在的依据,从而显示出力量来,也许是一个诗人必须要思考的一个方面。在你的诗歌中,你经常会写到一些属于风景层面的东西,这当然要包括频繁出现在你诗歌中的"动物"景象,比如"蛇""蝙蝠"等等,你是如何书写它们的,并保证它们存在的意义,以及找到它们和自己经验的连接呢? 在对它们的书写上,想象力的运用自然显得尤为重要,你是如何控制和运用的呢? 想象力在很多诗人那儿,由于不节制,失去了写作者现实经验表达的约束,常常会带动语言的不节制,对此,你是怎么看待呢? 以及在你这儿,又是如何克服的? 想象力自是有高下之分,读你的诗,会被你一些充满好的想象力的句子深深吸引,在你看来,在一个句子中,什么样的想象力才是好的? 以及在你这儿,为了保证一个句子的力度,现实经验和想象力之间如何作用的呢? 进一步来问,如何让一首诗歌在充溢着想象力的同时处理更复杂的经验呢?

田雪封:想象力是诗人这部汽车的发动机。有人甚至把它提升为衡量真诗人与否的参照物。对诗人来说,它的重要性,毋庸讳言。但诗歌也终归不是展览你的想象力肌肉的地方,就像风景,单纯沦为摆设的位置,和主题脱节——跟围棋决战时你的兵丁脱离主战场一样——不能和想象力有机地结合在一起,形成不了拳头,就难以一击中的。写作也毕竟不是炫耀你的词汇、渊博和机智的舞台。在《梯子创作谈》里,我写道:"一首诗的源头,应该能够追溯到一位诗人的出生、童年,会大于他(她)的年龄,灯芯一样,没点燃的那一端浸泡在整个历史的香油里,因为他(她)在诗歌中使用的字、词,足以让读者联想到读过的一阕词,一篇小说,一个旧时代的人物或事件。真正的诗意是磁石,铁屑就是散落在意识荒野里的词语。当你写一首诗的时候,那些字、词(包括你的梦、经历、见闻)就被自动吸附在了一起,凝聚在短短的诗行里。"说的就是这个意思,也算是回答你的问题吧。

关于"想象力的节制",我在《阅读》一诗里,对那些泥沙俱下,如银河直下九天的诗歌,也曾经腹诽过。这里可能就要涉及作品的修改问题了。我的经验是,修改如同瞄准,随着你的不断校对,才能更无限接近你要表达的目的,你发射出的子弹不只是打中十环,而是十点八、十点九环。有时候,我真的感觉修改一首诗,到让自己满意的途程,比写一首诗还要漫长、辛苦。而许多的时候,是如诗人非亚《诗》中说的那样:"接二连三产生一堆废品。"

作者简介

田雪封(1971—),河南郑州人,著有诗集《与镜中人交谈》以及诗歌合集《低飞》等。

王向威(1986—),河南项城人,毕业于河南大学历史系(本科),现就读于同济大学人文学院(硕士)。著有散文集《拿云的心事》、诗集《事物的教育》、文论随笔集《来自写作的前线》。曾获北京大学"未名诗歌奖"(2007 年)。

附　　录

《原诗》第一辑目录

【诗人观点】

谁决定了你想象的边界？/ 森　子

现代诗学：无限诗歌的有限侧面 / 董　辑

不如偏见

　　——诗歌与时代和创造力的关系 / 冯　晏

【诗对话】

汉语中的弗罗斯特

　　——西渡访谈录 / 西　渡　焦鹏帅

【新书评】

"欲纵故擒"与"直言相告"

　　——读秦晓宇《玉梯——当代中文诗叙论》/ 张光昕

《原诗》第二辑目录

道并行而不相悖 / 刘　强

　　——《原诗》第二辑前言

【特稿】

王国维之词与词论 /（加拿大）叶嘉莹

我们在《这里》

　　——阅读辛波斯卡生前最后一本诗集 / [台]陈　黎　张芬龄

【比较诗学】

惠特曼的民主诗学
　　——围绕"情本体"的阅读笔记之一／冯　强
让聋哑的宇宙有了听说的能力
　　——布罗茨基诗学之"形而上"的读解／付立峰
下潜至低音区的诗歌声带及其他
　　——漫谈臧棣诗集《燕园纪事》／李海鹏

【诗人观点】

新旧诗之我见／杨启宇
为"新诗"一辩／辨／朱钦运

【新书评】

"我只汲取属于我的那份儿渺小和伟大"
　　——读《森子诗选》／黑　女
历史与现实的宗教诗写
　　——读孙谦《新月和它的反光》／刘阳鹤

【序与跋】

曾永义先生祝寿文集推荐序／［台］洪国樑
该来的迟早会来
　　——《中华少儿诗教亲子读本》总序／刘　强

《原诗》第三辑目录

《原诗》稿约

《原诗》是同济大学诗学研究中心创办的大型学术辑刊,设有《古典诗学》《新诗研究》《比较诗学》《诗人观点》《诗对话》《新书评》等栏目。

【古典诗学】侧重于汉语古典诗学理论、诗人、诗歌流派等的专题研究,兼及与诗学相关度较大的美学及文艺学研究。【新诗研究】侧重于百年来汉语新诗之作品、史料、流派及现象之研究,兼及对当代汉语诗歌现场之观察、批评和探讨。【比较诗学】更多关注中西方诗歌多角度的比较,以及当代汉诗与古典诗歌承传的关系研究。【诗人观点】以刊发当代诗人(不拘新旧体)的诗学观点及诗话诗论为主。【诗访谈】主要刊登学者、诗人、诗论家的诗学访谈与对话。【新书评】致力于对国内外汉语诗学著作的独立批评,同时译介欧美学界诗歌研究之最新成果。本刊坚持和而不同、百家争鸣的办刊方针,欢迎言之有物、言之成理并恪守学术规范的各类文章。文章一经采用,即致稿酬。

来稿要求:

1. 请在文章后附 200 字以内作者简介并通信地址及邮编、联系电话、电子信箱、银行账户并开户行信息等。

2. 请拟 300 字以内的中文提要及 3—5 个关键词。

3. 注释为页下脚注,具体格式参考本辑论文。

4. 投稿邮箱:dubbleblade@ hotmail. com。

同济大学诗学研究中心

原诗编辑部